Tyll

Tyll

DANIEL KEHLMANN

Traducción del alemán de
Isabel García Adánez

LITERATURA RANDOM HOUSE

Papel certificado por el Forest Stewardship Council®

Título original: *Tyll*

Primera edición: febrero de 2019

© 2017, Rowohlt Verlag GmbH, Hamburgo
© 2019, Penguin Random House Grupo Editorial, S.A.U.
Travessera de Gràcia, 47-49. 08021 Barcelona
© 2019, Isabel García Adánez, por la traducción

La traducción de esta obra ha recibido una subvención del Goethe-Institut

Printed in Spain – Impreso en España

ISBN: 978-84-397-3495-6
Depósito legal: B-28.886-2018

Compuesto en La Nueva Edimac, S.L.
Impreso en Cayfosa (Barcelona)

RH34956

Penguin
Random House
Grupo Editorial

ÍNDICE

La colección de anécdotas sobre las travesuras de Till Eulenspie-gel (*Ein kurtzweilig lesen von Dil Ulenspiegel [...]*) fue editada por primera vez en Estrasburgo en 1510 por Johannes Grüninger como obra de un autor anónimo. Además, está documentada la existencia de un personaje histórico, bufón célebre por su inge-nio, nacido en el año 1300, hijo de un Claus Ulnspiegel, y falle-cido en 1350 en Mölln. El juego literario de Kehlmann consiste en que su particular versión del personaje, mezcla del histórico y del ficticio, está desplazado en el tiempo, con lo cual puede verse como un tipo que existe en todas las épocas o incluso como símbolo del pícaro inmortal que recorre la historia.

ZAPATOS

La guerra aún no había llegado hasta nosotros. Vivíamos en el miedo y en la esperanza, intentando no atraer la ira de Dios hacia nuestra ciudad de sólidas murallas, con sus ciento cinco casas y su iglesia y el cementerio donde nuestros antepasados aguardaban el Día de la Resurrección.

Rezábamos mucho para mantener la guerra lejos. Rezábamos al Todopoderoso y a la dulce Virgen, rezábamos a la Señora del Bosque y a los espíritus menores de la medianoche, a san Gervino, a san Pedro, guardián de las puertas celestiales, a Juan Evangelista, y, por si acaso, le rezábamos también al ancestral espíritu de Mela, que recorre los cielos escoltado por su séquito durante esas doce noches en que los demonios gozan de libertad para andar sueltos. Rezábamos al dios astado de los días remotos y rezábamos a san Martín Obispo, el que le dio la mitad de su capa al mendigo que se moría de frío, de tal suerte que acabaron muriéndose de frío los dos, pues para qué sirve media capa en pleno invierno, y por supuesto le rezábamos a san Mauricio, el que prefirió morir con toda una legión a traicionar su fe en el Dios único y justo.

Dos veces al año venía el recaudador de impuestos y siempre parecía sorprenderse de que siguiéramos allí. De cuando en cuando, venía algún buhonero, pero como no comprábamos mucho, tampoco tardaba en marcharse, y a nosotros nos parecía bien. No necesitábamos nada del resto del mundo, como tampoco le prestábamos atención, hasta que una mañana apareció por nuestra calle principal un carromato tirado por un burro. Era sábado y, desde hacía poco, también primavera; el arroyo rebosaba agua del deshielo y ya habíamos hecho la siembra, los campos no estaban en barbecho, sino todo lo contrario.

Sobre el carromato había una especie de tienda de lona roja. Delante de ella iba una mujer en cuclillas. Su cuerpo parecía un fardo, tenía la cara curtida como el cuero y los ojos no eran más que dos botoncitos negros. Detrás se veía a otra mujer más joven, con pecas y cabello oscuro. En el pescante, en cambio, iba un hombre al que reconocimos de inmediato a pesar de que nunca antes nos había visitado, y, en cuanto los primeros se dieron cuenta de quién era y gritaron su nombre, los demás les secundaron, y así fue que enseguida empezó a oírse por todas partes y en múltiples voces: «¡Es Tyll!» «¡Ha venido Tyll!» «¡Mirad, mirad, ha llegado Tyll!». Solo podía ser él.

Incluso hasta nuestra ciudad llegaban las hojas volanderas. Nos llegaban a través del bosque, venían con el viento, o nos las traía algún buhonero, pues en el mundo allende nuestras murallas se imprimían más de las que nadie era capaz de contar. Trataban de la nave de los locos y de la profunda estulticia de los clérigos* y del pérfido Papa de Roma y del diabólico Martín Lutero de Wittenberg y de Horridus, el hechicero, y del Doctor Fausto y del heroico Sir Gawain y la Tabla Redonda y, obviamente, del propio Tyll Ulenspiegel, que ahora venía a vernos en persona. Conocíamos su jubón de colorines, conocíamos su capucha abollada y su capa de piel de vaca, conocíamos su rostro anguloso, sus ojillos, sus mejillas hundidas y sus dientes de conejo. Llevaba calzas de paño bueno y zapatos de cuero fino, pero tenía manos de ladrón o de escribiente, manos de no haber trabajado nunca; en la derecha sostenía las riendas, en la izquierda, el látigo. Le brillaban los ojos e iba saludando a un lado y a otro.

---

* Alude respectivamente a *La nave de los locos* de Sebastian Brant (*Das Narrenschiff*, de 1494) y a las *Anécdotas jocosas del clérigo Amis* (*Schwänke des Pfaffen Amis*, de 1290). (*N. de la T.*)

—¿Y tú cómo te llamas? —le preguntó a una niña.

La niña guardó silencio, pues no podía ni imaginar que alguien célebre hablara con ella.

—Dímelo ya…

Cuando logró balbucear que se llamaba Martha, Tyll se limitó a sonreír, como si lo hubiera sabido desde siempre.

Luego, con un interés como si se tratara de algo importante para él, añadió:

—¿Y cuántos años tienes?

La niña carraspeó y se lo dijo. En sus doce años de vida nunca había visto unos ojos como los de Tyll. Ojos como aquellos habría en las ciudades libres del imperio y en las cortes de los grandes príncipes, pero hasta nosotros jamás había llegado nadie con unos ojos así. Martha ni sabía que el rostro de una persona pudiera reflejar semejante fuerza y semejante virtuosismo del alma. En su momento, le contaría a su esposo y mucho más adelante a sus incrédulos nietos, para quienes Ulenspiegel no sería sino un personaje de las antiguas leyendas, que ella lo había tenido justo delante.

Ya había pasado de largo el carromato, ya se posaba la mirada de Tyll en otro lugar, en otras personas al borde de la calzada. «¡Ha venido Tyll!», volvía a oírse por la calle, y: «¡Es Tyll!» desde las ventanas y: «¡Tyll está aquí!» desde la plaza de la iglesia, hacia donde se dirigía el carro ahora.

A la velocidad del relámpago, el carromato se transformó en un escenario. Las dos mujeres plegaron la lona, la joven se recogió el pelo en un moño, se puso una coronita y se echó una tela púrpura por los hombros, la más vieja se levantó para colocarse delante, alzó la voz y comenzó a entonar una especie de cantilena. Hablaba un dialecto que sonaba como el de los territorios del sur, como el de las grandes ciudades de Baviera, y no nos resultaba fácil de seguir, aunque alcanzamos a entender que la historia trataba de un hombre y una mujer que se amaban, pero no podían estar juntos porque los separaban las aguas. Tyll Ulenspiegel sacó una tela azul, se puso de rodillas y, sujetándola de una punta, la sacudió como para lanzarla lejos de tal manera que se desenrolló toda entre crujidos; la recogió de un tirón y volvió a lanzarla lejos, la recogió y la lanzó, y, con él de rodillas a un lado y la mujer al otro y el azul ondeando entre ellos, parecía que hubiera agua de verdad, y las olas se levantaban y descendían con tal virulencia que cualquiera habría dicho que no había barco capaz de surcarlas.

Al ponerse de pie la mujer para contemplar las olas con el rostro paralizado por el horror, nos dimos cuenta de lo hermosa que era. Allí de pie, con los brazos en alto, parecía no ser ya parte de este mundo, y ninguno de nosotros era capaz de apartar la mirada de ella. Tan solo por el rabillo del ojo veíamos cómo su amado brincaba y bailaba y trajinaba y blandía la espada luchando contra dragones y enemigos y brujas y reyes malvados en su torturado camino hacia ella.

La representación se prolongó hasta después del mediodía. Y, aunque sabíamos que a las vacas les dolían las ubres, ninguno de nosotros se mostró impaciente. La vieja siguió recitando hora tras hora. Parecía imposible que nadie fuera capaz de recordar tantos versos, y algunos de nosotros albergamos la sospecha de que se los iba inventando según cantaba. El cuerpo de Tyll Ulenspiegel, entretanto, no descansaba un instante, parecía que las plantas de sus pies apenas tocaran el suelo; cuandoquiera que nuestra mirada se fijara en él, ya estaba en otro punto del pequeño escenario. Al final de la historia se producía un malentendido: la hermosa dama se había hecho con un veneno para fingir la muerte y no tener que casarse con un tutor malísimo, pero el mensaje donde se lo explicaba todo a su amado se perdía en el camino, con lo cual, cuando por fin llegaba junto al cuerpo inerte el verdadero novio, el amigo del alma, el espanto lo fulminaba como un rayo. Durante un rato bien largo, Tyll se quedó quieto, como paralizado. La vieja guardó silencio. Nosotros oíamos el viento y los mugidos de las vacas llamándonos. Todo el mundo contenía la respiración.

Finalmente, sacó un cuchillo y se lo clavó en el pecho. Fue increíble, la hoja desapareció en el interior de la carne, un pañuelo rojo le brotó del cuello como un torrente de sangre, y cayó para agonizar junto a su amada, sufrió los últimos espasmos, se quedó inmóvil. Estaba muerto. Se agitó una vez, se incorporó y volvió a desplomarse. Se agitó una vez más, volvió a quedarse inmóvil, ahora sí: para siempre. Esperamos. Esta vez sí. Para siempre.

Al cabo de unos segundos se despertó la mujer y vio su cuerpo sin vida. Al principio no daba crédito a sus ojos, después lo sacudió, después comprendió lo sucedido, pero de nuevo no le daba crédito, y después rompió a llorar como si el mundo no fuese a ver un mañana. Después tomó el cuchillo del amado y se mató ella también, y nosotros volvimos a quedar maravillados con el truco y con lo hondo que se le hundió en el pecho la hoja del cuchillo. Entonces no quedó más que la vieja y recitó algunos versos más que, por culpa del dialecto, apenas entendimos. Y ahí se terminó la obra, y muchos de nosotros seguíamos llorando un buen rato después de que los muertos se hubieran levantado para saludar con una reverencia.

Pero eso no fue todo. Las vacas aún tendrían que esperar, pues a la tragedia le siguió la comedia. La vieja sacó un tambor y Tyll Ulenspiegel se puso a tocar la flauta y a bailar con la joven, que ahora ya no parecía especialmente hermosa, y daban un paso a la derecha y otro a la izquierda y uno adelante y otro atrás. Los dos levantaban los brazos y sus movimientos estaban sincronizados hasta tal punto que ya no parecían dos personas sino una sola y su imagen en el espejo. Nosotros sabíamos bailar como baila la gente corriente, a menudo celebrábamos fiestas, pero nadie era capaz de bailar como ellos; al contemplarlos, daba la sensación de que el cuerpo humano no tenía peso alguno y de que la vida no era triste y dura. Así pues, tampoco nuestros pies pudieron resistirse más, y empezamos a mecernos sobre el uno y sobre el otro y a saltar y a brincar y a dar vueltas.

Entonces, el baile se interrumpió de golpe. Resollando aún, volvimos la vista hacia el carromato, donde ahora se encontraba Tyll solo, sin rastro de las dos mujeres. Cantaba una balada satírica sobre el pobre tonto del «rey de un invierno», el príncipe elector del Palatinado, el que se había creído capaz de vencer al emperador y osado recibir la corona de Praga de manos de los protestantes, cuando luego su reinado había durado menos que la nieve de ese año.* La canción también trataba del emperador, y del frío que pasaba de tanto rezar aquel hombrecillo que temblaba ante los suecos en el Hofburg de Viena, y luego también trataba del rey de Suecia, el León de la Medianoche, fuerte como un oso, aunque de poco le había servido eso en Lützen ante la bala que le costara la vida como a cualquier soldado de a pie, pues ahí se te apagó la luz, amigo, y ¡adiós, muy buenas, al almita real y adiós al león! Tyll Ulenspiegel se echó a reír, y nosotros reímos también, porque era imposible resistírsele y porque sentaba bien pensar que los grandes morían y nosotros seguíamos vivos, y luego se puso a cantar una canción sobre el rey de España, el del inconfundible labio inferior abultado que se creía el amo del mundo, aunque luego en realidad estaba más desplumado que una gallina.

Con las risas tardamos un rato en darnos cuenta de que la música había cambiado y, de golpe, perdido todo eco de chanza. Ahora Tyll cantaba una balada sobre la guerra, las cabalgadas en grupo y el tintineo de las armas y sobre la amistad entre los hombres y cómo los ponía a prueba el peligro y sobre el estallido de júbilo de los silbidos de las balas. Cantaba sobre la vida del soldado y lo hermoso de ofrecerla en la batalla, cantaba sobre el gozo exultante de todo el que cabalga para enfrentarse al enemigo, y todos nosotros sentimos el corazón latir más deprisa. Los hombres de entre no-

* Es Federico V, que reinó como Federico I de Bohemia entre 1619 y 1620. *(N. de la T.)*

sotros sonreían, las mujeres movían la cabeza, los padres subían a sus niños a hombros, las madres miraban a sus hijos con orgullo.

Únicamente la vieja Luise soltó un bufido, meneando la cabeza, y empezó a farfullar tan alto que quienes estaban a su lado le dijeron que se marchase a casa y dejase de incordiar. Sin embargo, ella levantó la voz todavía más y exclamó que cómo no se daba cuenta nadie de lo que Tyll había venido a hacer allí. ¡Si es que la estaba llamando él, la estaba provocando!

Sin embargo, cuando todos la mandamos callar siseando y haciendo gestos de rechazo con la mano, por suerte se resignó a marcharse, y ya estaba Tyll tocando la flauta de nuevo, y ahora la mujer se daba un aire majestuoso y parecía una persona de la clase alta. Con voz clara, cantaba sobre ese amor que es más fuerte que la muerte. Y cantaba sobre el amor de los padres y sobre el amor de Dios y sobre el amor entre hombre y mujer… y ahí volvió a notarse cierto cambio, el ritmo se hizo más rápido, las notas más nítidas y penetrantes, y de pronto la canción hablaba del amor de la carne, de cuerpos calientes revolcándose sobre la hierba, del olor de tu desnudez y tu hermoso trasero. Los hombres que había entre nosotros rieron, y a su risa se sumaron luego las mujeres y los que más fuerte rieron fueron los niños. También la pequeña Martha rio. Había avanzado hacia delante y entendía muy bien la canción, pues a menudo había oído a su padre y a su madre en la cama y a los mozos en el pajar y a su hermana con el hijo del carpintero el año anterior… se escapaban por las noches, pero Martha les seguía y así lo había visto todo.

En el rostro del célebre Tyll se dibujaba una amplia sonrisa socarrona y lasciva. Entre él y la mujer había surgido una tensión tremenda, una fuerza que arrastraba al uno hacia la otra y a la otra hacia el uno, y casi resultaba insoportable que no se tocaran de una vez. Pero la música parecía impedirlo, porque como por azar se había convertido en otra música y había pasado el momento, las notas que tocaba ya no lo permitían. Era el *Agnus Dei*. La mujer juntó las manos en gesto de oración… *qui tollis peccata mundi*… y Tyll dio unos pasos atrás y ambos parecieron asustarse del desenfreno que casi se había adueñado de ellos, como también nos asustamos nosotros y nos santiguamos, acordándonos de que Dios lo ve todo y poco le parece bien. El hombre y la mujer cayeron de hinojos y todos los imitamos. Tyll dejó la flauta, abrió los brazos y pidió propina y comida. Porque ahora sí que iban a hacer un descanso. Aunque lo mejor aún estaba por venir, siempre que le diesen sus buenos dineros.

Conmovidos, nos llevamos la mano al bolsillo. Las dos mujeres pasaron entre la gente con unos potecillos en la mano. Les dimos tanto que las monedas tintineaban y rebotaban. Todos les dimos: Karl Schönknecht les dio, y Malte Schopf les dio, y les dio su hermana, la que hablaba con frenillo, y también les dio la familia del molinero, con lo tacaños que solían ser, y el desdentado Heinrich Matter y Matthias Wohlsegen les dieron una cantidad muy considerable a pesar de que eran artesanos y se creían superiores.

Lentamente, Martha dio la vuelta alrededor del carro.

Allí estaba Tyll Ulenspiegel, sentado con la espalda apoyada en la rueda, bebiendo de una gran jarra de barro. A su lado, el borrico.

—Ven, acércate —le dijo.

Con el corazón acelerado, Martha se acercó.

Tyll le tendió la jarra.

—Bebe.

La niña cogió la jarra. La cerveza tenía un sabor amargo y fuerte.

—Dime, la gente de aquí… ¿Es buena gente?

La niña asintió con la cabeza.

—Gente pacífica, que se ayuda, que se lleva bien, que se tiene cariño… ¿es gente así?

Martha dio un trago más.

—Sí.

—Bueno —dijo Tyll.

—Ya lo veremos —dijo el borrico.

Del susto, a Martha se le cayó la jarra al suelo.

—¡Qué lástima de cerveza! —dijo el borrico—. Mira que eres tonta, niña.

—A esto se le llama hablar con el vientre —dijo Tyll Ulenspiegel—. Tú también puedes aprender si quieres.

—También puedes aprender —repitió el borrico.

Martha recogió la jarra del suelo y dio un paso atrás. El charco de cerveza se hizo más grande y después se redujo, la tierra seca absorbió el líquido.

—En serio —dijo Tyll—. Vente con nosotros. A mí ya me conoces. Soy Tyll. La de ahí, mi hermana, es Nele. No es mi hermana, claro. El nombre de la vieja no lo sé. El borrico es el borrico.

Martha lo miraba fijamente.

—Te lo enseñaremos todo —dijo el borrico—. Yo y la Nele y la vieja y Tyll. Y te irás lejos de aquí. El mundo es grande. Así podrás verlo. No me llamo borrico así, sin más; yo también tengo nombre, soy Orígenes.

—¿Cómo es que me lo pedís a mí?

—Porque no eres como los demás —dijo Tyll Ulenspiegel—. Tú eres como nosotros.

Martha le alargó la jarra, pero como él no la cogió, la depositó en el suelo. Sentía los latidos del corazón. Pensó en sus padres y en su hermana y en la casa donde vivía, y en la colina, allá al otro lado del bosque, y en el sonido del viento en los árboles, del que no podía imaginar que sonara igual en ninguna otra parte. Y pensó en el puchero que preparaba su madre.

Los ojos del célebre Tyll tenían un brillo especial cuando le dijo sonriendo:

—Recuerda el viejo dicho: cosas mejores que la muerte hay en todas partes.

Martha dijo que no con la cabeza.

—Entonces, nada —dijo Tyll.

La niña se quedó esperando, pero Tyll no habló más, y ella tardó un instante en comprender que el interés que tenía en ella ya se había desvanecido.

Así pues, volvió a dar la vuelta al carromato para reunirse con la gente que conocía, con nosotros. En aquel momento, nosotros éramos su vida, y ya no había otra. Se sentó en el suelo. Se sentía vacía. Pero cuando todos levantamos la vista, ella también lo hizo, pues todos al mismo tiempo reparamos en que había algo colgado del cielo.

Una línea negra cortaba el azul. Parpadeamos varias veces. Era una cuerda.

Por un extremo estaba atada a la cruz de la ventana del campanario, por el otro, al palo de una bandera que sobresalía del muro junto a la ventana de la casa burguesa donde trabajaba el gobernador de la ciudad, cosa que no se daba con frecuencia, porque era un vago. En la ventana estaba la joven del carro, así que justo acabaría de atar la cuerda; ahora bien, ¿cómo la había tensado? ¿Cómo podía estar en un sitio y en el otro, en aquella ventana y en la otra? Porque atar una cuerda y dejarla colgando es fácil, pero ¿cómo hacerla subir hasta la otra ventana para atar el otro extremo?

Nos quedamos con la boca abierta. Por un momento, creímos que la cuerda misma ya era el prodigio del espectáculo y que no hacía falta más. Un gorrión se posó sobre ella, hizo un ademán de saltito, abrió las alas, cambió de idea y se quedó allí posado.

Entonces apareció Tyll en la ventana del campanario. Saludó con la mano, saltó al alféizar y avanzó sobre la cuerda. Como si fuera lo más fácil del mundo. Como si dar un paso por la cuerda fuera como darlo en cualquier parte. Ninguno de nosotros hablaba, ninguno comentaba nada, ninguno se movía, habíamos dejado de respirar.

Tyll no se cimbreaba ni hacía por mantener el equilibrio, caminaba sobre la cuerda como si tal cosa. Sus brazos se mecían con naturalidad en el aire, caminaba como quien camina por el suelo, solo que su forma de andar resultaba un poco afectada, pues siempre colocaba un pie justo delante del otro. Había que fijarse muy bien para captar los sutiles movimientos de las caderas que compensaban la oscilación de la cuerda. Dio un salto y quedó de rodillas un instante antes de volver a erguirse. Luego recorrió la cuerda hasta la mitad, paseando con las manos cruzadas a la espalda. El gorrión echó a volar, pero no dio más que un breve aleteo, volvió a posarse en la cuerda y giró la cabeza; el silencio era tal que le oíamos piar. Y, por supuesto, oíamos a nuestras vacas.

Tyll Ulenspiegel, por encima de nuestras cabezas, se giró, despacio y sin tensión, no como quien se encuentra en peligro, sino como quien mira a su alrededor con curiosidad. Mantenía el pie derecho sobre la cuerda a lo largo, mientras que el izquierdo estaba cruzado, las rodillas permanecían ligeramente flexionadas y los brazos en jarras. Y allí, mirándolo desde abajo, todos nosotros comprendimos al instante lo que era la ligereza. Comprendimos cómo puede ser la vida para quien realmente hace lo que quiere y no cree en nada ni obedece a nadie; comprendimos lo que era ser un hombre como él... y comprendimos que nosotros no lo seríamos nunca.

—¡Quitaos los zapatos!

Dudamos si le habríamos entendido bien.

—Quitáoslos —exclamó—. Todo el mundo, el derecho. No preguntéis, hacedlo, veréis qué divertido. Confiad en mí, quitaos los zapatos. Jóvenes y viejos, mujeres y hombres. Todo el mundo. El zapato derecho.

Todos clavamos la mirada en él.

—¿No os habéis divertido hasta ahora? ¿No queríais más? Os daré más, vamos, quitaos los zapatos, todo el mundo, el derecho. ¡Vamos!

Tardamos un rato en ponernos en movimiento. Siempre nos pasa, somos gente que se piensa mucho las cosas. El primero en obedecer fue el panadero, y al punto le siguieron

Malte Schopf y luego Karl Lamm y luego su mujer, y luego obedecieron los artesanos, esos que siempre se creían mejores, y luego lo hicimos todos, todo el mundo… menos Martha. Tine Krugmann, que estaba a su lado, le dio un codazo y le señaló el pie derecho, pero Martha dijo que no con la cabeza, y Tyll Ulenspiegel dio otro salto sobre su cuerda, ahora juntando los pies en el aire. Saltó tan alto que, al caer de nuevo, tuvo que abrir los brazos en cruz a modo de contrapeso… fue un instante brevísimo, pero bastó para recordarnos que también él tenía peso, que no volaba.

—Y ahora, lanzadlos —exclamó con voz aguda y clara—. No penséis, no preguntéis, no vaciléis, va a ser divertidísimo. Haced lo que os digo. ¡Lanzad vuestros zapatos!

Tine Krugmann lo hizo la primera. Su zapato salió volando y ascendió por los aires y se perdió entre la muchedumbre. Luego voló el siguiente zapato, que fue el de Susanne Schopf, y luego el siguiente, y luego volaron docenas y luego más y más y más. Todos reíamos y chillábamos y exclamábamos: «¡Cuidado!» y «¡Agáchate!» y «¡Ahí va eso!». Era un verdadero jolgorio, y tampoco pasaba nada si algún zapato iba a dar en alguna cabeza. Se oyó alguna palabra malsonante, alguna mujer que protestó, algunos niños que lloraron, pero no pasaba nada, y Martha hasta se echó a reír cuando por poco no le cae encima una pesada bota de cuero, al mismo tiempo que una zapatilla de tela caía planeando a sus pies. Tyll Ulenspiegel estaba en lo cierto, y tan divertido les resultó a algunos que incluso lanzaron también el zapato izquierdo. Y algunos lanzaron, además, sombreros y cucharones y jarros que se hicieron añicos en alguna parte, y, por supuesto, algunos también lanzaron piedras. Entonces, cuando la voz de Tyll se dirigió a nosotros, el estrépito cesó y le prestamos oídos.

—Palurdos.

Parpadeamos, el sol ya estaba bajo. La gente que estaba al fondo de la plaza lo veía con claridad, pero para los demás, no era más que una silueta.

—Idiotas. Cabezas de serrín. Mentecatos. Inútiles, memos, tontos de remate… Ahora id a por ellos.

Nos quedamos mirándolo.

—¿O es que sois demasiado estúpidos? ¿Es que ahora no sabéis ir a por ellos, no podéis, no os da la mollera para recuperarlos?

Se echó a reír con una risa gallinácea. El gorrión se fue volando, pasó por encima de los tejados y lo perdimos de vista.

Nos miramos los unos a los otros. Lo que nos había dicho era una maldad, pero al mismo tiempo no lo parecía hasta el punto de no poder ser un chiste o una de las bromas pesadas propias de Tyll. Al fin y al cabo, era célebre por eso, se lo podía permitir.

—Bueno, ¿qué? —preguntó—. ¿Es que ya no os hacen falta? ¿Ya no los queréis? ¿Ya no os gustan? ¡Id a por vuestros zapatos, pedazos de brutos!

Malte Schopf fue el primero. Ya llevaba rato desasosegado, así que echó a correr en la dirección donde pensaba que habría ido a parar su bota. Apartó a alguna gente hacia un lado y tuvo que abrirse paso a empujones, apretujarse, agacharse y rebuscar entre las piernas de sus convecinos. Al otro lado de la plaza, Karl Schönknecht hizo lo mismo, y luego les imitó Elsbeth, la viuda del herrero, pero ahí se le cruzó el viejo Lembke, gritándole que se quitase, que aquel era el zapato de su hija. Elsbeth, a quien todavía le dolía la frente, porque le había dado una bota, le replicó que se quitase él, pues bien sabía ella reconocer qué zapato era suyo y, sobre todo, porque la hija de Lembke no había tenido unos zapatos bordados así de bonitos en su vida, a lo que el viejo de Lembke le gritó que se apartara de su vista y dejara de meterse con su hija, a lo que de nuevo Elsbeth replicó gritándole que era un asqueroso ladrón de zapatos. Y ahí intervino el hijo de Lembke: «¡Te lo advierto!», y al mismo tiempo empezaron a pelearse Lise Schoch y la molinera, porque los zapatos de ambas realmente eran idénticos, como sus pies eran de igual tamaño, y también tuvieron sus más y sus menos Karl Lamm y su cuñado, y Martha, comprendió lo que estaba pasando, se agachó y se apresuró a alejarse de allí a cuatro patas.

Por encima de su cabeza percibía ya los zarandeos, insultos y empujones. Los pocos que no habían tardado en encontrar sus zapatos pusieron pies en polvorosa, pero entre el resto de nosotros brotó un furor tan tremendo que cualquiera habría dicho que llevaba mucho tiempo cociéndose. El carpintero, Moritz Blatt, y el herrero, Simon Kern, se daban unos puñetazos que quien pensara que aquello era por unos zapatos no habría entendido nada, porque ahí era necesario saber que la mujer de Moritz había estado prometida con Simon de niña. Los dos sangraban por la nariz, los dos resoplaban como caballos, y nadie se atrevía a intervenir. También Lore Pilz y Elsa Kohlschmitt se tenían una inquina tremenda, aunque llevaban tanto tiempo odiándose que al final ni se acordaban de los motivos. Lo que sí se sabía muy bien era por qué habían llegado a las manos la familia Semmler y los Grünanger: era por el conflicto de unas tierras y por un antiguo asunto de una herencia que se remontaba hasta los tiempos del maestro de escuela Peter, y luego también por lo de la hija de Semmler y el hijo que había tenido, pero que no era de su marido, sino de Karl Schönknecht. El furor se extendía como unas fiebres… y dondequiera que uno mirase había gente gritando y pegándose y cuerpos enzarzados, y entonces Martha giró la cabeza para mirar hacia lo alto.

Allí estaba él, de pie, carcajeándose. Con el cuerpo echado hacia atrás, la boca muy abierta, los hombros temblando por la risa. Únicamente se mantenían en reposo sus pies, pues sus caderas se movían para compensar la oscilación de la cuerda. Martha pensó que necesitaba fijarse mejor para averiguar qué le hacía tanta gracia a Tyll…, pero justo en ese instante la atropelló un hombre que venía corriendo y no la vio, le dio con toda la bota en el pecho y la cabeza de la niña fue a golpearse contra el suelo, y cuando respiró sintió como si se le clavaran agujas. Rodó sobre sí misma hasta quedar boca arriba. La cuerda y el cielo estaban vacíos. Ulenspiegel se había esfumado. Se levantó con harto esfuerzo. Cojeando, pasó junto a todos aquellos cuerpos enzarzados que se pegaban, se mordían, lloraban y se atizaban, y en los que aquí y allá reconoció algunas caras; cojeando, recorrió la calle entera, encogida sobre sí misma y con la cabeza gacha, y justo llegaba a la puerta de su casa cuando oyó detrás de ella el traqueteo del carro. Se volvió. En el pescante iba la joven a la que Tyll llamaba Nele; a su lado, hecha un ovillo, la vieja. ¿Cómo es que nadie hacía por pararlos, cómo es que nadie iba tras ellos? El carro pasó por delante de Martha. Ella lo siguió con la mirada. Poco tardaría en llegar hasta el viejo olmo, poco más hasta la puerta de la ciudad, poco en desaparecer.

Y, entonces, cuando el carro ya casi pasaba junto a las últimas casas, apareció un hombre corriendo detrás, dando unas zancadas enormes pero que no parecían costarle ningún esfuerzo. La piel de vaca de la capa que llevaba se erizaba en la nuca como si tuviera vida propia.

—¡Te habría llevado conmigo! —gritó al pasar corriendo por delante de Martha.

Un poco antes del recodo de la calle, alcanzó al carro y subió de un salto. El encargado de vigilar la puerta de la ciudad estaba en la plaza con todo el mundo, así que nadie les retuvo.

Martha entró en la casa despacio, cerró la puerta y echó el cerrojo. La cabra que estaba tumbada junto al hogar levantó la vista con gesto interrogante. Martha oyó los fuertes mugidos de las vacas, y aún le llegaba nuestro vocerío desde la plaza del pueblo.

Poco a poco nos fuimos calmando. Antes de caer la tarde, por fin ordeñamos a las vacas. La madre de Martha volvió a casa y, salvo algunas magulladuras, no le había pasado gran cosa; su padre había perdido un diente y le habían rasgado una oreja; a su hermana le habían dado un pisotón tan fuerte que habría de pasar varias semanas cojeando. Con todo, llegó la mañana siguiente y llegó la noche siguiente, y la vida siguió. En todas las casas hubo chichones y cortes y magullones y brazos dislocados y dientes perdidos, pero al mismo día siguiente estuvo limpia la plaza y todo el mundo volvió a calzarse sus zapatos.

Nunca hablamos de lo que había sucedido. Tampoco hablamos nunca sobre Ulenspiegel. Sin ponernos de acuerdo, todos mantuvimos silencio sobre ello; incluso Hans Semmler, que salió tan mal parado que no pudo abandonar la cama durante el resto de su vida ni volver a comer más que sopas, hizo como si allí no hubiera pasado nada. Y también la viuda de Karl Schönknecht, al cual enterramos al día siguiente en el camposanto, se comportó como si aquello hubiera sido un golpe del destino sin más y como si no supiera perfectamente de quién era el cuchillo que le clavaron en la espalda. Eso sí, la cuerda permaneció semanas tendida por encima de la plaza, temblando al viento y brindando reposo a gorriones y golondrinas, hasta que estuvo en condiciones de subir de nuevo al campanario y cortarla el párroco, a quien habíamos aprovechado para sacudir a gusto en la refriega, pues no nos gustaban nada los aires que se daba y la condescendencia con que nos trataba.

Aunque tampoco olvidamos. Lo sucedido permaneció entre nosotros. Estaba ahí mientras recogíamos la cosecha, y estaba ahí cuando negociábamos el precio del grano o nos congregábamos los domingos en la misa, en la que ahora la expresión del cura era otra, mitad admiración y mitad temor. Y, sobre todo, estaba ahí, cuando celebrábamos fiestas en la plaza y cuando nos mirábamos a la cara al bailar. Entonces, teníamos la sensación de que el aire era más pesado, el agua sabía diferente, y el cielo ya no era el mismo desde que tuviera colgada aquella cuerda.

Un año cumplido más tarde, la guerra llegó también hasta nosotros. Una noche oímos relinchos de caballos y luego risas de muchas voces diferentes, y lo siguiente que oímos ya fue cómo nos echaban abajo las puertas, y, antes de que pudiéramos llegar a la calle, armados con inútiles horcones o cuchillos, ya era todo pasto de las llamas.

Los mercenarios tenían más hambre de lo habitual y venían más borrachos. Hacía mucho que no entraban en una ciudad que les ofreciera tanto. La vieja Luise, que esta vez dormía profundamente y no había tenido ningún presentimiento, murió en su cama. El cura murió intentando guardar el portal de la iglesia. Lise Schoch murió intentando esconder monedas de oro; el panadero y el herrero y el viejo Lembke y Moritz Blatt y casi todos los demás hombres del pueblo murieron intentando proteger a sus mujeres, y las mujeres murieron como mueren las mujeres en la guerra.

Martha también murió. Aún llegó a ver cómo el techo de la habitación se convertía en una gran ascua roja, olió el humo antes de que la envolviera con tanta intensidad que no le dejara ver nada más, y oyó a su hermana pidiendo socorro al tiempo que se desvanecía en la nada aquel futuro que, hasta un instante atrás, aún existía: el marido que nunca tendría y los hijos que no llegaría a criar y los nietos a los que nunca les podría hablar de la actuación de cierto célebre bufón en una mañana de primavera, y los hijos de aquellos nietos y toda la gente que, claro, ya nunca llegaría a ser. ¡Qué deprisa va esto!, pensó, como si hubiera descubierto un gran misterio. Y, cuando oyó quebrarse las vigas del techo, le vino a la mente que, al final, igual el único que recordaría nuestras caras y aún sabría que existimos una vez sería Tyll Ulenspiegel.

En efecto, solo sobrevivieron Hans Semmler, el cojo, cuya casa no fue pasto de las llamas y de quien, como no se podía mover, se olvidaron, y Elsa Ziegler y Paul Grünanger, que se habían ido juntos al bosque sin que nadie los viese. Cuando amanecieron, con toda la ropa arrugada y el pelo revuelto, volvieron al pueblo y no encontraron más que escombros entre tirabuzones de humo, creyeron por un instante que

Dios nuestro Señor les había castigado por su pecado con la enajenación mental. Se fueron juntos hacia el oeste y, por un tiempo que tampoco duró demasiado, fueron felices.

Al resto de nosotros, en cambio, se nos oye de tarde en tarde en el lugar donde antaño vivimos. Se nos oye en la hierba y en el cantar de los grillos, se nos oye al apoyar la cabeza contra el hueco del viejo olmo, y algunas veces los niños creen ver nuestros rostros en el agua del arroyo. Nuestra iglesia no sigue en pie, pero las piedras del arroyo que el agua ha limado hasta dejarlas redondas y blancas son las mismas, como también los árboles son los mismos. Y recordamos, aunque nadie nos recuerde a nosotros, porque aún no hemos asumido la idea de no ser. La muerte aún nos resulta nueva, y aún no nos dejan indiferentes las cosas de los vivos. Porque de todo esto no hace mucho.

SEÑOR DEL AIRE

1

A la altura de la rodilla, entre el tilo y el viejo abeto, tiene tensada una cuerda. Ha tenido que hacer una hendidura en los troncos, y en el abeto fue fácil, pero en el tilo se le resbalaba el cuchillo todo el rato, aunque al final lo ha logrado. Comprueba los nudos, se quita lentamente los zuecos, sube a la cuerda, se cae.

Ahora vuelve a subirse, abre los brazos en cruz y da un paso. Abre los brazos en cruz, pero no puede mantener el equilibrio y se cae. Se levanta otra vez, lo intenta, se cae otra vez.

Lo intenta una vez más y se cae.

No se puede andar sobre una cuerda. Eso es evidente. Los pies humanos no están hechos para ello. ¿Qué sentido tiene intentarlo siquiera?

Pero sigue intentándolo. Todas las veces, empieza en el tilo, todas las veces se cae al momento. Las horas pasan. Por la tarde, consigue dar un paso, uno solo, y para cuando se pone el sol no ha conseguido dar un segundo. Sin embargo, por un instante, la cuerda lo ha sostenido, y ha permanecido de pie sobre ella como sobre suelo firme.

Al día siguiente llueve a cántaros. Se queda en casa ayudando a su madre. «Mantén la tela tensa, hijo, déjate de fantasías, por Cristo...» Y la lluvia tamborilea sobre el tejado como cientos de deditos.

Al día siguiente sigue lloviendo. Hace un frío terrible y la cuerda está húmeda, no se puede dar ni un paso.

Al día siguiente, más lluvia. Sube a la cuerda y se cae y vuelve a subir y se cae, todas las veces. Un rato se queda tumbado en el suelo, con los brazos abiertos; el cabello, una pura mancha oscura de lo empapado que está.

Al día siguiente es domingo, con lo cual solo puede dedicarse a la cuerda por la tarde, pues la misa dura la mañana entera. A última hora consigue dar tres pasos que podrían haber sido cuatro de no haber estado la cuerda mojada.

Poco a poco, encuentra la manera de hacerlo. Sus rodillas aprenden, los hombros adoptan otra postura. Hay que plegarse al balanceo, dejar las rodillas y las caderas completamente relajadas, adelantarse a la caída. La gravedad te arrastra, pero ahí ya has avanzado tú. Funámbulo: dícese del que huye de la caída.

Los días que siguen son más templados. Chillan los grajos, zumban escarabajos y abejas, y el sol deshace las nubes. Al respirar, salen nubecillas de vaho de la boca. La claridad de la mañana transporta las voces, oye a su padre en la casa, gritándole a un mozo. Canta para sí, la canción de quien lleva la guadaña, es decir: la Muerte, que tiene poder sobre el gran Dios, y la melodía cuadra muy bien con los pasos sobre la cuerda, pero al parecer cantaba demasiado alto, porque de repente aparece Agneta, su madre, y le pregunta cómo es que no está trabajando.

—Voy enseguida.

—Hay que ir a por agua —le dice—. Y limpiar la estufa.

Él abre los brazos en cruz, sube a la cuerda e intenta no mirar la barriga redonda de Agneta. ¿Será verdad que lleva dentro una criatura que se mueve y da patadas y escucha lo que dicen? La idea le perturba. Si Dios quiere crear una persona, ¿por qué la crea dentro de otra persona? Hay algo feo en ello, en eso de que todos los seres nazcan en lo oculto: los gusanos, en la masa del pan, las moscas en el estiércol, los gusanos, en la parda tierra. Tan solo muy raras veces —le ha explicado su padre— salen niños en las raíces de la mandrágora, y más raro aún es que salgan bebés de huevos podridos.

—¿No querrás que te mande a Sepp? —pregunta la madre—. ¿Quieres que mande a Sepp a por ti?

El niño se cae de la cuerda, cierra los ojos, abre los brazos en cruz, se sube otra vez. Para cuando vuelve a mirar, la madre se ha ido.

Espera que la amenaza no se haga realidad, pero al cabo de un rato aparece Sepp de verdad. Se queda un momento mirando al niño, luego se acerca a la cuerda y lo hace bajar de golpe, y no de un empujoncito, sino con un golpe tan fuerte que lo hace caer de bruces al suelo. De rabia, el niño insulta a Sepp llamándole «culo de buey asqueroso que se acuesta con su propia hermana».

No ha sido una reacción inteligente, pues en primer lugar no sabe si Sepp, quien como todos los mozos ha venido de alguna parte y volverá a marcharse a alguna parte, siquiera tiene una hermana; y, en segundo lugar, un insulto es justo lo que el bruto de Sepp estaba esperando. Antes de que el niño llegue a incorporarse, tiene al mozo sentado sobre la nuca.

No puede respirar. Las piedras se le clavan en la cara. Se revuelve, pero no le sirve de nada, porque Sepp le dobla la edad y pesa tres veces más que él y es cinco veces más fuerte. Así que el niño se contiene para no consumir demasiado aire. La lengua le sabe a sangre. Le entra barro, le da una arcada, escupe. Le zumban y le pitan los oídos y tiene la sensación de que el suelo se levanta, se hunde y se levanta de nuevo.

De pronto, el peso desaparece. Siente que le dan la vuelta para ponerlo boca arriba, la boca llena de tierra, los ojos pegados, un aguijón de dolor en la cabeza. El mozo lo arrastra hasta el molino: por encima de la gravilla y de la tierra, por la hierba, por más tierra, por encima de piedrecillas picudas, pasando por delante de los árboles, por delante de una muchacha que se echa a reír, por delante del pajar, del establo de las cabras. Luego, el mozo lo levanta, abre la puerta y lo empuja adentro.

—Ya era hora —exclama Agneta—. Que la estufa no se limpia sola.

Para ir del molino al pueblo, hay que atravesar una parte del bosque. En cuanto se aclaran los árboles y se cruza la linde del pueblo —prados y pastos y sembrados, un tercio de ellos en barbecho y dos tercios, labrados y protegidos por vallas de madera, porque si no se escapa el ganado o los animales del bosque echan a perder los sembrados— ya se ve la torre del campanario. La mayor parte de las tierras pertenecen a Peter Steger. La mayor parte de los animales también, es fácil reconocerlo porque los tiene marcados en el cuello.

La primera casa que se pasa es la de Hanna Krell. La anciana se sienta a la puerta (¡qué otra cosa iba a hacer!) y remienda ropa, pues así se gana el pan. Luego se encuentra el estrecho paso que queda entre la granja de los Steger y la herrería de Ludwig Stelling, se sube por la pasarela de madera que impide que uno se hunda en el estiércol blando, se deja a la derecha el establo de Jakob Kröhn y se llega a la calle principal, que también es la única calle. Allí vive Anselm Melker con su mujer y sus hijos; a su lado, su cuñado Ludwig Koller y, al lado de este, Maria Loserin, cuyo marido murió el año pasado porque le echaron una maldición; la hija tiene diecisiete años y es muy guapa y se casará con el hijo mayor de Peter Steger. Al otro lado de la calle vive Martin Holtz, el que hace el pan, junto con su mujer y sus hijas, y al lado de ellos están las casas, más pequeñas, de los Tamm, los Henrich y de la familia Heinerling, desde cuyas ventanas suelen oírse sus peleas. Los Heinerling no son buena gente, no tienen honor. Todos menos el herrero y el panadero tienen algún pedazo de tierra fuera del pueblo, y todos tienen unas cuantas cabras, pero solo Peter Steger, que es rico, tiene vacas.

Luego llegas a la plaza del pueblo, con la iglesia, el viejo tilo del pueblo y la fuente. Al lado de la iglesia está la casa del cura, donde alojan al administrador, Paul Steger, primo de Peter Steger, que recorre los campos dos veces al año y, cada tres meses, lleva la recaudación a su señor.

En la parte de detrás de la plaza hay una reja. Abriendo el portón y cruzando el gran campo que también es propiedad de Steger, de nuevo se encuentra uno en el bosque, y si ahí no le tiene demasiado miedo a la Bruja Fría como para no seguir adelante y luego no se pierde en el camino por el bosque bajo, al cabo de seis horas llega a la granja de Martin Reutter. Y si allí no le muerde el perro y continúa, al cabo de tres horas llega al siguiente pueblo, aunque tampoco es mucho más grande.

Obviamente, el muchacho nunca ha estado allí. Nunca ha estado en ninguna parte. Y por más que varias personas que sí han estado en otras partes le hayan dicho que en realidad es todo igual que en el pueblo, él no puede dejar de preguntarse adónde se llega, si uno continúa andando, pero no solo hasta el siguiente pueblo, sino más y más allá.

Sentado a la cabecera de la mesa, el molinero habla de las estrellas. Su mujer y su hijo y los mozos y la chica hacen como que le escuchan. De comer hay gachas. Gachas comieron también el día anterior y gachas se comerán al siguiente, unas veces más espesas y otras con más agua; hay gachas todos los días, a excepción de los días peores, en los que no hay gachas, porque no hay de comer. En la ventana, un grueso cristal contiene el viento; al pie de la estufa se están zurrando dos gatos y, en el rincón, se les ha instalado una cabra que tendría que estar en el establo pero que nadie se decide a echar, porque todos están cansados y el animal tiene unos cuernos muy puntiagudos. En los quicios de la puerta y alrededor de las ventanas hay estrellas de cinco puntas talladas, contra los malos espíritus.

El molinero describe cómo, exactamente diez mil setecientos tres años, cinco meses y nueve días atrás, el Mahlstrom, la gran corriente del corazón de la tierra, se convirtió en fuego. Y, desde entonces, esa cosa que es el mundo gira y gira como una rueca y de ella nacen las estrellas, y así por toda la eternidad, puesto que el tiempo no tiene principio y, por lo tanto, tampoco tiene final.

–No tiene final… –repite, y se detiene a pensar. Se da cuenta de que ha dicho algo extraño–. No tiene final –dice en voz baja–, no tiene final.

Claus Ulenspiegel es del norte, de esas tierras luteranas de allá arriba, de Mölln. Ya no tan joven, llegó a la región una década atrás y, como no era del lugar, no pudo trabajar más que de mozo del molinero. La condición de molinero no es tan deshonrosa como la de desollador o vigilante nocturno, por no hablar de la condición de verdugo, pero tampoco es mucho mejor que la del jornalero y, sin duda, es mucho peor que la de los artesanos en sus gremios y, por supuesto, que la de los campesinos, que no se habrían dignado ni darle la mano a alguien como él. Sin embargo, luego se casó con la hija del molinero, y poco después murió este, así que ahora es molinero él. Además, se dedica a curar a los campesinos, que siguen sin darle la mano, pues lo que no es de recibo no es de recibo; eso sí, cuando les duele algo, van a verlo.

No tiene final… Claus no puede seguir hablando, la cuestión le preocupa demasiado. ¡Cómo no va a tener final el tiempo! Por otra parte… Se frota la cabeza. También tiene que haber empezado en algún punto. Porque, si no hubiera empezado, ¿cómo se habría llegado al momento presente? Mira a su alrededor. No es posible que haya pasado una eternidad de tiempo. Es decir: tiene que haber algún tipo de comienzo. ¿Y antes qué había? ¿Un «antes» del tiempo? Da vértigo. Como en las montañas, cuanto te asomas a una quebrada.

Una vez, cuenta ahora, me asomé yo a una quebrada así, en Suiza, una vez que estuve ayundado a un vaquero a recoger el ganado alpino. Las vacas llevaban unos cencerros enormes y el vaquero se llamaba Ruedi. Claus titubea, ahora le viene a la cabeza lo que en realidad quería contar. El caso es que se asomó a la quebrada, que era tan profunda que no se alcanzaba a ver el fondo. Así que le preguntó al vaquero, que, por cierto, se llamaba Ruedi (un nombre bien curioso):

—¿Cómo es de profunda?

Y Ruedi, arrastrando las palabras como si el agotamiento se hubiera adueñado de él, le contestó:

—No tiene fondo.

Claus suspira. Las cucharas se mueven en silencio. Al principio, prosigue, pensó que eso no era posible y que el vaquero era un mentiroso. Y luego se preguntó si aquella garganta no sería la entrada del infierno. Pero, de repente, comprendió que eso tampoco tenía ninguna importancia. Tuviera fondo o no la quebrada, bastaba con mirar hacia lo alto para ver una garganta sin fondo. Con gesto de esfuerzo, se rasca la cabeza. Una garganta, murmura, que simplemente sigue y sigue y sigue más y más todavía, y en la que, por lo tanto, caben todas las cosas del mundo y, aun así, no llenan nunca ni una mínima parte de sus profundidades, de una profundidad frente a la cual todo se convierte en nada... Toma una cucharada de gachas. ¡Menudo vértigo le entra ahí a uno! Igual que te pones malo con solo tratar de hacerte idea de que los números no terminan nunca... De pensar que a cada número se le puede sumar uno más, como si no hubiera dios que le pusiera freno al asunto. ¡Siempre se podía sumar uno más! Contar sin llegar a un final, profundidades sin fondo, tiempo antes del tiempo... Claus menea la cabeza. ¿Y si...?

De pronto, Sepp da un grito. Se aprieta la boca con las manos. Todos lo miran desconcertados, pero sobre todo contentos por la interrupción.

Sepp escupe unas cuantas piedrecillas marrones que ofrecen el mismo aspecto que los tropezones de las gachas. No ha sido fácil echárselas en el tazón sin que nadie se diera cuenta.

Para hacer algo así hay que esperar el momento idóneo y, en caso necesario, incluso provocar uno mismo el momento de distracción. Por eso, un rato antes, el niño le había dado una patada en la espinilla a Rosa, la chica, y, al soltar ella un grito y llamarle rata asquerosa y replicarle él llamándola vaca fea y luego ella de nuevo diciéndole que era más sucio que la propia mierda, y al decirles su madre a los dos que, en el nombre de Dios, o se callaban o esa noche se quedaban sin cena, en el preciso instante en que todos miraban a Agneta, se había apresurado a inclinarse hacia delante para dejar caer las piedras en las gachas de Sepp. El momento idóneo se puede esfumar enseguida, pero si uno presta atención, lo encuentra. Podría pasar un unicornio por la habitación sin que los demás se dieran cuenta.

Sepp se palpa el interior de la boca con un dedo, escupe una muela sobre la mesa, levanta la cabeza y clava los ojos en el niño.

Mala cosa. El niño confiaba bastante en que Sepp no ataría cabos, pero parece ser que no es tan palurdo.

El niño se levanta de un salto y corre hacia la puerta. Por desgracia, Sepp no solo es muy alto, sino también rápido, y lo atrapa. El niño intenta zafarse, pero no lo consigue, Sepp coge impulso y le da un puñetazo en la cara. El golpe eclipsa todos los demás ruidos.

El niño entreabre los ojos, Agneta se ha puesto de pie enseguida, la chica se ríe, le hace gracia que se peguen. Claus permanece sentado con el ceño fruncido, absorto en sus cavilaciones. Los otros dos mozos, con los ojos como platos, contemplan la escena con curiosidad. El niño no oye nada, la habitación le da vueltas, ahora tiene el techo debajo, Sepp lo ha cargado al hombro como un saco de harina. Así se lo lleva fuera, y el niño ve hierba por encima de su cabeza, y abajo ve la curva del cielo, atravesado por los jirones de nube del atardecer. Ahora vuelve a oír algo: una nota aguda y temblorosa suspendida en el aire.

Sepp lo lleva sujeto de los brazos y le mira fijamente a la cara, de muy cerca. El niño puede ver la piel enrojecida entre la barba del mozo. Donde se le ha caído la muela, tiene sangre. Ahora podría estamparle el puño en la cara con todas sus fuerzas. Sepp lo dejaría caer y, si consiguiera ponerse en pie deprisa, podría sacarle ventaja y llegar al bosque. Pero ¿para qué? Vivían los dos en el mismo molino. Si Sepp no lo pillaba ese día, lo pillaría al siguiente, y si no era al día siguiente, sería al otro. Más valía zanjar el asunto ahora que estaban mirando todos. Sepp no lo mataría delante de los ojos de los demás.

Todos han salido de la casa; Rosa se pone de puntillas para ver mejor, sigue riendo, y también se ríen los dos mozos, parados a su lado. Agneta grita algo; el niño la ve abrir la boca y agitar las manos, pero no la oye. Junto a ella, Claus sigue con aire de estar pensando en otra cosa.

Sepp lo ha levantado por encima de su cabeza. El niño teme que vaya a estamparlo contra el duro suelo; se tapa la cara con las manos para protegerse. Pero el mozo avanza un paso más... y otro y un tercero, y entonces el corazón del niño se pone a palpitar muy deprisa. Le late la sangre en los oídos y rompe a gritar. No puede oír su propia voz, grita más fuerte, pero sigue sin oírse. Se ha dado cuenta de lo que Sepp pretende. ¿Se darán cuenta los demás también? Aún podrían intervenir, pero... ya no. Sepp lo ha hecho. El niño cae.

Sigue cayendo. El tiempo parece ralentizarse, le alcanza para mirar a su alrededor, siente la caída, ese deslizarse por el aire, y aún le alcanza para pensar que está sucediendo justo aquello de lo que llevan advirtiéndole toda su vida: no te metas en el arroyo justo delante de la rueda del molino, no te pongas delante nunca, en ningún caso, ni se te ocurra, nunca, nunca, jamás de los jamases te metas en el arroyo por delante de la rueda del molino. Y ahora, después de pensarlo y todo, la caída continúa, y sigue cayendo y sigue cayendo, y justo en el momento en que empieza a pensar otra cosa —concretamente: que a lo mejor no pasa nada y todavía dura más la caída–, se choca contra la superficie del agua y se hunde, y también ahora transcurre un instante hasta que siente el mordisco del agua helada. Se le hace un nudo en el pecho, todo se vuelve negro.

Nota cómo un pez le roza la mejilla. Nota la corriente del agua, nota cómo corre cada vez más y más deprisa, siente la fuerza de la corriente entre los dedos. Sabe que lo que tendría que hacer es agarrarse a algo, pero a qué, si todo está en movimiento y no hay nada firme por ninguna parte... Y entonces siente un movimiento por encima de su cabeza y no puede evitar que le venga a la mente lo que, con horror y curiosidad, lleva imaginando toda la vida: qué hacer si de verdad sucede que te caes al agua justo delante de la rueda del molino. Y todo es distinto y no puede hacer nada y sabe que está a punto de morir, aplastado, machacado, molido literalmente, aunque todavía alcanza a pensar que no debe subir a la superficie, que es ahí donde no hay escapatoria, porque es ahí donde está la rueda. Lo que tiene que hacer es bajar.

Ahora bien, ¿qué es abajo?

Con todas sus fuerzas, mueve los brazos para nadar. Morir no es nada, eso lo ve claro. Sucede muy deprisa, es facilísimo: da un paso en falso, un salto, haz un movimiento... y ya no estarás entre los vivos. Una brizna de hierba que se corta, un escarabajo que alguien pisa, una llama que se apaga, una persona que muere. ¡Eso no es nada! Sus manos topan con el barro, ha logrado llegar al fondo.

Y entonces sabe que ese día no va a morir. Largas hebras de hierba lo acarician, le entra barro por la nariz, nota una corriente fría en la nuca, oye un crujido, nota algo en la espalda y luego en los talones: ha pasado por debajo de la rueda.

Se da impulso en el suelo para subir a la superficie. Mientras asciende, por un instante ve una cara pálida de ojos grandes y vacíos, con la boca abierta, que brilla difusamente en la oscuridad del agua, será el espíritu de algún niño que, en su día, tuvo menos suerte que él. Bracea. Llega donde hay aire. Respira y escupe barro y tose y se agarra a la hierba y trepa jadeando hasta la orilla.

Su ojo derecho capta una mancha con patitas avanzando hacia él. Parpadea. La mancha se acerca. Siente un cosquilleo sobre la ceja, se aprieta la cara con la mano, la mancha desaparece. A lo lejos, redonda y brillante, una nube flota por el aire. Alguien se inclina sobre él. Es Claus. Se arrodilla, alarga la mano y le toca el pecho, murmura algo que el niño no entiende, porque sigue oyendo el tono agudo suspendido en el aire que absorbe todos los demás sonidos, pero en tanto que su padre le habla, este tono se va apagando poco a poco. Claus se pone de pie y el sonido ha cesado.

Ahora también está Agneta. Y, junto a ella, Rosa. Cada vez que aparece alguien, el niño tarda un rato en reconocer su cara; algo ha pasado en su cerebro que lo ha vuelto más lento, y todavía no funciona como debe. El padre hace movimientos circulares con las manos. El niño siente que recupera las fuerzas. Quiere hablar, pero de su garganta solo sale una especie de graznido.

Agneta le acaricia la mejilla.

—Dos veces —le dice—, ahora estás bautizado dos veces.

Él no entiende lo que quiere decir. Será por el dolor que siente en la cabeza, un dolor tan fuerte que no solo se adueña por completo de él, sino del mundo entero, de todas las cosas visibles, de la tierra, de las personas que lo rodean, sino también de la nube de allá, a lo lejos, que sigue blanca como la nieve recién caída.

—Anda para casa —dice Claus.

Parece que le estuviera regañando, como si lo hubiera sorprendido en alguna travesura.

El niño se incorpora, se inclina hacia delante y vomita. Agneta se arrodilla a su lado y le sujeta la cabeza.

Luego ve cómo su padre le propina un bofetón a Sepp. El cuerpo de Sepp se encoge, se sostiene la mejilla con la mano y no termina de erguirse de nuevo cuando recibe el segundo golpe. Y después un tercero, de nuevo con mucha fuerza, tanta que casi lo hace caer al suelo. Claus se frota las manos doloridas, Sepp se aleja haciendo eses. El niño sabe que no le ha dolido mucho, pues el mozo es mucho más fuerte que el molinero. Pero hasta Sepp sabe que quien ha estado a punto de matar al hijo del que le da de comer merece un castigo, como, a su vez, el molinero y todo el mundo sabe que tampoco pueden echarlo sin más: Claus necesita tres mozos, con menos no se arregla, y, si falla uno, pueden pasar semanas hasta que aparezca algún mozo de molinero en busca de trabajo, y los mozos que suelen trabajar para los campesinos no quieren el trabajo del molino, porque queda demasiado lejos del pueblo y es una profesión sin honor que solo están dispuestos a realizar los desesperados.

—Anda para casa —dice ahora también Agneta.

Casi es de noche. Todos tienen prisa, a nadie le gusta permanecer fuera de la casa. Todos saben lo que sucede en los bosques por la noche.

—Bautizado dos veces —repite Agneta.

A punto de preguntarle qué quiere decir con eso, el niño se da cuenta de que ya no está. A su espalda se oye el murmullo del arroyo, a través de la gruesa cortina de la ventana del molino llega un poco de luz al exterior. Claus habrá encendido ya la vela de sebo. Está claro que nadie va a hacer el esfuerzo de llevarlo a casa.

Temblando de frío, se pone de pie. Ha sobrevivido. A la rueda del molino. Ha sobrevivido a la rueda del molino. A la rueda del molino. Ha sobrevivido. Se siente inefablemente ligero. Da un salto, pero al bajar de nuevo al suelo, le falla la pierna y cae sobre la rodilla gimiendo de dolor.

Desde el bosque llega un susurro. El niño contiene la respiración y aguza los oídos: ahora es un gruñido, ahora un siseo, luego cesa por un momento y luego comienza de nuevo. Siente que le bastaría con escuchar más atentamente para llegar a entender palabras. Pero no tiene la más mínima intención. A la pata coja, corre hacia el molino.

Pasan semanas hasta que la pierna le permite volver a practicar en la cuerda. Ya el primer día, aparece por allí una de las hijas del panadero y se sienta en la hierba. Él la conoce de vista, su padre acude al molino con frecuencia, porque desde que Hanna Krell le echó una maldición después de una pelea, lo atormenta el reúma. Los dolores no le dejan dormir, así que necesita la magia de Claus para contrarrestarlos.

El niño se plantea echarla de allí. Pero, primero, sería feo; segundo, no se le ha olvidado que, en las últimas fiestas del pueblo, esa hija del panadero ganó en el concurso de lanzar piedras. Debe de ser muy fuerte, y a él todavía le duele todo el cuerpo. Así que tolera su presencia. Aunque no la ve más que por el rabillo del ojo, le llama la atención que tiene los brazos y la cara cubiertos de pecas y que, al sol, sus ojos son tan azules como el agua.

—Tu padre —dice la niña—, le ha dicho a mi padre que el infierno no existe.

—Eso no se lo ha dicho.

Y consigue dar cuatro pasos antes de caerse.

—Que sí.

—Jamás —dice él con determinación—. Te lo juro.

Está bastante seguro de que la niña tiene razón. Aunque lo cierto es que su padre podría haber dicho lo contrario: ya estamos en el infierno, a todas horas, y nunca saldremos de él. O igual podría haber dicho que estamos en el cielo. Ya ha oído decir a su padre cuanto se puede decir, le ha oído de todo.

—¿Ya te has enterado? —pregunta la niña ahora—. Peter Steger ha sacrificado a una ternera junto al viejo árbol. Lo ha contado el herrero. Estaban tres. Peter Steger, el herrero y Heinerling padre. Fueron por la noche al prado y dejaron la ternera allí, para la Bruja Fría.

—Yo también estuve una vez —dice él.

Ella se echa a reír. Por supuesto, no le cree y, por supuesto, hace bien, porque él no ha estado allí nunca; nadie va al prado salvo por obligación.

—¡Te lo juro! —insiste él—. Créeme, Nele.

Vuelve a subir a la cuerda y se mantiene de pie sobre ella sin agarrarse. Ahora sabe hacerlo. Para sellar el juramento, coloca dos dedos de la mano derecha sobre el corazón. Eso sí, se apresura a retirar la mano, pues acaba de acordarse de que, el año anterior, la pequeña Käthe Loser juró una cosa en falso a sus padres y a las dos noches se murió. Para salir del apuro, finge perder el equilibrio y se deja caer sobre la hierba cuan largo es.

—Sigue, sigue —dice Nele sin inmutarse.

—¿Con qué? —pregunta levantándose con la cara descompuesta de dolor.

—Con la cuerda. Saber hacer algo que no sepa nadie más. Eso está bien.

Él se encoge de hombros. No termina de saber si Nele se burla de él.

—Me tengo que ir —dice ella entonces, se pone de pie y echa a correr.

Mientras la sigue con la mirada, se frota el hombro dolorido. Luego vuelve a subir a la cuerda.

La semana que sigue, tienen que llevar un carro de harina a la granja de Reutter. Martin Reutter les trajo el grano tres días atrás, pero no puede recogerlo porque se le ha roto la pértiga. Ayer vino a decirlo Heiner, su mozo.

La situación es muy complicada. No se debe enviar al mozo solo con la harina, porque bien podría darse a la fuga con todo y desaparecer para siempre, que de un mozo no hay que fiarse nunca. Por otro lado, Claus no puede dejar el molino, porque hay demasiado trabajo, así que es Agneta la que lo acompaña, pero como tampoco va a cruzar el bosque ella sola con Heiner, pues ya se sabe que los mozos son capaces de cualquier cosa, se llevan al chico con ellos.

Se ponen en camino antes de amanecer. Esa noche ha caído muchísima lluvia. La niebla sigue envolviendo los troncos de los árboles, todavía parece que sus copas se pierden en el cielo oscuro, las praderas están saturadas de agua. El burro va avanzando y tirando, a él le da todo igual. El niño lo conoce desde que tiene memoria. Ha pasado muchas horas sentado a su lado en el establo, oyendo sus suaves resoplidos, acariciándolo, y le gusta cómo el animal le restriega el hocico, siempre húmedo, contra la mejilla. Agneta lleva las riendas, el niño va a su lado en el pescante, con los ojos medio cerrados, arrimándose a ella. Detrás va Heiner, tumbado sobre las sacas de harina; a veces emite un gruñido, otras se ríe solo y no se sabe si duerme o va despierto.

De haber tomado el camino ancho, podrían haber llegado a su destino a primera hora de esa misma tarde, pero ese camino pasa demasiado cerca del claro del bosque donde está el viejo sauce. Y las criaturas no nacidas no deben pasar tan cerca de la Bruja Fría jamás. Así que no les queda otro remedio que dar un rodeo por el sendero cubierto de hierba que conduce a través del interior del bosque, pasando por el Ahornhügel y por la gran charca que llaman «charca de los ratones».

Agneta va hablando de cuando todavía no era la esposa de Ulenspiegel. Uno de los dos hijos del panadero, Holtz, quería casarse con ella. La amenazó con irse de mercenario si lo rechazaba. Pretendía marcharse al este, a las llanuras de Hungría, a luchar contra los turcos. Y ella había estado a punto de aceptarlo, por qué no, si al final todos los hombres son iguales. Sin embargo, entonces llegó al pueblo Claus, un católico del norte, cosa que ya es bien rara en sí misma, y, cuando Agneta se casó con él, porque no se le pudo resistir, el joven Holtz no se fue al este tampoco. Se quedó haciendo pan, y luego, dos años más tarde, cuando la peste atravesó el pueblo, fue el primero que murió, y luego, al morir también su padre, el hermano se hizo cargo de la panadería.

Agneta suspira y acaricia la cabeza del chico.

—Ay, no sabes cómo era. Joven y esbelto… y tan distinto de todos los demás.

El niño tarda un rato en comprender de quién está hablando.

—Lo sabía todo. Sabía leer. Y además era guapo. Fuerte… y tenía los ojos claros y cantaba y bailaba mejor que ningún otro. —Se para a pensar un instante—. Era… ¡inteligente!

El niño asiente con la cabeza. Preferiría escuchar un cuento.

—Es una buena persona —dice Agneta—. Eso que no se te olvide.

El niño no puede evitar bostezar.

—Lo que pasa es que siempre está con la cabeza en otra parte. En su día, no lo supe ver. Claro, yo no sabía que hay hombres así. ¿De qué iba yo a saber nada? Yo no he salido de este pueblo en mi vida. Ni que alguien como él tampoco termina de estar bien entre nosotros. Al principio, solo estaba con la cabeza en otra parte a ratos, por lo general estaba conmigo y me cargaba en brazos y nos reíamos, y ¡qué ojos tan claros tenía!… Solo a veces se enfrascaba en sus libros o en sus experimentos y ponía algo al fuego o hacía mezclas de polvos. Y luego cada vez pasaba más tiempo con sus libros y menos conmigo, y luego cada vez menos… y ahora, ¿qué? Ya lo ves tú. El mes pasado, por ejemplo, que se nos quedó parado el molino. Tres días tardó en arreglarlo, porque antes tenía que probar no sé qué en la pradera. El señor molinero no tenía tiempo para su molino. Y encima arregló la rueda mal, el eje se quedó bloqueado y tuvimos que pedirle ayuda a Anselm Melker. ¡Pero al señor molinero le dio igual!

—¿Me cuentas un cuento?

Agneta dice que sí con la cabeza.

—Hace mucho tiempo… —comienza—, cuando las piedras aún eran jóvenes y aún no existían los duques y la gente no tenía que pagar el diezmo… Hace mucho tiempo, cuando ni siquiera existía la nieve del invierno…

Vacila un momento, se toca la barriga y coge las riendas cortas. El camino por el que van ahora es angosto y lo atraviesan gruesas raíces. Un mal paso del burro y el carro podría volcar.

—Hace mucho tiempo… —vuelve a comenzar Agneta—, hubo una niña que encontró una manzana de oro, e iba a compartirla con su madre, pero se cortó el dedo, y de las gotas de su sangre salió un árbol que dio muchas manzanas, aunque no eran de oro, sino unas manzanas arrugadas muy, muy feas y asquerosas, y quien las comía se moría de una muerte horrible. Porque la madre de la niña era una bruja que guardaba la manzana de oro como las niñas de sus ojos, y a cada caballero que pasaba por allí para pedirle la mano de su hija lo hacía pedazos y lo devoraba, y al hacerlo se reía y preguntaba: «¿Es que no hay ningún héroe entre vosotros?». Y cuando por fin llegó el invierno y lo cubrió todo de fría nieve, la pobre hija tuvo que ponerse a limpiar y a guisar para su madre, día tras día sin llegar a un final.

—¿Nieve?

Agneta guarda silencio.

—Acabas de decir que no había nieve en invierno.

Agneta no dice nada.

—Perdona… —dice el niño.

—Entonces, la pobre hija tuvo que ponerse a limpiar y a cocinar para su madre, día tras día sin llegar a un final, con todo lo guapa que era, tanto que ningún hombre era capaz de mirarla sin enamorarse de ella.

Agneta guarda silencio, luego gime muy bajito.

—¿Qué pasa?

—En fin, que la hija se marcha en pleno invierno, porque ha oído contar que lejos, lejos, lejos, muy lejos de allí, a la orilla del gran océano, hay un chico merecedor de la manzana de oro. Claro, previamente ha tenido que escaparse, y ha sido muy difícil, porque la madre, la bruja, estaba ojo avizor.

Agneta vuelve a quedarse en silencio. Ahora, el bosque es muy espeso, solo se ve un trocito de cielo azul entre las copas de los árboles, muy arriba. Agneta tira de las riendas, el burro se para. En mitad del camino aparece de un salto una ardilla, los mira con sus ojillos fríos y, luego, con la rapidez de un espejismo, se esfuma. El mozo que va en la parte de atrás deja de roncar y se incorpora.

—¿Qué pasa? —vuelve a preguntar el niño.

Agneta no contesta. De repente se ha puesto blanca como un cadáver. Ahí se da cuenta el niño de que tiene toda la falda manchada de sangre.

Por un momento, se extraña de no haber visto antes una mancha tan enorme, y entonces comprende que, justo antes, esa sangre no estaba ahí.

—Ya viene —dice Agneta—. Tengo que volver.

El niño la mira fijamente.

—Agua caliente —dice la madre, quebrándosele la voz—. Y a Claus. Necesito agua caliente y a Claus con sus conjuros y sus hierbas. Y a la partera del pueblo, Lise Köllerin.

El niño la mira fijamente. Heiner la mira fijamente. El burro mira fijamente al vacío.

—Porque, si no, me voy a morir —dice—. Sin remedio. No se puede hacer nada. Aquí no puedo dar media vuelta con el carro, que me sostenga Heiner, vamos a pie y tú te quedas guardando esto.

—¿Por qué no seguimos en el carro?

—Tardaríamos hasta la noche en llegar a donde Reutter, es más rápido volver al molino a pie —dice, bajando del carro entre jadeos. El niño quiere tomarla del brazo, pero ella lo aparta—. ¿Lo has entendido?

—¿Qué?

Agneta intenta tomar aire.

—Alguien se tiene que quedar guardando la harina. Vale tanto como medio molino.

—¿Solo en el bosque?

Agneta gime.

Heiner, con gesto bobo, mira alternadamente a uno y otro.

—Vaya par de inútiles… —Agneta coloca las manos sobre las mejillas de su hijo y lo mira a los ojos tan fijamente que el niño ve su reflejo en las pupilas. La madre tiene la respiración acelerada y le sale un silbido del pecho—. Corazón mío, mi chico… ¿lo has entendido? Te vas a quedar aquí esperando.

Al niño le late el corazón tan fuerte que piensa que su madre puede oírlo. Trata de decirle que no es una buena idea, que el dolor le nubla el pensamiento. No lo conseguirá yendo a pie, tardarán horas y pierde demasiada sangre. Pero la garganta se le ha quedado seca, se le quedan las palabras dentro. Sin poder hacer nada, la ve alejarse dando tumbos, apoyada en Heiner. El mozo hace de bastón, pero casi la va cargando; a cada paso, Agneta da un gemido de dolor. Durante un rato, el niño aún puede seguirlos con la mirada, luego oye los gemidos cada vez más apagados y luego está solo.

Durante un rato, se distrae tirando de las orejas al burro. De la derecha y de la izquierda y de la derecha de nuevo, y todas las veces sale un triste sonido de boca del animal. ¿Cómo tendrá tanta paciencia, cómo será tan bueno, cómo es que no me muerde? Clava la mirada en el ojo derecho del burro. Parece una bola de cristal en la cuenca, tan oscuro, acuoso y vacío. No parpadea, solo reacciona un poco al tocarlo con el dedo. El niño se pregunta qué se sentirá siendo ese burro. Estando encerrado en el alma de un burro, con una cabeza de burro sobre los hombros, llena de ideas de burro… ¿Cómo será?

Contiene la respiración y escucha. El viento: ruidos dentro de ruidos al fondo de otros ruidos, zumbidos y murmullos, chirridos y gemidos y crujidos. El siseo de las hojas superpuesto al siseo de voces… y de nuevo tiene la sensación de que solo necesitaría escuchar con más atención para entender lo que dicen. Se pone a tararear para sí, pero el sonido de su voz le resulta extraño.

Ahí cae en la cuenta de que las sacas de harina están atadas con una cuerda; una cuerda larga que va de una saca a otra. Aliviado, saca su cuchillo y empieza a tallar muescas en los troncos.

En cuanto ve la cuerda tensada entre dos árboles a la altura de su pecho, se siente mejor. Comprueba su firmeza y se quita los zapatos, se sube y, con los brazos en cruz, la recorre hasta la mitad. Y se queda quieto, frente al carro con el burro, suspendido sobre el camino embarrado. Pierde el equilibrio, salta al suelo, se apresura a subir de nuevo. Una abeja aparece desde los arbustos, desciende otra vez y desaparece entre el verde. Lentamente, el niño empieza a caminar. Casi llega al otro extremo, pero al final se termina cayendo.

Permanece un rato tirado en el suelo. ¿Para qué levantarse? Rueda hasta quedar boca arriba. Siente como si el tiempo se hubiera detenido. Algo ha cambiado: el viento sigue susurrando, y las hojas de los árboles siguen moviéndose, y al burro le suenan las tripas, aunque ninguna de esas cosas tiene nada que ver con el tiempo. Antes era «ahora», y ahora es «ahora», y en el futuro, cuando todo sea distinto y cuando estén otras personas y ya nadie se acuerde de él ni de Agneta ni de Claus ni del molino, también seguirá siendo «ahora».

La franja de cielo que veía en lo alto se ha vuelto de color azul oscuro y empieza a cubrirse de un gris aterciopelado. Por los troncos de los árboles bajan reptando las sombras, y de pronto se ha hecho de noche en la tierra. La luz de allá, a lo lejos, se concentra en unas pequeñas chispas. Y luego es de noche cerrada.

El niño llora. Pero como no hay nadie para ayudarlo y como, en realidad, uno nunca puede llorar más que un rato sin que se le agoten las fuerzas y las lágrimas, deja de llorar.

Tiene sed. Agneta y Heiner se han llevado el odre de la cerveza, se lo sujetó con una correa Heiner y a ninguno se le ocurrió dejarle algo de beber. Tiene la boca seca. Debería de haber un arroyo cerca, pero ¿cómo encontrarlo?

Los ruidos son muy distintos a los que se oyen por el día: otros sonidos de animales, otro viento, también las ramas crujen de otra manera. Aguza el oído. Por allá se debe de estar más seguro. Intenta trepar a un árbol. Pero es difícil cuando apenas se ve nada. Las delgadas ramas se quiebran y la corteza llena de aristas le corta los dedos. Se le sale un zapato; oye cómo golpea contra una rama y después contra otra. Abrazado al tronco, se da impulso y consigue subir otro poco. Luego ya no puede más.

Durante un rato, se queda allí colgado. Había imaginado que podría dormir sobre una rama gruesa, apoyado en el tronco del árbol, y es ahora cuando se da cuenta de que es imposible. En un árbol no hay ningún punto blando y hay que permanecer agarrado todo el tiempo para no caerse. Se le clava una rama en la rodilla. De entrada cree que podrá aguantar, pero llega un momento en que le resulta insoportable. También la rama sobre la que se ha sentado le hace daño. Le viene a la mente el cuento de la bruja mala que tenía una hija muy guapa y en el que también había una manzana de oro y un caballero. ¿Llegarán a contarle cómo termina?

Baja del árbol. Cuesta mucho en la oscuridad, pero es hábil y no se resbala y consigue llegar bien al suelo. Lo que no encuentra es el zapato. Menos mal que está el burro. El niño se aprieta contra el suave animal, tiernamente maloliente.

Se le ocurre que podría volver su madre. Si se había muerto de camino a casa, podría aparecerse de pronto. Podría pasar junto a él, susurrarle algo al oído, mostrarle su rostro transformado. La mera idea hace que se le hiele el corazón. ¿Será verdad que te mueres del susto si regresa una persona a la que has querido hasta que se muere? Se acuerda de que, el año anterior, la pequeña Gritt yendo a coger setas se encontró a su padre muerto: no tenía ojos y flotaba a un palmo del suelo. Y se acuerda también de la cabeza que vio su abuela hace muchos años en la piedra que marca la frontera detrás de la granja de Steger… ¡Levántate la falda, chica! Y no es que hubiera nadie escondido detrás de la piedra, sino que, de pronto, la piedra tenía ojos y labios… ¡Vamos, chica, levántate la falda a ver qué tienes debajo! La abuela se lo había contado cuando era pequeño; ahora llevaba mucho tiempo muerta, y también su cabeza se habría descompuesto y sus ojos se habrían convertido en piedras, y su pelo, en hierba. El niño se obliga a dejar de pensar en esas cosas, pero no lo consigue, y, sobre todo, no consigue borrar de su cabeza una idea: es mejor que Agneta esté muerta del todo, ojalá esté atrapada en las profundidades del perpetuo infierno en lugar de aparecerse entre los arbustos en forma de espíritu.

El burro da un respingo, se oye un crujido de madera cerca de ellos, el niño siente que el pantalón se le llena de calor. Un cuerpo imponente pasa de largo, vuelve a alejarse, y el pantalón se enfría y pesa. El burro gruñe, también él lo ha sentido. ¿Qué ha sido eso? Ahora se ve como un resplandor verdoso entre las ramas, más grande que una luciérnaga, pero no tan luminoso, y el miedo hace que le vengan a la cabeza imágenes febriles. Tiene calor y luego frío. Y luego, otra vez calor. Y, a pesar de todo, piensa: Agneta, viva o muerta, no debe enterarse de que se ha mojado los pantalones, porque le daría unos buenos azotes. Entonces la ve, gimiendo al pie de un arbusto que al mismo tiempo es la cinta de la que está colgada la tierra de la luna, y, ahí, un último ápice del sano juicio que está a punto de perder le dice que es que está quedándose dormido, agotado por el miedo y por tantos sobresaltos, a merced de las fuerzas que lo abandonan sobre el frío suelo y con todo el ruido nocturno del bosque, junto al burro que ronca suavemente. Así pues, no sabe que, en efecto, no lejos de allí yace su madre, gimiendo y jadeando en el suelo bajo un arbusto que no es muy diferente del arbusto de su sueño, un enebro magnífico cuajado de bayas. Allí está, en la oscuridad, allí.

Agneta y el mozo habían tomado el camino más corto, pues ella estaba demasiado débil para dar ningún rodeo, con lo cual habían pasado por el claro y demasiado cerca de la

Bruja Fría. Ahora, Agneta está en el suelo y apenas le quedan fuerzas como apenas le queda voz para gritar, y Heiner permanece sentado a su lado, con el recién nacido en el regazo. El mozo piensa en salir corriendo. ¿Qué lo retiene? Esa mujer se va a morir, y si se queda cerca, le echarán la culpa a él. Es lo que pasa siempre. Siempre que pasa algo y hay un mozo cerca, la culpa es del mozo.

Podría desaparecer para siempre, tampoco lo retiene nada en la granja de Reutter, la comida es insuficiente y el campesino no lo trata bien, le pega tan a menudo como a sus propios hijos. ¿Qué le impide dejar allí a la madre y al recién nacido? El mundo es grande, dicen los mozos, y encontrar otros señores es fácil, las granjas nuevas abundan y algo mejor que la muerte se encuentra en cualquier parte que se busque.

Sabe que no se debe estar en el bosque durante la noche, y tiene hambre, y también tiene una sed tremenda, porque en alguna parte ha perdido el odre de cerveza. Cierra los ojos. Eso ayuda. Al cerrar los ojos, uno vuelve a sí mismo, no hay nadie más haciéndote daño, estás en tu interior, allí donde cada uno no es más que uno mismo. Recuerda praderas por las que corría siendo niño, recuerda pan recién hecho, tan bueno como hace mucho tiempo que no le dan, y recuerda a un hombre que le pegaba con un bastón, tal vez fuera su padre, eso ya no lo recuerda. Así que salió corriendo y luego se encontró en otro lugar del que luego también salió corriendo. Salir corriendo es una cosa maravillosa. No hay peligro del que no se pueda escapar, teniendo piernas para correr bien deprisa.

Sin embargo, esta vez no sale corriendo. Sostiene a la criatura recién nacida y también sostiene la cabeza de Agneta, y, cuando ella quiere ponerse de pie, la sostiene y luego la levanta del suelo.

Con todo, Agneta no se habría puesto de pie de no haberse acordado del más poderoso de todos los cuadrados mágicos. Ten muy presente una cosa, le había dicho Claus, no lo utilices más que en caso de necesidad. Puedes escribirlo, pero jamás, jamás debes pronunciarlo. Así pues, había empleado el último resto de cordura que le quedaba para trazar las letras en el suelo. Empezaba con SALOM AREPO, pero no lograba acordarse de cómo seguía; escribir resulta triplemente difícil cuando no has aprendido nunca, es de noche y estás sangrando. Y entonces, ignorando las indicaciones de Claus, había exclamado con voz desgarrada: «¡Salom Arepo Salom Arepo!» Y en el mismo instante, puesto que incluso los fragmentos de algo mágico despliegan algún poder, le había vuelto a la cabeza y se había acordado del resto.

S A L O M

A R E P O

L E M E L

O P E R A

M O L A S

Ya solo con eso, y así pudo sentirlo, cedieron las fuerzas malignas, la hemorragia se redujo y, entre dolores como los que provocan los hierros candentes, la criatura salió de su vientre.

Agneta se habría quedado allí tumbada. Pero sabe que quien ha perdido mucha sangre se queda en el sitio si no se mueve.

–Dámelo.

El mozo le da a la criatura recién nacida.

Agneta no puede verla, la noche es tan negra como si estuvieran todos ciegos, pero al cogerla en brazos nota que aún vive.

Nadie sabrá de ti, piensa. Nadie se acordará, solo yo, tu madre, y yo no olvidaré porque no debo olvidar. Porque todos los demás te olvidarán.

Es lo mismo que les dijo a los otros tres que se le murieron al nacer. Y es cierto, de todos ellos recuerda cuanto se puede recordar: el olor, el peso, la forma del cuerpo entre sus manos, un poco distinta cada vez. Ni siquiera tuvieron nombre.

Las rodillas se le doblan, Heiner la sostiene. Por un instante, casi cae en la tentación de tumbarse de nuevo. Pero ha perdido demasiada sangre, y la Bruja Fría no está lejos, y también podrían encontrarla los espíritus menores. Así pues, le da el recién nacido a Heiner y se dispone a caminar, pero se cae al suelo, lleno de raíces y ramas secas, y siente lo inmensa que es la noche. ¿Por qué nos resistimos en realidad? Con lo fácil que sería. Dejarse ir. Tan fácil…

En cambio, abre los ojos. Nota las raíces sobre las que está. Tiembla de frío y comprende que sigue viva.

De nuevo se pone de pie. Al parecer, ha dejado de sangrar. Heiner le devuelve al recién nacido, lo coge y no tarda en darse cuenta de que ya no queda vida en él, así que se lo devuelve, pues necesita ambas manos para agarrarse al tronco de un árbol. Heiner lo deja en el suelo, pero Agneta le regaña y él se apresura a cogerlo de nuevo. Es impensable dejarlo ahí: se cubriría de musgo, lo envolverían las plantas, los escarabajos harían nido en sus miembros y su espíritu no hallaría descanso.

En ese mismo instante, en la buhardilla del molino, a Claus le asalta el presentimiento de que ha pasado algo. Al punto musita un conjuro, echa una pizca de polvo de mandrágora a la llama de su humeante infiernillo de aceite. El mal presentimiento se confirma: en lugar de rebrotar, la llama se extingue de inmediato. Una fuerte pestilencia se extiende por el cuarto.

En la oscuridad, Claus escribe en la pared un cuadrado mágico de fuerza intermedia.

MILON
IRAGO
LAMAL
OGARI
NOLIM

Después, por si acaso, pronuncia siete veces en voz alta: *Nipson anomemata mi monan ospin.** Sabe que es griego. Lo que significa ya no lo sabe, pero la frase se lee igual al derecho que al revés, y ese tipo de frases tienen un poder especial. Luego vuelve a tumbarse sobre el duro suelo de tablones de madera para continuar con su trabajo.

Actualmente, se dedica a observar el movimiento de la luna noche tras noche. Sus progresos son tan lentos que se desespera. La luna sale por un sitio distinto cada noche, su trayectoria nunca es la misma. Y como al parecer nadie sabe explicárselo, Claus ha decidido descubrirlo por él mismo.

−Cuando algo no se sabe −le dijo Wolf Hüttner una vez−, ¡tenemos que averiguarlo nosotros!

Hüttner es el hombre que fue su maestro, un quiromántico y nigromante de Constanza de profesión: vigilante nocturno. Claus Ulenspiegel estuvo a su servicio un invierno entero y no pasa día en que no se acuerde de él con gratitud. Fue Hüttner quien le enseñó los cuadrados mágicos, los conjuros y los efectos de las hierbas, y Claus no se perdía ni una palabra de lo que le contaba sobre los espíritus menores y sobre los grandes espíritus y sobre los hombres de tiempos remotísimos y sobre los moradores de las profundidades de la tierra y sobre los espíritus del aire, como no se perdía palabra cuando le decía que no se puede uno fiar de los sabios, porque en realidad no saben nada, solo que no lo reconocen con tal de no perder el favor de sus príncipes; y, cuando Claus continuó su camino después del deshielo, llevaba tres libros de la colección de Hüttner en el morral. Por entonces todavía no sabía leer, pero eso se lo enseñó después un sacerdote de Augsburgo al que le curó el reúma, y cuando continuó su camino también se llevó tres libros de la biblioteca del sacerdote. Pesaban lo suyo todos aquellos libros: una docena de ellos en un saco era como cargar plo-

* «Lava mis pecados, no solo mi rostro.» *(N. de la T.)*

mo. Pronto comprendió que, o dejaba los libros o tenía que establecerse en algún lugar, a ser posible alejado de las grandes vías de tránsito, pues los libros son caros y no todos los dueños se habían desprendido de ellos voluntariamente, así que, con mala suerte, aún podía presentarse un día Hüttner en su puerta, echarle una maldición y reclamarle lo que era de su propiedad.

Cuando, en efecto, los libros fueron demasiados como para seguir viviendo errante, el propio destino determinó su trayectoria. Le cayó en gracia la hija de un molinero, pues era agradable de ver y también era divertida y tenía fuerza, y que él le gustaba lo veía hasta un ciego. No fue difícil ganársela, Claus era buen bailarín y conocía las fórmulas y las hierbas apropiadas para amarrar un corazón; en general, sabía más de todo que cualquier otro del pueblo, y a ella le gustaba eso. El padre, al principio, tuvo sus dudas, pero ninguno de los otros mozos tenía pinta de poder hacerse cargo del molino, de manera que cedió. Y, durante un tiempo, lo cierto es que todo fue bien.

Más adelante, Claus notó que se sentía decepcionada. Al principio, era solo a veces, luego cada vez más a menudo. No le gustaban sus libros, no le gustaba que él quisiera resolver los misterios del mundo, y es verdad que eso es una tarea ingente que no le deja a uno fuerzas para nada más, menos aún para la rutina diaria del molino. De pronto, también a Claus le pareció que todo había sido un error: ¿qué hago yo aquí, qué hago yo con estas nubes de harina, qué hago yo con estos palurdos de campesinos que siempre tratan de engañar con los pagos, qué hago yo con estos lerdos de mozos que nunca hacen lo que se les manda? Por otro lado —se dice a menudo—, la vida siempre termina llevándolo a uno a alguna parte, y si no estuvieras aquí estarías en cualquier otro sitio y todo te sería igual de extraño. Lo que realmente le preocupaba era la cuestión de si uno iría al infierno por haber robado tantos libros.

Ahora bien, el saber hay que adquirirlo donde uno lo encuentra, que no se viene al mundo para vegetar sin aprender nada. Pero no es tan fácil, cuando no se tiene a nadie con quien poder hablar. Son tantas las cuestiones que te preocupan, pero nadie quiere saber de ellas, de tus ideas sobre lo que es el cielo y cómo nacen las piedras y cómo nacen las moscas o cómo nace toda la vida que bulle por doquier, y en qué lengua hablan los ángeles entre ellos y cómo se creó Dios nuestro Señor a sí mismo y cómo tiene que seguir creándose día tras día, porque, si no lo hiciera, se acabaría todo de un momento a otro... ¿Quién, si no Dios, iba a impedir al mundo dejar de existir sin más?

Algunos libros le habían ocupado semanas; otros, años. Algunos se los sabe de memoria y sigue sin entenderlos. Y al menos una vez al mes retoma –siempre en vano– la gruesa obra en latín que robó de una parroquia de Trier, pasto de un incendio. No fue él quien lo provocó, pero olió el humo y aprovechó la ocasión. De no ser por él, el libro se habría quemado. Claro que tampoco lo puede leer.

Setecientas sesenta y cinco páginas tiene; impresas en letra muy apretada, algunas de ellas con ilustraciones que parecen sacadas de pesadillas: hombres con cabezas de aves, una ciudad con almenas y torres muy altas sobre una nube de la que cae lluvia en forma de rayitas muy finas, un caballo con dos cabezas en el claro de un bosque, un insecto de alas larguísimas, una tortuga que sube hacia el cielo por un rayo de sol. La primera página, en la que aparecería el título, faltaba; además, alguien había arrancado la hoja correspondiente a las páginas veintitrés y veinticuatro, así como la de quinientos diecinueve y quinientos veinte. Ya son tres las veces que ha ido Claus a ver al cura con el libro para pedirle ayuda, pero las tres veces lo ha despedido este de mala manera, diciéndole que los textos en latín son cosa exclusiva de hombres con estudios. En su momento, Claus pensó en echarle una maldición de las suaves –reúma o una plaga de ratas o que se le estropease la leche–, pero luego comprendió que el pobre cura del pueblo, que bebe demasiado y se repite todo el tiempo en sus sermones, en realidad apenas entiende el latín él. Así que casi tiene asumido que justo ese libro que probablemente contenga la clave de todo no podrá leerlo jamás. ¿Quién podría enseñarle latín allí, en un molino dejado de la mano de Dios?

No obstante, en los últimos años, no es poco que lo ha conseguido ir averiguando. A rasgos generales ha descubierto de dónde proceden las cosas, cómo surgió el mundo y por qué es todo como es: los espíritus y los materiales y las almas, la madera, el agua, el cielo, el cuero, el trigo, los grillos. Hüttner estaría orgulloso de él. No le queda tanto para rellenar los últimos huecos. Y entonces, él mismo escribirá un libro con todas las respuestas, y los sabios en sus universidades se maravillarán y se morirán de vergüenza y se tirarán de los pelos.

Lo único es que no iba a resultarle nada fácil. Tiene las manos muy grandes y la delgada punta de la pluma se le rompe entre los dedos una y otra vez. Aún va a necesitar mucha práctica para completar un libro entero con esas letras de patita de mosca. Pero no tendrá más remedio que hacerlo, pues no podrá guardar en la memoria para siempre todo lo que ha descubierto ya. Ya es demasiado, le duele, y a menudo le entran mareos de tanto saber como almacena en la cabeza.

Tal vez pueda enseñarle algo a su hijo alguna vez. Se ha dado cuenta de que el chico, durante la comida, a veces le presta atención, casi en contra de su voluntad y esforzándose en que no se le note. Es flaco y debilucho, pero parece listo. Hace poco, Claus lo sorprendió haciendo malabares con tres piedras, sin ningún esfuerzo, como si fuera lo más sencillo del mundo… una pura tontería, si bien un signo de que el chico tal vez no sea tan lerdo como el resto. Hace poco, le preguntó cuántas estrellas hay en realidad, y como no hacía mucho que Claus había hecho el recuento, le pudo responder con no poco orgullo. Tiene la esperanza de que la criatura que Agneta lleva en el vientre sea otro chico; con suerte, uno más fuerte y que le ayude mejor con el trabajo y al que además le pueda enseñar algo.

El suelo de madera resulta demasiado duro. Aunque, si estuviera tumbado sobre algo más blando, se quedaría dormido y no podría observar la luna. Su buen trabajo le ha costado a Claus sujetar una retícula hecha de hilos a la ventana abuhardillada... tiene los dedos gruesos y torpes, y la lana que teje Agneta se le deshilacha. Aunque al final ha conseguido dividir el espacio de la ventana en cuadraditos casi iguales.

Así permanece tumbado en el suelo con la vista fija. El tiempo pasa. Bosteza. Le lagrimean los ojos. No te puedes quedar dormido, se dice, no te puedes quedar dormido bajo ningún concepto.

Y por fin aparece la luna, plateada y casi redonda, con manchas que parecen de cobre sucio. Ha aparecido por la fila inferior, pero no en el primer cuadrado, como esperaba Claus, sino en el segundo. ¿Cómo puede ser? Parpadea. Le duelen los ojos. Lucha contra el sueño y da una cabezada y vuelve a estar despierto y vuelve a dar una cabezada, pero después de todo está despierto y parpadea, y ahí la luna ya no está en la segunda, sino en la tercera fila desde abajo, en el segundo cuadradito desde la izquierda. ¿Cómo ha pasado eso? Por desgracia, los cuadraditos no son igual de grandes, pues la lana es muy fibrosa y los nudos le quedaron demasiado gordos. Pero ¿cómo es que la luna se comporta así? Es un astro malicioso, tramposo y ladino; no en vano su imagen representa en las cartas la decadencia y la traición. Para documentar dónde está la luna en qué momento también sería necesario medir el tiempo, ahora bien: ¿cómo demonios medir el tiempo si no es en función de la posición de la luna? ¡Esto es para volver loco a cualquiera! Para colmo, uno de los hilos se ha soltado;

Claus se pone de pie e intenta anudarlo de nuevo con sus dedos agarrotados. Y, cuando por fin lo consigue, pasa una nube. El resplandor de la luna asoma por los bordes, pero el punto exacto donde se encuentra no se puede determinar. Cierra los ojos doloridos.

Cuando, a la mañana siguiente, despierta temblando de frío, recuerda haber soñado con harina. No hay quien se lo explique... y le pasa constantemente. Antes tenía sueños llenos de luz y de ruido. En sus sueños había música, a veces hasta le hablaba algún espíritu. Pero ha pasado mucho tiempo desde entonces. Ahora siempre sueña con harina.

Mientras se levanta de mal humor, toma conciencia de que no ha sido el sueño de la harina lo que le ha despertado, sino unas voces en el exterior. ¿A esas horas? Desasosegado, recuerda el mal presentimiento de la víspera. Se asoma a la ventana y, en ese mismo momento, se levanta el alba gris del bosque y de él salen renqueando Agneta y Heiner.

Contra todo pronóstico, al final lo han conseguido. Al principio iba el mozo cargando con la madre viva y la criatura muerta; luego ya no pudo más y había ido Agneta andando sola, apoyándose en él; luego, el mozo tampoco pudo con la criatura y además le pareció demasiado peligroso, pues una criatura muerta sin bautizar atrae a los espíritus, a los del lugar y a los de las profundidades, así que había tenido que cargarla la propia Agneta. Y así, a tientas, habían encontrado el camino.

Claus baja por la escalera, se tropieza con los mozos, que todavía roncan, aparta una cabra de una patada, y llega corriendo al exterior en el preciso momento en que Agneta se desploma en sus brazos. Con cuidado, la acuesta y le palpa la cara. Nota que respira. Le dibuja la estrella pentagrama en la frente, con la punta hacia arriba, por supuesto, para que se cure, luego toma aire y, de una sola vez, pronuncia:

—*Das solt ihr nit tun, ihr solet alle Beume bladen und alle Wasser waden und all Berge stigen und alle Gottesengel mieden, und* *alle Glocken werden klingen und alle Messe singen und alle Evangelien gelesen, sollen ihr die Gesdundheit widder nesen.**

No sabe lo que significa más que aproximadamente, pero es un conjuro antiquísimo y el más poderoso que conoce para ahuyentar a los malos espíritus de la noche.

Vendría bien un poco de mercurio, pero no le queda, así que traza el símbolo del mercurio sobre el vientre de Agneta (la cruz con el ocho que simboliza a Hermes, el gran Mercurio). El símbolo no hace tanto efecto como el mercurio de verdad, pero es mejor que nada. Luego le grita a Heiner:

—¡Corre, sube a la buhardilla y trae orquídea!

Heiner dice que sí con la cabeza, se dirige hacia el molino dando tumbos y sube jadeando por las escaleras. Una vez arriba, parado en mitad de la estancia que huele a madera y a papel viejo y estupefacto ante la cuadrícula de hilos de lana de la ventana, cae en la cuenta de que no tiene ni la menor idea de lo que es la orquídea. Con lo cual, se tumba en el suelo, acomoda la cabeza en la almohada de paja, en la que aún queda la marca de la cabeza del molinero, y se queda dormido.

Se hace de día. Ya ha llevado Claus a su mujer hasta el molino cuando brota el rocío en la pradera, sale el sol y la húmeda niebla de la mañana se despeja con la luz del mediodía. El sol alcanza el cénit y comienza a descender. Junto al molino no hay más que un montículo de tierra recién excavada: allí yace la criatura sin nombre, la que no fue bautizada y, por lo tanto, no puede ser enterrada en el cementerio.

Y Agneta no muere. A todos les sorprende. Tal vez sea gracias a lo fuerte que es ella por naturaleza, tal vez gracias a

---

* En alemán antiguo en el original: «No debéis hacer esto, debéis deshojar todos los árboles y vadear todas las aguas y subir a todas las montañas y alejaros de todos los ángeles del Señor; y tocarán todas las campanas y se cantarán todas las misas y se leerán todos los Evangelios, y así le devolverán la salud a esta mujer». *(N. de la T.)*

los conjuros de Claus, tal vez a la orquídea, aunque su efecto no es muy fuerte, habrían ido mejor la brionia o el acónito, pero, por desgracia, Claus había gastado sus últimas reservas en Maria Stelling, a la que le había nacido un hijo muerto. Corre el rumor de que ella misma había contribuido, pues no estaba preñada de su marido, sino de Anselm Melker, pero eso a Claus le dio igual. El caso es que Agneta sigue con vida, y, hasta que no se incorpora en la cama y, mirando a su alrededor con gesto agotado, primero bajito, luego más fuerte y al final a voces, repite un nombre, nadie se da cuenta de que, con la excitación de los acontecimientos, se han olvidado del niño y del carro con el burro. Y de la harina que tanto vale.

Pero está a punto de anochecer. Es demasiado tarde para ponerse en camino. Y así comienza una segunda noche.

Por la mañana temprano, Claus sale con Sepp y Heiner. Caminan en silencio. Claus va absorto en sus pensamientos, Heiner nunca habla mucho de todas formas y Sepp silba bajito para sí. Como son hombres y van tres, no tienen motivo para dar un rodeo y pueden cruzar el claro del bosque donde está el viejo sauce. Negro y gigantesco se alza allí el árbol malo, y sus ramas realizan movimientos que no son nada habituales en otras ramas. Los hombres se esfuerzan por no mirar. Cuando entran de nuevo en el bosque, respiran con alivio.

Los pensamientos de Claus vuelven una y otra vez a la criatura muerta. Aunque fuera una niña, la pérdida le duele. No deja de ser una buena práctica, se dice, no querer a los hijos demasiado pronto. Con la de veces que ha parido Agneta y solo le ha vivido uno que, para colmo, es flaco y debilucho, y cualquiera sabe si habrá sobrevivido las dos noches en el bosque.

El amor a los hijos… más vale resistirse a él. Tampoco se le toma demasiado cariño a un perro; aun cuando parecen buenos, te puede caer un mordisco. Siempre has de mantener cierta distancia con un hijo, porque se te mueren demasiado deprisa. Pero, claro, con cada año que pasa, te vas acostumbrando a la criatura. Coges confianza, te permites encariñarte con él. Y ahí, de pronto, se te va.

Poco antes del mediodía, descubren las huellas de los espíritus menores. Por precaución se detienen, pero tras examinarlas en detalle, Claus ve que conducen hacia el sur, lejos de allí. Además, los espíritus menores aún no son demasiado peligrosos en primavera, es en otoño cuando se inquietan y se vuelven malos.

Encuentran el lugar a media tarde. Por poco pasan de largo, pues se habían apartado ligeramente del camino, el bosque bajo es muy espeso y apenas se sabe por dónde se pisa. Sin embargo, Sepp percibió el olor dulzón. Apartan ramas, rompen maderas y se tapan la nariz con las manos. Allí está el carro, envuelto en una nube de moscas. Las sacas están rajadas, todo el suelo, blanco de harina. Detrás del carro hay algo. Parece un montón de pieles viejas. Tardan un rato en reconocer que son los restos del burro. Solo que falta la cabeza.

—Habrá sido un lobo —dice Sepp, agitando los brazos para espantar las moscas.

—No tendría ese aspecto —dice Claus.

—¿La Bruja Fría?

—No se fija en los burros.

Claus se agacha y palpa el cuerpo del animal. Un corte limpio, sin huellas de mordiscos por ninguna parte. No hay duda de que está hecho con un cuchillo.

Llaman al niño a voces. Aguzan los oídos, vuelven a llamarlo. Sepp mira hacia arriba y se queda sin palabras. Claus y Heiner siguen llamándolo. Sepp está como petrificado.

Ahora, también Claus mira hacia arriba. El horror se adueña de él, lo apresa y va estrujándolo cada vez más, hasta que cree que va a asfixiarse. Algo se balancea por encima de sus cabezas, una cosa blanca de la cabeza a los pies que los mira desde las alturas, y, aunque está anocheciendo, se le ven unos ojos grandes y cómo enseña los dientes, una cara desfigurada.

Y, ahora que lo miran todos, también perciben un sonido agudo. Suena como un sollozo pero no lo es. Sea lo que sea esa cosa, se está riendo.

—Baja —grita Claus.

El niño, pues en realidad es él, sigue riendo y no se mueve. Está completamente desnudo, completamente blanco. Sin duda, se ha revolcado en la harina.

—¡Dios nuestro Señor! —dice Sepp—. ¡Dios de los Cielos! Al seguir mirando hacia arriba, Claus descubre algo más, algo tan sumamente raro que no había reparado en ello hasta entonces. Lo que lleva en la cabeza el niño, que sigue en lo alto, desnudo sobre una cuerda y sin caerse, no es un sombrero.

—¡Virgen Santísima! —dice Sepp—. ¡Auxílianos y no nos abandones!

También Heiner se santigua.

Claus saca un cuchillo y, con mano temblorosa, dibuja un pentagrama en un tronco: con el vértice hacia la derecha y el círculo de alrededor bien cerrado. A la derecha, talla un alfa, a la izquierda una omega; luego contiene la respiración, cuenta lentamente hasta siete y musita un conjuro de expulsión: espíritus del mundo de arriba, espíritus del mundo inferior, santos todos, dulce Virgen María, ayudadnos en el nombre del Dios trino.

—Bájalo de ahí —le manda entonces a Sepp—. Corta la cuerda.

—¿Por qué yo?

—Porque yo te lo mando.

Sepp mantiene la vista fija y no se mueve. Se le posan moscas en la cara, pero no las espanta siquiera.

—Entonces tú —le dice Claus a Heiner.

Heiner abre y cierra la boca. Si no le resultara tan difícil hablar, le explicaría que justo acaba de arrastrar por el bosque y salvarle la vida a una mujer, y que él solo sin ayuda de nadie ha sabido encontrar el camino. Le diría que todo tiene sus límites, incluso la paciencia del más manso. Pero, como hablar no es lo suyo, se cruza de brazos y clava la mirada en el suelo.

—Te toca a ti —vuelve a decir Claus a Sepp—. Alguien lo tiene que hacer y yo tengo reúma. O te subes al árbol ahora mismo o lo lamentarás el resto de tu vida.

Intenta acordarse del conjuro para obligar a los díscolos a la obediencia, pero no le vienen las palabras.

Sepp echa sapos y culebras por la boca y empieza a trepar al árbol. Gime, las ramas no le brindan buen apoyo y le cuesta todas sus fuerzas no levantar la vista hacia la figura blanca.

—¿Qué significa esto? —lanza Claus hacia arriba—. ¿Qué te ha dado?

—El Gran Demonio de los demonios —responde el niño alegremente.

Sepp vuelve a bajar. Oír eso le supera por completo. Además, se acaba de acordar que a ese niño lo arrojó él al arroyo, y como lo recuerde aún y le guarde rencor, no es el momento de ponérsele cerca. Llega al suelo y dice que no con la cabeza.

—¡Sube tú! —dice Claus a Heiner.

Pero Heiner da media vuelta sin decir palabra, se marcha y desaparece entre la espesura del bosque. Aún se le oye durante un rato. Después ya no.

—¡Ya estás subiendo otra vez! —manda Claus a Sepp.

—¡No!

—*Mutus dedit…* —murmura Claus, que al final se ha acordado de las palabras del conjuro—, *mutus dedit nomen…*

—No funciona —dice Sepp—. Le digo que no me subo.

Se oye un crujido en el bosque bajo, ramas que se quiebran: Heiner ha vuelto. Se ha percatado de que no tardará en hacerse de noche. No puede quedarse solo en el bosque a oscuras, no sería capaz de soportarlo una segunda vez. Furioso, espanta las moscas, se apoya en el tronco de un árbol y gruñe por lo bajo.

Cuando Claus y Sepp se vuelven, ven que el niño está junto a ellos. Espantados, retroceden de un salto. ¿Cómo ha bajado tan deprisa? El niño se quita lo que llevaba en la cabeza: un pedazo de cuero cabelludo cubierto de piel y dos largas orejas de burro. Su propio pelo está hecho una costra de sangre.

—¡Por Dios bendito! —exclama Claus—. ¡Por Dios y por la Virgen y por el Santo Niño!

—Se me hacía muy largo el tiempo —dice el niño—. No venía nadie. Solo ha sido una broma. Y las voces... ¡Ha sido muy divertido!

—¿Qué voces?

Claus mira a su alrededor. ¿Dónde está el resto de la cabeza del burro? Los ojos, la mandíbula con los dientes, el cráneo enorme... ¿Dónde está todo eso?

El niño se arrodilla lentamente. Luego, sin dejar de reír, cae hacia un lado y se queda inmóvil.

Lo levantan, lo envuelven en una manta y salen de allí corriendo: lejos del carro, de la harina, de la sangre. Durante un rato, avanzan a trompicones por la oscuridad hasta que se sienten lo bastante a salvo como para dejar al niño en el suelo. No encienden fuego ni se dirigen la palabra, para no atraer a ningún ser. El niño ríe en sueños, la piel se le nota muy caliente. Se oyen crujidos de ramas, el silbido del viento; Claus musita oraciones y conjuros con los ojos cerrados, y parece que de algo sirve, pues poco a poco se sienten todos mejor. Al tiempo que reza, intenta echar el cálculo de las pérdidas: el carro está destrozado, el burro muerto y, sobre todo, tendrá que reponer la harina. ¿Cómo va a pagar todo eso?

En las primeras horas de mañana, al niño le baja la fiebre. Cuando despierta, pregunta confundido por qué tiene el pelo hecho una costra y el cuerpo blanco. Luego, se encoge de hombros y no parece darle mucha importancia, y cuando le cuentan que Agneta vive, se alegra y ríe. Encuentran un arroyo y se lava; el agua está tan fría que le tiembla todo el cuerpo.

Claus lo envuelve otra vez en la manta y se ponen en marcha. Durante el camino de vuelta, el niño les cuenta el cuento que aprendió de Agneta. En él aparecen una bruja y un caballero y una manzana de oro, y al final todo acaba bien, la princesa se casa con el héroe y la bruja se muere bien muerta. Esa noche, de regreso en el molino, junto al fuego y sobre un saco de paja, el niño duerme tan profundamente como si nada pudiera volver a despertarlo nunca. Es el único que puede dormir, pues la criatura muerta regresa: no es más que un resplandor tembloroso en la oscuridad, acompañado de un gemido casi inaudible, una corriente de aire más que una voz. Se prolonga durante un rato en el cuarto de atrás, donde duermen Claus y Agneta, pero como no puede llegar hasta la cama de los padres, porque los pentagramas tallados en las vigas se lo impiden, reaparece en la estancia principal, donde están acomodados alrededor de la estufa el niño y los mozos. Como el pequeño espíritu es ciego y sordo y no entiende nada, vuelca el cubo de la leche, revuelve los paños recién lavados de la tabla de la cocina y se enreda en la cortina de la ventana antes de marcharse... al limbo, allá donde los no bautizados han de pasar diez veces cien mil años muriéndose del frío más horroroso, hasta que el Señor los perdone.

Pasados unos días, Claus manda al niño a casa de Ludwig Stelling, el herrero. Necesita un martillo nuevo, pero que no le salga caro, porque desde que perdiera la partida de harina está muy endeudado con Martin Reutter.

Por el camino, el niño coge tres piedras. Lanza al aire la primera, luego la segunda, recoge la primera y la vuelve a lanzar, luego lanza la tercera, recoge la segunda y la vuelve a lanzar, recoge la tercera la vuelve a lanzar y luego otra vez la primera... y ahí mantiene las tres en el aire. Sus manos hacen movimientos circulares y es como si le salieran solos. El truco es no pensar, no fijar la mirada en ninguna de las tres piedras. Hay que estar muy atento y, al mismo tiempo, hacer como si no existieran.

Y así recorre el camino, con las tres piedras volando a su alrededor, y pasa por delante de la casa de Hanna Krell y de los campos de Steger. Frente a la casa del herrero, deja caer las piedras en el barro húmedo y entra.

Deposita dos monedas sobre el yunque. Lleva dos más en el bolsillo, pero eso no hace falta que lo sepa el herrero.

−Demasiado poco −dice el herrero.

El niño se encoge de hombros, coge las dos monedas y se vuelve hacia la puerta.

−Espera −dice el herrero.

El niño se para.

−Tienes que poner más.

El niño dice que no con la cabeza.

−Así no se hacen las cosas −dice el herrero−. Si vas a comprar algo, tienes que regatear.

El niño se dirige a la puerta.

−Espera.

El herrero es un hombre gigantesco, con la barriga desnuda y cubierta de pelo, lleva un pañuelo anudado a la cabeza y tiene la cara roja y con todos los poros marcados. El pueblo entero sabe que, por las noches, se va a los arbustos con Ilse Melkerin; el único que no lo sabe es el marido de Ilse, o quizá lo sabe, pero hace como que no lo sabe, porque a ver quién se enfrenta a un herrero. Cuando, los domingos, el cura predica contra la falta de moral, siempre mira al herrero y a veces también a Ilse. Aunque no les disuade en absoluto.

−Es demasiado poco −dice el herrero.

Sin embargo, el niño sabe que ya ha vencido y se pasa la mano por la frente. El fuego emana un brillo y un calor tremendos, se ven sombras danzando sobre la pared. Se pone la mano sobre el corazón y jura:

−No me han dado más, se lo juro por mi alma.

Con cara de rabia, el herrero le entrega el martillo. El niño da las gracias con mucha gentileza y se dirige a la puerta, despacito, para que no tintineen las monedas que lleva en el bolsillo.

Pasa por delante del establo de Jakob Brantner y por la lechería y por la casa de los Tamm y ya llega a la plaza. ¿Estará allí Nele? En efecto, allí está, sentada en el murete de la fuente, bajo la fina lluvia.

—Otra vez tú —dice el niño.

—Pues lárgate —responde ella.

—Lárgate tú.

—Yo estaba antes.

El niño se sienta a su lado. Los dos sonríen como bobos.

—Ha venido el buhonero —cuenta Nele—. Dice que el emperador ha mandado decapitar a todos los grandes señores de Bohemia.

—¿Al rey también?

—Al rey de un invierno. Sí, también. Lo llaman así porque solo reinó un invierno, después de que los nobles de Bohemia le entregasen la corona. Pero pudo huir y volverá. Volverá a la cabeza de un gran ejército, porque resulta que el rey de Inglaterra es el padre de su mujer. Reconquistará Praga y destituirá al emperador y se proclamará emperador él.

Aparece Hanna Krell con un cubo y comienza a trajinar al borde de la fuente. El agua está sucia, no se puede beber, pero la necesitan para lavar y para los animales. Cuando eran pequeños, bebían leche, pero hace años que ya tienen edad suficiente para la cerveza ligera. Hasta los Steger, que son ricos, la toman. Los reyes de un invierno y los emperadores beben agua de rosas y vino, pero la gente corriente bebe leche y cerveza ligera desde el primer día de sus vidas hasta el último.

—Praga —dice el niño.

—Sí —dice Nele—, Praga.

Los dos piensan en Praga. Como no es más que una palabra, puesto que no saben nada al respecto, les fascina tanto como las promesas de un cuento.

—¿Cómo de lejos está Praga? —pregunta el niño.

—Lejísimos.

Él asiente con la cabeza, como si aquello fuera una respuesta.

—¿E Inglaterra?

—Lejísimos también.

—Puede durar un año el viaje.

—Más.

—¿Vamos?

Nele ríe.

—¿Por qué no? —pregunta el niño.

Ella no responde, y él sabe que es el momento de tener cuidado. Una palabra equivocada puede tener graves consecuencias. El año anterior, el hijo pequeño de Peter Steger le regaló a Else Brantnerin un pífano de madera y, como ella lo aceptó, ahora resulta que están prometidos, cuando en realidad no se gustan. El asunto llegó hasta el administrador comarcal en la ciudad, quien a su vez lo transmitió a la instancia superior, donde decretaron que no había nada que hacer: un regalo es una promesa y una promesa tiene validez ante Dios. Invitar a alguien a un viaje no llega a ser un regalo, pero sí que es casi una promesa. El niño lo sabe, como también sabe que Nele lo sabe y como los dos saben que deben cambiar de tema.

—¿Cómo está tu padre? —pregunta el niño—. ¿Va mejor del reúma?

Ella dice que sí con la cabeza.

—No sé qué le hizo tu padre, pero le sirvió.

—Fórmulas y hierbas.

—¿Aprenderás tú también? A curar a la gente... ¿Sabrás hacerlo algún día?

—Yo prefiero ir a Inglaterra.

Nele ríe.

El niño se levanta. Alberga la vaga esperanza de que ella lo retenga, pero la niña no se mueve.

–En las próximas fiestas del solsticio de verano –le dice–, saltaré por encima del fuego como los demás.

–Yo también.

–¡Tú eres una chica!

–Y la chica te va pegar aquí mismo.

El niño empieza a alejarse sin volverse a mirarla. Sabe que esto es importante, pues, si se vuelve, habrá vencido ella. El martillo pesa. Frente a la casa de los Heinerling se acaba la pasarela de madera, el niño se aparta del camino trazado y continúa a través de la hierba crecida. No deja de ser un poco peligroso… por los espíritus menores. Piensa en Sepp. Desde la noche del bosque, el mozo le tiene miedo y se mantiene a cierta distancia, lo cual le viene muy bien. ¡Si supiera realmente lo que pasó en el bosque! El niño es consciente de que no quiere recordarlo. La memoria es una cosa muy particular: no viene y va sin más, sino que se puede encender y volver a apagar como las cuñas de madera para hacer fuego. El niño piensa en su madre, a quien desde hace poco permiten levantarse de la cama otra vez, y por un instante piensa también en la pequeña, en su hermana muerta, cuya alma ahora se muere de frío porque no la llegaron a bautizar.

Se detiene y levanta la vista hacia el cielo. Por encima de las copas de los árboles… ahí es donde tendría que tensar la cuerda, de un campanario a otro, de pueblo en pueblo. Abre los brazos en cruz y se lo imagina. Luego se sienta sobre una piedra a contemplar cómo se dividen las nubes. A esa hora hace calor, el aire se llena de vaho. Está sudando, deja el martillo a un lado. De pronto, le entra sueño y tiene hambre, pero aún faltan muchas horas hasta las gachas. ¿Y si pudiéramos volar? Agitar los brazos, despegarse de la cuerda, ascender por el aire, más y más arriba… Corta una brizna de hierba y se la mete entre los labios. Tiene un sabor dulzón, húmedo y un poco picante. Se tumba sobre la hierba y cierra los ojos, así se le posa sobre los párpados la luz del sol calentita. La humedad de la hierba le impregna la ropa.

Una sombra lo tapa. Abre los ojos.

—¿Te he asustado?

El niño se incorpora, niega con la cabeza. Es raro que aparezcan desconocidos por allí. A veces se presenta el administrador de la capital de la comarca, de cuando en cuando, algún buhonero. A este hombre, en cambio, no lo conoce. Es joven, apenas un hombre. Lleva una fina perilla y viste levita, pantalones de paño gris y botas altas. Su mirada es limpia y curiosa.

—¿Qué? ¿Estabas imaginando cómo sería si pudieras volar?

El niño se le queda mirando fijamente.

—No —prosigue el desconocido—, no ha sido cosa de magia. No es posible leer el pensamiento. Nadie es capaz de hacerlo. Pero, cuando un niño abre los brazos, se pone de puntillas y mira hacia el cielo, es evidente que está pensando en volar. Lo hace porque todavía no ha dejado de creer que no volará nunca. Que Dios no nos permite volar. A los pájaros sí, pero a nosotros no.

—Alguna vez volaremos todos —dice el niño—. Cuando estemos muertos.

—Cuando estás muerto, lo primero que estás es muerto. Y te quedas en la tumba hasta que regrese el Señor a juzgarnos.

—¿Y cuándo regresa?

—¿Acaso no te lo ha enseñado el cura?

El niño se encoge de hombros. Claro que el cura habla a menudo de esas cosas en la iglesia: la tumba, el Juicio Final, los muertos… pero tiene una voz monótona, y tampoco es raro que vaya bebido.

—Al final de los tiempos —dice el desconocido—. Solo que los muertos no sienten el tiempo, porque están muertos, claro, de manera que se podría decir también: enseguida. Nada más morirte, llega el día del Juicio.

—Eso es lo que dice mi padre también.

—¿Tu padre es estudioso?

—Mi padre es molinero.

—¿Y tiene opiniones propias? ¿Lee?

—Sabe mucho —dice el niño—. Ayuda a las personas.

—¿Les ayuda?

—Cuando están enfermas.

—Quizá me pueda ayudar a mí también.

—¿Estáis enfermo?

El desconocido se sienta en el suelo a su lado.

—¿Qué crees? ¿Va a seguir haciendo sol o volverá a llover?

—¡Cómo lo voy a saber!

—Pues porque eres de aquí.

—Volverá a llover —dice el niño, porque allí llueve casi siempre, el tiempo suele ser malo casi siempre. Por eso son tan malas las cosechas, por eso no llega bastante cereal al molino, por eso pasan hambre todos. Según cuentan, antes iban mejor las cosas. Los viejos recuerdan veranos largos, pero igual se lo imaginan nada más, no se puede saber, son viejos—. Mi padre cree —prosigue— que las nubes de lluvia sirven de cabalgadura a los ángeles y así nos miran desde arriba.

—Las nubes son de agua —responde el desconocido—. No va en ellas nadie. Los ángeles tienen el cuerpo de luz y no necesitan medio de transporte. Como tampoco los demonios. Son de aire. Por eso se llama al diablo el Señor del aire. —Calla un instante, como si quisiera escuchar el eco de sus propias frases, y se mira las puntas de los dedos con gesto casi curioso—. Y, con todo —añade—, no son más que partículas de la voluntad de Dios.

—¿Los demonios también?

—Por supuesto.

—¿Los demonios son voluntad de Dios?

—La voluntad de Dios es más grande que nada que pudiera imaginarse. Es tan inmensa que alcanza a negarse a sí misma. Hay un viejo enigma que dice: ¿puede hacer Dios una piedra tan pesada que ni él mismo sea capaz de levantarla? Suena a paradoja. ¿Tú sabes lo que es una paradoja?

—Sí.

—¿De verdad?

En niño dice que sí con la cabeza.

—¿Qué es, a ver?

—Vos sois una paradoja, y vuestras maneras de rufián, otra.

El desconocido guarda silencio un momento y, a continuación, las comisuras de sus labios se curvan para dibujar una leve sonrisa.

—En realidad no es una paradoja, pero la respuesta correcta es: por supuesto que puede. Después de crearla, Dios puede levantar sin esfuerzo esa piedra que no podía levantar de tan pesada. Dios ha de abarcarlo todo para ser uno consigo mismo. Y justo por eso existen también el Señor del aire y sus consortes. Por eso existe todo lo que no es Dios. Por eso existe el mundo.

El niño levanta una mano para darse sombra en la cara. Ya no hay ninguna nube que tape el sol, una alondra pasa revoloteando. Ay, sí, piensa, ojalá pudiéramos volar así, sería mucho mejor que caminar sobre la cuerda. Claro que, de no poder volar, lo siguiente mejor es caminar sobre la cuerda.

—A tu padre sí que me gustaría conocerlo.

El niño asiente con la cabeza sin mucho interés.

—Más vale que te des prisa —dice el desconocido—. Dentro de una hora lloverá.

El niño señala al sol con gesto interrogante.

—¿Ves esas nubecillas de allá al fondo? —le dice el desconocido—. ¿Y esas tan alargadas que tenemos encima? Las del fondo las está apelotonando el viento, que viene del este y trae aire frío, y las que tenemos encima las van a absorber y entonces se va a enfriar todo más todavía, y el agua pesará cada vez más y caerá sobre la tierra. En las nubes no hay ángeles, pero sigue mereciendo la pena contemplarlas, porque las nubes traen agua y belleza. ¿Cómo te llamas?

El niño se lo dice.

—No te olvides el martillo, Tyll.

El desconocido da media vuelta y se aleja.

Claus está especialmente taciturno esa noche. No ser capaz de resolver el problema de los granos de trigo le pesa como una losa durante la cena. La cuestión es muy compleja: si tenemos un montón de granos de trigo y sacamos uno, seguimos teniendo un montón. Sacamos otro, pues. ¿Sigue siendo un montón? Por supuesto. Saquemos otro más. ¿Sigue siendo un montón? Claro, por supuesto. Saquemos otro. ¿Sigue siendo un montón? Por supuesto. Y así sucesivamente. Es muy sencillo: un montón de trigo nunca se convertirá en algo que no es un montón de trigo por el mero hecho de sacar un único grano. Por consiguiente, algo que no es un montón de trigo tampoco se convierte en un montón de trigo por añadirle uno.

Ahora bien: si vamos sacando grano tras grano, en algún momento sí que deja de ser montón el montón. En algún momento no hay más que unos cuantos granos esparcidos por el suelo que no podrían llamarse montón ni con las mejores intenciones. Si seguimos retirando, en algún momento nos llevaremos el último grano y en el suelo no quedará nada. ¿Y acaso un grano constituye montón? Por supuesto que no. ¿Y nada constituye montón? No, nada no es montón ni es nada de nada.

Entonces ¿qué grano es el grano clave, cuya retirada determina que el montón deje de ser montón? ¿En qué instante sucede eso? Cientos de vueltas le ha dado Claus al tema, ha imaginado cientos de montones de los cuales —también imaginariamente— ir sacando grano a grano. Y no ha encontrado ese momento decisivo. Tan enfrascado está en el problema que esa noche se ha olvidado de la luna, incluso ha dejado de pensar tanto en la criatura muerta.

Esa tarde incluso ha hecho el experimento con grano real. Lo más difícil había sido subir tanto grano sin moler hasta la buhardilla y que no se perdiese nada, pues dos días después viene Peter Steger a buscar su harina; lo consiguió a base de gritos y amenazas a los mozos de que tuvieran mucho cuidado, pues no puede permitirse contraer más deudas. Agneta le dijo que era un tarado cabezota, a lo que él le respondió que no se inmiscuyese en asuntos demasiado difíciles para las mujeres, tras lo cual ella le dio una bofetada, tras lo cual él le dijo que tuviera mucho ojo con lo que se hacía, tras lo cual ella le dio otra bofetada tan fuerte que Claus tuvo que sentarse y todo. Tienen trifulcas similares a menudo. Al principio, Claus le devolvía el golpe a Agneta, pero luego siempre acababa mal, pues, aunque es más fuerte, ella tiene mucha más rabia dentro, y en toda pelea gana siempre el que más rabia tiene dentro, así que hace mucho que Claus se ha acostumbrado a no pegar a su mujer, pues igual que ella estalla de rabia en un instante, enseguida se le pasa, por suerte.

Después se había puesto a trabajar en su buhardilla. Al principio, con suma minuciosidad y contando rigurosamente cada grano del montón; al rato, sudando y de mala gana; ya a media tarde, presa de la desesperación más absoluta. En cierto momento, tenía un nuevo montón en la parte derecha de la estancia y, en la izquierda, algo que tal vez aún podría llamarse montón pero tal vez ya no. Un rato después, a la izquierda no había más que un puñado de granos.

Pero, claro, ¿dónde estaba la frontera exacta? Era para echarse a llorar. Claus remueve sus gachas, suspira y escucha el sonido de la lluvia. Las gachas están tan malas como siempre, aunque durante un tiempo le calma oír llover. De pronto, se le ocurre que con la lluvia sucede lo mismo: ¿cuántas gotas menos tienen que caer para que deje de ser lluvia? Suspira sonoramente. A veces tiene la sensación de que el objetivo de Dios al crear el mundo es volver loco a un pobre molinero.

Agneta le pone una mano en el brazo y le pregunta si quiere más gachas. Claus no quiere más, pero entiende que su mujer se está compadeciendo de él y eso es una oferta de paz después de las bofetadas.

—Sí —dice en voz baja—, gracias.

Entonces llaman a la puerta.

Claus cruza los dedos para evitar que sea algo malo. Murmura un conjuro, hace un signo en el aire y ahí ya sí pregunta:

—¿Quién es, en nombre de Dios?

—Dos viajeros —dice una voz—. En el nombre de Cristo, abridnos.

Claus se levanta, se dirige a la puerta y descorre el cerrojo. Entra un hombre. Ya no es joven, pero parece fuerte. Tiene el pelo y la barba empapados, y también del grueso paño de lino gris de su capa caen perlas de lluvia. Le sigue otro hombre, mucho más joven. Este mira a su alrededor y, al ver al niño, en su rostro se dibuja una sonrisa. Es el desconocido de por la mañana.

—Soy el doctor Oswald Tesimond de la Compañía de Jesús —dice el mayor—. Este es el doctor Kircher. Hemos sido invitados.

—¿Invitados? —pregunta Agneta.

—¿La Compañía de Jesús? —pregunta Claus.

—Somos jesuitas.

—Jesuitas —repite Claus—. Pero ¿jesuitas de verdad?

Agneta acerca dos taburetes a la mesa, los demás se aprietan para hacerles sitio.

Claus les saluda con una reverencia torpe. Les dice que se llama Claus Ulenspiegel y les presenta a su mujer, a su hijo y a la gente a su servicio. Que no suelen tener visita de gente ilustre. Que es un honor. Que no tienen mucho, pero que cuanto hay en la casa está a su disposición. Aquí tienen gachas, allí, cerveza ligera y en la jarra queda un poco de leche. Carraspea.

—¿Me permite preguntarles si son ustedes estudiosos?

—Así lo afirmaría —responde el doctor Tesimond, agarrando una cuchara con la punta de los dedos—. Yo soy doctor en medicina y en teología, además de químico en la especialidad de dracontología. El doctor Kircher se dedica a los signos ocultos, la cristalografía y la ciencia de la música.

Prueba un poco de las gachas, pone cara de asco y deja la cuchara a un lado.

Por un momento, reina el silencio. A continuación, Claus se inclina hacia delante y pregunta si le permiten hacerle otra pregunta.

—Sin duda alguna —dice el doctor Tesimond.

En su forma de hablar se nota algo extraño: algunas palabras de las frases no están en la posición esperada, y también las acentúa de manera distinta; suena como si tuviera piedrecillas en la boca.

—¿Qué es la dracontología? —pregunta Claus.

Incluso bajo la tenue luz de la vela de sebo se ve que sus mejillas se han puesto coloradas.

—La ciencia que se ocupa de los dragones.

Los mozos levantan la cabeza. La chica se queda con la boca abierta.

Al niño le entra mucho calor.

—¿Habéis visto alguno? —quiere saber.

El doctor Tesimond frunce el ceño, como si un ruido desagradable le hubiera perturbado.

El doctor Kircher mira al chico y menea la cabeza.

Claus le pide disculpas. El suyo es un hogar de gente sencilla, su hijo no sabe comportarse y a veces olvida que los niños tienen que estarse callados cuando hablan los mayores. Aunque también él habría podido hacerles la pregunta de si habían visto alguno.

No era la primera vez que escuchaba tan hilarante pregunta, dice el doctor Tesimond. De hecho, todo dracontólogo había de oírla con frecuencia de la gente sencilla.

—Aunque sí, los dragones son muy raros. Son muy… ¿cuál es la palabra adecuada?

—Esquivos —dice el doctor Kircher.

El alemán no es su lengua materna, explica el doctor Tesimond, y tiene que disculparse, pues a veces cae sin querer en el idioma de su amada patria, esa que no habrá de volver a ver en su vida: Inglaterra, la isla de las manzanas y la niebla matinal. Sí, en efecto, los dragones son increíblemente esquivos y capaces de llevar a cabo las más asombrosas estrategias de camuflaje. Uno puede pasar cien años buscando y no llegar a estar cerca de un dragón jamás. De igual modo, puede pasar cien años cerca de un dragón y no darse cuenta de que está ahí. Justo por eso es necesaria la dracontología. Pues la ciencia médica no podía prescindir de los poderes curativos de la sangre de dragón.

Claus se frota la cabeza.

—¿Y cómo conseguís la sangre?

—La sangre no la tenemos, obviamente. La medicina es el arte de… ¿cuál es la palabra?

—La sustitución —apunta el doctor Kircher.

En efecto, la sangre de dragón es una sustancia con tales poderes que ni siquiera es necesario contar con el elemento en sí. Basta con que dicho elemento exista en el mundo. En su amada patria existían aún dos dragones, si bien hacía siglos que ningún ser humano sabía dónde estaban.

—La lombriz y la larva del escarabajo —dice el doctor Kircher— guardan semejanza con los dragones. Reducidos a la sustancia refinada, sus cuerpos tienen propiedades prodigiosas. La sangre de dragón tiene el poder de hacer a los hombres invulnerables, y, a falta de esta, el polvo de cinabrio, por su semejanza, también sirve para curar enfermedades de la piel. El cinabrio también es muy difícil de conseguir, pero a su vez puede sustituirse por todas aquellas hierbas que poseen una superficie escamosa como la piel del dragón. La ciencia de la curación es sustitución basada en el principio de semejanza…

Por ejemplo, el croco sirve para curar enfermedades de la vista, porque la flor se asemeja a un ojo.

—Cuando más conoce su materia el dracontólogo —prosigue el doctor Tesimond—, mejor logra compensar la ausencia de dragones mediante la sustitución. Con todo, el máximo arte consiste en aprovechar no el cuerpo del dragón, sino su... ¿cuál es la palabra?

—Saber —apunta el doctor Kircher.

—Aprovechar su saber. Ya Plinio recoge que los dragones conocen una hierba gracias a la cual son capaces de devolverle la vida a sus congéneres. Encontrar esta hierba sería el Santo Grial de nuestra ciencia.

—Pero ¿cómo se sabe que los dragones existen? —pregunta el niño.

El doctor Tesimond frunce el ceño. Claus se inclina hacia delante y le da una bofetada a su hijo.

—Por el efecto de los sustitutos —explica el doctor Kircher—. ¿Cómo iba a poseer un insecto diminuto como la larva del escarabajo propiedades curativas, si no es por su similitud con el dragón? ¿Cómo es que cura el cinabrio, si no es por su color rojo intenso como la sangre de dragón?

—Permítanme una pregunta más —dice Claus—. Ya que hablo con gente erudita... Que tengo la oportunidad...

—Por favor —dice el doctor Tesimond.

—Un montón de grano. Si solo se saca uno. Me está volviendo loco.

Los mozos se echan a reír.

—Un problema conocido —dice el doctor Tesimond.

Hace un gesto con la mano que invita al doctor Kircher a hablar él.

—Donde tenemos una cosa, no podemos tener otra —dice el doctor Kircher—, lo cual no implica que dos palabras tengan necesariamente que excluirse. Entre una cosa, a saber: un montón de grano, y otra cosa que no es un montón de grano, no existe ninguna frontera precisa. La naturaleza del montón va perdiéndose de forma progresiva, de la misma forma en que se deshace una nube.

—Sí —dice Claus como para sus adentros—. Sí. No, no. Porque… ¡No! De una cuñita de madera no se puede hacer una mesa. Una que se pueda utilizar como tal. No es suficiente. No se puede hacer. Tampoco de dos cuñitas de madera. No es suficiente madera como para hacer una mesa ni será nunca suficiente por el mero hecho de añadirle cada vez un poco más.

Los invitados guardan silencio. Todos escuchan el sonido de la lluvia y de las cucharas rascando los tazones y del viento que sacude las ventanas.

—Es una buena pregunta —dice el doctor Tesimond, mirando al doctor Kircher para que responda él.

—Las cosas son lo que son —dice el doctor Kircher—, si bien la vaguedad está implícita en el interior de nuestros conceptos. Pues no siempre está del todo claro, si una cosa es una montaña o no es una montaña, si es una flor o no es una flor, si es un zapato o no es un zapato o, como dice usted, si es una mesa o no es una mesa. Por eso Dios, cuando busca la claridad, habla en números.

—Es extraordinario que un molinero se interese por este tipo de cuestiones —dice el doctor Tesimond—. O por este tipo de cosas.

Y señala los pentagramas del quicio de la puerta.

—Son para mantener lejos a los demonios —dice Claus.

—¿Y se tallan en la madera sin más? ¿Basta con eso?

—Hacen falta las palabras adecuadas.

—Cierra la boca —dice Agneta.

—Pero lo de las palabras es difícil —dice el doctor Tesimond—. Lo de los…

—Conjuros —dice el doctor Kircher.

—Exactamente —dice el doctor Tesimond—. ¿Y no es peligroso? Se dice que las mismas palabras que ahuyentan a los demonios, bajo determinadas circunstancias, también pueden atraerlos.

—Son conjuros distintos. También los conozco. No se preocupe. Sé diferenciarlos.

—No digas nada —insiste Agneta.

—¿Y qué más asuntos despiertan el interés de un molinero? ¿Qué le ocupa, qué más desea saber? ¿En qué más podemos... serle de ayuda?

—Bueno, con las hojas —dice Claus.

—¡Cállate la boca! —dice Agneta.

—Hace unos meses, junto al viejo roble que hay en el campo de Jakob Brantner, encontré dos hojas. En realidad el campo no es de Jakob Brantner, que siempre ha pertenecido a los Loser, solo que, cuando la disputa por la herencia, el recaudador determinó que fuera para Brantner. Es igual, el caso es que las hojas parecían idénticas.

—Pues claro que el campo es de Brantner —interviene Sepp, que ha servido como mozo en la granja de Brantner un año entero—. Los Loser son unos mentirosos y ojalá se los lleve el demonio.

—Si hay algún mentiroso aquí —dice la chica—, es el tal Jakob Brantner. Basta con ver cómo mira a las mujeres en la iglesia.

—Bueno, pero el campo sigue siendo suyo —dice Sepp.

Claus da un golpe sobre la mesa, todos se callan.

—Las hojas. Eran idénticas: cada nervio, cada surco. Las sequé, se las puedo mostrar. Hasta le compré lupa al buhonero cuando pasó por el pueblo para poder observarlas mejor. El buhonero viene poco, se llama Hugo, y en la mano izquierda solo tiene dos dedos y, cuando le preguntas cómo perdió los otros, dice: «¡Ah, señor molinero, no son más que dedos!».

—Claus reflexiona un instante, extrañándose de hasta dónde le ha llevado el flujo de su discurso—. Así que, cuando las tenía delante, esas dos hojas, me surgió la pregunta de si el hecho de que fueran idénticas no podría significar que, en realidad, eran una sola. Pues si la única diferencia consiste en que una hoja está a la izquierda y otra a la derecha, basta con hacer un movimiento con la mano… –Y hace un gesto con la mano tan torpe que primero las cucharas y luego los tazones salen disparados hacia un lado–. Imaginemos, por consiguiente, que alguien afirma que las dos hojas son una misma. ¿Qué se le debe contestar? ¡Porque estaría en lo cierto! –Claus golpetea la mesa, pero todos menos Agneta, que lo está fulminando con la mirada, siguen con la vista un tazón que se ha quedado girando en el suelo hasta que se para–. O sea, que tenemos dos hojas –rompe el silencio Claus–. Y si en apariencia son dos hojas, pero en realidad son una sola… ¿cabe pensar acaso que… todo esto del «aquí» y el «allá» y el «acullá» no son más que una red tejida por Dios para que no vislumbremos sus misterios?

–Más te vale cerrar la boca de una vez –dice Agneta.

–Y ya que hablamos de misterios –prosigue Claus–, también tengo un libro que no puedo leer.

–No existen dos hojas iguales en la Creación –dice el doctor Kircher–. Ni siquiera hay dos granos de arena iguales. No existen dos cosas entre las cuales no conozca Dios alguna diferencia.

–Tengo las hojas arriba, se las puedo enseñar. ¡Y también les puedo enseñar el libro! Y, permítame que se lo diga, honorable señor, pero lo de la larva de escarabajo no es verdad, porque la larva de escarabajo machacada no cura, sino que da dolor de espalda y hace que se te queden rígidas las articulaciones. –Claus le hace una seña a su hijo–. Ve a por el libro grande, al que le falta la tapa, el de las ilustraciones.

El niño se levanta de la mesa y corre a la escalera que lleva a la buhardilla. Sube a toda velocidad, al instante ha desaparecido por la trampilla.

–Tienes un buen hijo –dice el doctor Kircher.

Claus asiente, distraído.

–Sea como fuere –dice el doctor Tesimond–, es tarde y tenemos que llegar al pueblo antes de que sea completamente de noche. ¿Nos acompañas, molinero?

Claus los mira sin comprender. Los dos invitados se ponen de pie.

—Imbécil —dice Agneta.

—¿Adónde? —pregunta Claus—. ¿Por qué?

—No hay motivo para preocuparse —dice el doctor Tesimond—. Solo queremos hablar, en detalle y con tranquilidad. Es lo que tú mismo querías, molinero. Con tranquilidad. Sobre todas esas cosas a las que te dedicas. ¿Acaso tenemos aspecto de ser gente mala?

—Pero si no puedo... —dice Claus—. Pasado mañana viene Steger a por su harina. Y todavía no está molido el grano, que lo tengo arriba en la buhardilla, se me echa el tiempo encima.

—Aquí tiene buenos mozos —dice el doctor Tesimond—. Son de fiar, ellos harán el trabajo.

—Quien no se presta a seguir a sus amigos —dice el doctor Kircher— debe contar con vérselas con otra gente que no sea amiga suya. Hemos compartido mesa, hemos estado charlando en su molino. Tenemos confianza.

—Ese libro en latín —dice el doctor Tesimond—, quiero verlo. Si tiene preguntas, se las contestaremos.

Todos esperan al chico, que busca a tientas por la buhardilla a oscuras. Tarda un rato en encontrar el libro en cuestión junto al montón de grano. Cuando baja, ya están su padre y los invitados junto a la puerta.

Le entrega el libro a Claus, y este le acaricia la cabeza, luego se agacha para darle un beso en la frente. Con la última luz del día, el niño ve las profundas arrugas de la cara de su padre. Ve el centelleo de sus ojos inquietos, esos ojos que nunca son capaces de fijarse en nada más que un instante, ve las canas entre la barba negra.

Y, mirando a su hijo desde arriba, Claus se pregunta cómo es posible que, habiéndosele muerto al nacer tantos hijos, es justo este el que ha sobrevivido. No le ha prestado suficiente atención a este chico, y solo porque estaba demasiado habituado a que todos se le murieran muy pronto. Pero eso va a cambiar, piensa Claus, le enseñaré cuanto sé, los conjuros, los cuadrados mágicos, las hierbas y la trayectoria de la luna. Alegremente, coge el libro y sale hacia el crepúsculo. La lluvia ha cesado.

Agneta le retiene. Se abrazan largo rato. Claus quiere soltarse, pero su mujer sigue agarrada a él. Los mozos se ríen por lo bajo.

–No tardarás en volver –dice el doctor Tesimond.

–Ya lo oyes, mujer –dice Claus.

–Imbécil –dice Agneta llorando.

De repente, a Claus le resulta muy embarazosa la situación entera: el molino, la mujer sollozando, el hijo delgaducho, su pobre existencia en general. Con determinación, aparta de su lado a Agneta. Le agrada tener ocasión de tratar una causa común con hombres eruditos, de los que se siente más cerca que de esa gente del molino que no sabe nada de nada.

–No tema –le dice al doctor Tesimond–. Sé encontrar en camino de vuelta incluso a oscuras.

Claus se pone en marcha a grandes zancadas, y los dos hombres van detrás. Agneta los sigue con la mirada hasta que los engulle el anochecer.

–Entra en casa –le dice al chico.

–¿Cuándo volverá?

Agneta cierra la puerta y echa el cerrojo.

2

El doctor Kircher abre los ojos. Hay alguien en la habitación. Presta atención. No, allí no hay nadie más que el doctor Tesimond, cuyo ronquido le llega desde la cama, en la otra punta de la habitación. Aparta el edredón, se santigua y se levanta. Ha llegado el momento. El día del Juicio.

Por si fuera poco, ha vuelto a soñar con símbolos egipcios. Un muro de color arcilla con hombrecillos y cabezas de perro, leones con alas, hachas, espadas, lanzas y líneas onduladas de todo tipo. Nadie los entiende y lo que se sabía sobre ellos está perdido, hasta que llegue alguna alma talentosa que vuelva a descifrarlos.

Sería él. Algún día.

Le duele la espalda, como todas las mañanas. El saco de paja sobre el que no tiene más remedio que dormir es muy fino y el suelo está helado. En la parroquia no hay más que una cama y le corresponde a su mentor, el propio cura tiene que dormir en el suelo en el cuarto vecino. Al menos, esa noche no le ha dado a su mentor por despertarse. Suele gritar en sueños y a veces saca un cuchillo que esconde debajo de la almohada, porque piensa que alguien quiere matarlo. Cuando le sucede eso es que ha estado soñando con la gran conspiración en la que, antaño, unos cuantos valientes y él mismo estuvieron a punto de hacer saltar por los aires al rey de Inglaterra.* El in-

* Se refiere a la así llamada «Conspiración de la pólvora» contra el rey

tento falló, pero no cejaron en su empeño: aún pasaron días buscando a la princesa Elisabeth para secuestrarla y obligarla a ocupar el trono. Habrían podido tener éxito, y, de haberlo tenido, la isla volvería a pertenecer al bando de la fe buena. Durante semanas, el doctor Tesimond tuvo que ocultarse en los bosques, viviendo de raíces y agua de manantial, y fue el único que salió con vida y logró cruzar el océano. Más adelante sería canonizado, pero por las noches valía más no encontrarse cerca de él, pues siempre tenía el cuchillo bajo la almohada y los tiranos protestantes de sus sueños le hacían de todo.

El doctor Kircher se echa la capa sobre los hombros y sale de la parroquia. Algo aturdido, contempla la pálida luz de la mañana. A su derecha está la iglesia, de frente, la plaza del pueblo con la fuente y el tilo y la tribuna construida el día anterior, al lado, las casas de los Tamm, los Henrich y los Heinerling; ya conoce a todos los habitantes de ese pueblo, les ha tomado declaración, conoce sus secretos. Algo se mueve por el tejado de la casa de los Henrich, instintivamente da un paso atrás, pero al parecer no es más que un gato. El doctor musita un responso para defenderse del mal y hace tres cruces: aléjate de mí, espíritu maligno, apártate de mí, pues me guardan el Señor y la Virgen y todos los Santos. Luego, con la espalda apoyada en la pared de la casa y castañeteándole los dientes, se sienta a esperar al sol.

Entonces se da cuenta de que hay alguien sentado a su lado. Ha debido de acercarse sin hacer ruido y sentarse sin hacer ruido. Es el maestro Tilman.

—Buenos días —farfulla el doctor Kircher y, al punto, se estremece.

Eso ha sido un error, ahora puede que el maestro Tilman le responda.

Jacobo I (1605), liderada por Thomas Bates y con la colaboración de Guy Fawkes y en la que también participó el personaje real de Oswald Tesimond (1563-1636). *(N. de la T.)*

Para su estupor, sucede así:

–Buenos días.

El doctor Kircher mira hacia todos los lados. Por fortuna, no se ve a nadie, el pueblo duerme todavía y nadie los observa.

–Vaya frío… –dice el maestro Tilman.

–Sí –responde Kircher por decir algo–. Terrible.

–Y cada año peor –dice el maestro Tilman.

Guardan silencio.

El doctor Kircher es consciente de que sería mejor no contestar a eso, pero el silencio le pesa como una losa, de modo que carraspea y dice:

–Se va a acabar el mundo.

El maestro Tilman escupe en el suelo.

–¿Y cuánto le queda?

–Unos cien años más o menos –dice el doctor Kircher, y vuelve a mirar a su alrededor con incomodidad–. Hay quien opina que algo menos, pero otros creen que serán en torno a los ciento veinte.

Se queda sin palabras, nota una gran bola en la garganta. Le pasa siempre que habla del Apocalipsis. Se santigua y el maestro Tilman le secunda.

Pobre hombre, piensa el doctor Kircher. En el fondo, ningún verdugo tendría por qué temer el Juicio Final, puesto que los condenados tienen el deber de perdonar a sus ejecutores antes de morir; claro que siempre hay algún resentido que se niega, y luego, de cuando en cuando, también se da algún caso en que el condenado manda a su verdugo al valle de Josafat. Todo el mundo conoce la maldición: «Yo te mando al valle de Josafat». Quien le dice eso a su verdugo, lo inculpa de asesinato y le niega el perdón. ¿Le habrá pasado alguna vez al maestro Tilman?

–Os preguntaréis si tengo miedo al Juicio…

–Nooo.

–Si alguno me ha mandado al valle de Josafat.

–Nooo.

–Todo el mundo se lo pregunta. ¿Sabéis? Yo no elegí esta profesión. Soy lo que soy, porque mi padre era lo que era. Y él lo era, porque lo era su padre. Y mi hijo tendrá que ser lo que soy yo, porque el hijo de un verdugo se hace verdugo. –El maestro Tilman lanza un escupitajo–. Mi hijo es de carácter manso. Lo miro… solo tiene ocho años y es muy bueno… no está hecho para esto. Pero no tiene opción. Yo tampoco lo estaba. Y aprendí, y no me ha ido tan mal.

El doctor Kircher empieza a preocuparse seriamente. De ninguna manera puede verlo nadie charlando en amor y compañía con el verdugo.

El cielo se llena de una claridad blanquecina, van reconociéndose los colores en los muros de las casas. También la tribuna, junto al tilo, se reconoce ya claramente. Detrás, ahora apenas una mancha difusa a la luz del crepúsculo, se encuentra el carro del juglar, quien habrá de recoger los acontecimientos truculentos en sus coplas y ha aparecido por el pueblo hace dos días. Siempre es igual: la gente del camino se junta allí donde hay algo que ver.

–Gracias a Dios, en este pueblo no hay taberna –prosigue el maestro Tilman–. Porque donde la hay, voy a pasar la velada y me encuentro sentado yo solo, todos me miran de reojo y susurran. Y por más que lo sé de antemano, igualmente voy a la taberna, porque ¿adónde voy a ir? Estoy deseando volver a Eichstätt.

–¿Acaso allí os tratan mejor?

–No, pero es mi tierra. Que te traten mal en tu tierra es mejor que que te traten mal en cualquier otro sitio.

Y el maestro Tilman levanta los brazos y se estira mientras bosteza.

El doctor Kircher da un respingo y se aparta. La mano del verdugo está a pocos milímetros de su hombro y no puede producirse contacto alguno. Quien es tocado por un verdugo, aunque tan solo sea al pasar, pierde su honor. Obviamente, tampoco puede indisponerse con él. Si haces enfadar a un verdugo, podría agarrarte a propósito y hacer cumplirse la superstición. El doctor Kircher se maldice a sí mismo por ser tan buena persona... si es que nunca tendría que haber dado pie a esa conversación.

Para su alivio, en ese momento oye la tos seca de su mentor en el interior de la casa. El doctor Tesimond se ha despertado. Con un gesto de disculpa, se pone de pie.

El maestro Tilman sonríe de medio lado.

–El Señor esté con nosotros en este gran día –dice el doctor Kircher.

El maestro Tilman, sin embargo, no le contesta. El doctor Kircher se apresura a entrar en la parroquia para ayudar a su mentor a vestirse.

Con paso acompasado y vestido con la toga roja de juez, el doctor Tesimond se dirige a la tribuna. Arriba hay una mesa con pilas de papel sujetas con piedras del arroyo para que el viento no se lleve ninguna hoja. El sol se aproxima al cénit. La luz cae centelleando a través de la copa del tilo. Ha acudido el pueblo entero: en primera fila se han colocado varios miembros de las familias Steger y Stelling, el herrero con su mujer y Brandtner, el campesino, con su gente y, detrás, el panadero, Holtz, con su mujer y sus dos hijas, y Anselm Melker con sus hijos, mujer, cuñada y anciana madre y anciana suegra y anciano suegro y tía, y a su lado Maria Loserin con su hija, la que es tan guapa, y detrás los Henrich y los Heinerling con todos sus mozos y muchachas y, detrás del todo, los Tamm, con sus redondas caras de roedor. El maestro Tilman se mantiene apartado, apoyado en un árbol. Lleva una cogulla marrón y se le ve la cara pálida e hinchada. Detrás, en su carro, el juglar garabatea en un librillo.

El doctor Tesimond sube a la tribuna con ligereza, casi de un salto, y se queda de pie detrás de una silla. Al doctor Kircher, aun siendo más joven, le cuesta subir, pues la tribuna es alta y la toga le entorpece. Una vez arriba, el doctor Tesimond ordena tomar la palabra con una mirada, y Kircher sabe que ahora le corresponde alzar la voz, pero al mirar a su alrededor se marea. La sensación de irrealidad es tan grande que se tiene que agarrar al borde de la mesa. No es la primera vez que le pasa, esta es una de las cosas que ha de mantener en secreto a toda costa. Acaba de recibir las órdenes menores, aún le falta mucho para llegar a ser un jesuita de máximo rango, y solo a los hombres de salud física y mental excelente les es dado pertenecer a la Compañía de Jesús.

Y, sobre todo, de lo que no debe enterarse nadie es de cómo se trastoca su percepción del tiempo algunas veces. De pronto, se encuentra en un lugar desconocido, sin saber lo que ha sucedido entre medias. Hace poco, se le olvidó durante una hora entera que ya era adulto, y se creyó un niño que jugaba sobre la hierba, como si los quince años de distancia y la ardua carrera universitaria en Paderborn solo hubiesen transcurrido en la imaginación de un muchacho que ansía ser adulto de una vez. ¡Ay, el mundo es tan fragmentario! Casi todas las noches ve símbolos egipcios, y en su interior va en aumento la preocupación de que algún día pudiera no despertar de un sueño, quedarse atrapado para siempre en el infierno multicolor de un reino de faraones sin dios.

Agobiado, se pasa la mano por los ojos. Peter Steger y Ludwig Stelling también han subido a la tribuna, en calidad de calificadores y con togas negras, detrás llega Ludwig von Esch, el nuncio y representante del tribunal comarcal, que será quien comunique formalmente la sentencia para que tenga validez. El sol arroja pequeñas manchas de luz que bailotean sobre la hierba y la fuente. A pesar de la claridad, hace tanto frío que el aliento se convierte en nubecillas de vaho. La corona de ese tilo…, piensa el doctor Kircher. «Corona de árbol», una expresión así se le puede quedar a uno grabada, pero eso no puede pasarle en ese momento, porque no debe distraerse, debe emplear todas sus fuerzas en la ceremonia. No, no, ahora no. Nada de distraerse con fantasías, todo el mundo está esperando. Como secretario del tribunal, abre la sesión, no puede hacerlo nadie más, es su tarea y tiene que cumplir con ella. Para calmarse, se fija en las caras de los espectadores de la primera fila y del centro, pero apenas ha logrado sosegarse un poco, cuando su mirada se cruza con la del chico del molinero. Los ojos entornados, las mejillas infladas y los labios ligeramente afilados, como si estuviera silbando por lo bajo.

Intenta borrarlo de tu cabeza. De algo han de servirte tantos ejercicios espirituales como has hecho. Con la cabeza pasa igual que con los ojos: ven lo que tienen delante, pero en qué se fijan puedes determinarlo tú. Parpadea. No es más que una mancha, piensa, solo colores, no es más que un juego de la luz. No estoy viendo a un chico, estoy viendo luz. No estoy viendo una cara, estoy viendo colores. Solo color, luz y sombra.

Y, en efecto, el chico deja de tener importancia. La clave es no mirarlo en ningún momento. Que sus miradas no se crucen. Mientras eso no suceda, todo irá bien.

—¿Se halla el juez aquí presente? —pregunta con voz engolada.

—El juez se halla presente —responde el doctor Tesimond.

—¿Se halla aquí presente el nuncio?

—Presente —dice Ludwig von Esch en tono de fastidio.

En circunstancias normales, sería él quien presidiera el juicio, pero no son las circunstancias normales.

—¿Se halla presente el primer calificador?

—Presente —dice Peter Steger.

—¿Presente el segundo?

Silencio. Peter Steger le propina un codazo a Ludwig Stelling, que se vuelve con cara de asombro. Peter Steger le propina un segundo codazo.

—Sí, presente —dice Ludwig Stelling.

—El tribunal está constituido —dice el doctor Kircher.

Sin querer, mira al maestro Tilman. El verdugo está apoyado en el tronco del tilo casi relajado, se frota la barba y sonríe. ¿Qué será lo que le hace sonreír? Con el corazón acelerado, el doctor mira hacia otra parte, pues en ningún momento puede dar la sensación de que tiene un acuerdo con el verdugo. Así pues, mira al juglar. Anteayer le oyó cantar. El laúd estaba desafinado, los versos no fluían bien y los acontecimientos insólitos que relataban sus coplas tenían poco de insólito: el asesinato de un niño a manos de los protestantes en Magdeburgo y una canción satírica mala contra el príncipe elector del Palatinado en la que las rimas no podían ser más burdas. Para su disgusto, cae en la cuenta de que en las coplas que el juglar componga sobre el proceso también aparecerá él.

–El tribunal está constituido –se oye decir de nuevo–. Reunido con el fin de hacer justicia y emitir un veredicto ante la comunidad, mantener la paz y la concordia desde el principio hasta el fin de este proceso en el nombre de Dios. –Carraspea y después exclama–: Que traigan a los acusados.

Durante un momento reina tal silencio que se oyen el viento, las abejas y el repertorio completo de balidos, mugidos, gruñidos y ladridos de los animales. Luego se abre la puerta del establo de los Brantner. Chirría porque hace poco que la han reforzado con hierros, como también han clausurado las ventanas con tablas y clavos. Las vacas, que fue necesario desalojar de allí, han ido a parar al establo de Steger, lo cual trajo consigo una trifulca, porque Peter Steger quería que le pagasen y Ludwig Brantner decía que aquello no era cosa suya. En un pueblo, estas cosas nunca son fáciles.

Del establo sale bostezando un guarda; le siguen, parpadeando varias veces, los dos acusados y, detrás de ellos, otros dos guardas. Son lansquenetes ya mayores, a punto de la licencia, el uno cojea, al otro le falta la mano izquierda. No les han mandado nada mejor de Eichstätt.

Lo cierto es que, mirando a los acusados, tampoco parece que necesiten mucha guardia. Con la cabeza pelada, en la que ahora se ven todo tipo de chichones y abolladuras, como suele suceder cuando se le rapa el pelo a alguien, se antojan los seres más inofensivos y débiles del mundo. Llevan las manos envueltas en gruesos vendajes para que no se les vean los dedos machacados, y en la frente tienen marcas de sangre donde el maestro Tilman les ha puesto la correa de cuero. ¡Qué fácil sería, piensa el doctor Kircher, dejarse llevar por la piedad! Pero no pueden permitirse dar crédito a las apariencias, pues la apariencia está aliada con el gran poder del mundo de las tinieblas, y su señor está con ellos en todo momento. Por eso es tan grande el peligro: en el día del juicio, siempre puede intervenir el demonio, en cualquier momento puede hacer valer su fuerza y liberarlos, tan solo el valor y la integridad de los jueces pueden impedirlo. Cuántas veces le han insistido sus superiores en el seminario: ¡Nunca subestimes a los aliados del demonio! No olvides que tu compasión es su arma y que disponen de medios que tu sano juicio no alcanza a imaginar.

Los espectadores se apartan para dejarles un pasillo, los dos acusados son conducidos hacia la tribuna: delante, la vieja Hanna Krell; detrás, el molinero. Ambos caminan inclinados hacia delante, ambos parecen ausentes, no está claro si saben dónde están y lo que está sucediendo.

No los subestimes, se dice el doctor Kircher, eso es lo fundamental. Que no los subestimes.

El tribunal se sienta: en el centro, el doctor Tesimond; a su derecha, Peter Steger y, a su izquierda, Ludwig Stelling. Y, a la izquierda de Ludwig Stelling, dejando cierta distancia, puesto que el secretario es responsable del transcurso impecable del proceso, pero no es miembro del tribunal propiamente dicho, está su silla.

—Hanna —dice el doctor Tesimond, levantando una hoja de papel—, aquí tenemos tu confesión.

Hanna guarda silencio. Sus labios no se mueven, sus ojos parecen muertos. Ella misma parece una carcasa hueca, su rostro es una máscara que nadie lleva, le cuelgan los brazos como los de una marioneta mal armada. Mejor no pensarlo, piensa el doctor Kircher, quien, en ese momento, no puede evitar pensar lo que habrá hecho el maestro Tilman con esos brazos para que se hayan quedado colgando como si no fueran de la persona. Mejor no imaginárselo... Se frota los ojos y se lo imagina.

—Callas —prosigue el doctor Tesimond—, con lo cual procederemos a leer tus palabras, recogidas en el interrogatorio. En esta hoja las tenemos. Tú misma las pronunciaste, Hanna. Ahora han de oírlas todos los presentes. Ahora ha de salir todo a luz.

Sus palabras resuenan como un eco que parece pronunciado entre muros de piedra y no al aire libre, debajo de un tilo cuya copa agita el suave viento... ¡No, no! No es la primera vez que el doctor Kircher se obliga a pensar en la inmensa suerte que tuvo de que el doctor Tesimond lo escogiera como su asistente. Él no había hecho nada, ni se ofreció voluntario ni se esmeró por ponerse delante cuando el legendario doctor llegó a Paderborn desde Viena, invitado por los altos círculos, un admiradísimo viajero, testigo de la verdadera fe que, de pronto, durante el ejercicio en la iglesia de la orden, se había levantado para dirigirse directamente a él. Te voy a hacer una serie de preguntas, muchacho. No te pares a pensar qué quiero escuchar como respuesta, porque eso no puedes adivinarlo, limítate a decir lo correcto: ¿A quién ama el Señor más, a los ángeles, que no conocen el pecado, o al hombre que ha pecado y se arrepiente? Responde más deprisa. ¿Los ángeles están hechos de la sustancia de Dios, con lo cual son eternos, o son de la misma sustancia que nosotros? Responde más deprisa aún. ¿Y el pecado? Es creación de Dios, y en tal caso, ¿hemos de amarlo como amamos todas sus creaciones? En caso contrario, ¿cómo es posible que el castigo del pecador no tenga fin, que no tenga fin su dolor ni tenga fin su sufrimiento en el fuego? ¡Habla! ¡Deprisa!

Así estuvo una hora. Kircher se oía responder cada vez a nuevas preguntas, y cuando no sabía la respuesta se inventaba algo y, en ocasiones, aun lo reforzaba con citas y fuentes, pues son más de cien volúmenes los que escribió Tomás de Aquino y nadie los conoce todos, y de otra cosa no, pero de su inventiva siempre se había podido fiar. Así pues, no dejó de hablar y de hablar, y se oía como si hablara otro a través de él, otro que hubiera hecho acopio de todas sus fuerzas sin permitir que a su memoria se le resistiera una sola respuesta o frase o nombre, pues hasta los números había sabido sumar y restar y dividir; sin permitir tampoco que prestara atención a las palpitaciones de su corazón o a la cabeza que le daba vueltas, sino solo seguir mirando a la cara a su compañero de la orden con tal intensidad que, incluso hoy, a veces tenía la sensación de que aquel examen todavía duraba y duraría para siempre, como si todo lo sucedido desde entonces no fuera más que un sueño. Finalmente, el doctor Tesimond había dado un paso atrás y, con los ojos cerrados y como para sus adentros, le había dicho:

—Te necesito. No hablo bien alemán, tienes que ayudarme. Regreso a Viena, me llaman deberes sagrados, y tú te vienes conmigo.

Y así llevaban un año entero de camino. Se puede tardar mucho en llegar a Viena, cuando en el trayecto surgen tantas urgencias. Un hombre como el doctor Tesimond no es capaz de continuar sin más cuando detecta los manejos del mal en alguna parte. En Lippstadt habían tenido que exorcizar un demonio; luego, en Passau, que expulsar a un sacerdote olvidado de su honor. Se habían visto obligados a dar un rodeo para no pasar por Pilsen, pues los protestantes del lugar, especialmente furibundos, bien habrían podido detener a dos jesuitas de viaje, y por culpa de aquel rodeo habían ido a parar a un pueblecito donde la detención, tortura y juicio a una bruja malísima les había costado medio año. Luego les había llegado la noticia de un coloquio sobre dracontología en Bayreuth. Ni que decir tiene que habían tenido que viajar hasta allí para impedir que Erhard von Felz, el gran rival del doctor

Tesimond, soltara sus disparates sin que nadie le replicase; el debate entre ambos se había prolongado durante siete semanas, cuatro días y tres horas. Después, Kircher albergaba la ferviente esperanza de llegar por fin a la ciudad imperial, pero, al hacer noche en el Collegium Willibaldinum de Eichstätt, el arzobispo del principado los había citado a una audiencia:

—Mi gente está aletargada, doctor Tesimond. Los nuncios no ponen suficientes denuncias en los pueblos, cada vez hay más y más personas que se dedican a la brujería, y nadie hace nada, apenas soy capaz de financiar mi propio seminario de jesuitas, porque el canónigo está en contra. Os nombro comisario antibrujería *ad hoc*, y también os otorgo el permiso para llevar a cabo el suplicio capital sobre quienes cometieren el mal *in situ*, con tal de que hagáis el favor de ayudarme. Os concedo plenos poderes para lo que sea.

Así pues, el doctor Kircher había pasado una tarde entera dudando, después de que una charla con un chico despertara en él la sospecha de que su camino había vuelto a cruzarse con el de un brujo. No tengo por qué dar aviso, pensó, me puedo callar, puedo olvidarlo, pues al fin y al cabo yo no tenía por qué charlar con ese niño, fue casualidad. Claro que, al mismo tiempo, había surgido en su interior la voz de la conciencia: habla con tu mentor, las casualidades no existen, solo existe la voluntad del Señor. Y, como era de esperar, esa misma tarde, el doctor Tesimond había decidido hacerle una visita a ese molinero, y, como era de esperar, después de la visita todo siguió el curso habitual. Ahora llevaban semanas en aquel pueblo dejado de la mano de Dios, y Viena quedaba más lejos que nunca.

Al doctor Kircher le llama la atención que todo el mundo le mira, excepto los acusados, que miran al suelo. Ha vuelto a suceder: se le ha ido, como popularmente se dice, el santo al cielo. Lo único que espera es que no haya sido por mucho rato. Se apresura a darse media vuelta y ya se ubica de nuevo:

tiene delante la confesión de Hanna Krell, reconoce la caligrafía, es la suya, él mismo escribió el texto y solo tiene que leerlo. Con dedos inseguros, se dispone a coger la hoja, y en el preciso momento en que sus dedos rozan el papel se levanta viento, el doctor Kircher cierra la mano y por suerte es lo bastante rápido: ahí tiene la hoja, bien sujeta en la mano. Mejor no imaginar siquiera que se le hubiera volado... Satán es poderoso y el aire es su dominio. ¡Cuánto le gustaría que ese juicio se convirtiera en una farsa!

Mientras lee la confesión de Hanna, el doctor Kircher recuerda el interrogatorio a su pesar. Recuerda el cuarto oscuro del fondo de la casa parroquial, en su día destinado a las escobas y ahora convertido en sala de interrogatorios, donde el maestro Tilman y el doctor Tesimond emplearon día y noche hasta conseguir sacar la verdad a la pobre vieja. El doctor Tesimond es de naturaleza amable y bien habría preferido no asistir al duro interrogatorio, pero la ley para el enjuiciamiento de crímenes capitales del emperador Carlos* obliga a que el juez presencie toda tortura que ordene. Como también prescribe que tiene que existir una confesión. Ningún proceso puede darse por concluido si no hay confesión, no puede imponerse pena alguna si los acusados no han confesado algo. En realidad, el proceso entero se desarrolla a puerta cerrada, pero es el día señalado para el juicio cuando se confirma públicamente la confesión y se dicta la sentencia, y ahí está presente todo el mundo.

Mientras el doctor Kircher lee, se oyen exclamaciones de horror entre el público. Hay gente que contiene la respiración, gente que cuchichea, gente que menea la cabeza, gente que aprieta los dientes en gesto de estupor y de asco. Le tiembla la voz mientras se oye a sí mismo hablar de vuelos nocturnos y cuerpos desnudos, de viajes a lomos del viento, de un gran

---

* Se refiere a la *Lex Carolina* o *Constitutio Criminalis Carolina*, de 1532, que sienta los cimientos del derecho penal alemán. *(N. de la T.)*

aquelarre nocturno, de sangre en los calderos y carnes descubiertas, ahí, ahí están esos cuerpos revolviéndose unos con otros, y el gigantesco macho cabrío, pura lascivia insaciable que te toma por delante y te toma por detrás al son de cánticos en la lengua del inframundo. El doctor Kircher da la vuelta al papel y pasa a las maldiciones: frío y granizo sobre los campos para arruinar la cosecha de los piadosos, y hambre sobre las cabezas de los temerosos de Dios y enfermedad para los débiles y peste a los niños. Más de una vez está a punto de cortársele la voz, pero recuerda su misión sagrada y se llama al orden y gracias a Dios está bien preparado. Ninguno de esos horrores es nuevo para él, conoce cada palabra, pues no escribió ese texto una vez, sino una y otra, al otro lado de la puerta del cuarto oscuro, al tiempo que interrogaban a Hanna dentro y el maestro Tilman la hacía confesar todo lo que debe confesarse en un proceso por brujería. ¿Acaso no volaste tú también, Hanna? Todas las brujas vuelan, no ibas tú a ser la única que no lo hace. ¿Negarás que volaste? ¿Y el aquelarre? ¿Acaso no besaste a Satanás, Hanna? Si hablas, serás perdonada, pero si quieres callar, mira lo que el maestro Tilman lleva en la mano. Lo usará.

—Así fue —lee el doctor Kircher, y ya son las últimas líneas—. Esta es la manera en la que yo, Hanna Krell, hija de Leopoldina y Franz Krell, contradije la voluntad del Señor, traicioné a la comunidad cristiana y causé el mal a mis convecinos como también a la Santa Madre Iglesia y a mis autoridades. Con profunda vergüenza confieso y asumo mi justo castigo, y que Dios me ayude.

El doctor Kircher guarda silencio. Le zumba una mosca junto a la oreja, revolotea a su alrededor y se le posa en la frente. ¿Debe apartarla o hacer como si no se diera cuenta? ¿Qué es más propio de la dignidad de un tribunal, qué es menos ridículo? Mira de reojo a su mentor, pero este no le da ninguna indicación.

En lugar de ello, el doctor Tesimond se inclina hacia delante, mira a Hanna Krell y pregunta:

—¿Es esta tu confesión?

Ella dice que sí con la cabeza.

—Tienes que decirlo, Hanna.

—Es mi confesión.

—¿Hiciste todas esas cosas?

—Hice todas esas cosas.

—¿Y quién te indujo a hacerlas?

Hanna no dice nada.

—¡Hanna! ¿Quién te guiaba para hacerlas? ¿Con quién fuisteis al aquelarre, quién os enseñó a volar?

Hanna sigue sin decir nada.

Levanta la mano y señala al molinero.

—Tienes que decirlo, Hanna.

—Él.

—Más alto.

—Fue él.

El doctor Tesimond hace un gesto con la mano, el guarda empuja al molinero hacia delante. Ahora comienza la parte principal del proceso. Con la vieja Hanna dieron por añadidura, porque los brujos suelen tener secuaces, si bien tardaron su tiempo hasta que la mujer de Ludwig Stelling les confesó, bajo amenaza de imponerle una pena también a ella, que el reúma había empezado a atormentarla justo después de pelearse con Hanna Krell; e igualmente les costó una semana de preguntas y más preguntas hasta que también Magda Steger y Maria Loserin cayeron en la cuenta de que siempre había tormenta cuanto Hanna decía encontrarse demasiado mal como para ir a la iglesia. La propia Hanna no tardó en confesar las acusaciones. En cuanto el maestro Tilman le mostró su instrumental, ella empezó a reconocer sus crímenes, y ya cuando el verdugo se puso manos a la obra de verdad, la anciana reveló hasta dónde habían llegado.

—¡Claus Ulenspiegel! —El doctor Tesimond sostiene tres hojas de papel en el aire—. Tu confesión.

Con solo ver los papeles en mano de su mentor, al doctor Kircher le entra dolor de cabeza. Se sabe de memoria cada frase, con la de veces que lo reescribió frente a aquella puerta cerrada del cuarto de interrogatorios a través de la cual se oía todo.

–¿Puedo decir algo?

El doctor Tesimond le dirige una mirada de reproche.

–Por favor –dice el molinero.

Se frota la marca roja de la correa de cuero de la frente. Los grilletes de las manos tintinean.

–¿Qué quiere decir?

Todo el rato así. En la vida, se decía una y otra vez el doctor Tesimond, había topado con un caso tan difícil como ese molinero. Y, sin embargo, a pesar de lo que se había esmerado el maestro Tilman –a pesar de la navaja y de las agujas, a pesar de la sal y del fuego, a pesar de la mordaza de cuero, de los zapatos mojados, del «aplastapulgares» y de la «doncella de hierro»–, allí no terminaba de estar claro nada. Un verdugo sabe cómo soltarle la lengua a alguien, pero ¿qué hacer con un hombre que no para de hablar y al que no le importa lo más mínimo contradecirse, como si Aristóteles no hubiera escrito una sola palabra sobre la lógica? Al principio, el doctor Tesimond creyó que era una pérfida artimaña, pero luego se dio cuenta de que, en medio de toda aquella confusión del molinero, también había fragmentos de verdades, es más: incluso de conclusiones asombrosas.

–He reflexionado –dice Claus–. Ahora soy consciente. Consciente de mis errores. Pido perdón. Pido clemencia.

–¿Has hecho lo que dice esta mujer? ¿Dirigir el aquelarre? ¿Lo hiciste?

–Me creí inteligente –dice el molinero con la vista clavada en el suelo–. Me sobreestimé. Le exigí demasiado a la cabeza, a la estúpida razón, lo siento. Pido clemencia.

–¿Y la maldición que echaste? ¿Los campos arruinados? El frío, la lluvia… ¿Fuiste tú?

—Yo he ayudado a los enfermos a la manera de los antiguos. A algunos no les supe ayudar, porque los remedios antiguos no son muy fiables, pero siempre puse lo mejor de mi parte, ya que solo me pagaban si el remedio funcionaba. Leí el futuro de quienes quisieron conocerlo, lo leí en el agua y en el vuelo de las aves. Al primo de Peter Steger, no a Paul Steger sino al otro, a Karl, le dije que no se subiera al haya, ni para buscar tesoros ni para nada, No te subas, le dije, y el primo de Steger me preguntó: ¿Es que hay un tesoro en mi haya?, y yo le dije: Que no te subas, Steger, y él volvió a decir: Pues, si hay un tesoro, yo me subo, y ahí se cayó y se rompió la cabeza. Y yo no consigo resolver si una predicción que no se habría cumplido si no la hubiera hecho yo en realidad es una predicción o qué es…

—¿Has oído la confesión de la bruja? ¿Has oído que ha dicho que fuiste tú quien dirigía el aquelarre? ¿Lo has oído?

—Si había un tesoro en la copa del haya, entonces seguirá allí…

—¿Has oído a la bruja?

—Y las dos hojas de roble que encontré.

—¡Otra vez con eso!

—Eran idénticas, como si fueran una sola.

—¡Otra vez lo de las hojas no, por favor!

Claus suda, le cuesta respirar.

—El asunto me tenía loco. —Se detiene a pensar, menea la cabeza, se rasca el cráneo afeitado y al hacerlo tintinean los grilletes—. ¿Puedo mostrarles las hojas? Aún deben de seguir en el molino, en la buhardilla, donde me dedicaba a mis estúpidos estudios. —Se da la vuelta y señala, por encima de las cabezas de los espectadores, haciendo tintinear sus cadenas—. Mi hijo puede ir a buscarlas.

—En el molino no queda nada de sus oscuros trajines —dice el doctor Tesimond—. Hay un molinero nuevo y no habrá conservado toda esa morralla.

—¿Y los libros?

El doctor Kircher, con desasosiego, ve que una mosca se posa sobre el papel que tiene entre las manos. Sus patitas negras recorren los trazos de la escritura. ¿Es posible que intente decirle algo? Pero se mueve tan deprisa que no da tiempo a leer lo que dibuja, y ahora no puede permitirse una nueva distracción.

—¿Dónde están mis libros? —pregunta Claus.

El doctor Tesimond hace una seña a su secretario, y el doctor Kircher se pone en pie para leer la confesión del molinero.

Su mente vuelve a las investigaciones. El mozo, Sepp, les contó de buena gana que muchas veces encontraba al molinero sumido en un sueño profundo durante el día. Sin que alguien de testimonio de estas ausencias, no se puede acusar de brujería a nadie, pues a este respecto existen reglas estrictas. Los siervos de Satanás suelen abandonar su cuerpo, mientras su espíritu vuela hacia tierras lejanas. Ni siquiera sacudirlo, gritarle o darle patadas servía para despertarlo, recoge el informe con las palabras de Sepp, y también el cura formula una acusación seria: «Te maldigo —parece ser que solía decir el molinero a todo vecino del pueblo que le causara algún fastidio—, te haré arder, te haré sufrir dolores». Del pueblo entero exigía obediencia, todos temían su ira. Y la mujer del panadero vio una vez los demonios que, entrada la oscuridad, conjuró sobre los campos de Steger; habló de fauces, dientes, garras y grandes órganos sexuales, de viscosas criaturas de la medianoche... a duras penas había sido capaz de recoger aquello por escrito el doctor Kircher. Y luego, cuatro, cinco, seis vecinos del pueblo y luego otros dos y cada vez más y más describieron en detalle cuántas veces el molinero había provocado el mal tiempo sobre sus campos. La magia dañina es más importante que las ausencias; si no la avalan testimonios, se puede juzgar a un acusado por herejía, pero no por brujo. Para asegurar que no se cae en ningún error, el doctor Kircher pasa días explicando a los vecinos qué gestos y qué palabras tienen que haberle visto al molinero; sus cabezas funcionan despacio, hay que repetirles todo hasta que lo recuerdan: los conjuros, las fórmulas ancestrales, las invocaciones a Satanás. En efecto, a posteriori resulta que todos escucharon las palabras exactas y vieron exactamente los correspondientes gestos; tan solo el panadero, a quien también tomaron declaración, tuvo sus dudas en cierto momento, pero el doctor Kircher lo llevó aparte y le preguntó si de verdad tenía la intención de proteger a un brujo y si acaso su vida era tan pura que no albergaba motivos para temer que también a él lo sometieran a un examen minucioso. Y ahí ya se acordó el panadero de haber visto todo lo que también vieron los demás, con lo cual no faltó nada para conseguir la confesión al molinero mediante un severo interrogatorio.

–Hice caer el granizo sobre los campos –lee el doctor Kircher–. Tracé mis círculos en la tierra, invoqué a las fuerzas y a los demonios de las alturas y de las profundidades y al Señor del aire, provoqué la ruina de los sembrados, traje el hielo a la tierra, la muerte a la cosecha. Además, me hice con un libro prohibido en latín…

En ese momento, advierte la presencia de un desconocido y calla. ¿De dónde ha venido? El doctor Kircher no le ha visto acercarse, y, de haberse encontrado entre el público desde antes, habría tenido que llamarle la atención con ese sombrero de ala ancha y ese cuello de terciopelo. Pero ahí está, junto al carro del juglar. ¿Y si no lo viera más que él? El corazón empieza a palpitarle muy deprisa. ¿Y si ese hombre solo se le apareciera a él y fuera invisible para los demás? ¿Qué hacer?

Sin embargo, el hombre avanza con paso calmado y la gente se aparta para dejarle paso. El doctor Kircher suspira con alivio. El hombre lleva barba corta, una capa de terciopelo y una pluma en el sombrero. Con gesto solemne, se descubre la cabeza y hace una reverencia.

–Permitan que les salude, soy Vaclav van Haag.

El doctor Tesimond se levanta y también hace una reverencia.

—¡Es todo un placer!

También el doctor Kircher se levanta, hace una reverencia y se vuelve a sentar. O sea, que no es el demonio, sino el autor de una afamada obra sobre la formación de cristales en las estalactitas y estalagmitas de las cuevas. En algún momento lo leyó y algo de él quedó en su memoria. El doctor Kircher dirige la mirada hacia el tilo con gesto incrédulo: la luz parpadea como si todo fuera un espejismo. ¿Qué ha venido a hacer allí ese estudioso de la cristalografía?

—Estoy escribiendo un tratado sobre la brujería —dice el doctor Van Haag al tiempo que se yergue de la reverencia—. Se ha difundido la noticia de que estáis llevando a juicio a un brujo en este pueblo. Solicito el permiso para defenderlo.

Un murmullo recorre la multitud de espectadores. El doctor Tesimond vacila.

—Tengo la certeza —responde entonces— de que un hombre de vuestra erudición tendrá mejores cosas a las que dedicar su tiempo.

—Es posible, pero cierto es también que me hallo aquí pidiéndoos este favor.

—La Ley Carolina no contempla que el acusado cuente con defensor alguno.

—Si bien tampoco prohíbe la intercesión. Nuncio, si me permitís...

—Dirigíos al juez, apreciado colega, no al nuncio. Él pronunciará el veredicto, pero quien lo dicta soy yo.

El doctor Van Haag mira al nuncio. Está blanco de rabia, pero el doctor Tesimond tiene razón: él no determina nada en ese juicio. Van Haag ladea ligeramente la cabeza y se dirige al doctor Tesimond:

—Contamos con numerosos precedentes. Los procesos con intercesor se dan cada vez con más frecuencia. Algunos acusados no son capaces de defenderse bien por sí mismos, porque en el fondo no saben hablar con propiedad. Por ejemplo, ese libro prohibido que se ha mencionado... ¿No han dicho que está en latín?

—Así es.

—¿Y el molinero lo ha leído?

—¡Por Dios! ¿Cómo iba a leerlo?

El doctor Van Haag sonríe. Mira al doctor Tesimond, luego al doctor Kircher, luego al molinero y luego otra vez al doctor Tesimond.

—¿Y bien? —pregunta el doctor Tesimond.

—Que si el libro está escrito en latín...

—¿Qué?

—Que si el molinero no sabe latín...

—¿Qué?

El doctor Van Haag abre los brazos y sonríe de nuevo.

—¿Puedo preguntar una cosa? —dice el molinero.

—Un libro que está prohibido poseer, apreciado colega, es un libro que no está permitido poseer, pero no un libro que no está permitido leer. El Santo Oficio habla expresamente de «poseer», no de «conocer». ¿Doctor Kircher?

El doctor Kircher traga saliva, carraspea, parpadea.

—Un libro es una potencialidad —dice—. Siempre se presta a decir algo. Incluso una persona que no conozca la lengua en la que está escrito puede entregárselo a otros que sí lo hagan con el fin de que se cumpla su malvado fin a través de ellos. O podría aprender la lengua, y si no encontrara a nadie que se la enseñara, ya encontraría el modo de aprenderla por sí mismo. Cosas parecidas se han visto ya. Cabe alcanzarlo a través de la pura contemplación de las letras, contando la frecuencia con que aparecen, analizando sus patrones... pues el intelecto humano es muy poderoso. De este modo aprendió hebreo en el desierto san Zagrafio, gracias a su imperioso anhelo de conocer la lengua de nuestro Señor en su versión original. Como también se cuenta de Taras de Bizancio que llegó a comprender los jeroglíficos egipcios con solo contemplarlos durante años. Por desgracia, no nos legó sus claves, con lo cual hemos de emprender la tarea de descifrarlos de nuevo, pero eso se resolverá, tal vez dentro de poco. No olvidemos, además, que siempre existe la posibilidad de que Satanás, cuyos vasallos dominan todas las lenguas del mundo, otorgue a su siervo la capacidad de leer el libro de un día para otro. Por todos estos motivos, juzgar el elemento de la comprensión del texto es cosa de Dios y no de sus servidores. De ese Dios que verá hasta el fondo de nuestras almas en el día del Juicio Final. La tarea de los jueces humanos es esclarecer las circunstancias inmediatas. Y la más sencilla de ellas es la siguiente: si un libro está prohibido, no se puede poseer.

−Además, es demasiado tarde para una defensa −dice el doctor Tesimond−. El proceso ha concluido. Únicamente falta el veredicto. El acusado ha confesado.

−Pero es obvio que bajo tortura…

−¡Naturalmente! −exclama el doctor Tesimond−. ¿Cómo iba a confesar si no? ¡De no ser por la tortura, nadie confesaría nunca nada!

−Mientras que, bajo tortura, cualquiera confiesa lo que sea.

−Gracias a Dios, así es.

−Hasta un inocente.

−Solo que no es inocente. Tenemos los testimonios de los demás. Tenemos el libro.

−Los testimonios de los demás… ¿De quienes también habrían sido objeto de tortura en el caso de negarse a testificar?

El doctor Tesimond guarda silencio unos instantes.

−Apreciado colega −añade en voz baja−, naturalmente, a quien se niega a testificar en contra de un brujo hay que someterlo a una investigación y acusarlo también. ¿Adónde iríamos a parar si no se hiciera así?

−Bien, otra pregunta: ¿cómo se debe interpretar lo de las ausencias del brujo? Antes se decía que, estando inconscientes, las personas tenían trato con el demonio en sueños. El demonio no tiene poder alguno en el mundo de Dios, y esto lo señala incluso Institoris,* con lo cual tiene que aprovechar el sueño para provocar en sus aliados la ilusión de que son presa de una lujuria desenfrenada. Ahora, sin embargo, se está juzgando a los brujos por los mismos actos que antes se declaraban ilusiones provocadas por el demonio, y además se les imputan como cargos las ausencias y los sueños desenfrenados. Por consiguiente, ¿esos actos del mal son realidad o ilusión? No pueden ser ambas cosas. No tiene ningún sentido, apreciado colega.

–¡Tiene todo el sentido del mundo, apreciado colega!

–Explicádmelo, pues.

–Apreciado colega, no estoy dispuesto a consentir que se invalide este juicio mediante la palabrería y la puesta en duda.

–¿Puedo preguntar una cosa? –dice el molinero levantando la voz.

–¿Y yo otra? –dice Peter Steger, alisándose la toga–. Esto se está prolongando mucho, ¿no podríamos hacer un descanso? Las vacas tienen las ubres a rebosar, ya las oís.

–Arréstenlo –dice el doctor Tesimond.

El doctor Van Haag da un paso atrás. Los guardas clavan la vista en él.

–Que se lo lleven y lo encadenen –dice el doctor Tesimond–. Es cierto que la ley de enjuiciamiento permite la intercesión por el acusado, pero en ninguna parte dice que sea decoroso erigirse en defensa de un siervo de Satanás y perturbar el juicio con preguntas absurdas. Con todos mis respetos hacia un apreciado colega, eso no lo puedo tolerar, y ya esclareceremos mediante un riguroso interrogatorio qué puede haber inducido a un hombre respetable a comportarse así.

Nadie se mueve. El doctor Van Haag mira a los guardas, los guardas miran al doctor Tesimond.

* El inquisidor Heinrich Kramer o Henricus Institoris (1430-1505) fue autor de *Malleus Maleficarum* (*El martillo de las brujas*). *(N. de la T.)*

–Tal vez sea la sed de fama… –dice el doctor Tesimond–. Tal vez cosas peores. Ya se verá.

Se oyen risas entre la multitud. El doctor Van Haag da otro paso atrás y se lleva la mano a la empuñadura de la espada. Lo cierto es que habría podido escapar, pues los guardas no son ni rápidos ni valientes, pero ahora ya está el maestro Tilman plantado junto a él, meneando la cabeza. No hace falta más. El maestro Tilman es muy alto y corpulento, y de pronto también tiene una cara muy distinta a la de antes. El doctor Van Haag suelta la espada. Uno de los guardas lo agarra de la muñeca, se la quita y lo conduce al establo con la puerta reforzada con hierros.

–¡Protesto! –exclama el doctor Van Haag, en tanto que camina sin oponer resistencia–. ¡A un hombre de alcurnia no se le puede tratar así!

–Permitidme prometeros, apreciado colega, que vuestra alcurnia no será ignorada.

El doctor Van Haag se vuelve una última vez. Abre la boca, pero al instante parecen faltarle las fuerzas, la situación le supera por completo. Ya se abre la puerta entre chirridos y ya ha desaparecido tras ella junto con el guarda. Pasa un rato, luego vuelve a salir el guarda, cierra la puerta y echa las dos barras de hierro que hacen de cerrojo.

El doctor Kircher tiene palpitaciones. Está tan henchido de orgullo que le entra mareo. No es la primera vez que presencia cómo alguien osa subestimar la determinación de su mentor. No en vano es el único superviviente de la Conspiración de la pólvora; y tampoco es fácil llegar a contarse entre los más célebres testigos de la fe de la Compañía de Jesús. Siempre hay gente que se olvida de con quién está tratando. Eso sí, lo acaban descubriendo con todas las consecuencias.

–Hoy es el gran día del juicio –dice el doctor Tesimond a Peter Steger–. No es momento de ordeñar. Si vuestras vacas les duelen las ubres, les duelen por la causa del Señor.

—Entiendo —dice Peter Steger.

—¿Lo entiendes de verdad?

—De verdad. Sí, sí, de verdad que lo entiendo.

—Y tú, molinero… Hemos leído tu confesión y ahora queremos oírla. Alto y claro: ¿es cierto? ¿Hiciste esas cosas? ¿Te arrepientes?

Se hace el silencio. El viento es lo único que se oye. Y los mugidos de las vacas. Una nube acaba de colocarse delante del sol, y, para alivio del doctor Kircher, han cesado lo juegos de luces de la corona del tilo. Ahora, en cambio, las ramas se agitan y emiten susurros y murmullos. Ahora hace frío, sin duda, no tardará en ponerse a llover de nuevo. Tampoco la ejecución de ese brujo servirá para evitar el mal tiempo, hay demasiada gente mala y es entre todos que tienen la culpa del frío y las malas cosechas y de la penuria, especialmente en esos últimos años antes del fin del mundo. Eso sí, se hace lo que se puede. Incluso cuando la batalla está perdida. Se aguanta, se defienden las posiciones que quedan y se espera el día en que el Señor regrese con toda su magnificencia.

—¡Molinero! —repite el doctor Tesimond—. Tienes que decirlo, y delante de todos los presentes. ¿Es cierto? ¿Cometiste estas aberraciones?

—¿Puedo preguntar una cosa?

—No. Lo único que tienes que hacer es responder. ¿Es cierto? ¿Las cometiste?

El molinero mira a su alrededor como quien no sabe dónde se halla. Pero también eso es una estratagema, bien sabe el doctor Kircher que no debe dejarse engañar, pues detrás de esas personas aparentemente perdidas se esconde el viejo enemigo, dispuesto a matar allá donde pueda. Ojalá parasen ya esas ramas con su murmullo… De pronto, ese viento y sus sonidos resultan todavía peores que el centelleo de la luz de antes. ¡Y ya podían callarse también esas vacas!

El maestro Tilman se acerca al molinero y le pone la mano en el hombro como si de un viejo amigo se tratase. El molinero lo mira, es más bajo que el verdugo y esa mirada desde abajo es como la de un niño. El maestro Tilman se inclina para susurrarle algo al oído. El molinero asiente en señal de que lo ha entendido. La confianza que se nota entre ellos confunde enormemente al doctor Kircher. Seguro que se debe a que se ha descuidado y está mirando en la dirección en que no debía: justo a los ojos del chico. Se ha subido al carro del juglar. Allí está, más arriba que nadie, de pie sobre el canto del carro, y es curioso que no se caiga. ¿Cómo mantiene el equilibrio ahí arriba? El doctor Kircher no puede evitar una sonrisa nerviosa. El niño no le sonríe. Sin quererlo, el doctor Kircher se pregunta si acaso ese niño, allá en lo alto del carro, no estará también tocado por el demonio, pero en el interrogatorio no han hallado signo alguno de ello, la mujer no paraba de llorar, el niño se había mostrado introvertido, pero ambos habían dicho cuanto tenían que decir. De repente, al doctor Kircher le asaltan las dudas. ¿Habrán sido poco meticulosos? Los ardides del Señor del aire son múltiples. ¿Y si, después de todo, no es el molinero el peor de los brujos? El doctor Kircher siente que cierta sospecha germina en su interior.

—¿Cometiste estas aberraciones? —pregunta el doctor Tesimond de nuevo.

El verdugo da un paso atrás. Todos contienen la respiración, se ponen de puntillas, levantan la cabeza. Hasta el viento cesa por un instante, cuando Claus Ulenspiegel toma aire para responder por fin.

3

No sabía que existía una comida tan buena. En toda su vida había probado nada igual: de primero, una sustanciosa sopa de pollo con pan de trigo recién hecho; después, una pierna de cordero, aderezada con sal e incluso pimienta, luego, un lomo de cerdo bien graso con salsa y, para terminar, un pastel de cerezas no solo dulce sino también calentito del horno, todo acompañado por un vino tinto que se sube a la cabeza como si fuera niebla. Han debido de traer un cocinero de alguna parte. Mientras cena en su mesita del establo y siente cómo se le llena el estómago de cosas calientes y refinadas, Claus piensa que una comida así, en el fondo, incluso merece morir por ella.

Creía que lo de la última comida del reo solo existía como frase hecha, no imaginaba que de verdad mandan al lugar un cocinero que le prepara una comida tan suculenta como no la ha probado en toda su vida. Con grilletes en las manos es un poco difícil sostener la carne, el hierro le corta y tiene las muñecas en carne viva, pero en esos momentos le da igual por lo rica que está. También es cierto que las manos ya no le duelen tanto como la semana anterior. El maestro Tilman también es un maestro de las curas, y Claus ha tenido que reconocer sin envidia que el verdugo conoce hierbas de las que él mismo ni siquiera había oído hablar. Con todo, no ha recuperado la sensibilidad de los dedos machacados, y así se le cae la carne al suelo una y otra vez. Cierra los ojos. Oye ca-

carear a las gallinas en el corral contiguo, oye los ronquidos del hombre vestido lujosamente que se ofreció como su defensor y que ahora está encadenado sobre la paja. Al tiempo que mastica la exquisita carne de cerdo, intenta hacerse a la idea de que nunca conocerá el desenlace del proceso que se celebre contra ese hombre.

Porque para entonces estará muerto. Tampoco conocerá el tiempo que haga pasado mañana. Estará muerto. Ni sabrá si va a llover la noche siguiente. Aunque eso da completamente igual, a quién le interesa la lluvia.

Pero no deja de ser raro: ya puedes estar ahí, sentado, y ya puedes recitar todos los números del uno al mil que, pasado mañana, serás un ser hecho de aire, o también puede ser: un alma que se reencarne en otra persona o en un animal y que, de por sí, no recuerde en nada al molinero que todavía eres... Ahora bien, si luego eres una comadreja o una gallina o un gorrión en una rama y ni siquiera recuerdas que en otro tiempo fuiste un molinero dedicado a la observación de la trayectoria de la luna, es más: si luego te vas a pasar la vida brincando y sin preocuparte más que de los granos que picas y, claro, también de que no te pille y te coma un águila, ¿qué sentido tiene, entonces, haber sido una vez un molinero del que ya nadie se acuerda?

Le viene a la mente que el maestro Tilman le ha dicho que podía repetir cuanto quisiera. Me llamas sin más; dilo, porque te podemos dar cuanto quieras, pues ya más tarde no habrá nada.

De modo que Claus prueba. Llama. Masticando aún, llama, porque le queda carne en el plato y también pastel, pero si te pueden dar más, ¿por qué vas a esperar a terminarte todo y que, con mala suerte, los de ahí fuera aún se lo piensen dos veces? Llama una vez más y, en efecto, se abre la puerta.

—¿Puedo repetir?

—¿De todo?

—De todo, por favor.

El maestro Tilman sale sin decir nada, y Claus se pone a comer pastel. Mientras deja que la masa templada, blanda y dulce se le deshaga en la boca, toma conciencia de que siempre ha pasado hambre: día y noche, al levantarse y al acostarse. Solo que no sabía que era hambre; que era hambre aquel sentimiento de insuficiencia, de vacío de todo, aquella debilidad del cuerpo que hace fallar las rodillas y las manos y trastorna la cabeza. Eso no tiene por qué vivirlo una persona, no tendría que haber sido. Así que todo era pura y llanamente hambre...

Con el típico ruido de los cerrojos, se abre la puerta y entra el maestro Tilman con varios cuencos en una bandeja. Claus suspira de alegría. El maestro Tilman, malinterpretando el suspiro, deposita la bandeja y le pone una mano en el hombro.

—Todo irá bien —dice.

—Ya lo sé —dice Claus.

—Es muy rápido. Se me da bien. Te lo prometo.

—Gracias —dice Claus.

—Algunos condenados me tocan las narices. Y entonces no va tan rápido. Pero tú no me has tocado las narices.

Claus asiente con la cabeza, agradecido.

—Ahora corren mejores tiempos. Antes os quemaban a todos en la hoguera. Eso sí que tarda, no es cosa agradable. Pero la horca no es nada. Va muy rápido. Te subes al cadalso y, en lo que te das cuenta, ya estás viendo al Creador. También te queman en la hoguera, pero después, ahí ya estás muerto y no te molesta nada, ya lo verás.

—Bien —dice Claus.

Se miran. El maestro Tilman parece no querer marcharse. Se diría que está a gusto dentro del establo.

—No eres mal tipo —dice el maestro Tilman.

—Gracias.

—Para ser un aliado del demonio.

Claus se encoge de hombros.

El maestro Tilman sale y cierra la puerta con mucha parsimonia.

Claus sigue comiendo. De nuevo, intenta imaginar: las casas que hay fuera, los pájaros del cielo, las nubes, el suelo marrón verdoso con su hierba y sus campos y esa cantidad de toperas que aparecen en primavera, porque de los topos no hay manera de deshacerse, no hay hierba ni conjuro que pueda con ellos... y la lluvia, por supuesto... y todo ha de continuar ahí, excepto él.

Eso sí que no se lo puede imaginar.

Porque cada vez que intenta imaginar un mundo sin Claus Ulenspiegel, su imaginación introduce por su propia cuenta a ese mismo Claus Ulenspiegel que él trata de borrar: como ser invisible, como ojo sin cuerpo, como fantasma. Si imagina que su persona desaparece del todo y por completo, también desaparece de su imaginación el mundo que intenta imaginar sin Claus Ulenspiegel. Por muchas veces que lo intenta, siempre sucede lo mismo. ¿Podría extraer de ello la conclusión de que está a salvo? ¿De que no puede desaparecer del todo, porque a fin de cuentas el mundo tampoco puede desaparecer o, en tal caso, tendría que desaparecer sin él?

El cerdo sigue estando riquísimo, ahora que el pastel... Claus se percata de que el maestro Tilman no le ha traído más, y como el pastel era lo mejor de todo, Claus prueba a llamarlo otra vez.

El verdugo entra en el establo.

—¿Podría repetir de pastel?

El maestro Tilman no responde y sale. Claus mastica la carne de cerdo. Una vez que ha calmado el hambre, se da verdadera cuenta del sabor tan rico que tiene, tan fina y sustanciosa, tan calentita y salada y un poco dulce... Contempla la pared del establo. Si, antes de la medianoche, se dibuja un cuadrado y luego, con un poco de sangre, dos círculos dobles en el suelo y se pronuncia tres veces el tercero de los nombres secretos del Todopoderoso, aparece una puerta y se puede uno escapar. El único problema serían los grilletes, porque para quitárselos haría falta un cocimiento de cola de caballo, así que tendría que escaparse con los grilletes y encontrar cola de caballo por el camino, pero Claus está cansado y le duele el cuerpo y además no es la estación en que hay cola de caballo.

Y sería difícil empezar de cero en otro lugar. Antes sí que habría podido, pero ahora es mayor y ya no tiene fuerzas para convertirse de nuevo en mozo errante y sin honor, en menospreciado jornalero en las afueras de algún pueblo, uno de los muchos desconocidos que todo el mundo evita. No podría trabajar ni de curandero, pues llamaría la atención enseguida.

No, morir ahorcado es más fácil. Y si resulta que, después de la muerte, te acuerdas de lo que fuiste antes, el avance en lo que respecta al conocimiento del mundo sería mayor que diez años de búsqueda y de investigación. Tal vez comprendería entonces lo de la trayectoria de la luna, y tal vez vería con qué grano deja de ser montón el montón de grano, y, ya puestos, tal vez encontraría la diferencia entre las dos hojas idénticas que solo se diferencian por el hecho de ser dos y no una sola. A lo mejor es el vino o la agradable sensación de saciedad que experimenta por primera vez en su vida, pero, en cualquier caso, Claus ya no desea salir de allí. Que se quede la pared donde está.

Se vuelve a descorrer el cerrojo y entra el maestro Tilman con el pastel.

—Con esto basta, ya no vuelvo más.

Le da unas palmadas en el hombro a Claus. Le gusta hacerlo, probablemente porque en el exterior no puede tocar nunca a la gente. Luego bosteza, sale y cierra la puerta con tanto ruido que el preso que dormía sobre la paja se despierta.

Se levanta, se estira y recorre el establo con la mirada.

—¿Dónde está la anciana?

–En otro establo –dice Claus–. Menos mal, porque no para de lamentarse, no hay quien lo aguante.

–Dame vino.

Claus lo mira espantado. Querría responderle que es su vino, suyo y de nadie más, que bien se lo ha ganado, pues va a morir por él en breve. Sin embargo, luego le da lástima el hombre, que a fin de cuentas tampoco lo tiene nada fácil y se decide a tenderle el jarro. El hombre lo coge y bebe a grandes sorbos. Oye, ya está bien, querría gritarle Claus, ¡que me vas a dejar sin nada! Sin embargo, no es capaz de hacerlo, ya que el otro es hombre de alcurnia y a esa gente no se le pueden dar órdenes. El vino le corre por la barbilla dejándole manchas en el cuello de terciopelo, pero con la sed que tiene no parece importarle.

Por fin, deja el jarro y dice:

–Por Dios, ¡qué vino tan bueno!

–Sí, sí –dice Claus–, buenísimo.

Y sinceramente espera que ahora el otro no quiera también de su pastel.

–Ahora que no nos oye nadie, dime la verdad. ¿Tenías trato con el demonio?

–No lo sé, respetable señor.

–¿Cómo se puede no saber eso?

Claus reflexiona. Es evidente que, en su cabeza llena de pájaros, ha hecho algo que no debía, porque de otro modo no estaría allí. Lo único es que tampoco termina de saber qué es lo que ha hecho. Le han interrogado durante tanto tiempo, una y otra vez, y ha sufrido tanto dolor, le han obligado a contar su historia tantas veces, y siempre faltaba algo, siempre tenía que añadir algo más, describir algún demonio o alguna invocación prohibida o algún libro oscuro o algún aquelarre más para que el maestro Tilman lo soltara, y luego le habían obligado a repetir también todos esos nuevos detalles una y otra vez, de tal manera que ya no sabía qué era lo que se había inventado y qué había sucedido de verdad a lo largo de su corta vida... vida en la cual, eso sí, nunca había reinado el orden precisamente: unas veces había estado en un sitio, otras en otro, y en algún momento se había visto envuelto en harina y con una mujer decepcionada y unos mozos que no tenían ningún respeto por nada y ahora se encontraba allí encadenado... y ahí se acababa la cosa. Igual que el pastel, que se le estaba acabando, tres o cuatro bocados más, a lo sumo cinco si se cuidaba de tomarlo a trocitos.

–No lo sé –repitió.

–¡Qué terrible fatalidad! –dice el compañero mirando el pastel.

Alarmado, Claus se apresura a meterse en la boca todo lo que queda y se lo traga sin masticar. Se le llena la garganta, traga con todas sus fuerzas... Se terminó el pastel. Y se terminó también el comer. Para siempre.

–Respetable señor –añade Claus para demostrar que sabe de buenas maneras–, ¿qué pasará ahora con vos?

–Es difícil de predecir. Una vez te han metido preso, es muy difícil salir. Me llevarán a la ciudad y allí me interrogarán. Tendré que confesar algo.

Suspirando, se mira las manos. Es obvio que está pensando en el verdugo: todo el mundo sabe que siempre empiezan por los dedos.

–Respetable señor –prosigue Claus–, pongamos que tenemos un montón de grano...

–¿Qué?

–Sacamos un grano y lo apartamos a un lado.

–¿Qué?

–Solo uno de cada vez. ¿En qué momento deja de ser un montón?

–A los doce mil granos.

Claus se frota la cabeza. Los grilletes tintinean. Siente la herida de la correa. Fue un dolor horroroso, aún recuerda cada segundo que pasó chillando y suplicando, pero el maestro Tilman no aflojó hasta que él no hubo inventado y descrito un nuevo aquelarre.

—¿Doce mil justos?

—Exactos —dice el hombre—. ¿Crees que también a mí me traerían una comida así? Algo quedará, supongo. Todo esto es una injusticia mayúscula, yo no debería estar aquí, solo pretendía defenderte para luego escribir mi libro sobre el tema. Ya he terminado con la cristalografía y me apetecía pasar a las leyes. Es obvio que mi situación no tiene nada que ver contigo. A lo mejor resulta que sí estás aliado con el demonio, cualquiera sabe, a lo mejor hasta eres el mismo demonio tú. O a lo mejor no.

Guarda unos instantes de silencio y luego llama al maestro Tilman en tono autoritario.

Esto no va a salir bien, piensa Claus, que entretanto conoce muy bien al verdugo. Suspira. Ahora sí que le vendría bien un poco más de vino para no caer de nuevo en la tristeza, pero le han dicho bien claro que no hay más.

El cerrojo se descorre y asoma el maestro Tilman.

—Traedme carne de esa —le ordena el hombre sin mirarlo—. Y vino. El jarro está vacío.

—¿También estarás muerto mañana? —pregunta el maestro Tilman.

—Ha habido un malentendido —responde el hombre con voz ronca, haciendo como si hablara con Claus, pues, con todo, es más de recibo dirigirle la palabra a un brujo condenado que a un verdugo—, y, desde luego, una infamia tremenda por la que algunos aún habrán de pagar.

—Al que va a seguir vivo mañana no le toca última comida —dice el maestro Tilman. Le pone una mano en el hombro a Claus—. Oye… —le dice en voz baja—, mañana, cuando estés bajo la horca, que no se te olvide que tienes que perdonar a todo el mundo.

Claus asiente con la cabeza.

—A los jueces —explica el maestro Tilman—, y a mí también. Nos tienes que perdonar.

Claus cierra los ojos. Aún nota el vino… una agradable y cálida sensación de mareo.

—Alto y claro —dice el maestro Tilman.

Claus suspira.

—Eso es lo que se debe hacer —continúa el maestro Tilman—. Es así: el condenado perdona a su verdugo en voz bien alta y clara, que lo oiga todo el mundo. Lo sabes, ¿no?

Claus no puede evitar acordarse de su mujer. Agneta ha ido a verlo antes y ha estado hablando con él a través de las grietas de los tablones de la pared. Susurrando que cuánto lo sentía, que no había tenido otra opción que decir lo que la habían obligado a decir y que si podía perdonarla.

Claro, mujer, le había respondido él, yo lo perdono todo. Lo que se había callado era que, en el fondo, no terminaba de entender de qué le estaba hablando. Qué se le va a hacer, desde los interrogatorios, ya no puede fiarse de su cabeza como antes.

Luego, Agneta se había puesto otra vez a llorar y a lamentarse de la vida tan difícil que le esperaba, y también le había hablado del chico, que le preocupaba mucho y no sabía qué hacer con él.

A Claus le había alegrado saber de su hijo, pues hacía mucho que no se acordaba de él y, después de todo, le tenía mucho cariño. El caso es que había algo muy particular en ese niño, apenas se podía explicar, pero se diría que no estaba hecho de la misma pasta que el resto de la gente.

—Para ti va a ser fácil —le había dicho Agneta—. Ya no tendrás que romperte la cabeza por nada más. Pero está claro que yo no me puedo quedar en este pueblo. No me lo permiten. Y yo nunca he estado en ningún otro sitio, ¿qué voy a hacer?

—Claro, claro —había respondido Claus, pensando aún en el chico—. Eso es verdad.

—A lo mejor me podría ir donde mi cuñada, a Pfünz. Eso dijo mi tío antes de morir, que había oído que mi cuñada ahora vive en Pfünz.

—¿Tú tienes una cuñada?

—La mujer del sobrino de mi tío. Es prima de Franz Melker. Tú a mi tío no lo conociste, murió cuando yo era niña. ¿Adónde voy a ir si no?

—No sé.

—¿Y qué va a pasar con el chico? A mí mi cuñada igual me ayuda, si se acuerda de quién soy, pues cualquiera sabe. Y si vive. Pero ¿dos bocas que alimentar a la vez? Son demasiadas.

—Sí, son demasiadas.

—Igual podría colocar al chico de jornalero en alguna parte, es bajito y no trabaja bien, pero igual resultaba. ¿Qué he de hacer? En este pueblo no me puedo quedar.

—No, no debes.

—¡Condenado imbécil, tú sí que lo tienes fácil! Pero dime qué hago yo. ¿Me voy a buscar a mi cuñada? Igual ya tampoco está en Pfünz. Se supone que tú lo sabes siempre todo. Así que dime: ¿qué hago?

En ese momento, por suerte, le habían traído la última comida y Agneta se había marchado para que el verdugo no la viera, pues está prohibido que nadie hable con un condenado. Luego, el vino y las viandas estaban tan ricos que Claus se había olvidado de los lloros de su mujer.

—¡Molinero! —exclama el maestro Tilman—. ¿Me estás escuchando?

—Sí, sí.

La mano del verdugo reposa pesadamente sobre su hombro.

—Tú mañana lo tienes que decir bien alto. Que me perdonas. ¿Me oyes? Delante de todo el mundo. ¿Me oyes? Hay que hacerlo así.

Claus quiere contestarle, pero se le va la cabeza a otra parte, porque vuelve a acordarse de su hijo. Hace poco lo vio haciendo juegos malabares. Fue entre dos interrogatorios, en ese intervalo de tiempo vacío en que el mundo solo consiste en el latido del dolor… Se asomó por entre las grietas de los tablones y vio a su hijo: pasaba haciendo malabares con tres piedras, revoloteaban a su alrededor como si no pesaran nada y como si eso fuera lo más natural del mundo. Alguien capaz de hacer eso debería tener cuidado, porque también por cosas así te pueden acusar de brujería, pero el chico no le oyó llamarlo… o puede que la voz de Claus sonara demasiado débil. Lo de la voz ya no tiene arreglo, se le ha quedado así desde los interrogatorios.

—Oye, molinero… —insiste el maestro Tilman—, ¿no me irás a mandar al valle de Josafat?

—La maldición de un moribundo es la más poderosa de todas —interviene el otro preso, tumbado sobre la paja—. Se te queda adherida al alma y ya no consigues librarte de ella.

—Tú no harás eso, ¿verdad? Maldecir al verdugo. ¿No se te ocurrirá hacerle eso?

—Que no, hombre —dice Claus—. No lo haré.

—Es que igual piensas que da lo mismo. Piensas que, total, a ti te van a colgar de todas formas, pero es que soy yo el que está ahí en el cadalso a tu lado, soy yo el que te pone la soga y el que te tiene que tirar de las piernas para que la cosa vaya rápido, para que se te rompa el cuello, que si no tarda lo suyo.

—Eso es cierto —dice el otro.

—¿No se te ocurrirá mandarme al valle de Josafat? No me echarás una maldición, sino que perdonarás a tu verdugo como está mandado, ¿verdad?

—Que sí, que sí —dice Claus.

El maestro Tilman le quita la mano del hombro y le da un capón amistoso.

—A mí que perdones a los jueces me da lo mismo. No es mi problema. Por mí puedes hacer lo que te plazca.

De pronto, Claus sonríe sin poder evitarlo. Sin duda, es por el vino, pero también tiene que ver con que acaba de darse cuenta de que por fin tiene ocasión de probar el conjuro de la llave de Salomón. Nunca la ha tenido, pero en su día aprendió del viejo Hüttner todas esas frases larguísimas, por aquel entonces no le resultó difícil y es probable que consiguiera recuperarlas de su memoria. ¡Qué cara pondrían todos al día siguiente, cuando, estando arriba del cadalso, todas sus cadenas se rompieran de golpe como si fueran de papel! Se iban a quedar con los ojos como platos cuando abriera los brazos y ascendiera por los aires por encima de sus caras de bobos… por encima del bobo de Peter Steger y de su mujer, que es más boba todavía, y de sus parientes y de sus hijos y abuelos, a cada cual más bobo, y por encima de los Melker y de los Henrich y de los Holtz y de los Tamm y de todos los demás. Se le quedarían mirando atónitos cuando ascendiera más y más alto, y no alcanzarían a cerrar la boca. Brevemente, Claus los vería volverse más pequeñitos cada vez, hasta no ser más que puntos, y luego el pueblo entero no sería más que una mancha en medio del bosque verde oscuro, y lo que vería al levantar la cabeza sería el terciopelo blanco de las nubes y a sus moradores, los unos con alas, los otros, de fuego blanco, algunos con dos o tres cabezas… y allí estaría él: el príncipe del aire, el rey de los espíritus y de las llamas. Ten piedad de mí, Gran Demonio, acógeme en tu reino, libérame… y ya está Claus oyéndole responder también: mira, ahí abajo están mis dominios. Mira qué grandes son y mira qué abajo están. Anda, vuela conmigo.

Claus se echa a reír. Por un momento, ve ratones que le corretean por los pies, algunos tienen cola de serpiente, otros, antenas de oruga, y cree notar sus dentelladas, pero el dolor le hace cosquillas y resulta casi agradable, y después se ve volando de nuevo… ¡Cuán ligero soy que el Señor me concede volar! Lo esencial es recordar bien las palabras, no puedes equivocarte en ninguna, no puede faltar ninguna, o la llave de Salomón no abrirá y no habrá servido de nada. Ahora bien, si das con las palabras acertadas, todo desaparecerá: las pesadas cadenas, la penuria, la existencia de molinero siempre ligada al frío y el hambre.

—Eso es por el vino —dice el maestro Tilman.

—No hace mucho que estoy preso —dice el otro sin mirarlo—. Tesimond todavía lo lamenta.

—Ha dicho que me perdonará —dice el maestro Tilman—. Ha dicho que no me echará ninguna maldición.

—¡A mí no me hables!

—Dime que tú también lo has oído —insiste el maestro Tilman—. O te las verás conmigo. ¿Lo ha dicho o no?

Ambos miran al molinero. Mantiene los ojos cerrados, apoya la frente contra la pared y no para de reírse bajito.

—Sí —confirma el otro—. Lo ha dicho.

4

Nele se había dado cuenta enseguida de que no era bueno. Eso sí, oyendo a Gottfried cantar la canción del diabólico molinero en la plaza del mercado constató sin lugar a dudas que habían ido a dar con el juglar menos talentoso del mundo.

Canta demasiado agudo y a veces carraspea en mitad del verso. Al hablar, no tiene mala voz del todo, pero cuando canta se le quiebra y hace gallos. Y la voz sola no sería lo peor si al menos afinara. Y que desafinara tampoco sería tan terrible si al menos supiera tocar el laúd... porque Gottfried se equivoca todo el rato y a veces hasta se olvida de cómo sigue la canción. Pero incluso todo eso sería medio soportable, si sus versos fueran mejores. Hablan del pérfido molinero y del pueblo al que tenía sometido con sus malas artes, de su brujería y sus ardides, pero, incluso recreándose en las truculencias y en los detalles sangrientos tal y como la gente espera, la historia está contada muy confusa y no se entiende nada, y las rimas son tan burdas que irritarían hasta a un niño.

A pesar de todo, la gente le escucha. No es frecuente que acudan juglares al pueblo, y a todo el mundo le gusta oír baladas sangrientas sobre procesos contra la brujería, por pésimamente compuestas que estén. A las cuatro estrofas, Nele puede ver que al público le ha cambiado la cara y, cuando el juglar llega a la duodécima y última, muchos se han marchado. Es urgente encontrar algo con mejor acogida. Espero que se le ocurra, piensa Nele, que este hombre tenga bastantes luces como para darse cuenta.

Gottfried empieza la canción desde el principio.

Percibe la desazón en los rostros y, en su desesperación, canta más fuerte, con lo cual su voz todavía resulta más chillona. Nele lanza una mirada a Tyll. El chico pone los ojos en blanco y alza las manos con el gesto de clamar al cielo. Con suma ligereza, salta al lado del juglar y se pone a bailar encima del carro.

Al instante, la actuación mejora. Gottfried sigue cantando igual de mal, pero de repente importa menos. Tyll baila como si lo hubiera aprendido alguna vez, como si su cuerpo careciera de peso y no existiera mayor diversión posible. Brinca y gira y vuelve a brincar como si no acabara de perderlo todo en la vida, y es tan contagioso verlo que, primero unos pocos y luego otros pocos más, también los espectadores empiezan a bailar. Y también empiezan a volar las monedas hacia el carro. Nele sale a recogerlas.

También Gottfried se da cuenta, y el alivio hace que le cueste menos mantener el ritmo; Tyll baila con tal entrega y con una determinación tan natural que, contemplándolo, a Nele casi se le olvida que las coplas tratan de su padre: «molinero» rima con «hechicero», «Satán» con «rufián», «fuego» con «juego» y «noche» con «noche», porque es una palabra que aparece todo el tiempo: «oscura noche», «negra noche», «brujas de la noche». De la quinta estrofa en adelante, se describe el proceso judicial: los severos y virtuosos jueces, la misericordia de Dios, el castigo que al final recibe todo malhechor, pues así lo quiere el Señor, y ahí Satán se pone a aullar hasta la carne desgarrar, y luego sale la horca donde acaba el molinero su mala vida, y el demonio huye bufando sin que nada se lo impida. Tyll no deja de bailar haciendo caso omiso de todo eso, porque necesitan el dinero: lo necesitan para comer.

A Nele sigue pareciéndole un sueño todo: que ese pueblo no sea su pueblo, que allí viva gente cuyas caras no conoce y haya casas en las que no ha estado nunca. Cómo iba ella a imaginar jamás que, un buen día, abandonaría su hogar; nadie lo predijo junto a su cuna, y, en cierto modo, tiene la esperanza de despertarse en cualquier momento en su casa, junto al gran horno del que sale el calor del pan en grandes vaharadas. Las chicas no se van del pueblo. Se quedan para siempre allí donde han nacido, es así de toda la vida: cuando eres pequeña, ayudas en casa; cuando te haces mayor, ayudas a las mujeres; cuando eres adulta, te casas con uno de los hijos de Steger, si eres guapa, o con alguno de los parientes del herrero o, si la cosa se tuerce, con algún Heinerling. Luego tienes un hijo y otro hijo y otros más, de los que la mayoría se te mueren, y, por lo demás, sigues ayudando a las mujeres solo que, en la iglesia, te sientas más delante, al lado de tu marido y detrás de la suegra, y luego, cuando tienes cuarenta años y te duelen los huesos y has perdido los dientes, te sientas en el sitio de la suegra.

Como no quería esa vida, se había ido con Tyll.

¿Cuántos días hará? No sabría decirlo, viviendo en el bosque, el tiempo es un desorden. De lo que se acuerda muy bien es de Tyll la noche que siguió al juicio: delgaducho y un poco torcido, de pie frente a ella en el prado de Steger, entre las espigas mecidas por el viento.

—¿Qué va a ser de vosotros? —le había preguntado Nele.

—Mi madre dice que tengo que hacerme jornalero. Dice que va a ser difícil, porque soy demasiado bajito y flojo para trabajar bien.

—¿Y eso vas a hacer?

—No, me marcho.

—¿Adónde?

—Lejos.

—¿Cuándo?

—Ahora mismo. Uno de los jesuitas, el más joven, me ha mirado raro.

—¡Pero no puedes marcharte así, por las buenas!

—Claro que puedo.

—¿Y si te toman preso? Estás solo y ellos son muchos.

—Pero tengo dos pies, y un juez con toga o un guarda con alabardas tienen dos pies. Cada cual tiene los mismos pies que yo. Ninguno tiene más. Por mucho que vayan todos juntos, no correrán más deprisa que nosotros.

A Nele le invadió una excitación maravillosa y se le hizo un nudo en la garganta y el corazón se le puso a latir muy fuerte.

—¿Por qué dices «nosotros»?

—Porque te vienes conmigo.

—¿Contigo?

—Por eso te estaba esperando.

Nele sabe que no debe pensar, porque si lo hace perderá el valor, si lo hace se quedará allí, tal y como está previsto; pero Tyll tiene razón, por supuesto que puede uno marcharse lejos. En el lugar donde todo el mundo piensa que tienes que quedarte, en realidad no te retiene nada.

—Ahora vete a tu casa —dice Tyll—, y trae todo el pan que seas capaz de cargar.

—Eso no.

—¿No vienes conmigo?

—Sí me voy contigo, pero no vuelvo a mi casa antes.

—Pero… y el pan ¿qué?

—Si veo a mi padre y a mamá y el horno y a mi hermana, no seré capaz de marcharme, me quedaré.

—Necesitamos pan.

Nele dice que no con la cabeza. Lo cierto es que —piensa ahora, recogiendo las monedas del suelo en la plaza del mercado de un pueblo desconocido—, si hubiera vuelto a la panadería aquel día, se habría quedado en casa y no habría tardado en casarse con el hijo de Steger, con el mayor, al que le faltan dos dientes de delante. Son muy pocos los momentos de la vida en los que tienes dos opciones, en los que un camino es igual de bueno que otro. Son muy pocos los momentos en los que te es dado decidir.

—Sin pan no nos podemos ir —dice Tyll—. Además, tenemos que esperar a que se haga de día. El bosque durante la noche... tú no lo conoces. Nunca lo has vivido.

—¿Tienes miedo de la bruja?

Ahí sabe Nele que ha vencido ella.

—¡Yo no tengo miedo! —dice Tyll.

—Pues ¡vámonos ya!

En toda su vida olvidará aquella noche, en toda su vida olvidará las risitas de los fuegos fatuos, las voces que salen de la oscuridad, en toda su vida olvidará los ruidos de animales, como tampoco la cara brillante como un ascua que se le apareció un instante para desaparecer antes de que en su mente llegase a cuajar la certeza de haberla visto. En toda su vida olvidará el miedo, el corazón desbocado que casi se le salía por la garganta, la sangre palpitándole en los oídos, y recordará el agudo murmullo, como un gañido incesante, del muchacho que camina delante de ella hablando consigo mismo o tal vez con los seres del bosque. Al amanecer, se encuentran en la linde de un cenagoso claro del bosque, tiritando de frío.

—Más te habría valido volver a tu casa a por pan.

—Te estás ganando un puñetazo en la cara.

Según avanzan más allá, con el húmedo relente de la mañana, Tyll llora un poco, y también a Nele le entran ganas de sollozar. Le pesan las piernas, apenas puede soportar el hambre, y Tyll tenía razón, sin pan te acabas muriendo. Sí que hay bayas y raíces y, por lo visto, la hierba también se come, pero no es suficiente, no te sacias con eso. En verano a lo mejor, pero con ese frío, desde luego que no.

Entonces oyen el traqueteo y los chirridos de un carro. Se esconden entre la maleza hasta que comprueban que solo es el juglar. Tyll sale de un salto y se planta en medio del camino.

—Anda —dice el juglar—, el hijo del molinero.

—¿Nos llevas contigo?

—¿Por qué iba a hacerlo?

—En primer lugar, porque si no nos llevas nos moriremos de hambre. Pero también, porque te ayudaremos. ¿No te apetece tener compañía?

—Lo más probable es que ya te estén buscando —dice el juglar.

—Un motivo más. ¿No querrás que me pillen?

—Montad.

Gottfried les explica lo más importante: quien viaja con un juglar es considerado población vagante, ahí no hay gremio que te proteja, como tampoco puedes acogerte a ninguna autoridad. Si estás en una ciudad y surge un incendio, más te vale salir por pies, porque pensarán que el fuego lo has provocado tú. Si estás en un pueblo y hay un robo, lo mismo: pies en polvorosa. Si te asaltan los ladrones, dales todo. Aunque por lo general no se llevan nada, sino que te piden una canción, y ahí más te vale cantar lo mejor que sepas, porque los bandidos suelen bailar bastante mejor que los patosos de los pueblos. Mantén los oídos bien abiertos siempre, para enterarte de qué día hay mercado en qué lugar, pues, si no es día de mercado, no te permiten entrar en el pueblo. En los mercados, la gente se junta y quieren bailar y quieren oír canciones y el dinero no les pesa en los bolsillos.

—¿Mi padre está muerto?

—Sí, está muerto.

—¿Tú lo has visto?

—Claro que lo he visto, para eso fui al pueblo. Primero perdonó a los jueces, como está mandado; después, al verdugo; después subió al cadalso, luego le pusieron la soga al cuello y luego empezó a murmurar algo, pero no entendí lo que era porque estaba demasiado atrás.

—¿Y luego?

—Pues fue todo como suele ir siempre.

—¿O sea que está muerto?

—A ver, chico, ¿cómo quieres que esté uno colgado de la horca? ¡Pues claro que está muerto! ¿Qué te crees?

—¿Fue rápido?

Gottfried calla por un momento, antes de responder:

—Sí, fue rápido.

Durante un rato viajan sin hablar. Los árboles dejan de verse tan apretados unos contra otros, y penetran los rayos del sol a través de la techumbre de hojas. Sobre la hierba de los claros se levanta una fina neblina, el aire se llena de insectos y de pájaros.

—¿Cómo se hace uno juglar? —pregunta Nele.

—Se aprende. Yo tuve un maestro. Él me lo enseñó todo. Seguro que habréis oído hablar de él, es Gerhart Vogtland.

—Pues no.

—El de Tréveris.

Tyll se encoge de hombros.

—El de la gran balada sobre la campaña del duque Ernesto contra el sultán de Turquía.

—¿Qué?

—Es su obra más famosa. La gran balada sobre la campaña del duque Ernesto contra el sultán de Turquía. ¿De verdad que no la conocéis? ¿Queréis que os la cante?

Nele dice que sí con la cabeza, y ese es el primer conocimiento que tienen del más que escaso talento de Gottfried. La gran balada sobre la campaña del duque Ernesto contra el sultán de Turquía tiene treinta y tres estrofas y, a pesar de las pocas dotes que tiene Gottfried, de lo que no carece es de una memoria prodigiosa y se sabe las treinta y tres.

Así viajan largo rato. El juglar canta, el borrico gruñe de cuando en cuando, y las ruedas del carro traquetean y chirrían como si tuvieran su propia conversación. Por el rabillo del ojo, Nele ve que al chico le corren las lágrimas por las mejillas. Va con la cabeza vuelta para que nadie lo vea.

Terminada la canción, Gottfried vuelve a empezar desde el principio. Luego canta otra balada truculenta sobre el hermoso príncipe Federico y los nobles de Bohemia, y luego una canción sobre el pérfido dragón Kufer y el caballero Robert, y otra sobre el malvado rey de Francia y el gran rey de España, su enemigo. Luego les cuenta cosas de su vida. Su padre era verdugo, así que a él también le habría tocado serlo. Pero se escapó de casa.

—Como nosotros —dice Nele.

—Lo hace mucha más gente de la que creéis. Vivir como Dios manda impone quedarse en el lugar de donde eres, pero el país está lleno de gente que no soportaba quedarse en su tierra. Nadie les brinda su protección, pero son libres. No tienen que ejecutar a nadie. No tienen que matar a nadie.

—No tienen que casarse con el hijo de Steger —dice Nele.

—No tienen que ser jornaleros —dice el chico.

Gottfried les cuenta cómo le fue en su momento con su maestro. Vogtland le pegaba mucho y le daba patadas y una vez hasta le mordió una oreja por desafinar y porque, con esos dedos tan gruesos, apenas podía tocar el laúd. Pobre inútil, le decía Vogtland, no has querido ser verdugo y te dedicas a torturar a la gente con tu música. Aunque, después de todo, no le había echado y así, poco a poco, él había ido aprendiendo a cantar y tocar mejor, cuenta Gottfried con orgullo, y al final había llegado a maestro. Y lo que había descubierto es que la gente está deseosa de oír hablar de ejecuciones, en todas partes y en todo momento. Las ejecuciones no dejan indiferente a nadie.

—Yo de ejecuciones entiendo mucho. Cómo se sujeta la espada, cómo hay que hacer el nudo, cómo se apila la leña para la hoguera y cuál es el mejor punto para clavar las tenazas al rojo. Otros juglares harán rimas más elegantes, pero yo veo qué verdugo sabe hacer su trabajo y cuál no, y las descripciones de mis coplas son las más precisas.

Cuando se hace de noche, encienden un fuego. Gottfried comparte con ellos sus vituallas: tortas de pan seco que Nele al instante sabe que han sido hechas por su padre. Por un momento, también a ella se le llenan los ojos de lágrimas, pues la imagen de esos panes, con una cruz en el centro y los bordes que se desmigan, le hace tomar conciencia de que está en la misma situación que Tyll. Él no volverá a ver a su padre jamás, porque está muerto, pero ella tampoco lo verá, porque no puede volver; ahora son huérfanos los dos. No obstante, el momento pasa, Nele fija la mirada en el fuego y de pronto se siente tan libre como si pudiera volar.

Esa segunda noche en el bosque ya no es tan horrible como la primera. Ya están acostumbrados a los ruidos; además, las ascuas desprenden calor, y el juglar les ha dado una manta gruesa. A punto de quedarse dormida, Nele nota que Tyll sigue despierto a su lado. Tan despierto y tan alerta, tan concentrado en sus pensamientos que ella también puede sentirlo. No se atreve a girar la cabeza en su dirección.

–Alguien que lleva el fuego… –dice Tyll en voz baja.

Nele no sabe si se lo ha dicho a ella.

–¿Estás malo?

Tyll parece tener fiebre. Nele se le arrima y nota que de su cuerpo salen ondas de calor, y le resulta muy agradable, porque así no tiene frío ella. Entonces, no tarda en dormirse y sueña con un campo de batalla y con miles de personas desplazadas que recorren un paisaje de colinas, y ahí empiezan a tronar los cañones. Se despierta, es de día y está lloviendo otra vez.

El juglar está sentado debajo de su manta, con un librillo en una mano y un estilete en la otra. Escribe con caracteres diminutos, casi ilegibles, porque no tiene más que ese librillo y el papel es muy caro.

–Hacer versos es lo más difícil –dice–. ¿Se os ocurre una palabra que rime con «rufián»?

Pero por fin consigue terminar la canción del pérfido molinero, y ahí están ahora los tres en la plaza del mercado, Gottfried cantando y Tyll bailando al son, con tal ligereza y elegancia que la propia Nele se sorprende.

Hay más carros. Al otro lado de la plaza está el carro de un comerciante de paños; al lado, dos afiladores; al lado, un frutero, un estañador, otro afilador, un curandero que alardea de llevar teriaca, sustancia capaz de curar cualquier mal, un comerciante de especias, otro curandero que no lleva teriaca, con lo cual está en desventaja, un cuarto afilador y un barbero. Todos, gente de oficios ambulantes. Si alguien les roba o les asesina, la justicia no lo persigue. Ese es el precio de la libertad. En el borde de la plaza hay algunas personas más. La gente que no tiene honor: unos músicos que tocan la flauta, la gaita y el violín. Están muy lejos, pero Nele juraría que los están mirando con una sonrisa socarrona, cuchicheando bromas sobre Gottfried. Junto a ellos se sienta un narrador. Se le reconoce por el sombrero amarillo y el jubón azul, y por el cartel que lleva al cuello, donde en grandes letras pone algo que debe de ser: «Narrador», pues los narradores son los únicos que llevan carteles al cuello, lo cual en realidad es absurdo, teniendo en cuenta que su público está compuesto por gente que no sabe leer. A los músicos se les reconoce por sus instrumentos y a los comerciantes por su mercancía, pero, claro, para reconocer a un narrador se necesita un cartel. Después, más allá todavía, se ve a un hombre de baja estatura vestido con el inconfundible atuendo del titiritero: jubón de colorines, pantalones bombachos, cuello de piel. Con un atisbo de sonrisa, también él los mira, en sus ojos brilla algo peor que la burla, y cuando repara en que Nele le está mirando, levanta una ceja, le saca la lengua y le guiña un ojo.

Gottfried ha llegado al final de la duodécima estrofa por segunda vez, termina su balada por segunda vez, se detiene a pensar un instante y empieza desde el principio la tercera vuelta. Tyll le hace una seña a Nele. Nele se pone de pie. Sí que ha bailado alguna vez… en las fiestas del pueblo, cuando acudían músicos y los jóvenes saltaban las hogueras, y a veces bailaba con las mujeres por las buenas, así, sin música ni nada, en los descansos del trabajo. Lo que no ha hecho nunca es bailar para un público.

Sin embargo, mientras gira primero hacia un lado y después hacia el otro, se da cuenta de que no hay ninguna diferencia. Solo tiene que guiarse por Tyll. Cada vez que el chico da una palmada, la da ella; si él levanta el pie derecho, ella hace lo mismo; que levanta el izquierdo, lo levanta ella también, al principio con un ligero desfase, pero muy pronto los dos a la vez, como si supiera de antemano lo que va a hacer él, como si no fueran dos personas, sino que al bailar se hubieran convertido en una sola. Y ahora, Tyll se inclina hacia delante para hacer el pino y bailar sobre las manos, y ella da vueltas a su alrededor, vueltas y vueltas y más vueltas que convierten la plaza entera en un inmenso borrón de colores. Se marea, pero lucha contra el mareo, manteniendo la vista fija en el vacío, ya se encuentra mejor y guarda el equilibrio sin tambalearse mientras sigue dando vueltas.

Por unos instantes no sabe qué sucede, pues percibe la música más intensa y rica, con muchas más notas, y entonces comprende que se les han sumado los músicos. Se han acercado tocando sus instrumentos, y Gottfried, incapaz de seguirles al laúd, ha renunciado a continuar tocando, con lo cual, por fin, todo suena bien afinado. La gente aplaude, las monedas brincan sobre las maderas del carro. Tyll vuelve a poner los pies en el suelo, Nele deja de girar, intenta dominar el mareo y observa cómo Tyll, que acaba de anudar una cuerda al carro —¿de dónde la habrá sacado, tan deprisa?—, la lanza ahora de tal manera que se desenrolla en el aire. Alguien recoge la otra punta, Nele no llega a ver quién es, porque todavía le da vueltas todo; alguien ha sujetado la cuerda también por ese extremo, y ya está el chico subido en ella, saltando hacia delante y hacia atrás y haciendo reverencias, y más y más monedas vuelan por los aires, y Gottfried casi no da abasto recogiéndolas. Al final, Tyll baja de un salto para tomar de la mano a Nele, los instrumentistas le añaden un toque musical como colofón, los dos jóvenes se inclinan para saludar, y la gente aplaude y les jalea, y el frutero les lanza manzanas, y ella coge una y le da un mordisco... ¡la de tiempo que hacía que no se comía una manzana! Junto a ella, Tyll también atrapa al vuelo una manzana y luego otra y otra y otra más y se pone a hacer malabarismos con ellas. De nuevo, los gritos de júbilo recorren la masa de espectadores.

Para cuando cae la tarde, se sientan todos en el suelo a escuchar al narrador. Les cuenta del pobre rey Federico de Praga, cuyo reinado no ha durado más que un invierno, lo que ha tardado en expulsarlo el poderoso ejército del emperador, y ahora esa orgullosa ciudad está derrotada y no habrá de recuperarse nunca. Habla con frases largas y con una cadencia dulce y melodiosa, sin mover las manos; solo con la voz consigue que nadie mire hacia ninguna otra parte. Todo eso es verdad, dice, incluso lo inventado es verdad. Y Nele, sin entender realmente lo que quiere decir eso, aplaude.

Gottfried garabatea en su librillo. No sabía él, murmura, que a Federico lo habían vuelto a destituir y ahora va a tener que reformular el texto de la canción que cuenta su historia.

A la derecha de Nele, el violinista afina su instrumento con los ojos cerrados. Ahora somos parte de ellos, piensa la niña. Ahora somos gente del camino.

Alguien le da unos toquecitos en el hombro, se vuelve sobresaltada.

Detrás de ella se ha acuclillado el titiritero. No es precisamente joven y tiene la cara muy colorada. Así de colorada la tenía Heinrich Tamm poco antes de morir. Incluso sus ojos están surcados de hilos rojos. Aunque también son unos ojos penetrantes, despiertos, inteligentes y antipáticos.

—Vosotros dos —dice en voz baja.

Ahora, también Tyll se vuelve.

—¿Os queréis venir conmigo?

—Sí —responde el chico sin vacilar.

Nele se le queda mirando sin entender nada. ¿No van a seguir con Gottfried, que los trata bien, les da de comer y ha sabido llevarlos al otro lado del bosque? ¿Con la ayuda que le podrían prestar?

—Me vendrían muy bien dos pimpollos como vosotros —dice el titiritero—. Igual de bien que a vosotros alguien como yo. Os lo enseñaré todo.

—Pero nosotros vamos con él —responde Nele señalando a Gottfried, cuyos labios se mueven al tiempo que garabatea en su librillo.

El estilete se le rompe, blasfema por lo bajo y sigue garabateando.

—Pues no vais a llegar muy lejos —dice el titiritero.

—No te conocemos —dice Nele.

—Soy Pirmin —se presenta—. Ahora ya me conocéis.

—Me llamo Tyll. Esta es Nele.

—No os lo volveré a preguntar. Si no estáis seguros, lo dejamos. Yo me esfumo y vosotros seguís con ese.

—Nos vamos contigo —dice el chico.

Pirmin le tiende la mano a Tyll, él la agarra. Pirmin suelta una risita, sus labios se fruncen y, en la comisura, vuelve a asomar su gruesa lengua húmeda. Nele no quiere irse con él.

Luego también le tiende la mano a ella.

Nele no se mueve. Detrás de ella, el narrador habla de cómo el rey del invierno ha huido de la ciudad en llamas y ahora han de cargar con él los príncipes protestantes de Europa, pues recorre el país con su ridícula corte y sigue vistiendo la púrpura como si fuera uno de los grandes, pero los niños se ríen de él, mientras que los sabios derraman lágrimas, pues reconocen en su persona la fragilidad que encierra toda grandeza.

Ahora, también Gottfried se ha dado cuenta de lo que sucede. Con el ceño fruncido, se fija en la mano extendida del titiritero.

—Anda —dice Tyll a Nele—, que nos vamos.

Pero ¿por qué tiene que hacer ella lo que diga Tyll? ¿Se ha ido de casa para no tener que obedecer a su padre y ahora tiene que obedecerle a él?

—¿Qué pasa? —pregunta Gottfried—. ¿Qué es esto? ¿Qué está pasando aquí?

Pirmin sigue con la mano extendida. Tampoco su sonrisa se altera, es como si las dudas de Nele no tuvieran ninguna importancia, porque ya supiera de antemano cuál va a ser su decisión.

—A ver, ¿qué pasa aquí? —vuelve a preguntar Gottfried.

La mano es carnosa y blanda, Nele no la quiere ni tocar. Es cierto que Gottfried no vale para mucho. Pero ha sido bueno con ellos. Y no le gusta nada el titiritero, hay algo en él que da mala espina. Por otro lado, también es muy cierta una cosa: Gottfried no podrá enseñarles nada.

Por un lado… por otro lado. Pirmin le guiña un ojo, como si leyera sus pensamientos.

Impaciente, Tyll le hace una seña con la cabeza.

—¡Vamos, Nele!

Solo tendría que alargar el brazo.

ZUSMARSHAUSEN

Cómo iba a saber él, escribía el orondo conde en la crónica de su vida, compuesta en las primeras décadas del siglo xviii, siendo ya un hombre muy anciano, atormentado por la gota, la sífilis y la intoxicación por mercurio, consecuencia, a su vez, del tratamiento contra la sífilis, cómo iba a saber él lo que le esperaba cuando, en el último año de la guerra, Su Majestad lo envió en busca del célebre bufón.

Por aquel entonces, Martin von Wolkenstein apenas contaba veinticinco años, pero ya era corpulento. Descendiente del *minnesänger* Oswald, había crecido en la corte de Viena, su padre había llegado a ser camarero mayor del emperador Matías, y su abuelo, segundo mayordomo del enajenado Rodolfo. Todo el que conociera a Martin von Wolkenstein le tenía aprecio; había en él algo luminoso, y poseía un aplomo y una simpatía que ninguna injuria podía ensombrecer. El propio emperador le había mostrado su favor en varias ocasiones, y como muestra de favor lo entendió él, cuando el conde Trauttmansdorff, presidente del Consejo Secreto, lo citó para comunicarle que había llegado a oídos del emperador que el más célebre bufón del reino se escondía en el semiderruido monasterio de Andech. Con tantas cosas como se habían visto perecer, tanta destrucción como había sido inevitable tolerar, el que aun acabase muriendo de hambre alguien como Tyll Ulenspiegel, fuera protestante o católico —pues nadie parecía saber lo que era en realidad—, era sencillamente inconcebible.

—Mi enhorabuena, joven —le había dicho Trauttmansdorff—. Aprovechad la oportunidad, quién sabe lo que al final resulta de ella.

A continuación —así lo describe el conde más de cincuenta años más tarde—, el noble le había tendido la mano enguantada para que se la besara, tal y como aún prescribía el protocolo de la corte, y así había sucedido, porque él no se inventaba nada... aunque lo cierto es que le gustaba inventar para rellenar las lagunas de su memoria, que, desde luego, no eran pocas, pues todo aquello que relataba su obra había sucedido hacía una eternidad.

Sin más demora, al día siguiente nos pusimos en camino a caballo, escribe. Yo iba muy animado, lleno de esperanza, aunque, con todo, tampoco iba exento de cierta congoja, pues de algún modo intuía —y ni yo mismo sabría decir por qué— que aquel viaje habría de ser un encuentro con mi destino. No obstante, me embargaba la curiosidad de verle la cara, por fin y sin máscaras, al rojo dios Marte.

Lo de «sin más demora» no es exacto, porque en realidad pasó más de una semana. Como era de rigor, el conde aún tuvo que escribir una serie de cartas en las que informaba de sus planes, tuvo que despedirse, visitar a sus padres, ir a que el obispo le diera su bendición; tuvo que celebrarlo bebiendo con los amigos y tuvo que visitar por última vez a su favorita entre las meretrices de la corte, la encantadora Aglaia, a quien décadas después aún recordaría con un profundo arrepentimiento cuyos motivos no terminaba de ver claros; y, por supuesto, tuvo que escoger a los acompañantes adecuados. Se decidió por tres hombres de probado mérito en la batalla: tres oficiales del regimiento de Dragones de Lobkowitz, así como por un secretario de la Consejería de la corte imperial llamado Karl von Doder, el cual había visto actuar al célebre bufón veinte años atrás, en un mercado de Neulengbach, donde, como era típico del cómico, le había gastado una broma muy pesada a una mujer del público a resultas de la cual se había desencadenado una tremenda pelea de cuchillos que, naturalmente, había divertido muchísimo a quienes no se habían visto afectados, porque siempre sucedía lo mismo: algunos quedaban malparados, pero los que salían ilesos se lo habían pasado en grande. Al principio, el secretario no quería ir y buscó argumentos, rogó y suplicó y alegó una fobia insuperable a la violencia y a las inclemencias del tiempo, pero no le sirvió de nada: una orden era una orden y así hubo de plegarse a ella. Poco más de una semana después de serle encomendada la misión, el corpulento conde se puso en camino con sus dragones y con el secretario, dejando atrás la ciudad de Viena, sede del gobierno y de la corte imperial, para dirigirse al oeste.

En la crónica de su vida, cuyo estilo aún es deudor del tono de moda en sus años jóvenes, a saber: el lenguaje florido y los arabescos llenos de cultismos, el orondo conde describe el agradable viaje a caballo a través del verde bosque de Viena con unas frases que, paradigma de esta sofisticación verbal, han quedado inmortalizadas en algún que otro libro de lectura escolar: Llegados a Melk, se abrió ante nosotros el vasto azul del Danubio, y, durante una noche, su magnífico monasterio nos brindó la oportunidad de recostar nuestras fatigadas testas sobre las almohadas.

Lo de «una noche» tampoco es exacto, porque en realidad permanecieron allí un mes. El prior del monasterio de Melk era tío suyo, con lo cual comían de maravilla y dormían bien. Karl von Doder, que siempre se había interesado por la alquimia, pasó muchos días en la biblioteca, inmerso en la lectura de un libro del universal sabio Athanasius Kircher; los dragones jugaban a las cartas con los hermanos de san Benito, y el orondo conde desarrolló contra su tío unas partidas de ajedrez de una perfección tan sublime que en su vida sería capaz de igualarla; más adelante, casi llegaría a pensar que fueron los acontecimientos posteriores los que eclipsaron su don para el ajedrez. Transcurría la cuarta semana de su estancia cuando le llegó una carta del conde Trauttmansdorff, quien ya lo creía llegado a su destino y le preguntaba si habían encontrado a Ulenspiegel en Andechs y para cuándo habían de contar con su regreso.

Como despedida, su tío le dio la bendición, y el abad le regaló un frasquito de óleo bendecido. Siguieron el curso del Danubio hasta Pöchlarn, donde pronto tomaron la dirección hacia el suroeste.

Al principio de su viaje, aún se cruzaban con un constante flujo de buhoneros, vagantes, monjes y viajeros de todo pelaje. Ahora, en cambio, parecía que el país estuviera vacío. También la climatología dejó de ser favorable. Cada vez soplaba con más frecuencia un viento frío, los árboles les mostraban sus ramas desnudas, casi todos los campos estaban en barbecho. Las contadas personas que veían eran viejas: mujeres encorvadas junto a alguna fuente, ancianos enjutos sentados a la puerta de sus chozas, rostros de mejillas hundidas al borde del camino. Nada permitía saber si se habían parado a descansar o si permanecían allí, sin más, a la espera de su final.

Cuando el orondo conde se lo comentó a Karl von Doder, este no quiso más que hablar del libro que había estado estudiando en la biblioteca del convento: *Ars magna lucis et umbrae*...* Si es que le entra a uno vértigo de asomarse a semejante pozo de sabiduría; ah, no, él tampoco tenía la menor idea de dónde estaba toda la gente joven, pero si el señor conde le permitía expresar una conjetura, diría que todos aquellos que aún tenían pies para correr se habían marchado corriendo del lugar. En aquel libro, por otro lado, se hablaba todo el tiempo de lentes y de cómo gracias a ellas era posible aumentar las cosas de tamaño, y luego también se hablaba de ángeles, de su forma, de su color, y de música y de la armonía de las esferas, y luego también de Egipto, pues, por Dios, en verdad era una obra harto curiosa.

Esta frase la recoge el orondo conde en su crónica de manera literal. Pero como ya se le mezclaban las cosas cuando la escribió, dice haber sido él quien leyó la *Ars magna*, para más

* *El gran arte de la luz y la sombra. (N. de la T.)*

datos, durante el viaje. Y describe cómo lleva la obra en las alforjas, detalle que —como habrían de señalar después los comentaristas con burlona meticulosidad— delata sin posible lugar a dudas que jamás tuvo el descomunal volumen entre las manos.

El orondo conde, por su parte, no tiene reparo alguno en relatar cómo, a lo largo de las noches y a la menesterosa luz de las fogatas, fue estudiando las cuestionables descripciones que hace Kircher de la luz, las lentes y los ángeles, y pensando que aquellas sutiles reflexiones constituían el contraste más peculiar que pudiera existir con respecto a su trayecto por unas tierras cada vez más devastadas.

A la altura de Altheim, el viento se hizo tan cortante que tuvieron que ponerse las capas forradas de piel con la capucha calada hasta la nariz. En Ranshofen, aclaró otra vez. En una casa campesina deshabitada contemplaron la puesta de sol. No había ni un alma por ninguna parte, solo un ganso a medio desplumar junto a una fuente, debía de habérsele escapado a alguien.

El orondo conde se estiró y bostezó. El terreno era montuoso, pero no quedaba un solo árbol, los habían talado todos. Se oyó una especie de trueno a lo lejos.

—Ay, Dios —dijo el orondo conde—, lo que nos faltaba, una tormenta.

Los dragones se echaron a reír.

El orondo conde cayó en la cuenta. Sí que había reconocido lo que era, cómo no, explicó con cierto apuro, lo cual no contribuyó sino a que la situación fuera más embarazosa todavía. Pretendía gastarles una broma…

El ganso los miraba con sus hueros ojos de ganso. Abría y cerraba el pico. El oficial Franz Kärrnbauter le apuntó con la carabina y disparó. Y, aunque el orondo conde pronto habría de ver otras muchas cosas, en toda su vida sería capaz de olvidar aquel horror que le hizo estremecer hasta lo más hondo, cuando reventó la cabeza del animal. Resultaba casi inconcebible lo deprisa que sucedió y cómo, en un momento, una cabecita sólida y entera quedó reducida a una salpicadura y después a nada, y cómo el animal aún dio unos cuantos tumbos antes de desplomarse, convertido en un bulto blanco y un charco de sangre cada vez más grande. Mientras se frotaba los ojos e intentaba respirar sosegadamente para no desmayarse allí mismo, el orondo conde decidió que tenía que olvidar aquello de inmediato. Sin embargo, es obvio que no lo olvidó, y, cuando recuerda el viaje en su crónica, más de medio siglo después, la imagen de la cabeza de ganso reventada es la que posee más nitidez de todas. De haber escrito un libro sincero de verdad, tendría que haber contado también lo que no fue capaz de contar y se llevó a la tumba, y así nadie supo nunca el asco inenarrable con que hubo de contemplar a los dragones preparando el ganso para cenar: tan contentos, lo desplumaron bien, lo cortaron y descuartizaron, le sacaron las tripas y asaron la carne en el fuego.

Aquella noche, el orondo conde durmió mal. El viento aullaba a través de los huecos de las ventanas. Tiritaba de frío, Kärrnbauer roncaba muy fuerte. El otro dragón, de nombre Stefan Purner –o tal vez Konrad Purner, que era el hermano, pues el orondo conde los confundía tan a menudo que luego, en el libro, terminan siendo una sola persona– le dio un codazo, pero él siguió roncando, y más fuerte todavía.

Por la mañana, continuaron su viaje. El pueblo de Markl estaba completamente destruido: muros agujereados, vigas reventadas, el camino cubierto de escombros y piedras, unos cuantos viejos mendigando comida junto a la fuente sucia. Les contaron que el enemigo había pasado por allí y se había llevado todo, y lo poco que habían podido esconder se lo habían llevado a continuación los amigos, es decir, los soldados del príncipe, y, apenas se habían marchado estos, había vuelto a pasar el enemigo a llevarse lo que aún consiguieron esconder de los anteriores.

–¿Qué enemigos? –preguntó el orondo conde–. ¿Suecos o franceses?

A ellos les daba lo mismo. Tenían muchísima hambre. El orondo conde vaciló un instante, luego dio orden de continuar.

No darles nada había sido una buena decisión, confirmó Karl von Doder. No llevaban suficientes provisiones y tenían que cumplir una misión del más alto nivel, estaba claro que no podían ir ayudando a todo el mundo, pues eso tan solo le era dado a Dios, nuestro Señor, quien, en su infinita misericordia, sin duda se apiadaría de aquella gente.

Todos los campos estaban sin cultivar, algunos se veían grises de la ceniza que habían dejado grandes incendios. Las colinas parecían agazapadas bajo un cielo que pesaba como el plomo. A lo lejos, se veían columnas de humo en el horizonte.

Lo mejor será, dijo Karl von Doder, ir por Altötting, Polling y Tüssling, al sur, y continuar campo a través, lejos de la carretera principal. Los que no hubieran huido de los pueblos estarían armados y desconfiarían de cualquiera. Un grupo de hombres a caballo haciendo alto en un pueblo bien podría recibir disparos desde cualquier sitio a cubierto.

—Está bien —dijo el orondo conde, para quien resultó todo un misterio que un secretario de la Consejería de la corte de pronto hiciera gala de tales conocimientos sobre cómo comportarse en territorio de guerra—. De acuerdo.

—Si tenemos suerte y no nos cruzamos con ningún soldado —dijo Karl von Doder—, en dos días llegaremos a Andechs.

El orondo conde asintió con la cabeza e intentó imaginar que de verdad pudieran apuntarles con un arma y dispararles. Dispararle una bala de acero de verdad a él: Martin von Wolkenstein, que en su vida había hecho mal a nadie. Se miró de arriba abajo. Le dolía la espalda, tenía el trasero lleno de llagas después de varios días sobre la silla de montar. Se acarició la barriga e imaginó una bala, recordó la cabeza de ganso reventada y también pensó en los prodigiosos poderes del metal que describía Athanasius Kircher en su libro en relación con los imanes: llevando en el bolsillo un imán lo bastante potente, sería posible repeler las balas y así hacer a un hombre invulnerable. El legendario estudioso lo había probado él mismo. Por desgracia, los imanes tan potentes eran muy raros y muy costosos.

Medio siglo después, al intentar reconstruir aquel viaje, su avanzada edad le impediría recordar la cronología exacta. Para disimular su inseguridad, en esta parte de su crónica inserta un florido excurso de diecisiete páginas y media sobre la camaradería de los hombres que avanzan hacia el peligro con la plena conciencia de que tal peligro bien habrá de costarles la vida o bien los unirá en amistad para cuanto les reste de ella. El pasaje se hizo famoso, al margen de la circunstancia de que es mentira, pues en realidad ninguno de los hombres se hizo amigo suyo. De alguna que otra conversación con el secretario aún le quedarían fragmentos sueltos en la memoria, pero por lo que respecta a los dragones, apenas recordaría sus nombres y menos todavía sus caras. Uno llevaba un sombrero de ala ancha con un plumero rojo y gris, eso era lo único que aún sabría de ellos. Lo que recordaría, sobre todo, serían los caminos embarrados que tenían por delante, y también sentiría el tamborileo de la lluvia en la capucha como si hubiera sucedido el día anterior. ¡Lo que pesaba la capa empapada de agua! En aquel momento, comprendió que nada puede estar tan mojado que no pueda estar todavía más mojado.

Tiempo atrás había habido bosques allí. No obstante, mientras lo pensaba, a lomos del caballo, con dolor de espalda y el trasero llagado, se dio cuenta de que saber eso no le decía nada. No concebía la guerra como algo hecho por los hombres, sino semejante al viento y la lluvia, al mar, a los altos acantilados de Sicilia, que había visto de niño. Aquella guerra tenía más años que él. En ciertos momentos se había extendido, reduciéndose en otros, había llegado reptando hasta unos y otros lugares, había asolado el norte, dirigiéndose después hacia el oeste, había alargado un brazo hacia el este y después otro hacia el sur, y luego había vuelto a descargar toda su virulencia en el sur, solo para acabar asentándose otra temporada en el norte. Obviamente, el orondo conde conocía a gente que aún recordaba los tiempos anteriores a la guerra, el primero de todos su padre, que ahora se dedicaba a esperar la muerte en la gran finca familiar de Rodenegg, en el Tirol, tosiendo, pero de buen humor, del mismo modo en que la esperaría él, casi sesenta años más tarde, tosiendo y escribiendo justo en el mismo lugar y sentado a la misma mesa de piedra. Su padre había hablado una vez con Albrecht von Wallenstein; el gran militar bohemio, alto y taciturno como era, se quejaba del tiempo tan húmedo de Viena, su padre le contestó que uno se acostumbraba y Wallenstein le replicó que él ni tenía la intención ni se acostumbraría jamás a aquel tiempo de perros, y su padre se disponía a contrarrestar el comentario con otro especialmente agudo, cuando el bohemio le dio la espalda. No pasaba un mes en que el padre no encontrara momento para hablar de aquel episodio, del mismo modo en que aprovechaba cualquier ocasión para mencionar también cómo, algunos años antes, había coincidido con el desdichado príncipe Federico, quien poco después habría de recibir la corona de Bohemia, desencadenando la gran guerra, y todo para que, tan solo un invierno después, lo echaran del trono, obligado a huir de la manera más ignominiosa para luego acabar muerto al borde de algún camino, pues ni siquiera tenía tumba.

Aquella noche no encontraron donde guarecerse. Se acurrucaron sobre el puro campo desnudo, envueltos en sus capas mojadas. La lluvia era demasiado fuerte como para hacer fuego. En su vida lo había pasado tan mal el orondo conde. Aquella capa mojada que cada vez estaba todavía más mojada, empapada en un grado indescriptible, y aquel barro blando donde su cuerpo se hundía cada vez más… ¿Acaso podía un cenagal tragarse a un hombre así, sin más? Intentaba levantarse, pero no podía, era como si el barro lo tuviera atrapado.

En algún momento dejó de llover. Franz Kärrnbauer, entre toses, apiló unas cuantas ramas y se puso a golpear dos piedras para hacer fuego, y, a base de golpear y golpear, por fin saltaron unas chispas, y luego aún estuvo media eternidad trajinando con la madera y soplando y murmurando fórmulas mágicas hasta que unas llamitas quisieron brotar en la oscuridad. Temblando, acercaron las manos al calor.

Los caballos resoplaban y relinchaban. Uno de los dragones se puso de pie, el orondo conde no llegó a reconocer cuál de ellos era, pero sí que vio que apuntaba con la carabina. El fuego arrojaba su particular baile de sombras.

—Lobos —susurró Karl von Doder.

Clavaron la mirada en la noche. De golpe, al conde le invadió una sensación tan fuerte de que todo aquello no podía ser más que un sueño que, en su memoria, realmente habría de conservarlo como tal y como si, a la mañana siguiente, se hubiera despertado directamente seco y bien descansado. Es imposible que sucediera así, pero en lugar de esforzarse por recordar, lo que hace en sus memorias es introducir doce páginas de floridas y enrevesadas frases sobre su madre. La mayor parte es invención pura, pues en este personaje se mezclan su madre, distante en los sentidos literal y figurado, con su ama de llaves favorita, que fue la persona que mejor lo trató en toda su vida, exceptuando tal vez a la bella y esbelta meretriz Aglaia. Cuando, tras este extenso e inventado relato del recuerdo de su madre, la crónica retoma el viaje, ya estaban pasando por Haar y Baierbronn, y, detrás del conde, los dragones mantenían una conversación sobre fórmulas mágicas para protegerse de las balas perdidas.

—Contra una que te haya apuntado bien no puedes hacer nada —decía Franz Kärrnbauer.

—A menos que tengas un conjuro de los potentes de verdad —dijo Konrad Purner—. Uno de los secretos secretísimos. Esos funcionan incluso contra las balas de cañón, que lo he visto yo mismo en Augsburgo. Uno que estaba a mi lado lo usó, yo pensaba que estaba muerto, pero fue y se levantó como si no hubiera pasado nada. El conjuro no llegué a oírlo bien, eso sí que es una pena.

—Hombre, con un conjuro así es otra cosa —respondió Franz Kärrnbauer—. Uno de los caros de verdad. Pero, claro, los corrientes que te compras en el mercado no valen para nada.

—Yo conocí a uno —contaba Stefan Purner— que luchó a favor de los suecos y llevaba un amuleto gracias al cual sobrevivió primero a Magdeburgo y después a Lützen. Luego se mató bebiendo.

—¿Y el amuleto? —quería saber Franz Kärrnbauer—. ¿Quién se lo quedó? ¿Dónde fue a parar?

—¡Ojalá lo supiera! —suspiró Stefan Purner—. ¡Quién lo tuviera! Todo sería distinto.

—Sí —dijo Franz Kärrnbauer ensimismado—. ¡Quién lo tuviera!

En Haar encontraron el primer cadáver. Debía de llevar bastante tiempo allí, pues sus ropas estaban cubiertas por una capa de tierra y el cabello parecía entretejido con la hierba. Estaba boca abajo, con las piernas abiertas, descalzo.

—Eso es normal —dijo Konrad Purner—. Nadie le deja las botas puestas a un cadáver. Si tienes mala suerte, aún te pueden matar por los zapatos.

El viento transportaba finas y frías gotas de lluvia. A su alrededor, todo eran muñones de árboles, cientos de ellos, habían talado un bosque entero. Atravesaron un pueblo arrasado por el fuego hasta los cimientos de las murallas, y allí vieron una montaña de cadáveres. El orondo conde apartó la vista, pero no pudo evitar mirar de todas formas. Vio caras teñidas de negro, un torso al que le faltaba un brazo, una mano convertida en una garra, dos cuencas sin ojos encima de una boca abierta y, más allá, algo que parecía un saco, pero que era un resto de un vientre. Un olor penetrante impregnaba el aire.

A media tarde llegaron a un pueblo donde todavía quedaba gente. Sí, Ulenspiegel estaba en el monasterio, les dijo una vieja, y seguía vivo. Y, cuando, poco antes de anochecer, se cruzaron con un hombre de aspecto asilvestrado y un niño de corta edad que iban tirando de un carro, recibieron la misma información de nuevo. Sí que estaba en el monasterio, les dijo el hombre sin poder apartar los ojos del caballo del orondo conde. Siempre hacia el oeste, pasando por el lago, no tenía pérdida. ¿No tendrían los caballeros un poco de comida para él y para su hijo? El orondo conde metió la mano en las alforjas y le dio un salchichón. Era el último que le quedaba y sabía que aquello era un error, pero no fue capaz de negarse, el niño le dio mucha pena. Un poco aturdido, preguntó por qué iban tirando de aquel carro.

—Es todo lo que tenemos.

—Pero lo llevan vacío —dijo el orondo conde.

—Pero es todo lo que tenemos.

De nuevo, pasaron la noche al raso y, por seguridad, no hicieron fuego. El orondo conde tenía frío, aunque al menos no llovía y el suelo era firme. Poco después de la medianoche oyeron dos disparos cerca. Aguzaron los oídos. Con las primeras luces del alba, Karl von Doder juró haber visto a un lobo observándolos desde una distancia no muy grande. Agobiados, subieron a sus caballos y continuaron camino.

Se cruzaron con una mujer. Caminaba tan encorvada y tenía la cara tan llena de surcos que no se sabía si era mayor o si tan solo había tenido muy mala vida. Sí, sí, seguía en el monasterio. En cuanto le mencionaron el nombre del célebre bufón, la mujer sonrió. Y así sucedía todas las veces, escribiría el orondo conde cincuenta años después, todos parecían saber de él; a cuantos preguntaron les señalaron la dirección y el camino; en aquel país devastado, la noticia de dónde se refugiaba Ulenspiegel se había hecho eco en todas las almas que aún seguían en pie.

Hacia el mediodía, coincidieron con soldados que venían en dirección contraria a la suya. Primero, un grupo de piqueros: hombres de aspecto embrutecido y con crespas barbas. Algunos tenían heridas abiertas, otros arrastraban sacos llenos de botín. Los envolvía un olor a sudor, enfermedad y sangre, y sus ojillos tenían una mirada hostil. Les seguían algunos carros cubiertos con lonas donde iban sus mujeres e hijos. Algunas mujeres sujetaban niños de pecho. Solo vimos los estragos de la guerra en sus cuerpos, escribiría el orondo conde en su crónica, no llegamos a reconocer si eran amigos o enemigos, pues no llevaban estandartes.

Después de los piqueros pasó al menos una docena de soldados de caballería.

–A mis órdenes –dijo uno que debía de estar al mando–, ¿adónde os dirigís?

–Vamos al monasterio –respondió el orondo conde.

–De allí venimos nosotros. No hay nada de comer.

–No vamos buscando comida, buscamos a Tyll Ulenspiegel.

–Ah, sí. Está allí. Lo vimos, pero tuvimos que salir por pies cuando llegaron las tropas del emperador.

El orondo conde se quedó pálido.

–No temáis, no os haremos nada. Soy Hans Kloppmess de Hamburgo. Yo también estuve del lado del emperador en su momento. Y a lo mejor todavía me lo vuelvo a pensar, cualquiera sabe. Ser mercenario es un oficio, como el que es carpintero o panadero. El ejército es mi gremio, ahí en el carro van mi mujer y mis hijos y los tengo que alimentar. Ahora mismo, los franceses no pagan nada, pero si algún día lo hicieran, seguro que es más de lo que sacas al servicio del emperador. Los grandes señores están negociando la paz en Westfalia. Cuando termine la guerra, nos darán a todos la soldada que corresponda, y con ello contamos, porque sin soldada nos negaremos a volver a casa, y eso sí que les da miedo a los señores. Hermosos caballos tenéis.

–Gracias –dijo el orondo conde.

–Con lo bien que me vendrían… –dijo Hans Kloppmess.

Inquieto, el orondo conde se volvió hacia sus dragones.

—¿De dónde venís? —siguió preguntando Hans Kloppmess.

—De Viena —dijo el orondo conde con la voz tomada.

—Una vez casi estuve yo en Viena —intervino el soldado que estaba al lado de Hans Kloppmess.

—Anda, ¿de verdad? —preguntó Hans Kloppmess—. ¿Y qué hacías en Viena tú?

—He dicho casi. No entré en la ciudad.

—¿Y qué pasó?

—Pasar no pasó nada, que no entré en Viena.

—Manteneos alejados de Starnberg —dijo Hans Kloppmess—. Lo mejor es que vayáis por el sur, por Gauting, luego en dirección a Herrsching y luego, de allí al monasterio, el camino todavía está despejado para los caminantes. Pero daos prisa, Turenne y Wrangel ya han cruzado el Danubio. Aquí se va a armar una buena en breve.

—Nosotros no somos caminantes —dijo Karl von Doder.

—Eso es cuestión de tiempo.

No hizo falta dar ninguna orden ni ponerse de acuerdo siquiera. Como un solo hombre, los cinco espolearon a sus caballos. El orondo conde se inclinó sobre la cabeza del animal y se agarraba medio a las riendas, medio a las crines. Veía la tierra salpicar al paso de los cascos, oía gritos detrás de él, oyó un disparo, resistió la tentación de volverse a mirar.

Cabalgaron y cabalgaron y cabalgaron y siguieron cabalgando, se moría del dolor de espalda, no le quedaban fuerzas en las piernas y no se atrevía a volver la cabeza. A su lado cabalgaba Franz Kärrnbauer, delante de él iban Konrad Purner y Karl von Doder, detrás cabalgaba Stefan Purner.

Por fin se pararon. Los caballos echaban humo de tanto como sudaban. Al orondo conde se le nubló la vista, se escurría de la silla, Franz Kärrnbauer lo sostuvo y le ayudó a bajar. Los soldados no les habían perseguido. Había empezado a nevar. Copos de un blanco grisáceo flotaban en el aire. Al atrapar uno entre los dedos, se dio cuenta de que era ceniza.

Karl von Doder dio unas palmaditas en el cuello de su caballo.

—Por el sur, por Gauting, así ha dicho que vayamos, y luego dirección Herrsching. Los caballos tienen sed, necesitan agua.

Volvieron a montar. Sin decir palabra, cabalgaron a través de la ceniza. No volvieron a cruzarse con nadie y, a media tarde, vieron la torre del monasterio por encima de sus cabezas.

Aquí, la crónica de Martin von Wolkenstein da un salto: no pierde una sola palabra en la escarpada subida por detrás de Herrsching, que no debió de resultarles nada fácil a los caballos, como tampoco dedica espacio alguno a las dependencias del monasterio medio derruidas ni menciona nada sobre los monjes. Sin duda se debe esto a su frágil memoria, pero cabe pensar que, cuando escribe esta parte, es presa de una impaciencia nerviosa. Así pues, tan solo dos embrolladas líneas más tarde, el lector lo encuentra frente al abad y a primera hora de la mañana siguiente.

Están sentados en sendos taburetes en una sala vacía. Los muebles se los han robado, los han destruido o los han convertido en leña para calentarse. También había tapices, dice el abad, candelabros de plata y una gran cruz de oro sobre el arco de aquella puerta. Ahora, toda la luz de la estancia procede de una única tea. El padre Friesenegger hablaba sin florituras y era objetivo; no obstante, al orondo conde se le cerraron los ojos unas cuantas veces. Una y otra vez, recuperaba la conciencia con gran sobresalto, solo para comprobar que el enjuto religioso no había dejado de hablar en todo el rato. Al orondo conde le habría gustado reposar, pero el abad insistió en contarle lo que habían vivido durante los últimos años, quería que el enviado del emperador supiera exactamente lo que había tenido que pasar aquel monasterio. En los tiempos de Leopoldo I, cuando escribe su crónica el orondo conde, a quien a esas alturas se le mezclaban todo el rato las cosas, personas y fechas, habría de pensar con envidia en la prodigiosa memoria del padre Friesenegger. Los duros años no habían hecho mella alguna en el espíritu del abad, escribe el orondo conde. Cuenta que tenía una mirada aguda y despierta, que hablaba con palabras bien escogidas y con frases largas y bien estructuradas, pero, claro, eso no lo es todo: en el discurso del abad, aquella ingente cantidad de acontecimientos no tenía forma de historias, con lo cual resultaba muy difícil de seguir. Una y otra vez habían irrumpido los soldados en el monasterio: las tropas imperiales se habían llevado lo que necesitaban, y luego habían llegado las tropas protestantes y se habían llevado lo que necesitaban. Luego se habían retirado los protestantes y habían vuelto los seguidores del emperador, y se habían llevado lo que necesitaban: animales y madera y botas. Luego se habían marchado los soldados del emperador, si bien se había quedado con ellos una pequeña guardia, y luego habían llegado soldados merodeadores que no pertenecían a ningún ejército y la guardia los había expulsado, o habían sido ellos quienes habían expulsado a la guardia... en fin, una cosa o la otra sería, o tal vez primero lo uno y después lo otro: el orondo conde ya no estaba seguro, y además daba igual, pues a fin de cuentas se había terminado marchando la guardia, y entonces habían llegado los franceses o tal vez fueran los suecos para llevarse lo que necesitaban: animales y madera y ropa y, por supuesto y sobre todo: botas, como si en el monasterio aún hubieran tenido botas que llevarse, porque no quedaban, como tampoco quedaba madera. El invierno siguiente, los campesinos de los pueblos de alrededor se habían refugiado en el monasterio, y así habían tenido gente instalada en todas las salas, en todas las habitaciones, hasta en el pasillo más estrecho. El hambre, los pozos llenos de suciedad, el frío, los lobos...

—¿Lobos?

Se metían en las casas, le había contado el abad; al principio, solo por las noches, pero luego también durante el día. La gente había huido a los bosques y allí habían matado a los animales pequeños para comérselos y luego habían talado los árboles para no morirse de frío; y así había sido, por el hambre, que los lobos habían perdido por completo el recelo y el miedo a los pueblos. Irrumpían como pesadillas hechas realidad, como figuras terroríficas sacadas de los viejos cuentos. Aparecían en los cuartos y en los establos, con sus ojos hambrientos, y no les tenían ningún miedo ni a los cuchillos ni a los horcones. En los peores días del invierno, incluso habían encontrado el camino hasta el monasterio, uno de ellos había atacado a una mujer con un niño de pecho, arrancándoselo de los brazos.

No… Justo esto no había sucedido, pues el padre Friesenegger tan solo le había hablado de cómo temían por los niños pequeños. Ahora bien, por algún motivo, la idea de que un niño de pecho pudiera ser devorado por un lobo ante los ojos de su madre fascinaba tanto al orondo conde, quien por entonces tenía ya cinco nietos y tres bisnietos, que quiso creer que también se lo había contado el abad, motivo por el cual —entre verbosas disculpas por considerarse legitimado a no evitarle al lector cuanto sigue— añade una descripción sumamente cruenta de gritos de dolor, muestras de espanto, gruñidos de lobos, dientes afilados y sangre.

Y así, continuaba el abad con su voz sosegada, así se había repetido siempre lo mismo: día tras día, año tras año. Cuánta hambre. Cuánta enfermedad. La alternancia de ejércitos y merodeadores. El país se había quedado sin población. Los bosques habían desaparecido, los pueblos se habían quedado reducidos a cenizas, la gente había huido Dios sabía adónde. En el último año, hasta los lobos se habían marchado del lugar. Se inclinó hace delante, le puso una mano en el hombro al orondo conde y le preguntó si sería capaz de recordarlo todo.

—Todo —afirmó el orondo conde.

Era fundamental que todo eso se supiera en la corte, dijo el abad. El príncipe de Baviera, en su condición de máximo representante del poder imperial, solo se interesaba, en su sabiduría, por la gran imagen de conjunto, no por los detalles. Le habían pedido ayuda muchas veces, pero lo cierto era que sus tropas habían sido más salvajes que los suecos. Solo recordarlo le llevaba a pensar que tanto sufrimiento había tenido algún sentido.

El orondo conde asintió con la cabeza.

El abad lo miró atentamente a la cara.

Dominio de uno mismo, dijo, como si leyera el pensamiento del otro. Castidad y fuerza de voluntad. En sus manos estaba el bien del convento, la supervivencia de sus hermanos. Se santiguó, y el orondo conde hizo lo mismo.

Esto ayuda mucho. El abad se llevó la mano a la abertura de la cogulla, y el orondo conde, con un horror que solo conocía de fantasías, pudo ver un cilicio de yute con pinchos de metal y trozos de cristal roto con sangre seca pegada.

Se acostumbra uno, dijo el abad. Los primeros años habían sido los peores, ahí aún se lo quitaba algunas veces para refrescarse el torso lleno de pus. Sin embargo, luego se había avergonzado de su debilidad, y poco a poco Dios le había otorgado las fuerzas para volver a ponérselo. Sí que había tenido momentos en los que el dolor había sido tan horroroso, tan diabólicamente agudo y ardiente que se había creído al borde de perder la razón. Pero rezar le había ayudado. La costumbre le había ayudado. Y se le había endurecido la piel. A partir del cuarto año, el dolor incesante se había convertido en un amigo.

En aquel momento, escribiría el orondo conde en su día, debió de vencerle el sueño, pues cuando bostezó y se frotó los ojos y tardó un momento en recordar dónde estaba, quien tenía sentando enfrente era otro.

Era un hombre flaquísimo, de mejillas hundidas, y tenía una cicatriz desde el nacimiento del pelo hasta la raíz nasal. Llevaba una cogulla, pero no cabía ninguna duda −aunque tampoco se sabía bien por qué− de que no era un monje. Jamás había visto el orondo conde unos ojos como los suyos.

Al recoger por escrito aquella conversación más adelante, ya no estaba seguro de si realmente había transcurrido tal como él la refiriera a lo largo de los años a amigos, conocidos y desconocidos. Pero decidió mantener la versión que ya había oído demasiada gente como para poder presentar una alternativa.

—Aquí estás, por fin —dijo el hombre—. Te has hecho esperar.

—¿Eres Tyll Ulenspiegel?

—Uno de los dos lo será. ¿Has venido a por mí?

—Por orden del emperador.

—¿Qué emperador? Hay muchos.

—¡No, muchos no hay! ¿De qué te ríes?

—No me río del emperador, me río de ti. ¿Cómo es que estás tan gordo? Si no hay de comer, ¿cómo lo haces?

—Cállate la boca —dijo el orondo conde y al instante se enfureció de que no se le hubiera ocurrido nada más ingenioso.

Y por más que pasó el resto de su vida pensando en una respuesta mejor, y de hecho encontró toda una serie de ellas, en ninguno de sus informes se apartó de tan bochornosa réplica. Pues justo eso parecía garantizar la veracidad de su crónica. ¿Acaso se inventaría uno algo que le hace quedar tan mal?

—¿Me vas a pegar o qué? Qué va, no lo harás. Eres un blando. Manso y blando y bueno. Tú no vales para esto.

—¿No valgo para la guerra?

—No, no vales.

—¿Y tú sí?

—Yo sí, claro.

—¿Vendrás con nosotros por tu propia voluntad o tendremos que obligarte?

—Por supuesto que iré. Aquí ya no queda nada de comer, todo se desmorona, al abad tampoco le queda mucho, por eso te he hecho venir.

—Tú no me has hecho venir a mí.

—Claro que he sido yo quien te ha hecho venir, bola de sebo.

—Llegó a oídos de Su Majestad...

—¿Y cómo llegó a esos oídos de Su Majestad, so barrigón? Su insignificante Majestad, su estúpida Majestad de la coronita de oro oyó hablar de mí, porque yo mandé a por vos. Y que sepáis que no podéis hacerme nada, me permito recordároslo, pues ya sabéis que los bufones gozamos de inmunidad total. Si no llamo yo estúpido a Vuestra Majestad, ¿quién iba a hacerlo? Alguien lo tiene que hacer. Y a ti no te está permitido.

Ulenspiegel sonrió con malicia. Era una sonrisa terrible, malvada y burlona, y dado que el orondo conde luego no recordaba cómo había continuado la conversación, empleó media docena de frases en describir aquella sonrisa y luego dedicó una página entera a evocar el agradable, profundo y reparador sueño que por fin pudo echarse en el suelo de una celda del monasterio hasta el mediodía del día siguiente: Oh, Morfeo, amable dios del descanso, dador de paz, fuente de gozo, bienaventurado guardián del olvido nocturno, que aquella noche en la que te necesité más que nunca me brindaste tu abrigo hasta que desperté... rejuvenecido, feliz, casi bendito.

Esta última parte no refleja tanto los sentimientos del joven como las dudas de fe del anciano, sobre las cuales se explaya con palabras similares en otro pasaje. Por otra parte, la vergüenza le lleva a callar un detalle que le sacaría los colores aun a cincuenta años de distancia, a saber: cuando, hacia el mediodía, se reunieron en el patio del convento para despedirse del abad y de los tres monjes famélicos que más parecían fantasmas que seres humanos, y cayeron en que no se les había ocurrido traer un caballo para Ulenspiegel.

En efecto, ninguno había pensado en qué montura viajaría el hombre al que debían trasladar a Viena. Obviamente, allí no había ningún caballo que se pudiera comprar o pedir prestado; no tenían ni siquiera un borrico. Todos los animales se los habían comido o se habían escapado.

—Bueno, que vaya conmigo en la grupa —dijo Franz Kärrnbauer.

—De eso ni hablar —dijo Ulenspiegel. A la luz del día se le veía todavía más flaco envuelto en la cogulla. Iba encorvado, tenía las mejillas chupadas, los ojos hundidos en las cuencas—. El emperador es amigo mío. Yo quiero un caballo para mí solo.

—Y yo te voy a sacar los dientes de un puñetazo —dijo Kärrnbauer muy sereno— y a romperte la nariz. Lo haré. Mírame. Sabes que lo haré.

Ulenspiegel levantó la vista hacia Kärrnbauer un momento, se lo pensó dos veces y luego montó en el caballo detrás de él.

Karl von Doder le puso una mano en el hombro al orondo conde y susurró:

—No es él.

—¿Cómo decís?

—Que no es él.

—¿Quién no es quién?

—Creo que este hombre no es el que yo vi.

—¿Cómo?

—La vez de la feria. Lo siento, no puedo evitarlo. Creo que no es él.

El orondo conde miró al secretario del Consejo de la corte durante un buen rato.

—¿Estáis seguro?

—Seguro del todo... del todo no. Hace años y él estaba suspendido sobre una cuerda por encima de mi cabeza. ¡Como para estar seguro!

—No se hable más —dijo el orondo conde.

El abad les dio su bendición con manos temblorosas y les aconsejó que evitasen las ciudades. La ciudad de Munich había cerrado sus puertas a causa del aluvión de personas en busca de ayuda que había marchado hacia la capital de la corte, ya no dejaban entrar a nadie, las calles eran una pura masa de hambrientos, las fuentes estaban todas taponadas de suciedad. Muy similar era la situación de Nuremberg, donde tenían su campamento los protestantes. Se afirmaba que estaban llegando Wrangel y Turenne con aliados del noroeste, de modo que lo mejor era evitar el paso dando un rodeo más amplio por el nordeste, pasando entre Augsburgo e Ingolstadt. Llegando a Rottenburg, ya se podría ir en línea recta hacia el este y por allí ya estaba despejado el camino hacia la Baja Austria. El abad guardó silencio y se rascó el pecho... un gesto muy común pero que el orondo conde, ahora que sabía lo del cilicio, apenas fue capaz de mirar. Corrían rumores de que ambos bandos tenían en mente celebrar una batalla decisiva en campo abierto antes de proclamar el armisticio en Westfalia. Cada bando pretendía mejorar su situación antes del final.

—Muchas gracias —dijo el orondo conde, que apenas se había enterado de nada.

La geografía nunca había sido lo suyo. En la biblioteca de su padre había varios volúmenes de la *Topographia Germaniae* de Matthäus Merian, y en varias ocasiones se había horrorizado al hojearlos. ¿Para qué aprenderse todo eso? ¿Para qué saber dónde estaban todos esos lugares, cuando uno podía quedarse en el centro, en el corazón del mundo, en Viena?

—Id con Dios —dijo el abad a Ulenspiegel.

—Quedad con Dios —respondió el bufón desde lo alto del caballo.

Rodeaba con los brazos a Kärrnbauer, y parecía tan flaco y débil que costaba imaginar cómo podría mantenerse sobre el caballo.

—Un buen día apareciste ante nuestras puertas —dijo el abad—, y te acogimos. No te preguntamos por tu confesión. Más de un año has pasado aquí y ahora te marchas.

—Bonito discurso —dijo Ulenspiegel.

El abad hizo la señal de la cruz. El titiritero quiso imitarle, pero obviamente se hizo un lío con los brazos, se le engancharon uno con otro y no sabía qué hacer con las manos. El abad se dio media vuelta y el orondo conde tuvo que reprimir la risa. Dos monjes les abrieron el portón.

No llegaron lejos. A las pocas horas estalló una tormenta como nunca las había vivido el orondo conde. Se apresuraron a bajar de los caballos y a sentarse debajo de ellos. Caía una lluvia torrencial que salpicaba por doquier y los atronaba, como si el mismo cielo se viniera abajo.

—¿Y si resulta que no es Ulenspiegel? —susurró Karl von Doder.

Dos cosas que no se pueden diferenciar son una misma cosa, le respondió el orondo conde. Si aquel hombre no era el Ulenspiegel que se había refugiado en el monasterio de Andechs, sería un hombre que se había refugiado en el monasterio de Andechs haciéndose llamar Ulenspiegel. Dios sabría la respuesta, pero mientras no interviniera directamente, allí no había diferencia de la que hablar.

Entonces oyeron disparos en las proximidades. Montaron a toda prisa, espolearon a los caballos y salieron galopando campo a través. Al orondo conde le costaba respirar, le silbaba el pecho y le dolía la espalda, las gotas de lluvia le golpeaban la cara. Le pareció que transcurría una eternidad hasta que los dragones volvieron a atar a los caballos.

Desmontó temblándole las piernas y le dio unas palmaditas en el cuello a su caballo. El animal frunció los labios y resopló. A su izquierda había un pequeño río; al otro lado, la ladera ascendía hacia un bosque como el orondo conde no los había visto desde Melk.

—Tiene que ser el bosque de Streitheim —dijo Karl von Doder.

—Entonces estamos demasiado al norte —dijo Franz Kärrnbauer.

—¡Esto no es el bosque de Streitheim ni en broma! —dijo Stefan Purner.

—Claro que lo es —dijo Karl von Doder.

—Imposible —dijo Stefan Purner.

En ese momento, oyeron música. Contuvieron la respiración y atendieron: trompetas y tambores, una alegre marcha militar que contagiaba las ganas de bailar. El orondo conde se dio cuenta de que, sin querer, estaba siguiendo el compás con los hombros.

—Vámonos de aquí —dijo Konrad Purner.

—¡A caballo no! —siseó Karl von Doder—. Por el bosque.

—Tenemos que tener mucho cuidado —dijo el orondo conde para que al menos pareciera que era él quien daba las órdenes—. Hay que proteger a Ulenspiegel.

—Pobres imbéciles —dijo el escuálido bufón con suavidad—. ¡Qué mentecatos! Si soy yo el que tiene que protegeros a vosotros.

En poco tiempo, las copas de los árboles ya formaban una espesa techumbre. El orondo conde notaba la resistencia de su caballo, pero agarraba las riendas con firmeza y le daba palmaditas en los húmedos ollares y el animal le obedecía. Enseguida, el bosque bajo se hizo tan espeso que los dragones tuvieron que sacar los sables para ir abriendo el camino.

Volvieron a aguzar los oídos. Se oyó una especie de fragor que no supieron identificar… ¿De dónde venía? ¿Qué era? Poco a poco, el orondo conde se dio cuenta de que eran incontables voces, una mezcolanza de cantos y gritos y parloteos que salían de incontables gargantas. Sentía el miedo de su caballo, le acarició las crines, el animal resopló.

En su día, no sería capaz de recordar cuánto tiempo pasaron caminando por el bosque, así que determinó que fueron dos horas. Las voces que resonaban a nuestras espaldas se apagaron —escribiría—, y nos envolvió el clamoroso silencio del bosque, los pájaros chillaban, se rompían las ramas y el viento nos susurraba cosas desde las copas de los árboles.

—Tenemos que ir al este —dijo Karl von Doder—, a Augsburgo.

—El abad nos dijo que en las ciudades ya no dejan entrar a nadie —dijo el orondo conde.

—Pero somos enviados del emperador —dijo Karl von Doder.

El orondo conde cayó en la cuenta de que no llevaba ningún papel que lo demostrase: ninguna identificación, ningún salvoconducto, ningún tipo de documento. Él no lo había solicitado al salir de Viena, y era obvio que tampoco nadie de la administración del Hofburg se había sentido responsable de firmarle nada semejante.

—¿El este por dónde es? —dijo Franz Kärrnbauer.

Stefan Purner señaló en una determinada dirección.

—Ahí está el sur —dijo su hermano.

—¡Pues sí que sois tontos todos! —dijo Ulenspiegel, divertido—. Sois un atajo de enanos que no valéis para nada. El oeste es donde estamos, así que el este es todo lo demás.

Franz Kärrnbauer intentó darle un puñetazo, pero Ulenspiegel se le escapó con una rapidez de la que nadie le habría creído capaz y, de un salto, se refugió detrás de un árbol. El dragón fue tras él, pero Ulenspiegel se deslizó alrededor del tronco como una sombra, desapareció detrás de otro árbol y lo perdieron de vista.

—¡No me pillarás! —le oyeron decir entre risas—. Conozco el bosque. Me convertí en un espíritu del bosque cuando era niño.

—¿Un espíritu del bosque? —preguntó el orondo conde con desasosiego.

—Un espíritu blanco. —Ulenspiegel salió riendo de entre la maleza—. Para el Gran Demonio.

Hicieron un alto. Casi se les habían agotado las provisiones. Los caballos mordisqueaban los troncos de los árboles. Los hombres compartieron la botella de cerveza ligera, cada uno tomó un trago. Cuando le llegó al orondo conde, no quedaba ni gota.

Cansados, continuaron andando. El bosque se aclaraba, había más distancia entre los troncos de los árboles, la maleza ya no era tan espesa, los caballos podían andar sin que fuera necesario abrirles el camino con el sable. Al orondo conde le llamó la atención que ya no se oyera ningún pájaro: ni un gorrión, ni una alondra, ni un cuervo. Subieron a los caballos y salieron del bosque cabalgando.

—Dios mío —dijo Karl von Doder.

—Dios misericordioso —dijo Stefan Purner.

—Virgen Santísima —dijo Franz Kärrnbauer.

En su día, al tratar de relatar lo que vieron, el orondo conde se daría cuenta de que no era capaz. Aquello superaba sus capacidades como escritor. Incluso superaba sus capacidades como ser racional: ni siquiera desde una distancia de medio siglo habría de sentirse en disposición de representar aquello en frases que realmente dijeran algo. Por supuesto, no dejó de describir lo que hallaron sus ojos. Aquel fue uno de los momentos más importantes de toda su vida, y la circunstancia de que fuera testigo de la última batalla de la Guerra de los Treinta Años hubo de definir quién era y lo que la gente pensaría de él: el preceptor mayor de la corte imperial vivió en carne propia la batalla de Zusmarshausen, dirían a partir de entonces cada vez que le presentaran a alguien, a lo cual él respondería con rutinaria modestia: «Bueno, pero dejémoslo, que no se puede contar bien...».

Aquello que sonaba a lugar común era la pura verdad. No se podía contar bien. Él, en cualquier caso, no podía hacerlo. Ya desde la colina, al salir del bosque y ver cómo, al otro lado del río y del valle, se extendía el ejército del emperador: con sus puestos bien marcados por los cañones, mosqueteros en posición de ataque y ordenadas centurias de piqueros cuyas largas lanzas le parecieron un segundo bosque, tuvo la sensación de que estaba viviendo algo que no debería formar parte de la realidad. El hecho de que pudieran congregarse y formar tantísimos hombres ya trastocaba de tal modo las proporciones de las cosas que todo parecía desequilibrado. El orondo conde tuvo que agarrarse a las crines de su caballo para no resbalarse de la silla.

Fue entonces cuando comprendió realmente que lo que tenía delante no era solo el ejército del emperador. A su derecha, el terreno caía en pronunciada pendiente y abajo había una carretera ancha por donde avanzaba la caballería de la alianza de las coronas francesa y sueca en dirección a un único pequeño puente, en silencio y sin música, de tal manera que solo se oían los cascos de los animales sobre la piedra: una fila detrás de otra.

Y en ese mismo instante sucedió que el puente, sólido y firme hasta entonces, se convirtió en una nubecilla y dejó de existir. Al orondo conde le costó no sonreír frente a semejante truco de magia. Se levantó una columna de humo claro y el puente ya no estaba; hasta más tarde, cuando ya el viento despejaba el humo, no les llegó el sonido de la explosión. ¡Qué bonito!, pensó el orondo conde y de inmediato se avergonzó y de inmediato volvió a pensar lo mismo, como por rebeldía: qué bonito, la verdad.

—Vayámonos de aquí —dijo Karl von Doder.

Demasiado tarde. El momento los arrastraba consigo como un recial. Al otro lado del río, se veían ascender nubes de humo, varias docenas, blancas y muy brillantes. Son nuestros cañones, pensaba el orondo conde, sí, es la artillería de nuestro emperador; sin embargo, ni siquiera había terminado de pensarlo cuando, por el otro lado, donde estaban los mosqueteros, brotaron más nubes, diminutas pero incontables, por un momento separadas unas de las otras, pronto revueltas en una única gran nube, y ahí brotó también el estruendo, y el orondo conde ya oyó los latigazos de los disparos que acababa de ver en forma de humo, y lo siguiente que vio fue cómo la caballería del enemigo, que seguía avanzando en dirección al río, realizaba la maniobra más extraña que jamás había visto. Entre las filas, de repente, se abrieron varios pasillos, como cortafuegos, uno aquí y otro al lado, un tercero a más distancia. Mientras sus ojos aún realizaban el esfuerzo de comprender lo que estaba pasando, le sorprendió un ruido que no

había oído en toda su vida, un grito desde el aire. Franz Kärrnbauer se tiró del caballo; perplejo, el orondo conde observó
cómo rodaba por la hierba y se planteó hacer lo mismo, pero
pensó que el caballo era muy alto y el suelo estaba lleno de
piedras duras. Entonces, se le adelantó Karl von Doder, pero
no saltó en una dirección, sino en dos, como si no hubiera
sabido decidirse, optando por ambas a la vez.

De entrada, el orondo conde creyó estar soñando, pero
entonces vio que, en efecto, Karl von Doder estaba en dos
sitios: una parte de él a la derecha, la otra, a la izquierda del
caballo; y la parte de la derecha aún se movía. Al orondo
conde le invadió una repugnancia espantosa y, para colmo, le
vino a la mente el ganso al que unos días antes había dispara-
do Franz Kärrnbauer; recordó la visión de la cabeza reventada y comprendió que aquel acontecimiento le había causado
tal conmoción, porque anunciaba lo que estaban presencian-
do ahora, como burlando el curso del tiempo. Entretanto, la
duda de si saltar del caballo o no se había resuelto por sí sola;
su caballo se había ido al suelo sin más, y, al caer hacia un lado,
el orondo conde notó que se había puesto a llover de nuevo,
pero lo que llovía no era lluvia normal, no era agua lo que
salpicaba, sino que la tierra mojada saltaba por los aires como
cuando se trilla. Vio a Franz Kärrnbauer reptando por el suelo; sobre la hierba, vio la pezuña de un caballo, pero sin el
resto del caballo; vio a Konrad Purner cabalgar colina abajo,
vio que el humo envolvía también las filas de los soldados del
emperador que formaban al otro lado del río y que, hasta
hacía un momento, podía distinguir con toda claridad pero
ahora habían desaparecido, menos en un punto donde el
viento rasgó el grueso telón de humo y permitió ver a los
hombres acuclillados entre sus picas, y, entonces, todos a una,
se levantaron y se replegaron con sus lanzas en ristre, todos
como un solo hombre… ¿Cómo conseguían sincronizar así
sus movimientos? Al parecer, se retiraban a la vista de la caballería que, ahora sí, había cruzado el río. El agua parecía

hervir, algunos caballos se desbocaban y los jinetes caían, en tanto que otros lograban llegar a la orilla, el agua se había teñido de rojo, los piqueros en retirada se iban perdiendo entre el humo. El orondo conde miró a su alrededor. La hierba estaba en calma. Se levantó del suelo. Las piernas le obedecían, pero lo que no sentía era la mano derecha. Al ponérsela delante de la cara se dio cuenta de que le faltaba un dedo. Contó. En efecto: cuatro dedos... Allí pasaba algo raro, tendrían que ser cinco y eran cuatro. Escupió sangre en el suelo. Tenía que volver al bosque. Solo en el bosque estaría a salvo, solo en el...

Surgieron formas, retazos de colores, como en un caleidoscopio, y al tiempo que el orondo conde se daba cuenta de que debía de haberse desmayado y estaba volviendo en sí, lo invadió un doloroso recuerdo que parecía salido de la nada. Se acordó de una muchacha a la que había amado a los diecinueve años; por aquel entonces, ella se había reído de él, pero ahora volvía a verla, y la conciencia de que jamás tendrían la oportunidad de estar juntos impregnó de tristeza hasta la última fibra de su cuerpo. Por encima de él, veía el cielo. A lo lejos, lleno de nubecillas hechas jirones. Un hombre se inclinaba sobre él. No lo conocía... o sí que lo conocía; sí, ahora lo reconocía.

—¡Levanta!

El orondo conde parpadeó.

Ulenspiegel abrió el brazo y le pegó en la cara.

El orondo conde se puso de pie. Le dolía la mejilla. La mano le dolía más aún. Y lo que más le dolía era el dedo que había perdido. A unos cuantos pasos estaba lo que había quedado de Karl von Doder, junto a él yacían dos caballos; más allá, el cadáver de Konrad Purner. En la lejanía se veía un velo de niebla atravesado por relámpagos. Seguían llegando soldados de la caballería, se abría un pasillo y volvía a cerrarse, sería para los cañones de doce libras. El río era un puro enjambre de caballos y jinetes que se cortaban el paso unos a otros, llovían los latigazos, algunos caballos se desplomaban en el agua, los hombres gritaban... Eso solo lo sabía el orondo conde porque veía que movían la boca, pues no oía nada. El río estaba lleno de caballos y de hombres, más y más alcanzaban la orilla y se internaban en el humo. Ulenspiegel se puso en marcha, y el orondo conde le siguió. El bosque solo estaba a unos pasos de distancia. Ulenspiegel echó a correr. El orondo conde corrió detrás. Junto a él brotó un chorro de líquido de la hierba. De nuevo oyó un grito como el de antes, un chillido muy agudo, algo cayó al suelo con un fuerte golpe y rodó chillando hacia el río. ¿Cómo se vive, pensó, cómo se puede aguantar, cuando el aire esté lleno de metal? En ese mismo instante, Ulenspiegel abrió los brazos en cruz y, proyectado por los aires, cayó con el pecho sobre la hierba.

El orondo conde se inclinó sobre él. Ulenspiegel yacía inmóvil. Su cogulla tenía un desgarrón en la espalda del que salía sangre, ya había formado un charco alrededor de él. El orondo conde dio un paso atrás y se alejó corriendo, pero tropezó y se cayó. Se levantó, siguió corriendo, vio que alguien corría a su lado, de nuevo salpicaba la hierba al azote de las balas. ¿Pero por qué disparaban hacia allí, por qué no disparaban al enemigo? ¿Cómo es que llovían las balas tan lejos del frente? ¿Quién era el que corría a su lado? El orondo conde giró la cabeza: era Ulenspiegel.

—No te pares —siseó este.

Corrieron hasta el interior del bosque, los árboles amortiguaron el estruendo. El orondo conde quería parar, sentía una punzada en el corazón, pero Ulenspiegel lo agarró y tiró de él para adentrarse aún más hasta unos arbustos. Allí se sentaron. Durante un rato, escucharon los cañones. Ulenspiegel se quitó la cogulla con cuidado. El orondo conde le miró la espalda, tenía la camisa manchada de sangre, pero no se veía herida alguna.

—No lo entiendo —dijo.

—Tienes que vendarte esa mano.

Ulenspiegel rasgó una tira de tela de su cogulla y le envolvió el brazo con ella.

Ya entonces intuyó el orondo conde que, si alguna vez escribía todo aquello en un libro, tendría que contarlo de otra manera. Ninguna descripción sería acertada, pues aquello se resistía a todo relato, y, del mismo modo, las frases que alcanzara a formar no se corresponderían con las imágenes de su memoria. Y así fue: lo que pasó no volvió a aparecer ni siquiera en sus sueños. Tan solo en contadas ocasiones, en relación con otros acontecimientos aparentemente distintos en todo, reconocería un cierto eco lejano de los momentos vividos en la linde del bosque de Streitheim, cerca de Zusmarshausen, en pleno fuego de aquella batalla en la que se vio inmerso.

Años más tarde, preguntaría al respecto al desdichado conde Gronsfeld, a quien el príncipe de Baviera mandó apresar sin mayores explicaciones después de la derrota. Desdentado, agotado y entre toses, el general que antaño estuviera al mando de las tropas bávaras le citó nombres y lugares, le describió las fuerzas de las respectivas unidades y le trazó el plan de operaciones, de manera que el orondo conde más o menos fue capaz de rendir cuentas de dónde había estado aproximadamente y qué les había sucedido a él y a sus compañeros de viaje. A pesar de todo, las frases se le resistían. Así pues, tuvo que robarlas de otro sitio.

En una conocida novela encontró una descripción que le gustó, y cuando la gente le insistía en que les contara la última batalla de la gran guerra alemana, soltaba lo que había leído en el *Simplicissimus* de Grimmelshausen. Las cosas no terminaban de cuadrar, porque la novela relata la batalla de Wittstock, pero a nadie le importaba, nunca le hicieron más preguntas. Lo que el orondo conde no podía saber era, por otro lado, que Grimmelshausen vivió de verdad la batalla de Wittstock, pero tuvo el mismo problema que él, pues no fue capaz de describirla y, a su vez, robó las palabras de una novela inglesa traducida por Martin Opitz cuyo autor no había presenciado una batalla en su vida.

En su libro, el orondo conde también recoge brevemente la noche en el bosque, en la que el bufón, a quien de pronto le entraron ganas de hablar, le refirió la época que pasó en La Haya, en la corte del rey de un invierno, así como la experiencia del asedio de Brünn que viviera tres años antes. Al llegar, se había peleado con el comandante de la ciudad por gastarle una broma sobre su cara, con lo cual este lo envió con los soldados rasos a cavar túneles en torno al foso, y entonces se produjo un derrumbamiento en la galería donde trabajaba su unidad, y de eso le había quedado esa cicatriz de la frente. Se quedaron encerrados a oscuras, sepultados bajo tierra, sin salida, sin aire… pero luego los salvaron milagrosamente. Una historia increíble, aberrante, escribiría el orondo conde, y más de un lector se vería presa del desconcierto —si no de una auténtica rabia—, porque ahí cambia completamente de tema y no ofrece detalle alguno sobre el milagroso salvamento de Brünn.

Sea como fuere, Ulenspiegel era un buen narrador, mejor que el abad y también mejor que el orondo conde, a quien sus historias lograron distraer de las terribles punzadas de dolor de la mano. No había motivos para preocuparse, le dijo el bufón, esa noche los lobos encontrarían comida de sobra.

Con las primeras luces del amanecer se pusieron en camino. Rodearon el campo de batalla, desde el que les llegaba un olor que el orondo conde no hubiera sido capaz ni de imaginar antes, y pasaron por Schlipsheim, Hainhofen y Ottmarshausen. Ulenspiegel conocía bien la zona, se mostró tranquilo y prudente y no volvió a insultar al conde ni una sola vez.

El paisaje antes vacío se había llenado de gente: campesinos que transportaban todo su haber en carretillas, soldados dispersos en busca de su unidad y su familia, heridos sentados al borde del camino con improvisados vendajes, inmóviles y con la mirada perdida. Ellos dos dejaron al oeste Oberhausen, en llamas, y llegaron a Augsburgo, donde se había reunido lo que quedaba del ejército del emperador. Después de la derrota, ya no era muy numeroso. El campamento a la entrada de la ciudad desprendía una pestilencia aún peor que la del campo de batalla. Como visiones del infierno quedaron grabadas en la memoria del orondo conde los cuerpos deformados, las caras purulentas, las heridas abiertas, las montañas de excrementos. Nunca volveré a ser el que era, pensó, mientras se abrían camino hacia las puertas de la ciudad; y: no son más que imágenes, no pueden hacerme nada, no me pondrán la mano encima, no son más que imágenes. Y se figuró que era otro, que caminaba junto a ellos como un hombre invisible que así tampoco tenía que ver lo que estaba viendo él.

A primera hora de la tarde, llegaron a las puertas de la ciudad. Preocupado, el orondo conde se identificó ante los guardas, y él mismo se sorprendió de que le creyeran todo y les dejaran pasar sin vacilación.

REYES DE INVIERNO

1

Era noviembre. Las reservas de vino se habían agotado, y, como el pozo del jardín estaba obturado por la suciedad, ahora solo bebían leche. Como ya tampoco podían permitirse comprar velas, la corte entera se iba a dormir con el sol. Las cosas no marchaban bien, pero seguía habiendo príncipes dispuestos a morir por Liz. Hacía poco había estado uno allí, en La Haya, Christian de Braunschweig: le había prometido que mandaría bordar *pour Dieu et pour elle* en todos sus estandartes y, luego —y esto lo había prometido con verdadero fervor– vencería o moriría por ella. Era un héroe exaltado, se emocionaba tanto consigo mismo que se le llenaban los ojos de lágrimas. Federico le había dado unas palmaditas en el hombro para tranquilizarlo, y ella le había dejado su pañuelo, con lo cual se les había echado a llorar de nuevo, desbordado ante la mera idea de poseer un pañuelo suyo. Ella le había otorgado la bendición real, y él, emocionadísimo, había retomado su camino.

Naturalmente, no lograría su objetivo, ni por Dios ni por ella. Aquel príncipe tenía pocos soldados y aún menos dinero, y además no era demasiado inteligente. Hacían falta hombres de otra talla para vencer a Wallenstein; alguien, por ejemplo, como el rey de Suecia, quien poco antes había pasado por el reino como un huracán, venciendo todas las batallas que había librado. Tendría que haberse casado con él en su día, haciendo caso a los planes de papá, pero entonces no había querido.

Casi habían pasado veinte años desde que, en lugar de con el sueco, se había casado con su Federico. Veinte germánicos años, un torbellino de acontecimientos y de caras y de ruidos y de mal tiempo y de comida todavía peor y de un teatro malísimo.

El buen teatro era lo que más había echado en falta desde el principio, más todavía que la comida rica. En tierras alemanas no se conocía el teatro como está mandado, todo lo que tenían eran comediantes de tres al cuarto que recorrían los caminos bajo la lluvia y cuyas funciones consistían en chillar y brincar y peerse y pegarse. Es probable que la culpa fuera de esa lengua suya tan tosca, lengua que no era una lengua del teatro, sino una mezcolanza de sonidos aspirados y duros gruñidos, una lengua que sonaba como si uno luchara contra las gárgaras, como si a una vaca le hubiera dado un ataque de tos, como si uno fuese a echar cerveza por la nariz. ¿Qué podía hacer un poeta con esa lengua? Ella lo había intentado con la literatura alemana, una vez con el tal Opitz y, la segunda, con otro autor cuyo nombre ya no recordaba; no había manera de que se le quedasen los nombres de aquella gente que siempre se llamaba Krautbacher o Engelkrämer o Kargholzsteingrömpl, y había que reconocer que para quien había crecido con Chaucer y a quien John Donne le había dedicado unos versos —«fair phoenix bride» la había llamado, y «and from thine eye all lesser birds will take their jollity» le había dicho—* resultaba en verdad difícil, aun apelando a toda la cortesía del mundo, hacer como que aquellos despropósitos literarios alemanes valían algo.

* Como regalo de boda para Isabel Estuardo, el 14 de febrero de 1613, John Donne compuso este «Epithalamion, or Marriage Song On the Lady Elisabeth and Count Palatine being Married on St. Valentine's Day»: «Up then, fair phoenix bride, / frustrate the sun; Thyself from thine affection. / Takest warm enough, and from thine eye / All lesser birds will take their jollity» («Ve, pues, bella novia fénix, / frustra al sol; pues tu solo cariño / basta a tu calor, y de tus ojos / tomarán todas las aves menores su alegría»). *(N. de la T.)*

A menudo recordaba el teatro de la corte de Whitehall. Recordaba los sutiles gestos de los actores, las largas frases cuyo ritmo cambiaba constantemente y, como en la música, a veces era rápido y marcado, a veces cadencioso, a veces denotaba una pregunta, a veces una orden. Siempre que había vuelto a la corte a visitar a sus padres, se había celebrado alguna representación. En escena, los actores cambiaban de identidad, pero ella enseguida se daba cuenta de que también esa falsa identidad era pura máscara, pues no era el teatro lo que no era verdadero, sino todo lo demás lo que era huero trajín, disfraz y parafernalia; lo falso era todo aquello que *no* era teatro. Sobre el escenario, las personas eran ellas mismas, eran auténticas de verdad, enteramente transparentes.

En la vida real, nadie hablaba en monólogos. Cada cual se guardaba sus ideas para sí, no se podían leer los rostros, cada cual cargaba con el peso muerto de sus secretos. Nadie se quedaba solo en su cuarto y expresaba en alto lo que deseaba o lo que temía, pero cuando lo hacía Burbage en escena, con su voz cascada, sus delgadísimos dedos a la altura de los ojos, lo que se antojaba antinatural era que todo el mundo ocultara lo que sucedía en su interior. ¡Y qué palabras, las que utilizaba! Palabras enjundiosas, raras, palabras que brillaban como materiales preciosos, frases tan perfectamente construidas como uno mismo nunca habría sabido hacer. Así deberían ser las cosas, le decía a uno el teatro, así deberías hablar, así deberías comportarte, así deberías sentir; así sería ser una persona de verdad.

Terminada la función y extinguido el aplauso, los actores regresaban a su condición de pobres. En su reverencia final eran como velas apagadas. Luego se acercaban, Alleyn y Kempe y el gran Burbage en persona, con una pronunciada reverencia para besarle la mano a papá, y cuando papá les preguntaba algo, le contestaban como gente a la que se le resiste el lenguaje y no acierta a formular una frase clara. El rostro de Burbage se veía céreo y cansado, y sus manos, más bien feas, ya no tenían nada de especial. Casi costaba creer lo deprisa que lo había abandonado el espíritu de la ligereza. Ese espíritu aparecía incluso como personaje en una de las obras, una que habían representado por Todos los Santos. Trataba de un anciano duque en una isla encantada, donde retenía a sus enemigos para después, en cambio, protegerlos. Por aquel entonces, ella no había sido capaz de entender por qué el duque mostraba clemencia, y, pensándolo hoy, seguía sin entenderlo. ¡Como fuera ella la que consiguiera tener a Wallenstein o al emperador en su poder, desde luego que no haría lo mismo! Al final de la obra, el duque dejaba libre al espíritu que había tenido a su servicio para que volviera al reino de las nubes, el aire, la luz del sol y el azul del mar, y él se quedaba solo como un viejo saco de harina, un comediante arrugado al que solo le quedaba disculparse por no tener más texto. El dramaturgo principal de los King's Men había interpretado el papel él mismo. No era ninguno de los grandes intérpretes, ni un Kempe y menos todavía un Burbage; es más, incluso se notaba que le costaba memorizar el texto que él mismo había escrito. Después de la función le había besado la mano con labios tiernos, y como a ella le habían insistido mucho en que, en tales momentos, siempre se debe hacer alguna pregunta, había querido saber si tenía hijos.

—Dos hijas. Y tuve un chico. Pero se murió.

Liz esperó, pues ahí le habría correspondido a papá decir algo. Pero papá no decía nada. El dramaturgo la miró, ella le devolvió la mirada y notó que el corazón empezaba a latirle más deprisa. Todos los presentes esperaban, todos aquellos caballeros con sus cuellos de seda, todas las damas con diademas y abanicos la miraban. Y ella comprendió que debía seguir hablando. Así era papá, qué se le iba a hacer. Cuando contabas con él, te dejaba en la estacada. Liz carraspeó para ganar tiempo. Pero mucho tiempo no se gana carraspeando. No se puede carraspear mucho rato, no sirve de nada.

Así pues, le dijo que lamentaba mucho saber de la muerte de su hijo. Que Dios daba tan aleatoriamente como quitaba, y que las pruebas a las que nos sometía eran un misterio, aunque siempre fruto de su sabiduría, pues cuando las superamos con dignidad, nos han hecho más fuertes.

Durante un abrir y cerrar de ojos, se sintió orgullosa de sí misma. Para que a una le salga una frase así delante de la corte en pleno, ha de estar muy bien educada, amén de ser ágil de mente.

El dramaturgo sonrió, inclinando la cabeza, y de pronto Liz tuvo la sensación de que había hecho un ridículo difícil de describir. Sintió que se sonrojaba, y como esto le daba más vergüenza todavía, se sonrojó todavía más. Carraspeó de nuevo y le preguntó por el nombre del hijo. No es que le interesara, pero fue lo único que se le ocurrió.

Con voz queda, él se lo dijo.

—¿De veras? —preguntó ella, sorprendida—. ¿Hamlet?

—Hamnet.

El dramaturgo tomó aire y luego, pensativo y casi como para sí mismo, dijo que no estaba tan seguro de haber superado aquella prueba de Dios con tanta dignidad como ella le atribuía, pero que, en un momento como el presente, teniendo el placer de contemplar el futuro en su joven rostro, estaba seguro de que una existencia cuya corriente le había arrastrado para desembocar en semejante mar no podía ser la peor del mundo, y que así, fortalecido por aquel instante de gracia, se sentía en disposición de asumir con gratitud todos los tormentos y penurias que la vida le hubiese deparado o aún estuvieran por venir.

Ahí sí que se había quedado ella sin palabras.

Bueno, bueno, había dicho papá por fin. Sobre el futuro se ceñían largas sombras. Había más brujas que nunca. Los franceses eran ladinos. La reciente unión de las coronas de Inglaterra y Escocia todavía no estaba plenamente consolidada, el peligro acechaba por doquier. Con todo, lo peor eran las brujas.

El peligro acecha siempre, le había respondido el dramaturgo, en eso consistía precisamente la esencia del peligro, pero la mano de un gran gobernante habría de contenerlo del mismo modo en que el aire sostenía el peso de las nubes antes de tornarlas suave lluvia. Entonces fue papá quien tampoco supo qué más decir. Fue divertido, porque no solía darse el caso. Papá miraba al dramaturgo, todos miraban a papá, nadie decía nada, y aquel silencio ya se estaba prolongando demasiado. Finalmente, papá dio media vuelta y se fue... así, por las buenas, sin decir palabra. Solía hacerlo a menudo, era uno de sus trucos para crear inseguridad en la gente. Por lo general, luego se pasaban semanas dándole vueltas a lo que habían hecho mal o a si habrían caído en desgracia con él. El dramaturgo, sin embargo, pareció comprender lo que pasaba. Inclinado hacia delante, fue retirándose marcha atrás, con una leve sonrisa en la cara.

—¿Acaso te crees mejor que los demás, Liz? —le había preguntado su bufón hacía poco, después de contarle ella este episodio—. ¿Crees que has visto más cosas, que sabes más, que vienes de un país mejor que nosotros?

—Sí —le había contestado Liz—. Así lo creo.

—¿Y crees que te salvará tu padre? ¿A la cabeza de un ejército? ¿Eso crees?

—No, eso ya he dejado de creerlo.

—Qué va. Sí que lo crees. Sigues pensando que aparecerá algún día para hacerte reina de nuevo.

—*Soy* una reina.

Ahí el bufón se había echado a reír con verdadera mala idea, y a ella le había tocado tragar saliva y reprimir las lágrimas, recordando que justo esa era la obligación del bufón: decirle lo que ningún otro se atrevía a decir. Para eso estaban los bufones, y por más que no se quisiera tener uno en la corte, no había más remedio que permitir su presencia, pues una corte sin bufón de la corte no es una corte, y ahora que

Federico y ella ya no tenían país, al menos su corte tenía que tener de todo como Dios manda.

En aquel bufón había algo muy especial. Liz lo notó desde el primer momento, desde que llegó el invierno anterior, en el que había hecho unos días inusualmente fríos y la vida había sido aún más mísera de lo habitual. Un buen día, habían aparecido en la puerta los dos: el joven flaquísimo del jubón de colorines y la mujer alta.

Se les veía agotados y maltrechos, enfermos de viajar y de estar expuestos a los peligros de la vida en el bosque. Sin embargo, cuando bailaron para ella, salió a la luz una armonía, una consonancia en sus voces y sus cuerpos como Liz no la había visto desde que abandonara Inglaterra. Luego se había puesto a cantar él, mientras ella sacaba una flauta, y ambos habían interpretado una pieza sobre un tutor y su pupila en la que al final ella fingía su muerte y luego su amado la encontraba sin vida y se mataba de pena y luego ella despertaba y, con el rostro descompuesto de dolor, agarraba el cuchillo de él para suicidarse también. Liz conocía la historia, era de una obra de los King's Men. Conmovida por el recuerdo de algo que antaño había sido muy importante en su vida, les había preguntado si no querían quedarse en la corte.

—Todavía no tenemos bufón.

Para corresponder, él le había regalado un cuadro. Mejor dicho, en realidad no era un cuadro, era un lienzo sin nada pintado.

—Mándalo enmarcar, pequeña Liz, cuélgalo. Muéstraselo a los demás. —Nada le daba derecho a aquel hombre a dirigirse a ella de tal forma, pero al menos pronunciaba su nombre bien, con la *z* inglesa tan bien articulada como si hubiera estado en el país—. Enséñaselo también a tu esposo. ¡Un cuadro tan bonito! Que lo vea el pobre rey. Que lo vea todo el mundo.

Así lo había hecho. Mandó sacar de su marco un paisaje verde que de todos modos no le gustaba y reemplazarlo por el lienzo en blanco; luego, el bufón lo había colgado en la habitación grande que llamaban «salón del trono».

—Es mágico, pequeña Liz. El que ha nacido bastardo no lo ve. El que es tonto no lo ve. El que ha robado dinero no lo ve. El que trama alguna maldad, el que es un tipo del que no te puedes fiar, un pájaro de mal agüero o un ladrón o un gil de marca mayor no lo ve. Para todos esos no hay cuadro.

Ella no había podido evitar reírse.

—No, no, que lo digo en serio, pequeña Liz. Díselo así a la gente. Los bastardos y los tontos y los ladrones y los pájaros de mal agüero con malas intenciones no verán nada, ni el cielo azul ni el castillo, ni a la bella mujer del balcón soltándose el cabello dorado, ni tampoco al ángel que hay detrás de ella. Díselo y ya verás lo que pasa.

Lo que había pasado seguía sorprendiéndola todos los días y no dejaría de hacerlo nunca. Cuantos visitaban el salón del trono se quedaban atónitos mirando el cuadro y sin saber qué decir. Porque la situación era complicada. Obviamente, comprendían que allí no había nada pintado; ahora bien, no estaban seguros de si también Liz lo comprendía, con lo cual aún cabía pensar que, si alguien le decía que no había nada, ella podría tomarlo por bastardo, tonto o ladrón. Todos se quedaban con la boca abierta y se rompían la cabeza sobre cómo reaccionar. ¿Acaso estaba embrujado el cuadro, acaso alguien había engañado a Liz, o acaso era ella la que estaba tomándoles el pelo a todos? La circunstancia de que casi todo el que llegaba a la corte de los reyes de un invierno fuera de verdad bastardo o tonto o ladrón o persona con malas intenciones no ponía la cosa más fácil.

De todos modos, tampoco recibían tantas visitas. Al principio sí iba gente para ver a Liz y a Federico con sus propios ojos, y algunos habían ido para hacerles promesas, pues, aunque casi nadie creía que Federico volviera a reinar en Bohemia nunca, tampoco estaba absolutamente descartado. Prometer cosas costaba poco; mientras el receptor de la promesa estuviera desposeído de su poder, no habría que cumplirlas, y si ascendía de nuevo, seguro que se acordaba de los que habían estado a su lado en los tiempos oscuros. Así pues, todo lo que recibían entretanto eran promesas, pues ya nadie les traía regalos lo bastante valiosos como para poder convertirlos en dinero.

También a Christian de Braunschweig le había mostrado el gran lienzo blanco Liz, con gesto serenísimo. Los tontos, los malintencionados y los bastardos no veían el magnífico cuadro, le había explicado, observando con indescriptible regocijo cómo su lacrimoso admirador lanzaba constantes miradas hacia la pared donde el cuadro, blanco y burlón, se resistía a sus alharacas.

—Es el mejor regalo que me han hecho nunca —le dijo a su bufón.

—Eso tampoco es mucho decir, pequeña Liz.

—John Donne me regaló una oda. *Fair phoenix bride* me llamaba...

—Pequeña Liz, le pagaron por ello, igualmente podría haberte llamado pez maloliente si le hubieran dado dinero. ¡Qué no te llamaría yo si me pagaras mejor!

—Y el emperador me regaló un collar de rubíes, y el rey de Francia una diadema.

—¿Puedo verlos?

Ella guardó silencio.

—¿Tuviste que venderlos?

Ella guardó silencio.

—Y ese tal Yon Don, ¿quién es? ¿Qué clase de persona es, y eso de «ferfenis» qué significa?

Ella guardó silencio.

—¿La tuviste que empeñar? ¿Tu diadema? Y el collar del emperador, pequeña Liz, ¿quién lo lleva ahora?

Tampoco su pobre Federico se había atrevido a decir nada del cuadro. Y cuando ella, muerta de risa, le había explicado que no era más que una broma y que el lienzo no estaba embrujado, el rey se había limitado a asentir con la cabeza y a mirarla, presa de ciertas dudas. Liz siempre había sabido que no era precisamente una mente privilegiada. Era evidente desde el principio, pero en un hombre de su rango tampoco importaba mucho. Un príncipe no hacía nada, y casi habría resultado un ultraje que fuera demasiado inteligente. Los que tenían que ser inteligentes eran los súbditos. Él ya era él, con eso bastaba, no hacía falta más.

Así estaba dispuesto el mundo. Había unas cuantas personas de verdad, y luego estaba el resto: una armada de sombras, el gran ejército de figuras de fondo, un pueblo de hormigas que correteaban por la tierra y cuyo elemento común era que todos carecían de algo. Nacían y morían, eran como esas manchas de vida parpadeante que arroja una bandada de aves: si desaparecía uno, apenas se notaba. Las personas importantes eran muy contadas.

Que su pobre Federico tenía pocas luces, además de ser un poco enfermizo, con tendencia al dolor de estómago y de oídos, se había visto ya cuando viajó a Londres a los dieciséis años, todo vestido de armiño blanco y con un séquito de cuatrocientas personas. Y si viajó a Londres fue porque los demás pretendientes habían puesto tierra de por medio elegantemente o no habían formalizado ninguna propuesta en el momento decisivo; primero había dicho que no el joven rey de Suecia, luego Mauricio de Oranien, luego Otto de Hesse. Después, durante un tiempo se estuvo contemplando un plan no poco audaz de casarla con el príncipe del Piamonte, que no tenía dinero, pero no dejaba de ser sobrino del rey de España. El viejo sueño de papá de reconciliarse con España… Solo que los españoles no habían mostrado entusiasmo alguno, y así se habían encontrado con que el único candidato restante era Federico, aquel príncipe elector alemán al que vaticinaban un gran futuro. El canciller del Palatinado pasó meses en Londres, negociando hasta que lograron ponerse de acuerdo: cuarenta mil libras para Alemania a modo de dote de parte de papá a cambio de diez mil libras anuales del Palatinado a Londres.

Tras la firma del acuerdo, había acudido a Inglaterra el príncipe Federico en persona... paralizado por la inseguridad. Nada más empezar su discurso de salutación, había trastabillado, y era manifiesto cuán penoso era su francés, así que, antes de que lo bochornoso pudiera ir a más, papá se había puesto en pie por las buenas y se le había acercado para darle un abrazo. A continuación, los labios afilados y secos del pobre muchacho habían respondido con el beso de saludo que prescribe el protocolo.

Al día siguiente habían hecho una excursión por el Támesis en la barca más grande de la corte, solo que mamá no había querido ir, porque consideraba que un príncipe elector del Palatinado no estaba a la altura. Por más que el canciller asegurase, aportando una serie de certificados ridículos de los juristas de su corte, que un príncipe elector tenía el mismo rango que un rey, todo el mundo sabía que tal cosa era una soberana estupidez. Solo un rey era un rey.

Federico se había pasado la excursión apoyado en la borda, tratando de disimular el mareo. Tenía ojos de niño, pero se había mantenido de pie y tan tieso como solo los mejores preceptores reales son capaces de enseñar. Seguro que eres buen espadachín, había pensado ella; y feo no eres. No te preocupes, habría querido susurrarle Liz, ahora me tienes a tu lado.

Y ahora, tantos años más tarde, seguía siendo capaz de mantenerse tieso como nadie. Sin importar lo que hubiera pasado, hasta qué extremo lo hubieran denigrado y convertido en el hazmerreír de Europa, él seguía siendo capaz de guardar la compostura perfecta, de pie, con la cabeza ligeramente echada hacia la nuca, sacando la barbilla, los brazos cruzados a la espalda... y también seguía teniendo esos ojos de ternero tan bonitos.

Liz quería mucho a su pobre rey. No podía evitarlo. Todos esos años los había pasado a su lado, y le había dado tantos hijos que ya había perdido la cuenta. A él lo llamaban «el rey de un invierno», a ella, «la reina de un invierno», los destinos de ambos estaban unidos y nada habría de separarlos. En su día, durante aquella excursión por el Támesis, no imaginó nada de todo aquello, solo pensó que tendría que enseñarle unas cuantas cosas a aquel pobre muchacho, porque, cuando estás casado con alguien, también tienes que hablar, y con aquel pasmarote podía resultar difícil. Al parecer no tenía ni idea de nada.

Debía de sentirse más que superado por las circunstancias, tan lejos de su castillo de Heidelberg, lejos de las vacas de su tierra, de sus casitas de tejado picudo y de su gentecilla alemana, en una ciudad por primera vez en la vida. Y había tenido que presentarse directamente a todos aquellos caballeros y damas tan listos y que tanto imponían, y, para colmo, ante papá, quien de por sí le daba miedo a todo el mundo.

La tarde que siguió a la excursión, papá y ella habían mantenido la conversación más larga de su vida. Liz apenas conocía a su padre. No se había criado con él, sino en casa de lord Harrington en Combe Abbey, pues las familias de alta alcurnia no educaban a sus hijos ellas mismas. Su padre era una sombra que aparecía en sus sueños, una figura que aparecía en los cuadros, un personaje que aparecía en los cuentos: el soberano de los dos reinos, Inglaterra y Escocia, el perseguidor de los herejes sin Dios, el terror de los españoles, el hijo protestante de la ejecutada reina católica. Al verlo en persona, siempre sorprendía que tuviera una nariz tan larga y unas bolsas en los ojos tan abultadas. Eran unos ojos que siempre parecían estar mirando hacia el interior y cavilando; a uno siempre le daba la sensación de haber dicho lo que no debía. El rey lo hacía a propósito, lo había tomado por costumbre.

Aquella fue la primera conversación de verdad que tuvieron padre e hija. ¿Cómo estás, querida hija? Eso solía ser lo habitual, cuando Liz iba a visitarlo a Whitehall. Gracias, me encuentro divinamente, querido padre. Tu madre y yo nos alegramos mucho de verte bien. Difícil es que os alegréis tanto como yo, padre, de hallaros bien de salud. Interiormente lo llamaba «papá», pero jamás se habría atrevido a dirigirse a él de tal forma.

Esa noche se encontraron a solas por primera vez. Papá estaba junto a la ventana, de pie y con los brazos a la espalda. Durante un rato largo, no dijo ni una palabra. Y, como Liz no sabía qué decir, también se quedó callada.

—Ese palurdo tiene un gran futuro —dijo el rey por fin.

De nuevo guardó silencio. Cogió un cachivache de mármol de la estantería, lo contempló y lo devolvió a su sitio.

—Príncipes protestantes hay tres —dijo en voz tan baja que Liz tuvo que inclinarse hacia delante para oírlo—, y el del Palatinado, es decir: este tuyo, es el de más alto rango, la cabeza de la Unión Protestante del Reich alemán. El emperador está enfermo y pronto se celebrarán elecciones al trono imperial en Francoforte. Si nuestro bando se ha hecho más fuerte para entonces...

El rey miró a su hija de arriba abajo. Sus ojos eran tan pequeños y estaban tan hundidos que uno tenía la sensación de que no te miraba.

—¿Un emperador calvinista? —preguntó ella.

—Eso nunca. Es impensable. Pero un príncipe elector calvinista convertido a la fe católica es otra cosa. Igual que, en su momento, en Francia, se convirtió al catolicismo Enrique —y ahí se dio unos golpecitos con el dedo en el pecho con un gracioso gesto—, o nos hicimos protestantes nosotros. La casa de Habsburgo está perdiendo influencia. España ya casi ha tenido que renunciar a toda Holanda, los nobles de Bohemia han conseguido presionar al emperador para que les conceda la libertad de culto. —Volvió a guardar silencio, y luego preguntó—: ¿A ti te gusta?

La pregunta llegó tan por sorpresa que Liz no supo qué contestar. Con una ligera sonrisa, inclinó la cabeza hacia un lado. El gesto solía funcionar, la mayoría de la gente se daba por contenta con eso sin necesidad de concretar más. Pero con papá no valía.

—Es un riesgo —dijo—. Tú no conociste a mi tía, a la que llamaban la Reina Virgen, aquella vieja víbora. Cuando yo era pequeño, nadie imaginaba que me convertiría en su sucesor. A mi madre la mandó decapitar y a mí no me tenía ninguna estima. Pensaban que me mandaría ejecutar también, pero luego nunca pasó. Era tu madrina, tú llevas su nombre, aunque no quiso venir al bautizo como muestra de rechazo hacia nosotros. En fin, a pesar todo, detrás de ella era yo el primero en la línea sucesoria. Nadie imaginó que permitiría ser rey a un Estuardo. Yo mismo tampoco lo imaginaba. Lo que pensaba año tras año era: estaré muerto antes de que acabe este año; pero luego, acababa el año y seguía vivo. Y aquí me tienes, mientras que ella se pudre en su tumba. Por consiguiente, no temas el riesgo, Liz. Y no olvides nunca que ese pobre muchacho hará lo que le digas. No está a tu altura —reflexionó un rato más y, como si la idea saliera de la nada, añadió—: ... la pólvora que pusieron bajo el Parlamento, Liz. Podríamos estar todos muertos. Y, sin embargo, aquí seguimos.

Fue el discurso más largo que Liz le oyó pronunciar en su vida. Esperó un rato, pero, en lugar de seguir hablando, su padre volvió a cruzar los brazos a la espalda y, sin decir una palabra más, salió de la habitación.

Entonces se quedó sola. Se asomó a la ventana por la que acababa de hacerlo su padre, como si así tal vez pudiera entenderle mejor, y pensó en lo de la pólvora. No habían pasado más que ocho años desde que los insurrectos trataran de asesinar a papá y a mamá e intentaran que el país volviera a ser católico. En plena noche, lord Harrington la había sacado de la cama gritando: «¡Que vienen!».

De entrada, ella no sabía dónde estaba ni de qué le estaban hablando, y, cuando su conciencia se despejó de la nebulosa del sueño, lo único que se le ocurrió fue lo indecoroso que era que aquel hombre adulto se hubiera plantado en su alcoba. Jamás le había pasado nada igual.

—¿Me quieren matar?

—Peor. Primero tendréis que convertiros y luego os sentarán en el trono.

Entonces, habían emprendido el viaje, una noche entera, un día y una segunda noche. Liz iba con su doncella en una carroza que traqueteaba tanto que no pudo evitar vomitar por la ventanilla varias veces. Detrás de la carroza, a caballo, iba media docena de hombres armados; Lord Harrington, en otro caballo delante de todos. Cuando pararon a descansar a primera hora de la mañana, le explicó entre susurros que él tampoco sabía casi nada. Que había llegado un mensajero contando que una banda de asesinos a las órdenes de un jesuita iba en busca de la nieta de María Estuardo. Que su intención era secuestrarla y nombrarla reina. Que su padre probablemente había muerto, y su madre igual.

—Pero si no hay jesuitas en Inglaterra. ¡Mi tía los expulsó a todos!

—Unos pocos sí que hay. Se esconden. Uno de los peores se llama Tesimond, llevamos tiempo buscándolo, pero se nos ha escapado todas las veces, y ahora es él quien os busca a vos.

—Lord Harrington se puso de pie suspirando. Ya era algo mayor y le costaba cabalgar muchas horas seguidas—. Tenemos que seguir.

Después se habían escondido en una casita de Coventry, y a Liz no le permitían salir de la habitación. Solo se había llevado una muñeca, ningún libro, y, a partir del segundo día se moría de aburrimiento hasta tal punto que incluso el jesuita Tesimond le parecía preferible a la monotonía de aquel cuarto: siempre la misma cantinela, las mismas baldosas del suelo que ya había contado miles de veces, la tercera de la segunda fila desde la ventana estaba suelta, igual que la séptima de la sexta fila; y, luego, aquella cama con aquel orinal que se llevaba uno de los hombres para vaciarlo dos veces al día, y la vela que no le dejaban encender para que no se viera luz en la habitación, y la doncella, sentada en una silla junto a la cama, que ya le había contado su vida entera tres veces, cuando, además, nunca había vivido nada interesante. Peor no podía ser el jesuita. Tampoco pretendía hacerle nada malo, si lo que quería era nombrarla reina...

—Vuestra Alteza no lo estáis entendiendo bien —le decía Harrington—. No seríais libre. Tendríais que hacer lo que dijera el Papa.

—Y ahora tengo que hacer lo que decís vos.

—Así es, y más adelante me lo agradeceréis.

En aquel momento ya no existía peligro alguno. Solo que ninguno de ellos lo sabía. Habían encontrado la pólvora colocada bajo el Parlamento antes de que los conspiradores llegaran a encenderla, sus padres habían salido ilesos, los católicos estaban en la cárcel y los desafortunados secuestradores habían tenido que darse a la fuga y ahora se escondían en los boques. Pero, como no lo sabían, Liz aún tuvo que permanecer siete días interminables en el cuarto de las dos baldosas sueltas, siete días al lado de la doncella que le contaba su insulsa vida, siete días sin libros, siete días con una única muñeca por la que ya el tercero sentía una aversión mayor de la que jamás habría podido sentir hacia el jesuita.

Tampoco sabía que, entre tanto, papá se había hecho cargo de los conspiradores. No solo mandó traer a los mejores verdugos de sus dos reinos, sino también a tres especialistas en dolor desde Persia, así como al torturador más instruido del emperador de la China. Mandó que aplicaran a los presos todas las formas conocidas en las que una persona puede infligirle dolor a otra y, más allá, mandó crear torturas que hasta entonces no se hubieran concebido siquiera. Todos los especialistas recibieron orden de inventar torturas nuevas, más refinadas y más terribles que las que soñaran los más grandes pintores del Infierno; la única condición era que no se apagase del todo la luz del alma del torturado y que tampoco se volviera loco: después de todo, los culpables tenían que nombrar a sus cómplices y aun quedarles tiempo de pedir perdón a Dios y arrepentirse de sus actos. A fin de cuentas, papá era un buen cristiano. Al mismo tiempo, la corte había enviado una centuria de soldados para proteger a Liz. Pero su escondite era tan seguro que los soldados no dieron con ella, igual que no lograron hacerlo los conspiradores. Y así pasaron los días. Y pasaron más días y luego más, y, en algún momento, en aquel cuarto, Liz tuvo la sensación de que ahora entendía algo que antes no había entendido con respecto a la esencia del tiempo: en realidad, no transcurría nada. Todo *era*. Todo permanecía. E incluso cuando cambiaban las cosas, no dejaban de hacerlo en el marco de un mismo *ahora* que no cambiaba nunca.

En las huidas que habría de vivir más adelante, solía acordarse de aquella primera. Tras la derrota en la Montaña Blanca, se sintió como si ya estuviera preparada de antemano y como si lo de huir le resultara familiar de toda la vida.

—Doblad la seda —ordenaba—, no os llevéis la vajilla, mejor las cosas de lino, que vale más si hay que intercambiarlo durante el viaje. Respecto a los cuadros, llevaos los españoles y dejad los bohemios, que los españoles pintan mejor. —Y a su pobre Federico le decía—: No le des mucha importancia. Se sale corriendo, se pasa un tiempo escondido en alguna parte, y luego se vuelve.

Así es como había sido en su día, en Coventry. En algún momento, se habían enterado por fin de que el peligro había pasado y consiguieron llegar justo a tiempo para la gran misa de acción de gracias que se celebró en Londres. El pueblo jubiloso llenaba las calles entre Westminster y Whitehall. Luego, los King's Men representaron una obra de teatro que el dramaturgo principal había escrito para la ocasión. Trataba de un rey escocés que es asesinado por un indeseable, un hombre de alma negra, incitado por unas brujas que mienten diciendo la verdad. Era una obra oscurísima en la que hervían el fuego y la sangre y las fuerzas demoníacas, y, cuando terminó, Liz tuvo claro que no quería volver a verla nunca más, aunque sin duda también fuera la mejor tragedia que viera en toda su vida.

Sin embargo, el pobre tonto de su marido no había querido escucharla cuando huyeron de Praga. Estaba demasiado indignado por haber perdido su ejército y su trono, y todo lo que hacía era murmurar una y otra vez que había sido un error aceptar la corona de Bohemia. Todas las personas relevantes le habían advertido de que era un error, todos se lo habían repetido, y mil veces, pero él, en su estupidez, había escuchado a quien no debía.

Con eso se refería a ella, naturalmente.

—¡Escuché a quien no debía! —murmuraba Federico una y otra vez, pero en voz no tan baja como para no oírlo ella, al tiempo que la carroza, la menos llamativa que tenían, abandonaba la ciudad.

Ahí comprendió Liz que su marido nunca le perdonaría aquello. A pesar de todo, ella lo seguiría queriendo igual que lo quería ahora. La esencia del matrimonio no solo comportaba tener hijos, sino también todas las heridas que uno se acababa infligiendo, todos los errores que se cometen juntos, todas aquellas cosas por las que se le guarda rencor al otro para siempre. Él no le perdonaría nunca que le instara a aceptar la corona de Bohemia, como ella no le perdonaría nunca que, desde el primer día, fuera demasiado tonto para ella. Todo habría sido mucho más fácil tan solo con que hubiera sido un poquito más despabilado. En un principio, ella había creído que podría cambiarlo, pero luego hubo de asumir que no había nada que hacer. El dolor que eso le causara no había cesado nunca del todo, y así, cada vez que él entraba en una habitación con el firme paso que revelaba su excelente instrucción, o cada vez que ella contemplaba su agraciado rostro, el amor que sentía iba acompañado de una pequeña punzada.

Liz retiró la cortina para asomarse por la ventanilla de la carroza. Praga, la segunda capital del mundo, el centro de la erudición, la antigua sede del imperio, la Venecia austríaca. Aun en la oscuridad, se distinguían los contornos del Hradschin, iluminado por el resplandor de incontables lenguas de fuego.

–Volveremos –dijo, aunque ya en aquel momento hasta ella misma había dejado de creerlo. Eso sí, sabía que una huida solo se puede soportar cuando uno se aferra a una esperanza–. Tú eres el rey de Bohemia, así lo quiere Dios. Volverás.

Con todo lo terrible de aquel momento, no dejaba de haber en él algo que le agradaba. Le recordaba al teatro: grandes acciones de Estado, una corona que cambiaba de cabeza, una gran batalla perdida... Lo que faltaba era un monólogo.

Y es que también en eso había fracasado Federico. El momento de despedirse de los miembros de su séquito, pálidos de preocupación, habría sido el idóneo para hablarles, lo suyo habría sido subirse a una mesa y soltar un parlamento en condiciones. Alguien lo habría guardado en la memoria, alguien lo habría recogido por escrito y lo habría contado. Un gran discurso le habría hecho inmortal. Pero, por supuesto, no se le había ocurrido nada, había farfullado algo incomprensible y ya estaban los dos saliendo por la puerta, camino del exilio. Y ninguno de aquellos nobles de Bohemia cuyos nombres nunca había sido capaz de pronunciar –ninguno de aquellos Wrszwiszki, Brzkatrt y Crzkattrr que el preceptor de la corte responsable de enseñarles la lengua checa le susurraba al oído en las recepciones sin que ella lograra repetir nada similar jamás– llegaría a vivir la llegada del nuevo año. El emperador no se andaba con bromas.

–No pasa nada –musitaba Liz en la carroza sin pensarlo realmente, pues por supuesto que pasaba–. No pasa nada, no pasa nada, no pasa nada.

–¡No tendría que haber aceptado esa maldita corona!

–No pasa nada.

—¡Escuché a quien no debía!

—¡No pasa nada!

—¿No se puede volver atrás? —susurró Federico—. Cambiar las cosas de alguna manera… ¿No se puede? ¿Algún astrólogo que…? Se tendría que poder con ayuda de los astros, ¿o qué crees tú?

—Igual sí —respondió ella sin entender lo que le quería decir.

Entonces, al acariciarle la cara bañada en lágrimas, sin saber por qué le vino a la memoria su noche de bodas. Ella no tenía ni la menor idea de nada, nadie había considerado necesario instruir a una princesa en tales menesteres, mientras que era obvio que a él le habían dicho que era muy fácil, que bastaba con tomar a la mujer, que ella al principio se mostraría remisa, pero que luego ya lo entendería; que había que abrirse paso con fuerza y determinación como ante el enemigo en la batalla. Obvio fue también que Federico optó por seguir tal consejo. Ahora bien, cuando agarró a Liz de repente, ella pensó que se había vuelto loco y, como le sacaba una cabeza, se lo sacudió de encima diciéndole:

—¡Déjate de tonterías!

Él volvió a intentarlo y ella lo apartó de un empujón tan fuerte que se tambaleó y fue a darse un golpe con el tocador. Rompió una frasca de agua de rosas, y Liz no olvidaría en toda su vida el charco que se formó sobre la taracea del suelo, donde quedaron flotando tres pétalos de rosa como tres barquitos. Eran tres, se acordaba perfectamente.

Él se recompuso para volver a intentarlo.

Como Liz se había dado cuenta de que era más fuerte que él, no quiso pedir auxilio, sino que lo inmovilizó agarrándolo de las muñecas. Federico no podía soltarse. Jadeando, se revolvía, y ella lo sujetaba jadeando también, y, con los ojos muy abiertos por el efecto del susto, se quedaron mirándose fijamente.

—Ya basta —dijo ella.

Él se echó a llorar.

Y justo igual que más adelante, en la carroza, ella musitó:
—No pasa nada, no pasa nada, no pasa nada.

Y se sentó a su lado en el borde de la cama y le acarició la cabeza. Él recuperó la compostura, hizo un último intento y le tocó un pecho. Ella le dio un bofetón. Casi aliviado, él lo dejó estar. Ella le dio un beso en la mejilla. Él suspiró. Luego se hizo un ovillo y se arrebujó tanto en el edredón que no se le veía ni la cabeza, y se quedó dormido de inmediato.

No hubieron de pasar más que unas pocas semanas para que engendraran a su primer hijo.

Era un niño sonriente, despierto y como lleno de luz, tenía los ojos claros y voz de cascabel y era guapo como su padre y listo como su madre, y Liz se acordaba con perfecta claridad de su caballito balancín y de un castillito que construyó con pequeños bloques de madera, y recordaba cómo cantaba canciones inglesas con voz aguda y firme, mientras ella lo dirigía. Había muerto a los quince años, ahogado bajo una barcaza que zozobró. A Liz ya se le habían muerto otros hijos, pero ninguno tan tarde. Cuando eran pequeños, una contaba con que podía pasar casi a diario, pero con aquel hijo había tenido quince años enteros para tomarle cariño, lo había visto crecer y luego, de golpe, se le había ido. No podía evitar acordarse de él constantemente, de los momentos que había pasado atrapado bajo la barcaza volcada; y, cuando conseguía no pensar en él durante un rato, luego soñaba con él con mayor claridad todavía.

Claro que de eso tampoco sabía aún nada en su noche de bodas, como tampoco lo sabría más adelante, en la carroza en la que huyeron de Praga; lo sabía ahora, en la casa de La Haya que llamaba «residencia real», aunque no era más que una villa de dos plantas: abajo estaba el salón, que llamaban «salón de recepciones» y a veces incluso «del trono», una cocina que llamaban «el ala de la chusma» y un pequeño anexo que llamaban «caballerizas»; arriba estaba su dormitorio o también «los aposentos». Delante de la casa había un jardín que llamaban parque, rodeado por un seto al que le hacía falta una buena poda.

Liz nunca tenía claro cuánta gente vivía en su casa. Tenían doncellas y tenían un cocinero, luego también estaba el conde Hudenitz —un viejo bobo que había huido de Praga con ellos y a quien Federico había nombrado canciller sobre la marcha—, luego había un jardinero que también hacía las veces de caballerizo, lo cual no era decir mucho, puesto que apenas tenían animales en el establo, y luego había un lacayo que anunciaba los nombres de los invitados en voz muy alta y después servía la comida. Un día le llamó la atención que el lacayo y el cocinero no solo se parecían muchísimo, como había creído hasta entonces, sino que, de hecho, eran una misma persona. ¿Cómo es que no se había dado cuenta antes? La chusma vivía en el ala de la chusma, excepto el cocinero, que dormía en el vestíbulo, y el jardinero, que dormía en el salón del trono con su mujer, suponiendo que fuera su mujer, pues Liz tampoco estaba segura de ello y consideraba indigno de una reina prestar atención a ese tipo de cosas; eso sí, la mujer era regordeta y encantadora y una cuidadora de niños de fiar. Nele y el bufón, por otro lado, dormían en la planta de arriba, en el pasillo, o es posible que no durmieran siquiera, porque Liz nunca los había visto dormir. Llevar la casa no era su fuerte, lo dejaba en manos del mayordomo de la corte, quien, por cierto, coincidía con la persona del cocinero.

—¿Puedo llevarme al bufón a Maguncia? —preguntó un día Federico.

—¿Y qué vas a hacer con el bufón?

—He de que presentarme allí como un soberano —le explicó el rey a su farragosa manera—. Y está mandado que en una corte tiene que haber un bufón.

—En fin, si crees que te será de ayuda…

Y así se habían puesto en camino: Federico, el bufón y el conde Hudenitz y, para que el séquito no se viera demasiado escaso, aún se les sumó el cocinero. Liz los vio partir bajo el cielo gris de noviembre. Se quedó asomada a la ventana hasta que desaparecieron en la lejanía. Pasó un rato, apenas se percibía el movimiento de los árboles agitados por el viento. Y luego también cesó ese movimiento.

Liz se sentó en el que desde siempre había sido su sitio favorito: el sillón entre la ventana y la chimenea, donde no se encendía el fuego desde hacía mucho. Con gusto le habría pedido una manta a la doncella, pero justo se había marchado el día anterior. Ya encontrarían una nueva. Siempre había alguna familia burguesa deseosa de que su hija sirviera a una reina, incluso aunque fuera una reina objeto de las burlas de quien hasta circulaban caricaturas impresas. En tierras católicas sostenían que se había acostado con todos los nobles de Praga, aunque eso ya sabía ella que lo decían hacía mucho, y no podía responder sino mostrándose especialmente digna y amable y regia. Federico y ella habían sido expulsados del imperio por decreto, y quien quisiera matarlos podía hacerlo contando con que cualquier sacerdote le daría todas sus bendiciones.

Empezó a nevar. Liz cerró los ojos y se puso a silbar bajito. La gente llamaba a su pobre Federico «el rey de un invierno», y eso que, cuando hacía frío, lo pasaba realmente mal. Pronto habría nieve hasta las rodillas en su jardín y no tendrían quien se la retirase, pues también se les había ido el jardinero. Escribiría a Christian de Braunschweig para pedirle que *pour Dieu et pour elle* les mandase a unos hombres con unas palas que les quitasen la nieve.

Se acordó del día que lo había cambiado todo. El día en que llegó aquella carta y, con ella, aquel nuevo destino que tan nefasto habría de resultar. Con todas aquellas firmas de aparatosos trazos y nombres a cual más impronunciable. Unos caballeros de los que ella no había oído hablar en su vida le ofrecían la corona de Bohemia al príncipe elector del Palatinado. Ya no querían a su antiguo rey, quien además era emperador por vínculos familiares; querían un nuevo soberano que fuera protestante. Y, para hacer valer su decisión, habían defenestrado a los gobernadores imperiales desde el castillo de Praga.

Solo que los gobernadores imperiales habían ido a caer sobre un montón de excrementos y habían sobrevivido. Al pie de las ventanas de los castillos siempre hay mucha mierda, la cual se debe a todos los orinales que vacían por ellas a diario. La tontería del asunto fue que, después de aquel suceso, los jesuitas irían predicando por todo el país que a los defenestrados los había salvado un ángel, guardándolos de la caída para depositarlos delicadamente en el suelo.

Nada más recibir aquella carta, Federico había escrito a papá.

Mi querido yerno, le había respondido papá en una carta que trajo un correo a caballo, no aceptes bajo ningún concepto.

Entonces, Federico había consultado a los príncipes de la Unión Protestante. A diario recibían mensajeros, hombres que llegaban sin resuello a lomos de un caballo que echaba humo, y todas las cartas rezaban igual: No cometáis una tontería, principesca majestad, no lo hagáis.

Federico preguntó a cuantas personas pudo localizar. Aquello había que pensárselo muy bien, explicaba una y otra vez. Bohemia no formaba parte del territorio del imperio alemán, con lo cual, en la opinión de los maestros juristas, aceptar la corona no constituía transgresión del juramento de vasallaje a Su Majestad el emperador.

No lo hagas, volvió a escribir papá.

Hasta entonces no había consultado a Liz. Ella lo estaba esperando, estaba preparada.

Era de noche y ya estaban en el dormitorio, rodeados de llamitas suspendidas en el aire, bien quietas, pues solo las velas de cera de las más caras ardían con tan poco parpadeo.

—No seas tonto —le había dicho también ella. Luego, tras dejar pasar un rato largo, había añadido—: ¿Cuántas veces le ofrecen a uno una corona?

Ese fue el momento que cambió su vida, el momento que Federico no habría de perdonarle nunca. Toda una vida habría de recordar la escena: su cama con dosel y con el escudo de los Wittelsbach en el baldaquino, las llamas de las velas reflejadas en la frasca de agua de rosas de la mesilla de noche, el imponente cuadro de una señora con un perrito en la pared. Más adelante no se acordaría de quién lo había pintado; además, daba igual, tampoco se lo habían llevado a Praga, estaba perdido.

—¿Cuántas veces le ofrecen a uno una corona? ¿Cuántas veces sucede que aceptarla es cumplir la voluntad del Señor? A los protestantes bohemios les otorgaron la libertad de culto, pero luego se la retiraron, les están apretando la soga alrededor del cuello cada vez más. Solo tú puedes ayudarles.

De pronto, Liz se había sentido como si aquel dormitorio, con su cama con dosel, su cuadro en la pared y su frasca en la mesilla, fuera un escenario y ella se dirigiera a una sala entera de espectadores que la escuchaban fascinados. Le había venido a la mente aquel dramaturgo de los King's Men, el melodioso poder mágico de sus frases; se había sentido como si la rodearan las sombras de los futuros historiadores, como si no fuera ella quien hablaba, sino la actriz que, más adelante, habría de aparecer en una obra donde se representase aquel momento y tuviera el papel de la princesa Isabel Estuardo. La pieza trataría del futuro de la cristiandad y de un reino y de un emperador. Si convencía a su marido, el curso del mundo tomaría una dirección, y si no lo convencía, la dirección sería otra.

Se había levantado para ponerse a recorrer la alcoba con pasos calculados y había pronunciado su monólogo.

Hablaba de Dios y de nuestras obligaciones. Hablaba de la fe de la gente sencilla y de la fe de los sabios. Hablaba de Calvino, que había enseñado a todos a no tomarse la vida a la ligera, sino como una prueba en la que se podía fracasar cada día, y como lo hubieras hecho, serías un fracasado por toda la eternidad. Hablaba del deber de asumir riesgos con orgullo y con valor, hablaba de Julio César, que cruzó el Rubicón con las palabras: los dados están echados.

—¿César?

—Déjame terminar.

—¡Pero yo no sería César, sería su enemigo! En el mejor de los casos, sería Bruto. César es el emperador.

—En este símil mío, César eres tú.

—César es el emperador, Liz. ¡César *significa* emperador! Es la misma palabra.

Quizá sea la misma palabra, había exclamado ella, pero eso no quitaba que en aquel símil suyo César no fuera el emperador, por más que César significara emperador, sino el hombre que había cruzado el Rubicón y había echado los dados, por consiguiente y mirándolo así, César era él, Federico, porque vencería a sus enemigos, y no el emperador que tenían en Viena, por más que llevara el título de César.

—Pero es que César no venció a sus enemigos. Fueron sus enemigos quienes lo asesinaron.

—Cualquiera puede asesinar a quien sea, eso no significa nada. Ahora bien, ellos han caído en el olvido, y el nombre de César pervive.

—Exacto. ¿Y sabes dónde? En la palabra «emperador».

—Cuando seas rey de Bohemia y yo reina, papá nos enviará ayuda. Y cuando la Unión Protestante vea que los ingleses protegen Praga, se reunirán alrededor de nosotros. La corona de Bohemia es la gota que hace que el océano…

—¡El vaso! ¡Es la gota que colma el vaso! Lo de la gota en el océano se usa para referirse a algo que se hace en vano. Tú quieres decir «la gota que colma el vaso».

—¡Por Dios, si es que este idioma es imposible!

—No tiene nada que ver con el alemán, sino con la lógica.

Entonces, ella había perdido la paciencia, poniéndose a gritarle que se estuviera callado y la escuchara, y él había farfullado una disculpa y enmudecido. Y ella había repetido todo otra vez: el Rubicón, los dados, el Señor esté con nosotros... y se había dado cuenta, con no poco orgullo, que a la tercera vez sonaba todo mejor, que ahora sí que había dado con las frases adecuadas.

—¿Tu padre enviará soldados?

Liz le había mirado a los ojos. Era el momento crucial, ahora dependía de ella todo: todo lo que sucediera a partir de entonces, todos los siglos venideros, todo el inconmensurable futuro dependía de su respuesta.

—Es mi padre, no me dejará en la estacada.

Y, aunque sabía que aún volverían a tener la misma conversación al día siguiente y al siguiente, también sabía bien que la decisión ya estaba tomada y que serían coronados en la catedral de Praga y que tendrían un teatro de la corte con los mejores actores del mundo.

Suspiró. A tanto no habían llegado, por desgracia. No le había dado tiempo, pensó desde su sillón entre la ventana y la chimenea, mientras veía caer los copos de nieve. Con un invierno no había sido suficiente. Construir un teatro de la corte requería años. Al menos, la coronación de ambos había sido tan solemne como había imaginado, y luego la habían retratado los mejores pintores de Bohemia, Moravia e Inglaterra, y había comido en platos de oro y paseado por la ciudad con un tropel de niños disfrazados de querubines llevándole la cola del vestido.

Federico, por su parte, había enviado cartas a papá: va a venir el emperador, querido padre, no cabe ninguna duda de que va a venir, necesitamos protección.

Papá le había respondido deseándoles fuerza y entereza, transmitiéndoles la bendición de Dios, añadiendo consejos relativos a la salud, la decoración del salón del trono y el buen gobierno; también les había expresado su eterno amor de padre y les había prometido estar siempre de su lado.

Pero de mandar soldados, nada.

Al final, cuando Federico le había escrito suplicándole ayuda en el nombre de Dios y de Jesucristo, papá le había respondido que jamás habría de transcurrir un segundo en el que sus amados hijos no fueran objeto de todas sus esperanzas y temores.

Como papá no había enviado soldados a Praga, tampoco lo había hecho la Unión Protestante, con lo cual no dispusieron más que del ejército de Bohemia, congregado a las puertas de la ciudad con todos sus pertrechos bien pulidos.

Ella los había visto desfilar desde el Hradschin, y con frío estupor había tomado conciencia de que aquellas lanzas, espadas y alabardas tan relucientes no eran simples objetos brillantes, sino hojas afiladas. Eran cuchillos cuya única finalidad era cortar la carne humana, atravesar la piel humana y romper huesos humanos. Aquella gente que desfilaba tan bien, todos al mismo paso, hundiría esos largos cuchillos en las caras de otros, y ellos mismos recibirían cuchilladas en el vientre y en la garganta, y a más de uno se lo llevaría por delante una de esas balas de acero fundido que volaban tan deprisa que arrancaban cabezas, reventaban miembros y atravesaban vientres. Y cientos de cubos de la sangre que todavía corría por las venas de aquellos hombres saldrían de sus cuerpos: un chorro, un charco, una mancha seca. ¿Qué haría la tierra con toda esa sangre? ¿La lavaba la lluvia o servía de abono para algún tipo especial de planta? Un médico le había dicho que del último semen de los moribundos nacían hombrecillos en las raíces de la mandrágora, diminutos seres temblorosos que chillaban como niños de pecho cuando se arrancaba su raíz de la tierra.

Y, de pronto, había sabido que aquel ejército perdería. Lo supo con una seguridad que le produjo vértigo, pues jamás había visto el futuro como tampoco volvería a hacerlo nunca más; sin embargo, lo que tuvo en aquel momento no fue un presentimiento, sino la certeza más absoluta: aquellos hombres morirían, casi todos ellos, salvo los que acabaran mutilados o los que desertaran sin más, y luego Federico y ella huirían con los niños hacia oeste y tendrían por delante una vida en el exilio, ya que tampoco podrían regresar a Heidelberg, el emperador no lo permitiría.

Y justo así había sucedido.

Habían ido trasladándose de una corte protestante a la siguiente, cada vez con menos séquito y menos dinero, bajo la sombra del edicto de expulsión del imperio y de la privación formal del Palatinado, pues su lugar lo ocupaba ahora el primo católico que el emperador tenía en Baviera.* Según dictaba la bula de oro de Nuremberg, el emperador no podía ordenar eso, pero quién se lo habría impedido, si sus generales ganaban todas las batallas. Papá habría podido ayudarles y, de hecho, les escribía con regularidad y en el estilo más precioso para expresarles su preocupación y sus mejores deseos. Pero de mandar soldados, nada. También les aconsejaba no ir a Inglaterra, pues la situación no era nada favorable debido a las negociaciones con España; no debía obviarse que había tropas españolas en el Palatinado para continuar la guerra contra Holanda… Esperad un poco, hijos míos, Dios está del lado de los justos y la fortuna con los decentes, no perdáis el valor, no ha de pasar un día en que no rece por vosotros vuestro padre que os quiere, Jacobo.

Y el emperador había seguido ganando batalla tras batalla. Había vencido a la Unión Protestante, había vencido al rey de Dinamarca y, por primera vez, se vislumbró la posibilidad de que el protestantismo desapareciera de nuevo de estos mundos de Dios.

Fue entonces cuando había desembarcado en territorio alemán el sueco Gustavo Adolfo, con quien Liz no había querido casarse en su día, y venció. Había vencido todas las batallas y ahora estaba a las puertas de Maguncia en su cuartel de invierno, y, tras muchas vacilaciones, Federico se había decidido a escribirle, con su caligrafía llena de volutas y su sello real, y tan solo dos meses más tarde había llegado a La Haya

* Se refiere a Maximiliano I de Wittelsbach (1563-1651). *(N. de la T.)*

una carta con otro sello de igual tamaño: «Nos alegra saber que Os hayáis bien y esperamos Vuestra visita».

Cierto es que no había llegado en el mejor momento. Federico estaba resfriado y le dolía la espalda. Pero no había más que un hombre capaz de conseguir que volvieran al Palatinado y quizás incluso a Praga, y si ese hombre te invitaba a visitarlo, no se podía no ir.

—¿De verdad tengo que ir?

—Sí, Fritz.

—Pero no irá a darme órdenes.

—Por supuesto que no.

—Yo soy rey igual que él.

—Por supuesto, Fritz.

—¿De verdad tengo que ir?

—Sí, Fritz.

Así pues, el rey se había puesto en camino con el bufón, el cocinero y el conde Hudenitz. Realmente era hora de que las cosas cambiaran de una vez, dos días atrás habían comido gachas al mediodía y pan de cena; el anterior, pan al mediodía y, de cena, nada. Los Estados Generales holandeses estaban tan hartos de ellos que apenas les daban dinero suficiente para sobrevivir.

Liz parpadeó para contemplar la tormenta de nieve. Ahora sí que hacía frío. Heme aquí, pensó, reina de Bohemia, princesa electora del Palatinado, hija del rey de Inglaterra, sobrina de los reyes de Dinamarca, sobrina nieta de Isabel, la Reina Virgen, nieta de María de Escocia... y no puedo permitirme la leña de la chimenea.

Ahí se dio cuenta de que estaba a su lado Nele. Por un instante, se sorprendió. ¿Cómo no se había ido con su marido, suponiendo que fuera su marido?

Nele hizo una graciosa reverencia, colocó un pie en punta delante del otro, abrió los brazos y estiró los dedos.

—Hoy no se baila —dijo Liz—. Hoy vamos a hablar.

Nele asintió con la cabeza, obediente.

—Nos contaremos cosas. Tú a mí y yo a ti. ¿Qué te gustaría saber?

—¿Cómo dice, madame?

Nele iba descuidada y su complexión fuerte y rostro poco fino revelaban su procedencia humilde, pero seguía siendo guapa: ojos oscuros de mirada limpia, pelo sedoso, caderas redondeadas. Únicamente tenía la barbilla demasiado ancha y los labios gruesos en exceso.

—¿Qué quieres saber? —repitió Liz. Notó una punzada en el pecho, mezcla de temor y excitación—. Pregúntame lo que quieras.

—Eso no me corresponde, madame.

—Si yo te lo digo, te corresponde.

—A mí no me importa que la gente se ría de mí y de Tyll. Es nuestra profesión.

—Eso no es una pregunta.

—La pregunta es: ¿a vos os duele?

Liz se quedó callada.

—Que todos se rían, madame. ¿Os duele?

—No te entiendo.

Nele sonrió.

—Te has decidido a preguntarme algo y no entiendo lo que me preguntas. Como quieras, pero yo te he dado una respuesta. Así que ahora es mi turno. ¿El bufón es tu marido?

—No, madame.

—¿Y por qué no?

—¿Hace falta un motivo?

—Sí, claro, por supuesto que hace falta.

—Nos escapamos de casa juntos. A su padre lo condenaron por brujo y yo no quería quedarme en el pueblo, no quería casarme con uno de los Steger, por eso me fugué con él.

—¿Y por qué no querías casarte?

—Todo estaba sucio siempre, madame, y por las noches no hay luz. Las velas son demasiado caras. Te pasas la vida a oscuras comiendo gachas. Siempre gachas. Y, además, el hijo de Steger no me gustaba.

—¿Y Tyll sí?

—Si ya le he dicho que no es mi marido…

—Te toca preguntar a ti de nuevo —dijo Liz.

—¿Es muy terrible no tener nada?

—¡Cómo voy a saber eso yo! ¡Dímelo tú a mí!

—No es fácil —dijo Nele—. Vivir sin protección, recorrer los caminos sin patria, sin casa que te guarde del viento. Ahora tengo casa.

—Si te echo, dejarás de tenerla. De modo que os fugasteis juntos, pero ¿por qué no te has casado con él?

—Nos llevó en su carro un juglar. En el mercado del siguiente pueblo conocimos a un titiritero, Pirmin. De él aprendimos el oficio, pero era malo y no nos daba de comer lo suficiente y también nos pegaba. Nos marchamos al norte, lejos de la guerra, llegamos casi hasta el mar, pero luego desembarcaron los suecos y escapamos de ellos hacia el oeste.

—¿Tú y Tyll y Pirmin?

—Ahí ya estábamos solos los dos.

—¿Os escapasteis de Pirmin?

—Tyll lo mató. ¿Puedo volver a preguntar yo, madame?

Liz guardó un instante de silencio. El alemán de Nele era rústico y extraño, tal vez no la había entendido bien.

—Sí —dijo entonces—, vuelve a ser tu turno para preguntar.

—¿Cuántas sirvientas teníais antes?

—De acuerdo con mi contrato de matrimonio, tenía cuarenta y tres sirvientes para mí sola, entre ellos seis camareras de ascendencia noble que, a su vez, tenían cuatro doncellas cada una.

—¿Y ahora?

—Vuelve a ser mi turno. ¿Por qué no es tu marido? ¿Acaso no te gusta?

—Es como un hermano y como mi padre y mi madre. Es todo lo que tengo, y yo soy todo lo que tiene él.

—Pero ¿no lo quieres como marido?

—¿Me vuelve a tocar, madame?

—Sí, te toca.

—¿Vos queríais como marido a vuestro marido?

—¿A quién?

—A Su Majestad. ¿Vuestra Majestad queríais a Su Majestad como marido para Vuestra Majestad, cuando Vuestra Majestad os casasteis con él?

—Eso es diferente, muchacha.

—¿Por qué?

—Era un asunto de Estado, mi padre y los dos ministros de Asuntos Exteriores pasaron meses negociando. De manera que sí que lo quería incluso antes de haberlo visto.

—¿Y cuando Vuestra Majestad lo visteis?

—Entonces lo quise todavía más —dijo Liz con el ceño fruncido.

Aquella conversación había dejado de gustarle.

—Hay que reconocer que Su Majestad es un caballero muy mayestático.

Liz la miró a la cara con gesto severo.

Nele sostuvo la mirada con los ojos muy abiertos. No había forma de saber si se estaba burlando de ella.

—Ahora sí puedes bailar —dijo Liz.

Nele hizo una reverencia y empezó. Se oía su zapateo sobre el suelo de tarima, sus brazos aleteaban, sus hombros giraban, su cabello volaba. Era uno de los bailes más difíciles de última moda y ella lo realizaba con tanta gracia que Liz lamentaba no conservar a los músicos.

Cerró los ojos, se concentró en escuchar el zapateado de Nele y pensó en qué sería lo próximo que vendiera. Quedaban algunos cuadros, entre ellos su retrato, aquel que pintara un simpático joven de Delft, y el del energúmeno arrogante del bigote, ese que se daba tantos aires con el pincel; a ella el cuadro le parecía un tanto tosco, pero debía de valer mucho. De sus joyas se había deshecho ya hacía tiempo, aunque todavía le quedaba una diadema y dos o tres collares, así que la situación no era desesperada. El zapateado había concluido, Liz abrió los ojos. Estaba sola en la habitación. ¿Cuándo se había ido Nele? ¿Cómo osaba semejante cosa? En presencia de un monarca, nadie podía retirarse sin haber recibido su orden expresa. Miró hacia el exterior. Sobre la hierba había cuajado ya una gruesa capa de nieve, las ramas de los árboles se doblaban bajo su peso. Pero ¿no acababa de empezar a nevar? De pronto, había perdido la noción de cuánto tiempo llevaba allí sentada, en aquel sillón junto a la chimenea fría, con la manta remendada sobre las rodillas. ¿Nele había estado allí hacía un instante o hacía ya un buen rato? ¿Y cuánta gente se había llevado Federico a Maguncia, quién se había quedado con ella?

Intentó echar la cuenta: el cocinero se había ido con él, el bufón también, la segunda doncella había solicitado una semana de permiso para visitar a sus padres enfermos, lo más probable era que no volviese. Quizá quedaba alguien en la cocina, aunque quizá no, cómo iba a saberlo ella, si nunca había pisado la cocina. Un vigilante nocturno también tenían, o así lo suponía ella, pero como tampoco salía de su dormitorio por las noches, nunca lo había visto. ¿El copero? Era un caballero ya mayor, refinado y muy distinguido, pero de pronto tuvo la sensación de que tampoco aparecía por allí desde hacía mucho, o igual se había quedado en Praga o se había muerto en alguno de los lugares por los que habían pasado de exilio en exilio… como también había muerto papá sin que hubiera vuelto a verlo; y, así, de golpe, ahora reinaba en Londres su hermano, al que apenas conocía y de quien estaba muy claro que no se podía esperar nada.

Aguzó los oídos. En el cuarto de al lado se oía crepitar y crujir suavemente algo, pero cuando contuvo la respiración para escuchar mejor, ya no lo percibió. Reinaba un silencio absoluto.

—¿Hay alguien ahí?

No respondió nadie.

En alguna parte tenían una campanilla. Siempre que se tocaba, aparecía alguien, eso era lo habitual, lo que estaba mandado, así era de toda la vida. Pero ¿dónde estaba esa campanilla?

Tal vez cambiasen pronto las cosas. Si se ponían de acuerdo Gustavo Adolfo y Federico, es decir: el hombre con quien había estado a punto de casarse y el hombre con quien lo había hecho, volverían a celebrarse fiestas en Praga y ellos podrían volver a aquel castillo alto al final del invierno, cuando volviera a empezar la guerra. Pues así sucedía año tras año: cuando nevaba, la guerra se tomaba un descanso, y cuando volvían los pájaros y brotaban las flores y el hielo liberaba los arroyos, se reanudaba.

Ahora había un hombre en la habitación.

Aquello era muy raro. Por un lado, porque ella no había llamado; por otro, porque no había visto a aquel hombre en su vida. Por un momento, se preguntó si debía sentir miedo. Los asesinos a sueldo estaban bien entrenados, sabían cómo colarse en todas partes, no se estaba seguro en ningún sitio. Con todo, aquel hombre no parecía peligroso y le hizo una reverencia como estaba mandado, y luego dijo algo que a Liz le resultó demasiado raro para un asesino.

—Madame, ha desaparecido el burro.

—¿Qué burro? ¿Y quién es?

—¿Qué quién es el burro?

—No, vos. Quién es el que me habla… —Y lo señalaba a él, pero el muy idiota no la entendía—. ¿Quién eres tú?

El hombre estuvo hablando un rato. A Liz le costaba entenderlo, porque seguía sin hablar bien alemán, pero además el de aquel hombre resultaba especialmente rudimentario. Poco a poco, por fin llegó a deducir que intentaba explicarle que él era el responsable de los establos y que el bufón se les había llevado al burro nada más regresar a la casa. Al burro y a Nele, a ella también se la había llevado. Se habían marchado los tres.

—¿Solo un burro? ¿Los demás animales siguen en el establo?

El hombre respondió, ella no le entendió, él respondió otra vez y ella ya entendió que es que no había más animales. Que ahora el establo estaba vacío. Justo por eso, explicó el hombre, estaba él allí: necesitaba una nueva tarea.

—¿Y cómo es que ha regresado el bufón? ¿Y Su Majestad? ¿También ha regresado Su Majestad?

Solo había regresado el bufón, dijo el hombre que, a la vista de la situación de las caballerizas había dejado de ser el caballerizo, y enseguida se había vuelto a marchar… con la mujer y con el burro. La carta sí que se la había dejado.

—¿Una carta? ¡Muéstramela!

El hombre se metió la mano en el bolsillo derecho, se la metió en el izquierdo, se rascó, volvió a meter la mano en el derecho, encontró un pedazo de papel doblado. Que sentía mucho lo del burro, añadió. Un animal extraordinariamente listo, el bufón no tenía ningún derecho a llevárselo. Él había intentado impedirlo, pero aquel tipo le había hecho una jugarreta horrorosa. Que le daba muchísima vergüenza y prefería no tener que contarlo.

Liz desplegó el papel. Estaba arrugado y manchado, las letras negras estaban emborronadas. No obstante, reconoció la caligrafía con solo verla.

Por un momento, durante el cual la mitad de su cabeza ya lo había comprendido todo y la otra mitad todavía no, sintió ganas de hacer pedazos la carta y olvidar directamente que la había recibido. Por supuesto, eso era imposible. Hizo acopio de todas sus fuerzas, apretó los puños y leyó.

2

Gustavo Adolfo no tenía derecho a hacerle esperar. No solo porque eso no era fino, no. Literalmente no podía hacerlo. El trato debido a la realeza no era una cuestión que uno pudiera decidir libremente, existía un protocolo muy estricto al respecto. La corona de San Venceslao era más antigua que la corona de Suecia, y Bohemia era el reino más antiguo y más rico, de modo que el soberano de Bohemia estaba por encima de un rey sueco en el escalafón, por no mencionar, además, que también un príncipe elector poseía el rango de rey, que así estaba demostrado y así constaba en un certificado expedido en su día en la corte del Palatinado. Cierto es que ahora había sido expulsado del imperio, pero el rey sueco le tenía declarada la guerra al emperador que había ordenado tal expulsión, y, por otra parte, la Unión Protestante no había aceptado nunca el edicto por el cual se le privaba del Palatinado, de modo que ese rey sueco tenía que tratarlo como príncipe elector; y como príncipe elector estaba en situación de igualdad... igualdad en el rango general de príncipe dentro de la cual, teniendo en cuenta la antigüedad de la familia, la casa palatina estaba, sin lugar a dudas, por delante de la casa Wasa. Se mirase como se mirase, era intolerable que Gustavo Adolfo le hiciera esperar.

Al rey le dolía la cabeza. Le costaba respirar. No estaba preparado para el olor del campamento. Había asumido que se echaría en falta la higiene, pues acampaban en un mismo lugar muchos miles de soldados junto con sus acompañantes, y aún se acordaba del olor de su propio ejército, congregado a la entrada de Praga, antes de desaparecer, tragado por la tierra, disuelto como el humo, pero no tenía comparación con aquello, no se había imaginado nada semejante. El campamento ya se olía cuando aún no estaba ni al alcance de la vista, era como una presencia acre y amarga en el paisaje despoblado.

—¡Por Dios, qué peste! —dijo el rey.

—Terrible —respondió el bufón—. Terrible, terrible, terrible. Deberías lavarte, rey de un invierno.

El cocinero y los cuatro soldados que los Estados Generales holandeses le habían concedido de mala gana como escolta se habían reído del chiste malo, y el rey se había parado un instante a pensar si podía consentirlo, pero, a fin de cuentas, esa era la función de los bufones y, siendo rey, había que contar con ello. El mundo le debía respeto, pero el bufón tenía la exclusiva de poder decir lo que quisiera.

—El rey debería lavarse —siguió la broma el cocinero.

—¡Los pies! —exclamó un soldado.

El rey miró al conde Hudenitz, que cabalgaba a su lado, y como el rostro de este permaneció impasible, pudo hacer como que no lo había oído.

—¡Y detrás de las orejas! —dijo otro soldado, y de nuevo se rieron todos excepto el conde y el bufón.

El rey no sabía qué hacer. Lo suyo habría sido golpear a aquel sinvergüenza, pero no se encontraba bien, llevaba días con tos. ¿Y si le devolvía el golpe? Después de todo, el soldado estaba bajo la autoridad de los Estados Generales holandeses, no bajo la suya. Por otra parte, tampoco podía tolerar que le insultara nadie que no fuera el bufón de su corte.

Entonces avistaron el campamento desde lo alto de una colina, el rey se olvidó de su enfado y los soldados ya no pensaron en seguir burlándose de él. A sus pies se extendía una ciudad blanca que el viento hacía ondularse como si fuera blanda, una ciudad cuyas casas parecían olas que se levantaban y descendían, iban y venían. Hasta un segundo vistazo no se reconocía que era una ciudad hecha de tiendas de campaña.

El olor se hacía más intenso a medida que se acercaban. Era como un mordisco en los ojos, un aguijonazo en el pecho, e incluso cubriéndose la cara con un pañuelo, penetraba a través de la tela. El rey entornó los ojos, le entraron arcadas. Intentó respirar tomando aire muy despacio y soltándolo poco a poco, pero fue en vano, no había forma de escapar de aquel olor, le daban arcadas cada vez más fuertes. Se dio cuenta de que al conde Hudenitz le sucedía lo mismo, y también los soldados se apretaban las manos contra la nariz. El cocinero estaba pálido como un cadáver. Hasta al bufón se le había borrado su habitual cara de pícaro.

La tierra estaba toda removida, los caballos se hundían, avanzaban a duras penas como si lo hicieran por una ciénaga. Los desechos formaban montañas de color marrón oscuro al borde del camino, el rey intentaba convencerse de que aquello no era lo que se estaba imaginando, pero sabía que era justo eso: excrementos de cientos de miles de personas.

Pero no solo olía a eso. Olía también a heridas y úlceras, a sudor y a todas las enfermedades conocidas por la humanidad. El rey parpadeó varias veces. Le daba la sensación de que aquel olor incluso era visible, una especie de velo venenoso amarillo.

—¿Adónde vais?

Una docena de coraceros les cerraba el camino: hombres de gesto resuelto con cascos y corazas, como no los veía el rey desde sus días de Praga. Miró al conde Hudenitz. El conde Hudenitz miró a los soldados. Los soldados miraron al rey. Alguien tenía que hablar, alguien tenía que anunciarle.

—Su majestad el rey de Bohemia y alteza real el príncipe elector del Palatinado —acabó presentándose a sí mismo el rey—. Nos dirigimos a visitar a vuestro soberano.

–¿Dónde está su majestad el rey de Bohemia? –preguntó uno de los coraceros.

Hablaba dialecto sajón, y el rey tuvo que atar cabos para acordarse de que del lado de Suecia solo luchaban muy pocos suecos, como tampoco había apenas daneses en el ejército danés y como tampoco en Praga, en su día, había más que unos pocos cientos de checos.

–Aquí –dijo el rey.

El coracero lo miró con cara de guasa.

–Soy yo. Su Majestad soy yo.

También los otros coraceros sonrieron con guasa.

–¿Qué es lo que les hace gracia? –preguntó el rey–. Traemos una carta oficial, una invitación del rey de Suecia. Conducidnos ante él ahora mismo.

–Bueno, hombre, bueno –dijo el coracero.

–No pienso tolerar ninguna falta de respeto –dijo el rey.

–Faltaría más –dijo el coracero–. Veníos conmigo, Majestad.

Y así los condujo a través de los círculos exteriores hacia el interior del campamento. Al tiempo que se hacía todavía más fuerte el olor que ya allí era tan pestilente que no cabía ni pensar que pudiera serlo más, llegaron hasta donde estaban las caravanas que acompañaban a la tropa: había carros volcados, con la pértiga apuntando al cielo, caballos enfermos tirados por el suelo, niños jugando en el barro, mujeres dando de mamar o lavando la ropa en barriles de agua marrón. Eran las novias pagadas de los soldados, pero también las esposas de los mercenarios, pues algunas viajaban con ellos. Los que tenían familia, se la llevaban a la guerra, ¿dónde iban a quedarse si no?

Entonces, el rey vio algo escalofriante. Miró, al principio no reconoció lo que era, como si su propia mente se resistiera a hacerlo, pero cuando se miraba durante más tiempo, el amasijo se organizaba y se reconocía. Se apresuró a apartar la vista. Oyó suspirar al conde Hudenitz a su lado.

Eran niños muertos. Ninguno tendría más de cinco años, la mayoría no llegaba al año. Formaban un montón descolorido, cabellos rubios, morenos y pelirrojos, y si uno se fijaba, aún se veían ojos abiertos, cuarenta o más, y el aire oscurecido por las moscas. Cuando lo hubieron dejado atrás, el rey sintió el impulso de volverse, pues, aunque no quería verlo, sí que quería verlo, pero se contuvo.

Llegaron al interior del campamento, donde estaban los soldados. Había una tienda junto a otra, hombres sentados alrededor de fogatas, asando carne, jugando a las cartas, durmiendo en el suelo, bebiendo. Todo habría resultado normal si no hubieran visto tantos enfermos: enfermos tumbados en el barro, enfermos sobre sacos de paja, enfermos en carros... no solo heridos, sino también hombres con úlceras, con las caras deformadas por la hinchazón, hombres a los que les caían lágrimas de los ojos y babas de la boca, no pocos estaban inmóviles y hechos un guiñapo que no permitía saber si ya estaban muertos o aún moribundos.

El olor ya era prácticamente insoportable. El rey y sus acompañantes se tapaban la nariz con las manos; todos intentaban no respirar, solo cuando se quedaban sin aire, boqueaban por detrás de las palmas de las manos. El rey volvía a sentir arcadas, intentó controlarlas con todas sus fuerzas, pero se hicieron cada vez más fuertes y no pudo evitar vomitar desde el caballo. Al instante le sucedió lo mismo al conde Hudenitz y al cocinero y luego también a uno de los soldados holandeses.

—¿Estamos ya? —dijo el coracero.

—Se dice: su majestad —dijo el bufón.

—Su majestad —dijo el coracero.

—Ya está —dijo el bufón.

Mientras seguían cabalgando, el rey cerró los ojos. De algo servía, pues ciertamente olía menos cuando no se veía. Con todo, olía bastante. Oyó que alguien decía algo, luego oyó voces, luego risas de todas partes, pero le daba igual; que se rieran de él cuanto quisieran con tal de no seguir soportando aquel olor.

Y con los ojos cerrados lo condujeron hasta la tienda real, en el centro del campamento, vigilada por una docena de suecos con su montura completa: la guardia del rey, que formaba allí para defenderlo de soldados descontentos. La corona sueca siempre se retrasaba en los pagos de la soldada. Incluso aunque ganaban todas las batallas y se llevaban como botín cuanto tuvieran que ofrecerles las tierras de los vencidos, la guerra no era un negocio rentable.

—Traigo un rey —dijo el coracero que los había acompañado.

Los guardas rieron.

El rey oyó sumarse a las risas a sus propios soldados.

—Conde Hudenitz —dijo en el tono más autoritario que fue capaz de emitir—. ¡Poned fin a este comportamiento insolente!

—A sus órdenes, majestad —murmuró el conde, y, contra todo pronóstico, funcionó, pues aquellos cretinos se callaron.

El rey bajó del caballo. Estaba mareado, se inclinó hacia delante y estuvo tosiendo un rato. Uno de los guardas retiró la lona de la tienda, y el rey y sus acompañantes pasaron al interior.

De aquello hacía media eternidad. Dos horas, o tal vez tres, llevaban esperando ya en unos banquitos bajos sin respaldo, y el rey ya no sabía cómo no tomar en cuenta que lo hicieran esperar así; pero no tenía más remedio que no tomarlo en cuenta, pues la alternativa habría sido levantarse y marcharse, y aquel sueco era la única persona que podría ayudarlo a volver a Praga. ¿Tendría que ver que, en su día, el sueco hubiera querido casarse con Liz? Le había escrito docenas de cartas, incontables juramentos de amor, le había mandado su retrato una y otra vez, pero ella lo había rechazado. Sí, seguro que era por eso. Aquella espera era su mezquina venganza.

Qué se le iba a hacer, a lo mejor con eso daba por zanjada la revancha. A lo mejor era una buena señal. Cabía la posibilidad de que la espera significara que Gustavo Adolfo le iba a ayudar. Se frotó los ojos. Como siempre que estaba nervioso, sentía las manos blandas y un ardor de estómago que ninguna infusión de hierbas podría calmar. En tiempos, durante la guerra a las puertas de Praga, había sufrido tal ardor de estómago que los cólicos le habían obligado a retirarse del campo de batalla, y había aguardado el desenlace en casa, rodeado de sirvientes y cortesanos, el peor momento de su vida... hasta entonces, pues cuanto hubiera de suceder después, todas las horas y todos los momentos, habían sido peores.

Se oyó a sí mismo suspirar. El viento que soplaba en el exterior hacía crujir la lona de la tienda; al otro lado oía voces de hombres, en alguna parte gritaba alguien: un herido o un hombre muriendo de peste, pues en todos los campamentos había enfermos de peste. De eso no hablaba nadie, pues nadie quería ni pensarlo, no se podía hacer nada.

—Tyll —dijo el rey.

—¿Rey? —dijo Tyll.

—Haz algo.

—¿Se te hace larga la espera?

El rey no dijo nada.

—Porque el sueco te está haciendo esperar muchísimo, te está tratando como a su desollador, como a su peluquero, como al que le limpia el orinal... Por eso te aburres y quieres que te entretenga con algo, ¿no?

El rey no dijo nada.

—Será un placer. —El bufón le hizo una reverencia—. Mírame a los ojos.

Poco convencido, el rey miró al bufón. Los labios afilados, la barbilla puntiaguda, el jubón de colores, la capucha de piel de vaca. Una vez le había preguntado por qué iba vestido así, si acaso pretendía disfrazarse de animal, a lo que el bufón le había respondido: «¡Qué va, de persona!».

Luego, tal y como le había mandado Tyll, lo miró a los ojos. Parpadeó. Le resultaba incómodo, pues no estaba acostumbrado a sostener la mirada de otra persona. Pero cualquier cosa era preferible a tener que hablar de que el sueco le estaba haciendo esperar, y, además, había sido él quien le había pedido al bufón que lo entretuviera y hasta sentía cierta curiosidad por lo que este tenía en mente. Reprimió el deseo de cerrar los ojos y miró al bufón.

Le vino a la memoria el lienzo en blanco. Lo tenían colgado en su salón del trono y, al principio, le había hecho mucha gracia. «Dile a la gente que los tontos no ven el cuadro, di que solo lo ven los de alta cuna, dilo y tendrás todo un prodigio.» Daban ganas de chillar al ver cómo disimulaban las visitas, contemplando el cuadro con gesto de entendidos y asintiendo con la cabeza. Obviamente, no afirmaban ver el cuadro, nadie carecía de decoro hasta tal punto, y casi todos tenían muy claro que aquello no era más que un lienzo en blanco. Sin embargo, en primer lugar, no estaban del todo seguros de que allí no operase algún tipo de magia; en segundo, tampoco sabían si acaso Liz y quizá también el propio rey no se creía lo del cuadro… y, a fin de cuentas, era igual de malo despertar las sospechas de un rey por ser tonto o de ascendencia humilde que ser tonto o de ascendencia humilde de verdad.

Ni siquiera Liz había dicho nada. Hasta ella, su maravillosa y bella aunque no siempre inteligente esposa había mirado el cuadro y guardado silencio. Ni siquiera ella estaba segura del todo, pero, claro, solo era una mujer.

Él habría querido decirle algo. Liz, habría querido decirle, déjate de tonterías, no finjas delante de mí. Solo que, en el momento, no se había atrevido. Porque, si ella pensaba que el cuadro era mágico, si también se lo creía, aunque no fuera más que un poco… ¿qué iba a pensar de él?

¿Y si luego se lo comentaba a otra persona? Si decía, por ejemplo: Su Majestad, mi esposo, el rey, no ha visto el cuadro del lienzo… ¿Cómo iba a quedar él? Su posición era muy frágil, era un rey sin tierra, un expulsado del imperio, dependía enteramente de lo que la gente pensara de él. ¿Qué iba a hacer como empezase a correr el rumor de que, en su salón del trono, tenían un cuadro mágico que solo veían los nacidos de alta cuna, pero él no? Era evidente que no había ningún cuadro, que era una broma del bufón, pero, colgado en la pared, aquel lienzo había comenzado a ejercer un poder propio, y para su estupor el rey se había dado cuenta de que ya no podían ni descolgarlo ni decir nada al respecto... como tampoco podía afirmar él que veía un cuadro donde no había cuadro alguno, pues no había camino más seguro para ponerse en evidencia, claro que tampoco podía decir que el lienzo estaba en blanco, pues bastaba con que los demás creyeran que era un cuadro mágico con el poder de descubrir a los tontos y a la gente de clase baja para hacerlo quedar en el ridículo más absoluto. Ni siquiera a su pobre, encantadora pero limitada esposa podía decirle nada. Era una trampa sin salida. ¡Todo eso era obra del bufón!

¿Cuánto llevaría ahora aguantándole la mirada a ese pillastre? El rey se preguntó qué pretendería Tyll. ¡Qué azules eran sus ojos! Eran muy claros, casi de agua, parecían desprender una débil luz propia, y justo en el centro del glóbulo ocular había un agujero. Y, al otro lado... ¿qué encontraría uno al otro lado? Al otro lado encontraría uno a Tyll. Al otro lado encontraría el alma del bufón, su esencia.

De nuevo, el rey sintió la tentación de cerrar los ojos, pero sostuvo la mirada. Comprendió que por la otra parte estaba sucediendo lo mismo: igual que él veía lo más profundo del interior del bufón, el bufón veía el suyo.

De la forma más inoportuna, le vino a la mente la primera vez que había mirado a los ojos a su esposa en la noche que siguió a las bodas. Cuán tímida se había mostrado, cuán asustada... Mantenía las manos sobre el corpiño que él se disponía a desabrocharle, pero luego había alzado la mirada hacia él y él había podido contemplar su rostro a la luz de las velas, de cerca por primera vez, y ahí había sabido ya lo que es realmente ser uno con otra persona... eso sí, al abrir los brazos para atraerla hacia sí, le había dado sin querer a la frasca de agua de rosas que había sobre la mesilla, y el tintineo del cristal al hacerse añicos había roto la magia del instante: aún le parecía estar viendo el charco sobre la taracea de la tarima, y flotando en él, como barquitos, los pétalos de rosa. Eran cinco. Se acordaba perfectamente.

Entonces, ella se había echado a llorar. Era evidente que nadie le había explicado lo que ha de suceder en una noche de bodas, y él había preferido no insistirle, pues por más que un rey deba ser fuerte, él siempre había destacado por su carácter dulce, así que habían dormido uno junto al otro como hermanos.

En otro dormitorio, el de su hogar de Heidelberg, más adelante, habrían de debatir sobre la gran decisión. Noche tras noche, una vez tras otra, su esposa dudaba y se lo desaconsejaba, como es típico de las mujeres desde tiempo inmemorial, y una y otra vez le había tenido que explicar él que una proposición así no se recibe si no es por la voluntad de Dios y que uno debe plegarse al destino. Pero ¡qué hacer ante la ira del emperador!, exclamaba ella una y otra vez… porque nadie se levantaba contra el emperador, y él pacientemente le había explicado lo que sus juristas le habían expuesto a él de una manera harto convincente: que la aceptación de la corona de Bohemia no implicaba romper la paz del imperio, dado que Bohemia no pertenecía al imperio.

Y así, por fin había logrado convencerla del mismo modo en que había convencido a los demás. Le había explicado muy bien que el trono de Bohemia le correspondía a quien los nobles bohemios quisieran como rey, y así se habían marchado de Heidelberg para mudarse a Praga, y jamás habría de olvidar el día de la coronación: la imponente catedral, el gigantesco coro… y hasta el día de hoy permanecía grabado en su interior: ahora eres rey, Federico. Eres uno de los grandes.

—No me cierres los ojos —dijo el bufón.

—No los cierro —dijo el rey.

—Calla —dijo el bufón, y el rey se preguntó si podía dejarlo pasar, pues, a pesar de la inmunidad del bufón, aquello iba demasiado lejos.

—¿Cómo avanza el asunto del burro? —preguntó el rey a Tyll para hacerlo rabiar—. ¿Ya ha aprendido algo?

—No tardará en hablar como un cura —respondió el bufón.

—¿Y qué dice? —preguntó el rey—. ¿Qué sabe decir ya?

Dos meses atrás, en presencia del bufón, había estado hablando de las maravillosas aves de oriente que sabían formar frases enteras de tal suerte que parecía que hablaban con uno. Lo había leído en el libro de Athanasius Kircher sobre las criaturas del Señor y, desde entonces, la idea de las aves parlanchinas no se le iba de la cabeza.

El bufón, sin embargo, había respondido que no había nada de especial en enseñar a hablar a un pájaro; solo con ser un poco hábil, se podía volver locuaz a cualquier animal. Pues los animales eran más listos que las personas, y justo por eso no hablaban, sino que eran harto más consecuentes evitando meterse en problemas por cualquier tontería. Ahora bien, en cuanto a cualquier bestia se le ofrecían sus buenos motivos, rompía su silencio, como él mismo sería capaz de demostrar a cambio de buena comida.

—¿Buena comida?

No para él, por supuesto, había porfiado el bufón, sino para el animal. El método era el siguiente: se ponía la comida dentro de un libro y se le presentaba al animal una y otra vez, con paciencia y determinación. La gula lo movía a pasar las hojas, y así iba aprendiendo la lengua humana, y a los dos meses ya se obtenían resultados.

—Pero ¿a qué animal?

—Se puede hacer con cualquiera. Lo único es que no debe ser demasiado pequeño, porque entonces no se oye su voz. Con los gusanos no se llega demasiado lejos. Los insectos tampoco dan buen resultado, porque se te van volando antes de terminar una frase. Los gatos son muy díscolos, y aves de colores como las que describe ese sabio señor jesuita no hay por aquí. O sea, que quedan perros, caballos y burros.

—Caballos no tenemos ya, y el perro se nos escapó.

—Tampoco es una gran pérdida. Pero tenemos el burro del establo. Deme un año y...

—¡Dos meses!

—No es mucho.

Con no poca malicia, el rey recordó al bufón que él mismo acababa de mencionar el plazo de dos meses. Ese sería el tiempo del que dispusiera, no más, y si en dos meses no se veían resultados, podía ir preparándose para recibir una tanda de palos de magnitudes bíblicas.

—Lo que sí necesitaré es comida para meterla en el libro —había dicho el bufón, ahora en un tono casi apocado—. Y además abundante.

El rey sabía bien que siempre andaban escasos de comida. Pero había vuelto a contemplar el condenado lienzo en blanco de la pared y, movido por una aviesa curiosidad, ya le tenía prometido a su bufón —quien ya hacía tiempo que ocupaba en su mente más espacio de lo que debería— que podría contar toda la comida necesaria para cumplir su propósito con tal de que el burro hablase en un plazo de dos meses.

En efecto, el bufón parecía mantener su palabra. Todos los días, desaparecía en el interior del establo llevando avena, mantequilla y un cuenco de gachas endulzadas con miel. Una vez, al rey lo había vencido la curiosidad y, saltándose todas las normas del protocolo real, había ido a comprobarlo en persona: allí estaba el bufón sentado en el suelo, con el libro abierto sobre las rodillas, mientras el burro, dulce y manso, permanecía a su lado mirando al vacío.

Avanzaban que daba gusto, se había apresurado a afirmar el bufón: la I y la A ya se las sabía, y podían contar con que dos días más tarde dominaría un sonido más. Entonces se había echado a reír con una risa gallinácea, y el rey, avergonzado de pronto por mostrar interés en tan descabellado menester, se había marchado sin decir palabra para dedicarse a sus asuntos de Estado, lo cual, en su triste realidad, significaba enviar una nueva carta a su suegro suplicándole apoyo militar y otra a los Estados Generales holandeses pidiendo dinero, como siempre, sin esperanzas.

—Bueno, ¿qué? ¿Qué dice? —repitió el rey, mirando fijamente a los ojos del bufón—. ¿Qué sabe decir?

—El burro habla bien, pero todavía no sabe lo que dice. Tiene muy pocos conocimientos, no ha visto mundo todavía, hay que darle un poco más de tiempo.

—¡Ni un día más de lo acordado!

El bufón soltó una risita:

—A los ojos, rey, mírame a los ojos y diles a todos lo que ves.

El rey carraspeó para responder, pero le costaba hablar. Estaba oscuro, surgían colores y formas, se vio de nuevo presentándose ante la familia inglesa: el pálido rey Jacobo, su aterrador suegro, la reina Ana, su suegra danesa, tiesa de tan digna, y su novia, a quien apenas se atrevía a mirar. Luego sintió como un hormigueo y un mareo cada vez más fuerte que volvió a ceder y entonces ya no sabía dónde estaba.

Le entró tos y, cuando recuperó el aliento, se dio cuenta de que estaba tumbado en el suelo, rodeado de hombres. Solo los veía borrosos. Por encima de sus cabezas había algo blanco, la lona de la tienda sujeta con postes y que el viento ondulaba ligeramente. Ya reconoció al conde Hudenitz, con el sombrero de pluma contra el pecho, el rostro compungido por la preocupación; a su lado, el cocinero; al lado de este, uno de sus soldados; al lado de este, un tipo con uniforme sueco y sonrisa socarrona. ¿Acaso había sufrido un desmayo?

El rey alargó la mano, el conde Hudenitz la agarró y le ayudó a levantarse. Se tambaleó, las piernas no le sostenían, el cocinero lo apuntaló por el otro lado hasta que pudo quedarse de pie. Sí, se había desmayado. En el momento más inoportuno, en la tienda de Gustavo Adolfo, a quien justo necesitaba convencer mediante su fuerza e inteligencia de que los destinos de ambos estaban entrelazados, se había desmayado como una damisela a la que le oprimía el corsé.

—¡Caballeros! —se oyó decir—. Aplaudan al bufón.

Se dio cuenta de que el cuello de la camisa, el peto, la levita y la orden que llevaba prendida en el pecho estaban manchados. ¿Se había ensuciado, para colmo de males?

—¡Un aplauso para Tyll Ulenspiegel! —exclamó—. ¡Qué magnífico truco! ¡Increíble! —Agarró al bufón de una oreja, que al tacto le resultó blanda y puntiaguda y desagradable, y la volvió a soltar—. Pero guárdate de que no te entreguemos a los jesuitas, que esto raya en la brujería. ¡Qué gran número!

El bufón sonrió. Sonreía de medio lado. Como de costumbre, el rey no supo interpretar aquella expresión.

—Es que también es mago, mi bufón. Traed agua, limpiadme las ropas, no os quedéis ahí como pasmarotes. —El rey rio con angustia.

El conde Hudenitz se puso a frotarle el peto con un pañuelo; mientras frotaba y limpiaba, su rostro arrugado se acercaba demasiado al del rey.

—Hay que tener cuidado con ese bufón… —decía el rey—. Limpiad más presto, Hudenitz. ¡Hay que tener cuidado! Apenas me mira a los ojos y me caigo redondo… ¡Menudo truco! ¡Qué gran mago!

—Te has caído tú solo —dijo el bufón.

—Ese truco me lo tienes que enseñar —exclamó el rey—. En cuanto el burro haya aprendido a hablar, me enseñas este truco a mí.

—¿Le estás enseñando a hablar a un burro? —preguntó uno de los holandeses.

—Si habla alguien como tú y también habla sin parar este rey tonto, ¿por qué no iba a hablar un burro?

El rey le habría dado una bofetada, pero se sentía demasiado débil, con lo cual se sumó a las risas de los soldados y ahí volvió a marearse. El cocinero lo sujetó.

Y justo en ese momento, el más inoportuno de todos, alguien retiró la lona que separaba la estancia contigua y de ella salió un hombre con el uniforme de gala rojo propio de un mayordomo real y miró al rey de arriba abajo con una mezcla de desprecio y curiosidad.

—Su Majestad les ruega que pasen.

—Por fin —dijo el rey.

—¿Cómo? —preguntó el maestro de ceremonias—. ¿Qué osáis decir?

—Ya era hora —respondió el rey.

—Así no se habla en la antesala de Su Majestad.

—¡A mí que ni me hable este patán!

El rey lo apartó de un empujón y entró con paso firme en la tienda real.

Vio una mesita de jugar a las cartas, una cama sin hacer, huesos roídos y manzanas mordidas en el suelo. Vio a un tipo bajito y regordete... de cabeza redonda con nariz redonda, barriga redonda, barba hirsuta, cabello ralo, ojillos pequeños e inteligentes. Y ya se le estaba acercando: el sueco agarró al rey de un brazo y, con la otra mano, le dio un golpe tan fuerte en el pecho que habría vuelto a tirarlo al suelo de no haberlo atraído hacia sí para abrazarlo.

—¡Querido amigo! —lo saludó—. ¡Mi querido y viejo amigo!

—Hermano... —jadeó el rey Federico.

Gustavo Adolfo olía muchísimo y tenía una fuerza asombrosa. Soltó al rey y lo miró a la cara.

—Me alegro de que por fin tengamos ocasión de conocernos, querido hermano —dijo el rey.

Se dio cuenta de que a Gustavo Adolfo no le hacía ninguna gracia aquel apelativo, lo cual confirmó lo que se temía: el sueco no le consideraba un igual.

—Después de tantos años —repitió el rey con toda la dignidad que alcanzó a mostrar—, después de tantas cartas, de tantas misivas, henos aquí cara a cara por fin.

—Un placer para mí también —dijo Gustavo Adolfo—. ¿Cómo

estás, cómo te van las cosas? ¿Cómo andas de dinero? ¿Tienes bastante para comer?

El rey necesitó un momento para asimilar que lo tuteara. ¿Estaba sucediendo de verdad? Pensó que podía deberse a que Gustavo Adolfo no hablaba bien alemán, o tal vez era una extraña costumbre sueca...

—La preocupación por la cristiandad es un tremendo peso para mí... —dijo el rey—. Al igual que... —tragó saliva— lo será para ti.

—Sí, así es —dijo Gustavo Adolfo—. ¿Quieres algo de beber?

El rey reflexionó un momento. Solo pensar en el vino le daba náuseas, pero lo inteligente debía de ser aceptar.

—¡Así se hace! —exclamó Gustavo Adolfo, apretando el puño, y aún albergaba el rey la esperanza de que esta vez no le pegara con él, cuando Gustavo Adolfo ya le había dado otro puñetazo.

El rey se quedó sin aire. Gustavo Adolfo le tendió una copa. El rey la cogió y bebió. El vino tenía un sabor repugnante.

—Es un vino asqueroso —dijo Gustavo Adolfo—. Lo trajimos de una bodega cualquiera, no podemos andarnos con remilgos, así es la guerra.

—Creo que está estropeado —dijo el rey.

—Más vale vino estropeado que no tener vino —dijo Gustavo Adolfo—. ¿Qué quieres de mí, amigo mío, a qué has venido?

El rey miró aquella cara redonda, inteligente y barbuda. De modo que ese era el salvador de la cristiandad protestante, la gran esperanza. Lo que en tiempos fuera él mismo. ¿Cómo se había llegado a eso? ¿Cómo había podido suceder que la gran esperanza fuese ahora aquella bola de sebo con restos de comida entre las barbas?

—Vencemos —dijo Gustavo Adolfo—. ¿Has venido por eso? ¿Porque los estamos venciendo en todas las batallas? Los vencimos allá arriba, en el norte, y también a medida que avanzamos, y luego también en el sur, en Baviera. Todas las veces los hemos vencido, porque son débiles y no están organizados. Porque no saben cómo entrenar a la gente. Pero yo sí que sé. ¿Qué tal te iba a ti con los tuyos? Quiero decir: ¿qué tal te iba cuando tenías tus soldados, te tenían aprecio allá, en Praga, antes de que te los matase el emperador? Ayer mismo le arranqué yo las orejas a uno que pretendía desertar llevándose la caja.

El rey rio, intimidado.

—Que sí. De verdad que lo hice, no es tan difícil. Agarras y tiras fuerte, y, claro, ahí se corre la voz. A los soldados les parece divertido porque le pasa a otro, claro, pero al mismo tiempo se guardan de hacer nada parecido en adelante. Yo suecos casi no tengo, la mayoría de los que ves ahí fuera son alemanes, también hay unos cuantos finlandeses, y luego escoceses e irlandeses y qué se yo. Todos me quieren, por eso ganamos. ¿Quieres combatir conmigo? ¿Has venido por eso?

El rey carraspeó.

—Praga.

—¿Qué pasa con Praga? ¡Pero bebe, hombre!

El rey miró la copa con repugnancia.

—Necesito tu apoyo, hermano. Dame tropas y Praga caerá.

—Praga no me hace falta.

—La antigua sede del emperador, recuperada para el protestantismo… ¡Sería un gran símbolo!

—Yo no necesito símbolos. Siempre tuvimos unos símbolos buenísimos, y buenas palabras y buenos libros y buenos cánticos los protestantes, pero luego perdíamos en el campo de batalla y nada nos sirvió de nada. Victorias es lo que necesito. Tengo que derrotar a Wallenstein. ¿Has coincidido con él alguna vez, lo conoces?

El rey dijo que no con la cabeza.

—Necesito información. No hago más que pensar en él, a veces hasta sueño con él. —Gustavo Adolfo se dirigió hacia el lado opuesto de la tienda, se agachó, revolvió en un baúl y sacó una figura de cera–. Este es el aspecto que tiene nuestro duque de Friedland. ¡Aquí lo tenemos! Siempre lo miro y pienso: te venceré. Eres listo, yo soy más listo, eres fuerte, yo soy más fuerte, tus tropas te quieren, pero a mí me quieren más, tú tienes al diablo de tu lado, pero yo tengo a Dios. Todos los días se lo digo. A veces contesta.

–¿Contesta?

–Tiene poderes demoníacos. Claro que contesta. –Con repentino mal humor, Gustavo Adolfo señala la cara blanquecina de la figura–. De pronto se le mueve la boca y se burla de mí. Tiene muy poca voz, porque es muy pequeño, pero entiendo todo lo que dice. Sueco estúpido, me llama, tolondro, godo cretino, y me dice que no sé leer. ¡Claro que sé leer! ¿Quieres que te lo demuestre? En tres idiomas leo. Venceré a ese cerdo. Le arrancaré las orejas. Le cortaré los dedos. Lo quemaré.

–Esta guerra comenzó en Praga –dijo el rey–. Solo si… Praga…

–Te digo que no –dijo Gustavo Adolfo–. Está decidido, no hablemos más del asunto –se sentó en una silla, bebió de su copa y miró al rey con los ojos tan brillantes que se dirían húmedos–. El Palatinado es otra cosa.

–¿Qué sucede con el Palatinado?

–Lo tienes que recuperar.

El rey tardó un rato en asimilar lo que había oído.

–Querido hermano, ¿vais a ayudarme a recuperar mi legítimo territorio?

–Lo de las tropas españolas en el Palatinado no puede ser, hay que echarlas de ahí. O las manda retirar Wallenstein o mato yo a todos. Más les vale no hacerse muchas ilusiones, porque tendrán sus invencibles cuadros de infantería, pero ¿sabes qué? Que tan invencibles no son esos cuadros invencibles, venceré yo de todas formas.

–¡Mi querido hermano! –El rey quiso estrechar la mano de Gustavo Adolfo.

Este se puso en pie al instante y le estrujó los dedos con tanta fuerza que el rey tuvo que reprimir un grito de dolor, luego le puso una mano en el hombro y lo atrajo hacia él. Se dieron un abrazo. Y siguieron abrazados, y ahora que seguían abrazados, aquel abrazo se estaba prolongando tanto que al rey ya se le había pasado la emoción. Por fin lo soltó Gustavo Adolfo y empezó a dar zancadas de un lado a otro de la tienda.

—En cuanto deje de haber nieve, marchamos desde Baviera y al mismo tiempo desde el norte, con un movimiento de pinza, y así los comprimimos. Luego avanzamos hasta Heidelberg y los expulsamos. Si la cosa sale bien, ni siquiera nos hará falta una gran batalla en el campo y tendremos el Palatinado, y entonces te lo daré como feudo y el emperador se tendrá que morder el culo.

—¿Como feudo?

—Claro, ¿cómo si no?

—¿Pretendéis cederme el Palatinado como feudo? ¿Mi legítimo territorio?

—Sí.

—Eso no puede ser.

—Claro que puede ser.

—El Palatinado no os pertenece.

—Cuando lo conquiste, me pertenecerá.

—Yo creí que habíais desembarcado en este país para luchar por Dios y por la causa de la fe.

—¡Y menudo guantazo que te voy a dar, pues claro que vine por eso! ¡O qué te has creído, piedrecilla, ratón, pescaducho! Pero también quiero sacar algo. Si te entrego el Palatinado sin más, ¿qué obtengo yo?

—¿Queréis dinero acaso?

—También quiero dinero, pero no quiero solo dinero.

—Os conseguiré el apoyo de Inglaterra.

—¿Por tu mujer? De poco te ha servido hasta ahora. Te han dejado tirado en medio de la lluvia. ¿Me tomas por idiota?

¿Tú me ves cara de creer que van a venir los ingleses por las buenas, solo porque los llames tú?

—Si recupero el Palatinado, volveré a ser la cabeza de la fracción protestante en el imperio, y entonces vendrán.

—Tú no volverás a ser cabeza de nada.

—¡¿Cómo osáis...?!

—Tranquilo, escúchame, pobre hombre. Jugaste con una apuesta muy fuerte, eso está bien, me gusta. Luego perdiste y, de paso, desencadenaste toda esta guerra. Cosas de la vida. Algunos juegan apostando muy fuerte y ganan. Yo, por ejemplo. Un país pequeño, un ejército pequeño... y veo que en el imperio la causa protestante parece perdida. ¿Quién me aconsejó apostarlo todo a una sola carta, reunir el ejército y marchar para Alemania? Todo el mundo me lo desaconsejó. No lo hagas, ni se te ocurra, no puedes ganar... pero lo hice, y vencí, y no tardaré en llegar a Viena y arrancarle las orejas al Wallenstein ese, y el emperador se arrodillará ante mí, y yo le diré: ¿Quieres seguir siendo emperador? Pues haz lo que te diga Gustavo Adolfo. Claro que todo podía haber salido de otra manera. Podía estar muerto. Podía estar subido en un barco, llorando y remando por el Báltico de vuelta para mi casa. No sirve de nada ser un hombre con lo que hay que tener, fuerte e inteligente y sin miedo, porque puedes perder de todas formas. Igual que se puede ser un tipo como tú y ganar de todas formas. De todo hay. Yo me arriesgué y gané, tu te arriesgaste y perdiste, y y está... ¿Qué podías hacer? Bueno, podías haberte colgado, pero para eso no vale todo el mundo y, después de todo, es pecado. Por eso sigues aquí. Porque algo tienes que hacer. Así que te dedicas a escribir cartas y a formular ruegos y a exigir atenciones, y asistes a audiencias y hablas y negocias como si todavía tuvieras algo que ofrecer... ¡Pero es que no tienes nada! Inglaterra no te manda tropas. Tus hermanos del imperio te han dejado en la estacada. No hay más que una persona que podría devolverte el Palatinado, y soy yo. Y te lo ofrezco como feudo. Si te arrodillas ante mí y me juras vasallaje, reconociéndome como tu soberano. ¿Qué me dices, Federico? ¿Cómo lo ves?

Gustavo Adolfo se cruzó de brazos y miró al rey a la cara. Su enredada barba temblaba. Su pecho se inflaba y se desinflaba, el rey oía su respiración claramente.

—Necesito un tiempo de reflexión —alcanzó a decir el rey con harto esfuerzo.

Gustavo Adolfo se echó a reír.

—No esperaréis... —carraspeó el rey. No sabía cómo continuar la frase, se frotó la cabeza, se juró no volver a perder el conocimiento, otra vez no y menos en un momento tan inoportuno, de ninguna manera... y retomó la palabra—: No esperaréis que tome una decisión semejante, sin antes...

—Justo eso es lo que espero. Cuando convoqué a mis generales para intervenir en la guerra a por todo o nada, ¿tú crees que estuve dándole muchas vueltas? ¿Crees que lo consulté con mi mujer? ¿Crees que me puse a rezar primero? ¡Esto lo decido yo ahora mismo!, me dije, y así lo decidí y, a continuación, ya ni me acordaba de los motivos de mi decisión, pero eso ya daba igual, porque la decisión estaba tomada. Y ya estaban los generales firmes ante mí gritando vivas, y yo les dije: «¡Soy el León de la Medianoche! Ese soy yo. Y al León le decís que sí o le decís que no, pero no le hacéis perder el tiempo».

—Mi familia posee la soberanía sobre el Palatinado Elector, así como la membresía legítima del Sacro Imperio Romano Germánico desde...

—Y crees que no puedes ser el primero de tu familia en recibir el Palatinado como feudo de este sueco, ¿no? Pero ya verás que no soy mal tipo. Te pondré unos impuestos moderados, y si no te apetece venir a mi cumpleaños a Suecia, mandas a tu canciller y listo. No te haré nada. Dame la mano y acepta mi oferta, no me seas chancleta.

—¿Chancleta? —El rey no estaba seguro de haberle entendido bien. ¿Dónde había aprendido alemán aquel hombre?

Gustavo Adolfo había alargado el brazo, y su manita carnosa quedaba suspendida en el aire frente al pecho del rey. Solo tenía que estrecharla y vería de nuevo su castillo de Heidelberg, vería de nuevo las colinas y el río, de nuevo los finos rayos de sol cayendo sobre la columnata a través de la hiedra, de nuevo los salones en los que había crecido. Y Liz podría volver a vivir como le correspondía, con suficientes doncellas y con sus linos y sus sedas y velas de cera de las que arden sin titilar, y súbditos entregados que sabrían cómo tratar a la realeza. Tenía la oportunidad de volver. Todo sería como antes.

—No —dijo el rey.

Gustavo Adolfo ladeó la cabeza, como si no le hubiera oído bien.

—Soy el rey de Bohemia. El príncipe elector del Palatinado. No estoy dispuesto a aceptar como feudo de nadie lo que me pertenece de manera legítima, mi familia es más antigua que la vuestra, y a vos, Gustavo Adolfo de la casa Wasa, no os corresponde ni hablarme de esta forma ni hacerme una oferta tan humillante.

—¡Santo cielo! —dijo Gustavo Adolfo.

El rey dio media vuelta para marcharse.

—¡Espera, hombre!

Ya de camino a la salida, el rey se detuvo. Sabía que así echaba a perder todo el efecto de lo anterior, pero no pudo evitarlo. Una chispa de esperanza se encendió en su interior y no había modo de que se extinguiera: cabía la posibilidad de que el sueco hubiera quedado tan impresionado con su firmeza de carácter que le hiciera una nueva oferta. Eres un hombre con lo que hay que tener, le diría tal vez, me había equivocado contigo. No puede ser, pensó el rey, es un disparate. A pesar de todo, se detuvo, se volvió y, en el mismo instante, se odió por haberlo hecho.

—Veo que eres un hombre con lo que hay que tener… —dijo Gustavo Adolfo.

El rey tragó saliva.

—Me había equivocado contigo —dijo Gustavo Adolfo.

El rey reprimió un ataque de tos. Le dolía el pecho. Se sentía mareado.

—Así que ve con Dios —dijo Gustavo Adolfo.

—¿Qué?

Gustavo Adolfo le dio un puñetazo cariñoso en el brazo.

—Los tienes bien puestos. Puedes estar orgulloso. Y ahora largo de aquí, que tengo que ganar una guerra.

—¿Y nada más? —preguntó el rey con voz ahogada—. ¿Es esa vuestra última palabra, es eso todo: ve con Dios?

—No te necesito. Con el Palatinado me voy a hacer de todas maneras, y seguro que Inglaterra se pone de mi parte antes si no estás de mi lado tú, que solo les recuerdas la ignominia sufrida y la derrota en la batalla de Praga. Para mí es mejor no hacer este trato, y para ti también es mejor conservar tu dignidad. ¡Andando! —rodeó los hombros del rey con el brazo, lo condujo hacia la salida y apartó hacia un lado la lona de la tienda.

Cuando pasaron a la antesala, todos se levantaron. El conde Hudenitz se quitó el sombrero e hizo una pronunciada reverencia. Los soldados se pusieron firmes.

—¿Este quién es?

El rey tardó en comprender que se refería al bufón.

—Me gustas —dijo Gustavo Adolfo.

—Tú a mí no —dijo el bufón.

—Es gracioso, necesito a alguien así —dijo Gustavo Adolfo.

—Yo también te encuentro gracioso —dijo el bufón.

—¿Cuánto quieres por él? —preguntó Gustavo Adolfo al rey.

—No te lo recomiendo —dijo el bufón—. Traigo mala suerte.

—¿No será verdad?

—Mira con quién he venido. Mira cómo le ha ido.

Gustavo Adolfo miró al rey durante un rato. Este le devolvió la mirada y sufrió el ataque de tos que llevaba reprimiendo todo el tiempo.

—Marchaos —dijo Gustavo Adolfo—. Marchaos enseguida, daos prisa, largo. No quiero que sigáis en mi campamento. Se apresuró a apartarse, como si de pronto le hubiera entrado miedo. La lona de la tienda se cerró con un bandazo, y Gustavo Adolfo había desaparecido tras ella.

El rey se secó las lágrimas que el ataque de tos había hecho brotar. Le dolía la garganta. Se quitó el sombrero, se rascó la cabeza y trató de entender lo que había sucedido. Lo que había sucedido era que todo había terminado. No volvería a ver su patria jamás. Y tampoco a Praga habría de volver jamás. Moriría en el exilio.

—Marchémonos —dijo.

—¿Cuál ha sido el desenlace? —preguntó el conde Hudenitz—. ¿A qué acuerdo habéis llegado?

—Eso luego —dijo el rey.

A pesar de todo, se sintió aliviado cuando por fin dejaron atrás el campamento. El aire mejoró. Un cielo muy azul se extendía por encima de sus cabezas, a lo lejos se veían las curvas de unas colinas. El conde Hudenitz le preguntó dos veces más por el desenlace de la conversación y si podían contar con regresar a Praga, pero como el rey siguió sin darle respuesta, dejó de insistir.

El rey tosía. Se preguntaba si todo aquello había sido realidad: aquel gordo de manos carnosas, las cosas tan espantosas que le había dicho, la oferta que había deseado aceptar con todas sus fuerzas pero que, después de todo, se había visto obligado a rechazar. Pero ¿por qué? ¿Por qué —se preguntó de repente— lo había hecho? Ya ni lo sabía; los motivos que tan inquebrantables le parecieran hasta poco antes se habían desvanecido en la niebla. En una niebla que, de hecho, incluso podía ver, impregnaba el aire de un tono azulado y desdibujaba las colinas.

Oía que el bufón iba contando su vida, aunque de pronto tuvo la sensación de que el bufón hablaba desde su propio interior, no a su lado, sino como una voz febril desde el interior de su cabeza, una parte de él mismo que jamás había querido conocer. Cerró los ojos.

El bufón iba contando cómo se había escapado de casa con su hermana: su padre había acabado en la hoguera por brujo, su madre se había fugado a Oriente con un caballero, a Jerusalén o a la lejana Persia... cualquiera sabía.

—Pero está claro que no es tu hermana —oyó decir el rey al cocinero.

Su hermana y él, contaba el bufón, al principio habían viajado con un juglar muy malo en su menester, pero bueno con ellos, luego con un titiritero del que había aprendido cuanto sabía, un cómico de categoría, excelente malabarista y actor que no tenía que esconderse de nadie pero que, sobre todo, era una mala persona, tanto que Nele creía que era el mismo demonio. Luego se habían dado cuenta de que, en realidad, también era un poco demonio y un poco animal, pero en el fondo un ser inofensivo, y, comprendido esto, pudieron prescindir de él, de Pirmin, pues así se llamaba el titiritero, así que Nele le cocinó un plato de setas que tardaría en olvidar... o, más bien, que olvidó enseguida, pues con él pasó a mejor vida: dos puñados de rebozuelos, una seta matamoscas, un pedazo de canaleja y no hacía falta más. El arte estaba en mezclar matamoscas y canaleja, porque venenosas eran las dos, pero por separado tenían un sabor amargo y uno las detectaba. Cocinadas juntas, en cambio, sus aromas se fundían en un gusto dulce y refinado tan rico que no despertaban sospecha alguna.

—¿Quieres decir que lo matasteis vosotros? —preguntó uno de los soldados.

Él no, dijo el bufón. Lo había matado su hermana, él era incapaz de hacerle daño a una mosca. Soltó una alegre carcajada. No habían tenido elección. Aquel hombre era tan malo que ni siquiera con su muerte se habían librado de él. Su espíritu aún había pasado un buen tiempo persiguiéndolos, oían sus risitas durante la noche en el bosque, se les aparecía en sueños y les ofreció algún que otro trato.

—¿Qué tipo de trato?

El bufón no dijo nada, y, cuando el rey abrió los ojos, se dio cuenta de que ahora caían copos de nieve a su alrededor. Respiró profundamente. Ya se le empezaba a olvidar el pestilente olor del campamento. Ensimismado, se humedeció los labios, pensó en Gustavo Adolfo y le dio un nuevo ataque de tos. ¿Acaso cabalgaban marcha atrás? No es que le pareciera raro, lo que no quería de ningún modo era volver a aquel campamento nauseabundo, ni verse otra vez entre aquellos soldados y con aquel rey sueco que tan solo estaba esperando la ocasión para burlarse de él. Las praderas que los rodeaban ya estaban cubiertas de una fina capa de blanco, y sobre los muñones de los árboles —pues el ejército en avanzada los había talado todos— se formaban montones nieve. Echó la cabeza hacia atrás. El cielo era un revoltijo de copos luminosos. Recordó su coronación, recordó el coro de quinientos cantores y aquel coral a ocho voces, recordó a Liz con su manto cubierto de joyas.

Habían transcurrido horas, tal vez días, cuando recuperó la noción del tiempo; en cualquier caso, el paisaje había cambiado varias veces, ahora había tanta nieve que a los caballos les costaba avanzar: levantaban las patas con cuidado y volvían a apoyarlas con recelo. Un viento frío les azotaba la cara. Cuando, tosiendo, miró a su alrededor, le llamó la atención que ya no estuvieran con ellos los soldados holandeses. Solo el conde Hudenitz, el cocinero y el bufón seguían cabalgando a su lado.

—¿Dónde están los soldados? —preguntó, pero los otros no le hicieron caso.

Repitió la pregunta más fuerte, entonces el conde Hudenitz lo miró con gesto de no haberle entendido, entornó los ojos, volvió a fijar la vista al frente, de donde venía el viento.

Habrán huido, pensó el rey.

—Tengo el ejército que merezco —dijo, y luego añadió entre toses—: bufón, cocinero y canciller de una corte que ya no existe. Este es mi ejército de ilusión… ¡Mis últimos fieles seguidores!

—A sus órdenes —dijo el bufón, quien obviamente le había entendido a pesar del viento—. Ahora y siempre. ¿Estás enfermo, majestad?

El rey comprendió, casi con alivio, que eso era lo que le pasaba: a eso se debían la tos, el mareo, a eso se debía su debilidad ante el sueco, a eso se debía su confusión. ¡Estaba enfermo! Eso tenía tanto sentido que no pudo evitar reír.

—Sí —exclamó, muy contento—. ¡Estoy enfermo!

Al tiempo que se inclinaba hacia delante para toser, por algún motivo le vinieron a la mente sus suegros. No le tenían ningún aprecio, eso lo había sabido desde el primer momento. Sin embargo, él se los había ganado con su elegancia y sus modales caballerescos, con su claridad alemana, con su fortaleza interior.

Y recordó a su hijo mayor. Aquel guapo muchacho a quien tanto querían todos. Si no regreso, le había dicho al niño en su día, regresarás tú al principado y a la alta posición de nuestra familia. Después había volcado aquella barca y el muchacho se había ahogado y ahora estaba en la gloria de nuestro Señor.

Donde también voy a estar yo en breve, pensó el rey tocándose la frente ardiendo. En su gloria eterna.

Giró la cabeza y se recolocó la almohada. Notaba el aliento muy caliente. Se tapó la cabeza con la manta, estaba sucia y no olía bien. ¿Cuánta gente habría dormido antes en aquella cama?

Apartó la manta a patadas y miró a su alrededor. Estaba claro que se encontraban en un albergue de montaña. Sobre la mesa había un jarro. En el suelo, paja. No había más que una ventana de cristal grueso, se veía el remolino de nieve en el exterior. En un taburete estaba el cocinero.

—Tenemos que continuar —dijo el rey.

—Estáis demasiado enfermo —dijo el cocinero—. Vuestra majestad, no podéis, estáis…

—Blablabla... —dijo el rey—. Sandeces, tonterías, necedades, parloteo. ¡Me está esperando Liz!

Oyó que el cocinero respondía, pero debió de quedarse dormido de nuevo antes de asimilar la respuesta, pues se encontró de pronto en la catedral de Praga, sentado en el trono mirando al altar mayor y oyendo el coro, y recordó el cuento de la rueca que su madre le contaba en tiempos. De pronto, le pareció importante, pero su mente no acertaba con el buen orden de la narración: al hacer girar la rueca, también corría un trozo de la vida, y, cuanto más deprisa se hiciera girar, por ejemplo, porque uno tenía prisa o porque le dolía algo o porque las cosas no eran como deseaba, más deprisa transcurría también la vida, de manera que al hombre del cuento se le agotaba el hilo cuando apenas había empezado a vivir. Pero, al parecer, el rey ya no recordaba lo que había sucedido en el medio, de modo que abrió los ojos y dio la orden de continuar, continuar el viaje hacia Holanda, donde estaba su palacio y su mujer le esperaba con sus cortesanos, ataviada con sus sedas y su diadema, en aquella corte donde las fiestas no tenían fin, donde a diario se celebraban las representaciones de teatro que tanto le gustaban, a cargo de los mejores actores de todos los mundos de Dios.

Para su sorpresa, se encontró de nuevo a lomos del caballo. Alguien le había puesto una capa sobre los hombros, pero él seguía notando el viento. El mundo parecía blanco... el cielo, el suelo, también las cabañas a derecha e izquierda del camino.

—¿Dónde está Hudenitz? —preguntó el rey.

—¡El conde ya no está! —exclamó el cocinero.

—Teníamos que seguir —dijo el bufón—. No nos quedaba dinero, el dueño del albergue nos echó. Rey o lo que sea, dijo, aquí se paga.

—Sí —dijo el rey—, pero ¿dónde está Hudenitz?

Intentó echar la cuenta de cuántos hombres formaban su ejército entonces. Estaba el bufón y luego estaba el cocinero y luego estaba él mismo... y luego estaba el bufón, así que eran cuatro, pero, cuando volvía a contar para confirmarlo, solo le salían dos, a saber: el bufón y el cocinero. Pero como eso no podía ser, contaba otra vez y le salían tres, pero la vez siguiente le salían otra vez cuatro: el rey de Bohemia, el cocinero, el bufón y él mismo. Ahí se dio por vencido.

–Tenemos que desmontar –dijo el cocinero.

En efecto, la capa de nieve era demasiado gruesa, los caballos ya no avanzaban.

–Pero no puede andar –oyó decir el rey al bufón, y fue la primera vez que su voz no le sonó sarcástica, sino como la de cualquier persona corriente.

–Pero tenemos que desmontar –dijo el cocinero–. Tú mismo lo estás viendo. No hay manera de seguir.

–Sí –dijo el bufón–. Lo veo.

Mientras el cocinero sujetaba las riendas, el rey desmontó, apoyándose en el bufón. Se hundió hasta las rodillas. El caballo resopló con alivio al librarlo de aquel peso, un vaho caliente salió de sus ollares. El rey le dio unas palmaditas en el hocico. El animal lo miró con unos ojos turbios.

–No podemos dejar los caballos aquí parados sin más –dijo el rey.

–No te preocupes –dijo el bufón–. Antes de que se hielen, se los comerá alguien.

El rey tosió. El bufón lo sujetaba por el lado izquierdo y el cocinero por el derecho, y así emprendieron la marcha a través de la nieve.

–¿Adónde vamos? –preguntó el rey.

–A casa –dijo el cocinero.

–Eso ya lo sé –dijo el rey–. Me refiero a hoy. Ahora. A través de este frío. ¿Adónde vamos ahora?

–A medio día de camino hacia el oeste dicen que hay un pueblo donde aún queda gente –dijo el cocinero.

–Con exactitud no lo sabe nadie –dijo el bufón.

–Medio día de camino será un día de camino –dijo el cocinero–, con esta nieve.

El rey tosía. Caminaba tosiendo, tosía caminando, caminaba y caminaba, y se maravillaba de que ya apenas le doliera el pecho.

—Creo que me estoy curando —dijo.

—Sin duda —dijo el bufón—. Se ve. Os estáis curando, majestad.

El rey sentía que no se mantendría de pie sin el apoyo de aquellos dos hombres. Los remolinos de nieve eran cada vez más altos, cada vez le costaba más mantener los ojos abiertos con aquel viento frío. «¿Dónde está Hudenitz?», se oyó preguntar por tercera vez. Le dolía la garganta. Copos de nieve por todas partes, seguía viéndolos cuando cerraba los ojos: puntos brillantes que daban vueltas y revoloteaban por doquier. Suspiró, le fallaron las piernas, nadie lo sujetó, lo acogió la nieve mullida.

—No podemos dejarlo aquí tumbado —oyó decir por encima de él.

—¿Qué hacemos?

Unas manos lo agarraron y tiraron de él hacia arriba, una le acarició la cabeza casi con ternura, lo que le hizo recordar a su niñera favorita, la que lo había criado antaño, en Heidelberg, cuando no era más que príncipe y no rey, y cuando todo iba bien todavía. Sus pies avanzaban hundiéndose en la nieve, y, cuando abrió los ojos un instante, vio a su lado los contornos de tejados reventados, ventanas vacías, la estructura de un pozo destruido… lo que no vio fue gente.

—No podemos meternos en ninguna —oyó—. Los tejados están rotos, y además hay lobos.

—Pero aquí fuera nos helaremos —dijo el rey.

—Nosotros dos no nos helaremos —dijo el bufón.

El rey miró a su alrededor. En efecto, el cocinero había desaparecido, estaba solo con Tyll.

—Ha querido intentarlo por otro camino —dijo el bufón—. No se le puede tomar a mal. En la tormenta, cada cual mira por sí mismo.

—¿Por qué no nos helaremos? —preguntó el rey.

—Ardes demasiado. Tienes una fiebre demasiado alta. El frío no te hará nada, te morirás antes.

—¿De qué?

—De peste.

El rey guardó un instante de silencio.

—¿Tengo la peste? —preguntó.

—Pobre hombre —dijo el bufón—. ¡Pobre rey de un invierno! Sí, la tienes. Desde hace días. ¿Acaso no te notaste los bultos en el cuello? ¿No lo notas al respirar?

El rey inspiró. El aire era gélido. Tosió.

—Pero si es la peste —dijo—, te contagiarás tú también.

—Hace demasiado frío para eso.

—¿Y entonces me puedo acostar?

—Eres rey —dijo el bufón—. Puedes hacer lo que quieras, cuando y donde quieras.

—Entonces, ayúdame. Me voy a tumbar.

—Majestad... —dijo el bufón, y le sujetó la nuca y lo ayudó a echarse en el suelo.

Nunca se había acostado el rey sobre un lecho tan mullido. Los remolinos de nieve parecían emitir un suave resplandor, el cielo ya se tornaba oscuro, pero los copos seguían formando un revoltijo de luz suave. Se preguntó si los pobres caballos seguirían con vida. Luego pensó en Liz.

—¿Podrías llevarle un mensaje?

—Por supuesto, majestad.

No le agradaba que el bufón lo tratase con tanto respeto, no era de recibo, pues para eso se tenían bufones: para que a uno no se le abotargase la cabeza con tanta lisonja. ¡La obligación de un bufón era ser descarado! Carraspeó para llamarlo a capítulo, pero se puso a toser y le costaba mucho hablar.

¿Qué otra cosa quería hacer? Ah, sí, el mensaje para Liz. Le encantaba el teatro, él nunca lo había entendido. Gente que se subía a un escenario para hacer como que eran otros. No pudo evitar una sonrisa. Un rey sin país en medio de una tormenta, solo con su bufón... una escena así jamás aparecería en una obra, era demasiado ridícula. Trató de incorporarse, pero se le hundían las manos en la nieve y se volvió a desplomar. ¿Qué era eso otro que aún quería hacer? Ah, ya, la carta de Liz.

–La reina –dijo.

–Sí –dijo el bufón.

–¿Se lo dirás?

–Lo haré.

El rey esperó, pero el bufón seguía sin hacer ademán de burlarse de él. ¡Pero si era su obligación! Ofuscado, cerró los ojos. Para su sorpresa, no cambió nada: siguió viendo al bufón y siguió viendo nieve. Notó papel en las manos, al parecer se lo había sujetado entre los dedos el bufón, y notó también una cosa dura que debía de ser un pedazo de carboncillo. «Volveremos a vernos ante Dios –quería escribir–, solo te he amado a ti en toda mi vida», pero luego se le mezclaron todas las ideas, y no estaba seguro si lo había escrito ya o si todavía tenía que hacerlo, y tampoco tenía claro a quién iba dirigida aquella carta, así que escribió con mano temblorosa: «Gustavo Adolfo morirá pronto, ahora lo sé, pero yo moriré antes». Pero no... ese no era el mensaje, no se trataba de eso en absoluto, con lo cual aún añadió: «Cuida bien del burro, te lo regalo»... pero no, eso no quería decírselo a Liz, sino al bufón, y el bufón estaba allí, con lo cual podía decírselo directamente, en tanto que el mensaje era para Liz. Así pues, se dispuso a empezar otra vez y quiso escribir, pero ya era demasiado tarde. Su mano se quedó sin fuerza.

Solo podía conservar la esperanza de haber dejado escrito todo lo que fuera importante.

Sin esfuerzo, se levantó y salió andando. Al volverse a mirar una última vez, se dio cuenta de que volvían a ser tres: el bufón, de rodillas, envuelto en su capa de piel, el rey acostado en el suelo, ya con medio cuerpo cubierto por el blanco, y él.

El bufón levantó la vista. Sus ojos se encontraron. El bufón se llevó la mano a la frente y le hizo una reverencia.

El rey inclinó la cabeza a modo de saludo, dio media vuelta y se alejó. Ahora que ya no se hundía en la nieve, avanzaba mucho más deprisa.

HAMBRE

—Érase una vez —cuenta Nele.

Es el tercer día que pasan en el bosque. De cuando en cuando, entra un poco de luz a través de la techumbre de hojas, y, aunque se cubren con una capa de follaje, se mojan con la lluvia. Se preguntan si el bosque terminará alguna vez. Pirmin, que camina por delante, a veces se rasca la coronilla calva y se vuelve a mirarlos; algunas veces le oyen murmurar, otras, cantar en una lengua extranjera. Ya lo conocen lo bastante bien como para no dirigirle la palabra, porque puede enfadarse, y como se haya puesto furioso no pasa mucho tiempo sin hacerles daño.

—Una madre tenía tres hijas —cuenta Nele—. Tenían una oca. La oca puso un huevo áureo.

—¿Un huevo cómo?

—De oro.

—Has dicho áureo.

—Es lo mismo. Las hijas eran muy distintas, dos eran malas y tenían el alma negra, pero eran guapas. La menor, en cambio, era buena y tenía un alma blanca como la nieve.

—¿Y también era guapa?

—La más guapa de las tres. Hermosa como el nuevo día.

—¿El nuevo día?

—Sí —dijo Nele con fastidio.

—¿Es hermoso?

—Mucho.

—¿El nuevo día?

—Muy hermoso. Y las hermanas malas obligaban a la mejor a trabajar sin tregua, día y noche, hasta que le sangraban los dedos de tanto fregar, y los pies se le hinchaban como dos bolas que le dolían mucho y el cabello se le puso gris antes de tiempo. Un buen día, el huevo de oro se abrió, y de él salió un pequeño ser del tamaño de un pulgar y preguntó: ¿Qué deseas, muchacha?

—¿Y dónde estaba el huevo antes?

—No sé, por ahí.

—¿Todo el rato?

—Sí, lo tenían por ahí.

—¿Un huevo de oro? ¿Y nadie lo robaba? ¿Seguro?

—¡Es un cuento!

—¿Te lo has inventado?

Nele calla. La pregunta le parece absurda. La silueta del niño en la penumbra del bosque se ve muy menuda: camina un poco encorvado, como si adelantara la cabeza respecto al pecho, el cuerpo es flaco como un huso, casi parece una figurilla de madera que hubiera cobrado vida. ¿Se ha inventado el cuento? Ni ella misma lo sabe. Ha oído contar tantos, a su madre y a sus dos tías y a su abuela, tantos cuentos de seres del tamaño de un pulgar y de huevos de oro y de lobos de caballeros y de brujas, así como de hermanas malas, que ya no necesita pensar: una vez se empieza, la historia continúa por su propia cuenta y las piezas se ensamblan solas, a veces de una manera, otras de otra, y en seguida sale un cuento.

—Bueno, sigue contando —dice el niño.

Mientras cuenta que el pequeño ser del tamaño de un pulgar, cumpliendo el deseo de la hermana buena, la transforma en una golondrina para que pueda marcharse volando al país de Jauja, donde todo es maravilloso y nadie pasa hambre, Nele nota que el bosque se vuelve cada vez más espeso. Se supone que se acercan a la ciudad de Augsburgo, pero no lo parece.

Pirmin se detiene. Se da la vuelta y olfatea a su alrededor. Algo ha llamado su atención. Se inclina hacia delante y contempla el tronco de un abedul, la corteza blanca y negra, una oquedad en el nudo de una rama.

—¿Qué hay ahí? —pregunta Nele, y al instante se asusta de su propia imprudencia.

Nota que, a su lado, el niño se paraliza. Lentamente, Pirmin vuelve la cabeza, esa cabeza calva y amorfa. Sus ojos brillan con inquina.

—Sigue contando el cuento —dice.

Nele todavía siente, en los brazos y en las piernas, dónde le ha dado cada pellizco, y el hombro le duele casi igual de fuerte que cuando, hace cuatro o cinco días, se lo retorció sobre la espalda con un movimiento diestro. El niño quiso ayudarla, pero Pirmin le dio tal patada en el estómago que luego no pudo caminar erguido durante el resto del día.

Con todo, hasta ahora Pirmin tampoco se ha excedido nunca. Les hace daño, sí, pero no un daño insoportable, y aunque ha agarrado a Nele muchas veces, nunca lo ha hecho ni por encima de la rodilla ni por debajo del ombligo. Como sabe que podrían salir huyendo en cualquier momento, los retiene de la única manera posible: les enseña lo que quieren aprender.

—Sigue contando el cuento —repite—. No te lo volveré a decir.

Y Nele, que sigue preguntándose qué habrá visto Pirmin en el hueco de la rama, cuenta cómo el ser diminuto como un pulgar y la golondrina llegan a las puertas del país de Jauja, que están guardadas por un centinela alto como una torre. Les dice: aquí nunca pasaréis hambre ni sed, pero no entraréis. Ellos le ruegan y le suplican, pero el centinela tiene un corazón de piedra que pesa muchísimos quintales en el interior de su pecho y que no late, y así lo único que repite es: no entraréis, no entraréis.

Nele guarda silencio. Los dos se miran y esperan.

—¿Y? —pregunta Pirmin.

—Pues no entraron —dice Nele.

—¿Nunca?

—¡Tenía el corazón de piedra!

Pirmin se queda mirándola un rato, luego se echa a reír y sigue andando. Los dos niños van detrás. Pronto será de noche y no les queda comida, no así a Pirmin, que casi nunca les da nada. Nele suele soportar el hambre mejor que el niño. Se imagina que el dolor y la debilidad de su interior son como una cosa externa y ajena que no tiene nada que ver con ella. Hoy, en cambio, es él quien lo soporta mejor. Siente el hambre como un latido de fondo, una sensación de ligereza y de estar flotando, como si pudiera elevarse por los aires. Mientras caminan detrás de Pirmin, en su cabeza da vueltas la lección que les ha enseñado por la mañana: ¿cómo imitar a una persona? ¿Cómo convertirte en otra persona después de haberla mirado a la cara un instante? ¿Cómo conseguir que tu cuerpo adopte las posturas del suyo, que tu voz suene igual que la suya, cómo mirar igual que mira ella?

No hay nada que le guste más a la gente ni nada con lo que se rían más; eso sí, tienes que hacerlo bien, porque, si lo haces mal, quedas como un miserable. Para imitar a una persona, niño estúpido, zoquete, inútil redomado que no vales para nada, no debes limitarte a parecerte a ella, sino que tienes que ser más parecido a ella de lo que es ella misma, pues la persona se puede permitir ser de cualquier manera, pero tú no: tú tienes que ser ella en todo y de la forma más absoluta, y, si no eres capaz de hacer eso, date por vencido, déjalo de una vez y vuélvete al molino de tu papá en lugar de hacer perder el tiempo a Pirmin.

La clave es mirar bien, ¿te enteras? Eso es lo más importante: fíjate muy bien. Entiende a la gente. No es tan difícil. No son tan complejos. No quieren nada del otro mundo, solo que cada uno quiere lo que quiere de una manera un poco distinta. Así que, una vez captas de qué manera quiere lo que quiere cada cual, lo único que has de hacer es quererlo igual tú, y entonces tu cuerpo obedecerá, tu voz cambiará por sí sola y tus ojos mirarán como tienen que mirar. Por supuesto, tienes que practicar. Eso hay que hacerlo siempre. Practicar y practicar y practicar. Igual que debes practicar los equilibrios sobre la cuerda o a caminar sobre las manos, e igual que deberás practicar mucho más tiempo todavía hasta que seas capaz de hacer malabarismos con seis pelotas: siempre y siempre tendrás que practicar, y además con un maestro que no te deje pasar ni una, pues bastante se deja pasar uno mismo, ya que con nosotros mismos nunca somos demasiado estrictos, con lo cual es función del maestro pegarte y darte patadas y reírse de ti y decirte que eres un malnacido al que nunca le saldrá nada a derechas.

Así pues, de tanto darle vueltas a cómo imitar a las personas, el niño casi se ha olvidado del hambre. Se imagina a los Steger y al herrero y al cura de su pueblo, y a la pobre vieja Hanna Krell, de quien no sabía que era una bruja, pero ahora que lo sabe les encuentra un nuevo sentido a ciertas cosas. Uno tras otro, los va trayendo a su memoria y repasa cómo se mueve y cómo habla cada uno; y encorva la espalda o encoge el pecho, mueve los labios sin sonidos: ayúdame con el martillo, chico, dale a ese clavo, y la mano le tiembla ligeramente al levantarla, culpa del reúma.

Pirmin se detiene y les manda recoger ramas secas. Saben que va a ser imposible: después de tres días de lluvia, la humedad ha calado por todas partes, nada se ha librado de la lluvia y no queda nada seco. Pero como no quieren que Pirmin se enfurezca, se agachan y se meten a cuatro patas por debajo de los arbustos como si fueran a encontrarlas.

—¿Cómo termina el cuento? —susurra el niño—. ¿Al final entran en el país de Jauja?

—No —susurra Nele—. Encuentran un castillo donde reina un rey malo, pero lo matan y la joven se convierte en reina.

—¿Se casa con el ser diminuto?

Nele se echa a reír.

—¿Por qué no? —pregunta el niño.

Él mismo se sorprende de querer saber algo así, pero lo suyo es que al final de un cuento se casen, porque de otro modo no es un final de verdad y las cosas no se cierran como debe ser.

—¿Cómo se va a casar con él?

—¿Y por qué no?

—Porque tiene el tamaño de un pulgar.

—Si puede hacer magia, se vuelve grande.

—Está bien, entonces pronuncia un encantamiento y se convierte en príncipe y se casan, y son felices y comen perdices. ¿Bien?

—Mejor.

Sin embargo, cuando Pirmin ve las ramas húmedas que le han traído, se pone a gritar y a pegarles y a darles pellizcos. Tiene unas manos rápidas y fuertes, y justo cuando uno cree haberse zafado de una, ya te ha pillado la otra.

—¡Ratas! —les grita—. ¡Zarigüeyas! ¡Babosas inútiles, botarates que no valéis para nada! ¡No me extraña que vuestros padres os echaran de casa!

—Eso no es verdad —dice Nele—. Nos escapamos nosotros.

—Sí, ya —dice Pirmin—, y de su padre se ocupó el verdugo en la hoguera, ya lo sé, lo he oído muchas veces.

—En la horca —dice el niño—. En la hoguera no.

—¿Tú lo viste?

El niño no dice nada.

—¡En boca cerrada no entran moscas! —Pirmin ríe—. Amagar, amagar y no dar, y quien no sabe, aquí no cabe. Si lo colgaron por brujo, después quemaron el cuerpo, porque así es como va, así es como se hace. O sea que sí acabó en la hoguera y además lo colgaron.

Pirmin se pone en cuclillas, sus dedos trajinan con la leña mientras refunfuña, frota unos palos con otros y farfulla cosas… algunos de los conjuros le resultan conocidos al niño: arde, fuego, fuego de Dios, ángel desde lo alto, prende mi ramita, dame una llamita, que ardan estos palos; es una fórmula antigua que también utilizaba Claus. Y, en efecto, al poco rato ya huele el conocido aroma de la madera al arder. Abre los ojos y aplaude. Con su sonrisa socarrona, Pirmin hace un amago de reverencia. Infla los carillos y sopla aire al fuego. El resplandor de las ascuas arroja un curioso juego de luces sobre su cara. A su espalda, su sombra, agrandada hasta lo gigantesco, bailotea en los troncos de los árboles.

—Y ahora actuad para mí.

—Estamos cansados —dice Nele.

—Si queréis comer, actuáis. Es lo que hay. Así será hasta que os lleve la muerte. Sois gente del camino, no tenéis quien os proteja y, si llueve, no tenéis techo. No tenéis hogar. No tenéis más amigos que otra gente como vosotros, y esos os mostrarán de todo menos cariño cuando la comida sea escasa. A cambio, sois libres. No tenéis que obedecer a nadie. Lo único que necesitáis es correr lo bastante deprisa, si las cosas se ponen feas. Y si tenéis hambre, os toca actuar.

—¿Nos darás comida?

—¡Que te lo crees tú! ¡Tururú! —Pirmin menea la cabeza riendo, luego se sienta en el suelo detrás de la fogata—. Nada por aquí, nada por allá: sin ramitas no hay miguitas, y no metáis demasiado ruido, que hay mercenarios en el bosque. A estas horas estarán muy borrachos y también estarán furiosos, porque los campesinos de Nuremberg se han revuelto contra ellos. Como nos encuentren, saldremos muy mal parados.

Los dos niños vacilan un momento, pues están realmente agotados. No obstante, si están allí es para eso, se marcharon con Pirmin para actuar, para aprender números y trucos.

Primero, el niño hace una demostración de funambulismo. No tensa la cuerda demasiado alta, aunque ahora ya no se cae… pero nunca se sabe lo que va a hacer Pirmin, no sería raro que le lanzase algo de repente o hiciera cimbrearse la cuerda. El niño da unos cuantos pasos con precaución, para calibrar la tensión de la cuerda que apenas consigue ver con la luz del atardecer, luego gana seguridad y camina más deprisa hasta poder correr. Da un salto, una vuelta en el aire, vuelve a poner los pies sobre la cuerda y la recorre velozmente, ahora marcha atrás. Luego trota en la dirección contraria, se inclina hacia delante y, de pronto, está caminando sobre las manos, vuelve a llegar al final, da una voltereta para acabar otra vez de pie, aletea con los brazos tan solo un instante para recuperar el equilibrio y hace una reverencia. Baja al suelo de un salto.

Nele aplaude a rabiar.

Pirmin escupe:

–Lo del final es feo.

El niño se agacha, coge una piedra, la lanza al aire, la recoge y, sin mirar, la vuelve a lanzar. Mientras la piedra está en el aire, coge una segunda y la lanza, coge la primera, la lanza, coge una tercera a la velocidad del relámpago, recoge la segunda, la vuelve a lanzar y lanza también la tercera, recoge y vuelve a lanzar la primera y se arrodilla para coger una cuarta. Al final tiene cinco piedras revoloteando por encima de su cabeza, como una rueda que gira a la luz del crepúsculo. Nele contiene la respiración. Pirmin no se mueve, mira muy fijamente al niño, sus ojos son dos rajitas mínimas.

La dificultad reside en que las piedras no tienen la misma forma todas y no pesan lo mismo. Por eso, la mano debe adaptarse a cada una, tiene que coger y lanzar cada vez de distinta manera. Con las piedras pesadas, el brazo tiene que mantenerse más relajado, las ligeras tiene que lanzarlas con más fuerza, de modo que todas vuelen a la misma velocidad y dentro de una misma órbita. Solo sale bien si se ha practicado mucho. Al mismo tiempo, solo sale bien cuando uno se olvida de que es él mismo quien lanza las piedras. La clave es limitarse a contemplar cómo suben y bajan. Si se le pone demasiado empeño, se desbarata todo, y si uno se pone a pensar a la vez, pierde el ritmo y es del todo imposible.

Por un rato más, todavía es capaz de seguir. No piensa, se mantiene mentalmente al margen, mira hacia arriba y ve pasar las piedras por encima de su cabeza. Percibe la última luz del cielo a punto de anochecer entre las hojas, siente gotas de sudor en la frente y en los labios, oye el crepitar del fuego y de pronto comprende que no aguantará mucho más, que todo está a punto de descomponerse, y, adelantándose al desastre, deja caer la primera piedra entre los arbustos por detrás de su espalda, luego la segunda, la tercera, la cuarta y hasta la última y al final se mira las manos vacías con cara de sorpresa. ¿Dónde están mis piedras? Fingiendo desconcierto, saluda con una reverencia.

Nele aplaude de nuevo, Pirmin hace un gesto de desprecio con la mano, pero el niño sabe que, cuando no le insulta, es señal de que lo ha hecho bien. Sin duda, los malabarismos le saldrían mucho mejor si Pirmin le prestase sus pelotas. Tiene seis, de cuero duro, lisas y manejables, cada una de un color, con lo cual, si se lanzan a la velocidad suficiente, producen el efecto de un surtidor de brillantes colores. Pirmin las guarda en el saco de yute que siempre lleva al hombro y que los niños no se atreven a tocar; que se os ocurra meter la mano y os romperé los dedos. El niño ha visto a Pirmin haciendo malabarismos con las pelotas en algún mercado; lo hace con mucho arte, pero con menos agilidad de la que tuviera en tiempos, y, si se fija uno muy bien, nota que tanta cerveza fuerte poco a poco le está haciendo perder el sentido del equilibrio. Con sus pelotas, es probable que el niño lo hiciera mejor. Pero precisamente por eso, Pirmin no le permitirá utilizarlas jamás.

Lo siguiente es la actuación teatral. El niño hace una seña con la cabeza a Nele, que se levanta de un salto y empieza a contar una historia: antaño se reunieron dos ejércitos a las puertas de la dorada Praga, sonaban las trompetas, centelleaban las brillantes armaduras de los guerreros, y allí estaba el joven rey, lleno de valor, acompañado por su esposa inglesa.

Mas para los generales del emperador no hay nada intocable, ya redoblan sus tambores, ¿los oyes? Sobre las cabezas de los guerreros se ciñe el destino fatal de la cristiandad.

Los niños pasan de un papel al siguiente, cambiando la entonación, la voz y la lengua, y, como no saben ni checo ni francés ni latín, hablan el galimatías más maravilloso. El niño interpreta a un general del emperador, da la orden, oye tronar los cañones a sus espaldas, ve a los mosqueteros bohemios que lo apuntan con sus armas, recibe la orden de retirada, pero decide hacer oídos sordos, pues la retirada no conduce a la victoria... Y avanza, el peligro es grande, pero la suerte está de su lado, los mosqueteros ceden ante el valor de su regimiento, empiezan a sonar las fanfarrias de la victoria, el general las percibe más intensas que la lluvia y ya se encuentra frente al emperador en el dorado salón del trono. Su Majestad lo recibe, serenamente sentado en el trono, y con gentiles manos le impone la orden del mérito: «Hoy habéis salvado mi reino, generalísimo». El general ve los rostros de las grandes personalidades del reino, inclina la cabeza, ellos le muestran sus respetos con una sutil reverencia. Entonces se le acerca una noble dama: «Solo será una palabra, un encargo...». Tranquilo, le responde: «Lo que fuere y aunque me costara la vida, porque os amo». «Lo sé, noble caballero, pero debéis olvidarlo. Oíd mi petición: Deseo que...»

Algo le golpea la cabeza; saltan chispas, al niño se le doblan las piernas, tarda un momento en comprender que Pirmin le ha tirado algo a la cabeza. Se toca la frente, se inclina hacia delante, ahí está la piedra. Una vez más, se admira de la buena puntería que tiene Pirmin.

—Ratas asquerosas —dice Pirmin—. Inútiles. Pero ¿creéis que esto lo va a ver alguien? ¿Quién quiere ver a unos niños haciendo teatro? ¿Actuáis para vosotros mismos? Pues más os vale volver con vuestros padres, si es que no los han quemado en la hoguera. Ah... ¿que lo hacéis para el público? Entonces tenéis que ser mucho mejores. Una historia mejor, una actuación mejor, más deprisa, más brío, más gracia… ¡Más de todo! ¡Y luego tenéis que haberlo ensayado y ensayado!

—¡Su frente! —exclama Nele—. ¡Está sangrando!

—Y más tendría que sangrar. No es bastante. Quien no domina su oficio debería sangrar el día entero.

—¡Cerdo! —grita Nele.

Calculador, Pirmin coge otra piedra.

Nele se agacha.

—Volvemos a empezar —dice el niño.

—Hoy ya se me han quitado las ganas —dice Pirmin.

—Que sí —insiste el niño—. Sí, sí. Una última vez.

—No tengo ganas, se acabó —dice Pirmin.

Así pues, se sientan a su lado. El fuego se ha consumido y queda el débil resplandor de las brasas. Al niño le viene un recuerdo de algo que no sabe si fue vivido o soñado: ruidos nocturnos en la espesura del bosque, zumbidos y crujidos y chirridos de todas partes y un animal enorme, una cabeza de burro, unos ojos muy abiertos, un chillido como jamás oyera ninguno, y sangre caliente brotando a chorro. Sacude la cabeza como para ahuyentar el recuerdo, busca la mano de Nele. Sus dedos aprietan los de la niña.

Pirmin ríe por lo bajo. Como tantas veces, el niño se pregunta si ese hombre será capaz de leer el pensamiento. Tampoco es tan difícil, le explicó Claus en su día, basta con conocer los conjuros adecuados.

En el fondo, Pirmin no es mala persona. Al menos no es malo del todo, no tan redomadamente malo como parece a primera vista. A veces incluso hay algo tierno en él, una tolerancia que podría llegar a ser compasión, si no fuera porque tiene que llevar la dura vida de la gente del camino. En realidad, ya es demasiado viejo para andar vagando de sitio en sitio, soportando la lluvia y durmiendo bajo los árboles, pero, de algún modo, la mala suerte y el infortunio han hecho que se le pasaran todas las oportunidades de conseguir una colocación con comida y techo fijos, y a estas alturas sí que es imposible encontrarla ya. Puede pasar que, al cabo de unos años, le duelan tanto las rodillas que ya no pueda seguir viajando, con lo cual tendrá que quedarse en cualquier pueblo al servicio del campesino que se apiade de él y lo emplee de jornalero, para lo cual le hace falta mucha suerte, pues nadie quiere dar trabajo a la gente del camino: trae mala suerte y llama al mal tiempo y a que hablen mal los vecinos. Lo segundo que puede pasar es que Pirmin acabe mendigando ante las murallas de Nuremberg, Augsburgo o Munich, pues en las ciudades no dejan entrar a los mendigos. La gente suele tirarles comida a esos infelices, pero nunca hay suficiente para todos y se la llevan los más fuertes. Ahí es donde Pirmin se morirá de hambre.

También puede pasar que no llegue tan lejos. Por ejemplo, porque sufra una caída en alguna parte... las ramas húmedas son traicioneras, cuesta creer lo que puede llegar a resbalar la madera mojada; o que una piedra en la que se apoye al trepar no sea tan firme como parece. Se quedará tirado con una pierna rota al borde del camino, y si alguien pasa por allí dará un rodeo, asqueado, para evitar a un hombre caído en el barro, pues: ¿qué iba a hacer, cargar con él? ¿Darle calor y alimentarlo y ocuparse de él como de un hermano? Esas cosas se dan en las leyendas de las vidas de santos, pero en la realidad no.

¿Qué es, pues, lo mejor que le puede pasar a Pirmin? Que se le pare el corazón. Que, de golpe, una punzada le atraviese el corazón, que el dolor le recorra las entrañas por sorpresa durante una actuación en la plaza de un mercado: alza la mirada hacia sus pelotas, luego vive un instante del dolor más intenso, a continuación ha terminado todo.

Él mismo podría provocarlo. Difícil no sería. Mucha gente del camino lo hace... conocen las setas que inducen dulcemente al sueño. Pirmin, sin embargo, les ha confesado en un momento de debilidad que no se atreve. Dios formula su mandamiento más severo a este respecto: quien se quita la vida escapa de las injusticias de este mundo, pero lo hace al precio del martirio eterno en el otro. Y lo de «eterno» no significa únicamente «mucho tiempo». Significa que incluso el tiempo más largo que uno alcanzara a imaginar, aunque fueran mil veces los años que necesitaría un pájaro para deshacer el Blocksberg con el pico, eso no sería ni la infinitésima parte de su infinitésima parte. Y por mucho que dure, uno nunca llega a acostumbrarse al horror, ni a la soledad, ni al dolor. Así será. Por lo tanto, ¿quién puede tomarle a mal a Pirmin que sea como es?

Cierto es también que todo podría haber sido distinto. Pirmin también conoció sus buenos tiempos. En su día, tuvo un gran futuro por delante. En su mejor momento, incluso llegó a Londres, y cuando la cerveza le emborracha, empieza a hablar de ello. Entonces, les cuenta cosas del Támesis, tan ancho como es, a la luz del atardecer, de las tabernas y del bullicio de las calles... la ciudad es tan enorme que puedes pasar días recorriéndola y nunca se termina. Y hay teatros por todas partes. Él no entendía la lengua, pero la gracia de los actores y la veracidad que reflejaban sus rostros lo habían conmovido como nunca volviera a hacerlo nada en este mundo.

Aquello fue en sus años jóvenes. Fue uno de los muchos faranduleros que cruzaron el Canal con el séquito del joven príncipe elector Federico. Este, a su vez, iba para casarse con la princesa Isabel y, sabiendo cuánto apreciaban los ingleses el arte del espectáculo, quiso que lo acompañara todo el que supiera hacer algo espectacular en el país: ventrílocuos, hombres que tragaban fuego o hacían números de eructos, marionetistas, volatineros que caminaban sobre las manos, luchadores, jorobados, tullidos que pintaban con lo que fuera y muchos más, entre ellos también Pirmin. El tercer día de los festejos, Pirmin había presentado su número de las pelotas en la casa de un tal Bacon, ante todos los grandes caballeros y damas. Las mesas estaban cubiertas de flores, el señor de la casa permaneció de pie en la entrada del salón con una sonrisa inteligente y maliciosa.

—Como si los estuviera viendo ahora mismo —dice Pirmin—. La princesa toda estirada, el novio, más perdido que otra cosa. ¡Deberíamos ir en su busca!

—¿Ir adónde?

—¡A buscar al príncipe! Dicen que anda de país en país, viviendo a costa de los nobles protestantes. Dicen que arrastra consigo su pequeña corte. Y pienso yo: ¿tendrá bufón? A lo mejor un viejo bufón de la corte es justo lo que necesita un rey sin tierra.

Pirmin lo decía a menudo. También eso es fruto del exceso de cerveza: se repite y no le importa. Ahora, sin embargo, mastica su último pedazo de carne seca junto al fuego, mientras los niños pasan hambre y escuchan los sonidos del bosque. Se dan la mano e intentan pensar en cosas que los distraigan del hambre.

Con un poco de práctica, resulta muy fácil. Cuando se conoce bien el hambre, también se sabe cómo hacer para acallarla durante un rato. Hay que eliminar de la mente cualquier imagen de algo comestible, apretar los puños, controlarse, no ceder en absoluto. En su lugar, se puede pensar en los malabarismos, que también se pueden practicar mentalmente... así se mejora. O puede uno imaginarse cómo avanza sobre la cuerda, altísima, por encima de las cimas de los montes y por encima de las nubes. El niño contempla las brasas. El hambre te hace más ligero. Y, mientras fija la mirada en el resplandor rojo, cree verse a sí mismo a plena y amplia luz del día, como si lo cegara el sol.

Nele apoya la cabeza en su hombro. Mi hermano, piensa. Ahora, él es todo lo que le queda. Piensa en su casa, en aquel hogar que no habrá de volver a ver nunca, en su madre, que casi siempre estaba triste, en su padre, que le pegaba mucho más fuerte que Pirmin, y en su hermana y en los mozos. Piensa en la vida que le esperaba: el hijo de Steger, el trabajo en el horno de pan. Por supuesto, no se permite pensar en el pan... pero ahora que ha pensado que no debe pensar en el pan, pasa lo que no tenía que pasar y se imagina la hogaza de pan blandita, puede olerla y siente cómo sería tenerla en la boca.

—¡Basta! —dice el niño.

Nele no puede sino reírse y se pregunta cómo habrá adivinado él lo que estaba pensando. Pero ha funcionado, el pan ha desaparecido.

Pirmin se ha caído hacia delante. Está tumbado en el suelo como un fardo, su espalda sube y baja, y ronca como una bestia.

Preocupados, los niños miran a su alrededor.

Qué frío hace.

Pronto se habrá apagado el fuego.

EL GRAN ARTE DE LA LUZ Y LA SOMBRA

A Adam Olearius, matemático de la corte, comisionado del gabinete de curiosidades del ducado de Gottorp y autor de una crónica sobre un accidentadísimo viaje a Rusia y Persia que realizó como representante científico y del cual había regresado casi ileso pocos años atrás, no solían faltarle las palabras, si bien hoy el desasosiego le hacía difícil hablar. Frente a él –rodeado de media docena de secretarios vestidos con cogullas negras, en actitud reflexiva, atento, soportando la inabarcable riqueza de su formación como quien soporta una carga ligera– se hallaba nada menos que el padre Athanasius Kircher, profesor del Collegium Romanum.

Aunque era su primer encuentro, se trataron como si se conocieran desde hacía media vida. Así era habitual entre eruditos. Olearius preguntó a qué se debía la presencia de su ilustre colega allí, sin precisar adrede en la formulación si aquel «allí» se refería al Sacro Imperio Romano Germánico, a Holstein o al castillo de Gottorp, que se alzaba por detrás de ellos.

Kircher estuvo un rato pensando, como si hubiera de extraer la respuesta de las profundidades de su memoria, antes de responder con voz queda y demasiado aguda que había abandonado la Ciudad Santa con varios propósitos, el más importante de los cuales era hallar un remedio contra la peste.

–Dios nos ampare –dijo Olearius–. ¿Acaso la peste vuelve a llegar a Holstein?

Kircher guardó silencio.

Olearius se asombró de lo joven que era su interlocutor. Costaba imaginar que aquel hombre de rostro aniñado hubiera resuelto los misterios de las fuerzas magnéticas, el misterio de la luz, el misterio de la música, y al parecer también el misterio de la escritura del Antiguo Egipto. Olearius era muy consciente de su propia importancia, y la modestia no era precisamente lo que más destacaban de él. Sin embargo, en presencia de aquel visitante, temía que se le fuera a quebrar la voz. Se sobreentendía que entre dos eruditos no existía la enemistad por motivos religiosos. No habría sido así casi un cuarto de siglo antes, al inicio de la gran guerra, pero las cosas habían cambiado. En Rusia, Olearius, que era protestante, había hecho amistad con monjes franceses, y tampoco era un secreto que Kircher mantenía correspondencia con muchos estudiosos calvinistas. Únicamente, hacía un momento, cuando Kircher había traído a colación la muerte del rey sueco en la batalla de Lützen, mencionando en relación con ella la bondad de Dios nuestro Señor misericordioso, Olearius había tenido que morderse la lengua con todas sus fuerzas para no replicarle que la muerte de Gustavo Adolfo había sido una catástrofe en la que toda persona con sentido común no podía sino reconocer la mano del diablo.

—Decís que queréis curar la peste. —Olearius, aún sin saber qué respuesta darle a Kircher, carraspeó—. Y decís que habéis venido a Holstein por eso. ¿Cabe entender, pues, que la peste ha vuelto a nuestras tierras?

Kircher dejó pasar otro rato y, como tenía por costumbre, se miró las puntas de los dedos antes de contestar que, por supuesto, de haber un brote en el lugar, no habría viajado hasta allí para encontrar un remedio contra la peste, pues donde existe el brote es justo donde no se halla el remedio para impedir su propagación. La bondad del Señor había dispuesto de un modo muy propicio que el investigador del remedio, en vez de poner su vida en peligro, tuviera la oportunidad de viajar a aquellos lugares donde la enfermedad aún no se había extendido. Pues solo en ellos se encontraría lo que, por el poder de la naturaleza y la voluntad de Dios, servía para hacerle frente.

Estaban sentados en el único banco de piedra que aún quedaba entero en los jardines del castillo, mojando azucarillos en vino diluido con agua. Los seis secretarios de Kircher se mantenían de pie a una respetuosa distancia y los contemplaban fascinados.

No era un vino bueno, y Olearius sabía que tampoco el parque y el castillo tenían nada de impresionante. Los merodeadores habían talado los viejos árboles, la hierba estaba llena de manchas negras fruto de los fuegos, y los arbustos se veían tan destrozados como la fachada del edificio, al que además le faltaba un trozo del tejado. Olearius tenía edad suficiente como para acordarse de los días en que aquel castillo era una de las joyas del norte, el orgullo de los duques de Jutlandia. Él todavía era niño por entonces, y su padre un simple artesano, pero el duque había reconocido su talento y le había permitido estudiar, y más tarde lo había enviado como representante científico a Rusia y a la lejana y esplendorosa Persia, donde había visto camellos y grifos y torres de jade y serpientes que hablaban. De buen grado se habría quedado allí, pero había jurado fidelidad al duque, y también su esposa lo esperaba en casa... o al menos así lo creía él, pues no sabía que ella había muerto estando él de viaje. Así pues, había regresado a las frías tierras germanas, la guerra y la triste existencia del viudo.

Kircher afiló los labios, tomó un sorbo más de vino, hizo una casi imperceptible mueca de asco, se secó la boca con un pañuelito manchado de rojo y prosiguió con su explicación de por qué se encontraba allí.

—Es un experimento —dijo—. El nuevo método para hallar certezas. Se trata de hacer experimentos. Por ejemplo, se prende una bola hecha de azufre, betún y carbón, y al instante se percibe que la visión de ese fuego despierta la ira. Quien se halla en la misma habitación, es presa total de la furia. Ello se debe a que la bola encarna las propiedades de Marte, el planeta rojo. De manera similar pueden aprovecharse las propiedades acuosas de Neptuno para sosegar el ánimo excitado, o las propiedades perturbadoras de la engañosa Luna para envenenar los sentidos. Con solo pasar un breve rato cerca de un imán con las mismas propiedades que la Luna, una persona cuerda acaba tan ebria como si se hubiera bebido un odre de vino.

—¿Los imanes causan embriaguez?

—Leed mi libro. En mi nueva obra habrá aún más datos al respecto. Se titula *Ars magna lucis et umbrae* y responde a las preguntas aún abiertas.

—¿A cuáles?

—A todas. Por lo que respecta a la bola de azufre: el experimento me llevó a la idea de administrar a un enfermo de peste un cocimiento de azufre y sangre de caracol. Por un lado, el azufre le haría expulsar los componentes marcianos de la enfermedad, por otro, la sangre de caracol en tanto sustituto draconiano contribuye a dulcificar lo que avinagra los fluidos corporales.

—¿Cómo dice?

Kircher volvió a mirarse las puntas de los dedos.

—¿La sangre de caracol funciona como sustituto de la sangre de dragón? —preguntó Olearius.

—No —explicó Kircher, indulgente—. La bilis de dragón.

—¿Y qué os trae hasta aquí?

—La sustitución tiene sus límites. El enfermo de peste del experimento murió a pesar del cocimiento, lo cual demuestra que la auténtica sangre de dragón lo habría curado. Por consiguiente, se necesita un dragón de verdad, y el último dragón del norte vive en Holstein.

Kircher se miró las manos. Su aliento formaba nubecillas de vaho. Olearius tenía frío. En el interior del castillo no se estaba mucho más caliente, pues no quedaban árboles por ninguna parte, y la escasa leña la consumía el propio duque en su aposento.

—¿Se ha visto acaso a ese dragón?

—Por supuesto que no. De haberse dejado ver, sería un dragón carente de la principal propiedad de los dragones, a saber: volverse imposible de encontrar. Por ese mismo motivo hay que tratar con el máximo escepticismo los testimonios de la gente que afirma haber visto un dragón, ya que un dragón que se dejara ver se delataría a priori como dragón que no es auténtico dragón.

Olearius se frotó la frente.

–Parece ser que por estas latitudes no se ha dado testimonio alguno de avistamientos de dragones. Esto me lleva, pues, a la certeza de que tiene que haber uno por aquí.

–Pero hay muchos otros lugares donde tampoco se atestigua. ¿Por qué ha de ser precisamente aquí?

–En primer lugar, porque la peste se ha retirado de estas tierras. Eso es una señal muy fuerte. En segundo lugar, he usado un péndulo.

–¡Pero eso es magia!

–No lo es si se utiliza un péndulo magnético. –Kircher miró a Olearius con ojos muy brillantes. La sonrisa ligeramente condescendiente se borró de su rostro cuando se inclinó para hacer una reverencia y preguntar, con una naturalidad que dejó pasmado a aquel–. ¿Me ayudaréis?

–¿A qué?

–A encontrar al dragón.

Olearius hizo como si tuviera que pensárselo. Obviamente, no era una decisión difícil. Ya no era lo que se dice joven, no tenía hijos y su esposa había fallecido. Visitaba su tumba a diario, y seguía sucediéndole que se despertaba a media noche y se echaba a llorar de tanto como la echaba de menos y tanto como le pesaba la soledad. Nada lo retenía allí. Cuando el erudito más importante del mundo le invitaba a una aventura común, no había muchas vueltas que darle a la decisión. Tomó aire para responder.

Pero Kircher se le adelantó. Se puso en pie y se sacudió el polvo de la cogulla.

–Muy bien, entonces nos pondremos en camino mañana temprano.

—Me gustaría contar con la compañía de mi ayudante —dijo Olearius, un tanto molesto—. El maestro Fleming* es muy competente y nos será de ayuda.

—Magnífico —dijo Kircher, quien obviamente ya estaba pensando en otra cosa—. Mañana temprano, pues. Está bien, nos dará tiempo a todo. ¿Podéis conducirme ante el duque?

—Ahora mismo no recibe.

—No os preocupéis. Cuando se entere de quién soy, se considerará afortunado de poder hacerlo.

Cuatro carrozas iban traqueteando por el campo. Hacía frío, la pálida neblina del amanecer bañaba los prados. La última carroza iba de suelo a techo llena de libros que Kircher acababa de adquirir en Hamburgo; en la anterior viajaban tres secretarios, copiando manuscritos en la medida que el movimiento lo permitía; en la segunda iban dos secretarios durmiendo; en la primera, Athanasius Kircher, Adam Olearius y su compañero de viajes de tantos años, el maestro Fleming, mantenían una conversación que seguía atentamente un último secretario, con pluma y papel sobre las rodillas para recogerlo todo por escrito.

—Entonces ¿qué haremos si damos con él? —preguntaba Olearius.

—¿Con el dragón? —preguntó Kircher.

Por un instante, Olearius olvidó la profunda admiración que sentía por aquel hombre y pensó: «No le aguanto más».

—Sí —dijo luego—. Con el dragón.

En lugar de responderle, Kircher se dirigió al maestro Fleming.

—Si he entendido bien, ¿es usted músico?

—Soy médico. Pero sobre todo escribo poemas. Y estudié música en Leipzig.

* Paul Fleming (1609-1640). *(N. de la T.)*

—¿Poemas en latín o en francés?

—En alemán.

—¿De verdad?

—¿Qué haremos si damos con él? —repitió Olearius.

—¿Con el dragón? —preguntó Kircher, y en ese momento sí que Olearius habría querido darle una bofetada.

—Sí —dijo Olearius—. ¡Con el dragón!

—Lo amansaremos con música. Me permito dar por hecho que habéis estudiado mi obra *Musurgia universalis*.

—¿*Musica universalis*?

—*Musurgia.*

—¿Y por qué no es *Musica*?

Kircher miró a Olearius con desdén.

—Por supuesto —dijo Fleming—. Todo cuanto sé de armonía es gracias a vuestro libro.

—Eso mismo oigo a menudo. Casi todos los músicos lo dicen. Es una obra importante. No es la más importante de las que he escrito, pero no cabe duda de que es importante. Son varios los príncipes que han mandado construir órganos hidráulicos de acuerdo con mi diseño. Y en Brunswick tienen planeado construir mi piano de gatos. No deja de extrañarme un poco, pues se trataba más bien de un constructo mental y dudo que los resultados sean gratos al oído.

—¿Qué es un piano de gatos? —preguntó Olearius.

—¿De modo que no lo habéis leído?

—Es mi memoria… Ya soy un hombre de cierta edad. Desde aquel viaje que hicimos, tan lleno de accidentes, no siempre me obedece.

—¡Vive Dios! —intervino Fleming—. ¿Te acuerdas de cuando nos cercaron los lobos en Riga?

—Es un piano que produce el sonido mediante la tortura de animales —explicó Kircher—. Se acciona una tecla y, en lugar de percutir una cuerda, produce cierto dolor, dosificable, a un animal pequeño que así emitiría un sonido… sugiero gatos, pero también funcionaría con topillos, los perros resultarían demasiado grandes y los grillos demasiado pequeños. Al soltar la tecla, cesaría también el dolor y, por consiguiente, el animal se callaría. Ordenando los gatos en función de la altura de su maullido, se podría hacer música sobre esta inusualísima escala.

Durante un rato, reinó el silencio. Olearius miraba la cara de Kircher, Fleming se mordía el labio inferior.

—¿Cómo es que escribís vuestros poemas en alemán? —preguntó finalmente Kircher.

—Sé que suena insólito —dijo Fleming, que estaba esperando esa pregunta—. Pero, por supuesto, es posible. Nuestra lengua alemana está naciendo. Henos aquí, tres hombres del mismo país, hablando en latín. ¿Por qué? Es posible que el alemán todavía no haya alcanzado el suficiente grado de riqueza y flexibilidad, aún es un gran caldo de cultivo, una criatura que aún no se ha formado del todo, pero algún día alcanzará la madurez.

—Volviendo al dragón… —dijo Olearius para cambiar de tema.

Ya había vivido aquello muchas veces: como Fleming la emprendiera con su pasión por la lengua alemana, no dejaría abrir la boca a nadie más en un buen rato. Y luego, como siempre, terminaría poniéndose a recitar poemas con la cara colorada. No eran malos en absoluto aquellos poemas que escribía, tenían fuerza y resultaban melodiosos. Pero ¿quién querría escuchar poemas sin previo aviso y, para colmo, en alemán?

—Nuestra lengua no es aún más que un galimatías de dialectos —dijo Fleming—. Cuando uno no sabe cómo continuar la frase, introduce la palabra que haga falta en latín o en italiano o hasta en francés, y de alguna manera también se construyen las frases de acuerdo con el orden de palabras latino. ¡Pero eso cambiará! Una lengua necesita ser alimentada y cuidada, hay que ayudarla a florecer y a dar fruto. Y esa ayuda consiste precisamente en escribir poesía. —Las mejillas de Fleming se habían puesto coloradas, el bigote se le erizaba ligeramente, su mirada estaba fija–. Si se empieza una frase en alemán, hay que obligarse a terminarla en alemán también.

–¿No va en contra de la voluntad del Señor infligir dolor a los animales? –preguntó Olearius.

–¿Por qué? –Kircher arrugó la frente–. No existe diferencia alguna entre los animales del Señor y los objetos del Señor. Los animales son máquinas construidas sofisticadamente que se componen a su vez de otras máquinas construidas todavía más sofisticadamente. ¿Dónde está la diferencia entre extraer el sonido mediante una columna de agua o mediante un gatito? No pretenderá afirmar que los animales poseen alma inmortal. ¡Estaría el Paraíso que no cabría ni un alfiler! No podría uno ni darse media vuelta sin pisar algún gusanito.

–Yo fui niño del coro en Leipzig –dijo Fleming–. Todos los días, a las cinco de la mañana, íbamos a cantar a la iglesia de Santo Tomás. Cada voz tenía que seguir su propia línea melódica, y el que desafinara se llevaba una tanda de azotes. Era difícil, aunque una mañana, todavía la recuerdo, comprendí por primera vez lo que era la música. Y cuando, más adelante, estudié el arte del contrapunto, comprendí lo que es el lenguaje. Y comprendí cómo se compone la poesía en ese lenguaje… justo dejando que sea el propio lenguaje quien dicte la pauta. «Gehen» y «sehen», «Schmerz» y «Menschenherz». La rima alemana es pregunta y respuesta. «Pein», «Sein» y «Schein».* La rima no es una casualidad fonética. Se da allí donde las ideas encajan unas con otras.

–Es bueno que seáis conocedor de la música –dijo Kircher–. He traído las partituras de melodías para enfriar la sangre y sosegar el espíritu de los dragones. ¿Sabéis tocar la corneta?

* Las palabras que riman corresponden respectivamente a: «andar» y «mirar»; «dolor» y «corazón humano»; «sufrimiento», «existencia», «apariencia». *(N. de la T.)*

–No muy bien.

–¿El violín?

–Malamente. ¿Dónde habéis obtenido esas partituras?

–Las he compuesto yo mismo siguiendo los criterios científicos más rigurosos. No os preocupéis, no será necesario que toquéis para el dragón, ya encontraremos músicos que lo hagan. Por pura cuestión de categoría, no sería de recibo que tocara los instrumentos ninguno de nosotros.

Olearius cerró los ojos. Por un instante imaginó un dragón emergiendo del campo, dibujándose sobre el cielo con una cabeza de la altura de una torre... Ese podría ser tu final, pensó, después de todos los peligros a los que has sobrevivido.

–Con todos mis respetos para con vuestro afán, joven –dijo Kircher–, la lengua alemana no tiene futuro. En primer lugar, porque es un idioma feo, espeso y turbio, un idioma para gente iletrada que no se baña. En segundo lugar, no queda tiempo para tan largo proceso de formación y desarrollo. Dentro de setenta y seis años terminará la Edad del Hierro, el fuego se hará dueño del mundo y regresará nuestro Señor con toda su gloria. No hace falta ser un gran conocedor de los astros para predecirlo. La matemática simple basta.

–¿Y qué tipo de dragón es exactamente? –preguntó Olearius.

–Lo más probable es que se trate de un dragón alpino: un *Tatzelwurm** muy añoso. Mis conocimientos de dracontología no alcanzan el grado de los que poseyera mi mentor, Tesimond en paz descanse, pero las nubecillas en forma de tirabuzón que observé durante una excursión de un día a Hamburgo me dieron las pistas suficientes. ¿Habéis estado en Hamburgo alguna vez? Es asombroso, la ciudad no se ha destruido en absoluto.

* Literalmente «gusano con garras», el *Tatzelwurm* es un animal fabuloso de la zona de los Alpes. *(N. de la T.)*

—¿Nubes? —preguntó Fleming—. ¿Cómo puede un dragón originar...?

—No las origina, es una analogía. Por las alturas sucede lo mismo que bajo la tierra. Las nubes se transforman y desplazan como los enjambres de moscas, del mismo modo en que los dragones tienen un cuerpo como el de tantos gusanos. De ahí los símiles. Los gusanos y las moscas son insectos. ¿Veis la relación?

Olearius se sujetó la cabeza con las manos. No se encontraba nada bien. En Rusia, había pasado miles de horas viajando, pero de eso hacía ya bastante y había dejado de ser un hombre joven. Cierto es que su malestar también podía estar relacionado con Kircher, quien se le había hecho insoportable hasta un punto que no habría alcanzado ni a describir.

—¿Y una vez tengamos calmado al dragón...? —preguntó Fleming—. Cuando lo hayamos encontrado y capturado, ¿qué haremos?

—Le sacaremos sangre. Toda la que abarquen nuestros manguitos de cuero. Luego la llevaré a Roma para procesarla con ayuda de mi asistente y convertirla en remedio contra la muerte negra que será administrado al Papa y al emperador y a los príncipes católicos... —vaciló un momento—, así como tal vez a aquellos protestantes que lo merezcan. Quiénes sean estos en concreto ya habrá que negociarlo. Quizá de esta forma se logre poner fin a la guerra. No estaría desacertado que fuera precisamente yo, con la ayuda de Dios, el que lograse acabar con esta matanza. Ambos seréis mencionados en mi libro como corresponde. Es más, para ser exactos os he mencionado ya.

—¿Nos habéis mencionado?

—Para ahorrar tiempo, ya traigo el capítulo redactado de Roma. Guglielmo, ¿lo tenéis a mano?

El secretario se agachó y, entre ayes, rebuscó bajo su asiento.

—Respecto a los músicos —dijo Olearius—, mi propuesta sería que preguntásemos en el circo ambulante asentado ahora en las landas de Holstein. Hablan mucho de él, la gente acude desde lejos para verlo. Sin lugar a dudas tendrán músicos.

El secretario se incorporó de nuevo, con la cara colorada, y les presentó un fajo de papeles. Lo hojeó un momento, se sonó la nariz en un pañuelo que distaba de estar limpio y con el que después también se secó la calva, pidió disculpas con voz queda y comenzó a leer. Pronunciaba el latín con una melodía muy marcada por el italiano e iba siguiendo el compás con la pluma de una forma un tanto amanerada: «Entonces emprendí la búsqueda en compañía de dos eruditos alemanes de merecido renombre. Las circunstancias nos eran hostiles, las condiciones meteorológicas muy duras, la guerra se había alejado de la región, si bien seguía lanzando algunas ráfagas de adversidad, y habíamos de estar preparados tanto para enfrentarnos a merodeadores como a bandidos como a animales desnaturalizados. No pudo echarme atrás nada de esto, encomendé mi alma al Todopoderoso, que siempre había protegido y sigue protegiendo a su humilde servidor, y no tardé en encontrar al dragón, al que no fue difícil amansar y vencer gracias a las expertas medidas adoptadas. Su sangre caliente me sirvió de base para más de una empresa, tal y como describo más adelante en esta misma obra, y así la más terrible epidemia, la que durante tanto tiempo mantuvo en vilo a la cristiandad, pudo ser alejada de los grandes, de los poderosos y de las personas de mérito, con lo cual en el futuro solo habrá de asolar al pueblo llano. Y cuando, entonces…».

—Gracias, Guglielmo, es suficiente. Naturalmente, detrás de las palabras «eruditos alemanes de merecida fama» añadiré vuestros nombres. De nada, no me lo agradezcáis. Insisto. Es lo menos que puedo hacer.

Y tal vez, pensó Olearius, consistiera finalmente en eso la inmortalidad que la vida habría de depararle: una mención en el libro de Athanasius Kircher. Su propia obra sobre sus viajes habría de desaparecer tan pronto como los poemas que el pobre Fleming mandaba imprimir una y otra vez. El tiempo, tan voraz, lo borraba todo, pero contra algo así no tendría poder. Pues si de algo no cabía duda alguna era de una cosa: mientras existiera el mundo, se leería a Athanasius Kircher.

A la mañana siguiente encontraron el circo. El encargado del albergue en el que pernoctaron les había indicado que se dirigieran hacia el oeste; siguiendo el camino vecinal todo el tiempo, no tenía pérdida. Y como en esa zona no había colinas y habían talado todos los árboles, al poco rato divisaron a lo lejos un palo en el que ondeaba un pedazo de tela de colores.

Poco después reconocieron tiendas y un hemiciclo de bancos de madera para los espectadores, enmarcado por dos postes sobre los cuales se veía la fina línea de una cuerda tensada. Entre las tiendas había carros cubiertos, caballos y burros pastando, algunos niños jugando, un hombre durmiendo en una hamaca. Una anciana lavaba ropa en un barril.

Kircher parpadeó. No se encontraba bien. Se preguntó si podía deberse a los vaivenes de la carroza o, como se temía, a aquellos dos alemanes. ¡Qué antipáticos, serios en exceso, limitados, qué cabezas más duras! Además, costaba mucho ignorar el hecho de que olían mal. Hacía mucho tiempo que no viajaba al imperio germánico y casi había olvidado el dolor de cabeza que produce estar entre alemanes.

Aquellos dos lo subestimaban, era evidente. Estaba acostumbrado. Ya de niño se había visto subestimado, primero por sus padres, después por el maestro de la escuela del pueblo, hasta que el cura lo había recomendado a los jesuitas. Gracias a ellos había podido estudiar, pero luego lo habían subestimado los compañeros del seminario, que tan solo veían en él a un joven muy afanoso… ninguno había sabido reconocer cuánto más valía; solo su mentor, Tesimond, se había dado cuenta de que tenía algo especial y lo había sacado de aquella masa de monjes de pensamiento moroso. Con Tesimond había viajado por todas partes y había aprendido mucho de él, pero también el maestro lo subestimaba, no le había creído capaz de superar una existencia de asistente, con lo cual se había visto obligado a desvincularse de él: paso a paso y con la máxima delicadeza, pues a alguien como su mentor no se le debía contrariar.

Se había visto obligado a fingir que los libros que escribía no eran sino una manía inocente, pero en secreto los había ido enviando, con la correspondiente cartita dedicatoria, a las personalidades importantes del Vaticano. Y, de hecho, Tesimond no había podido superar el disgusto de que su secretario fuera llamado a Roma un buen día; se había puesto enfermo e incluso se había negado a darle su bendición cuando fue a despedirse de él. Kircher aún recordaba todo perfectamente: la habitación de Viena, el vejestorio de Tesimond enrollado en su manta. Se limitó a farfullar algo incomprensible, fingiendo no entender a Kircher, quien en vista de lo cual tuvo que marcharse sin su bendición a Roma, donde fue recibido por los colaboradores de la gran biblioteca... quienes también habrían de subestimarlo. Lo consideraban valioso para organizar, cuidar y estudiar libros, pero no habían entendido que tardaba menos tiempo en escribir un libro del que otros necesitaban para leerlo, y así se había visto obligado a demostrarlo una y otra vez y otra más, hasta que, por fin, el Papa lo había nombrado para ocupar la cátedra más importante de su universidad, además de otorgarle todos poderes especiales posibles.

Siempre sucedería igual. Los momentos de confusión de sus años jóvenes habían quedado atrás, ya no perdía la noción del tiempo. A pesar de todo, la gente no veía la fuerza que latía en su interior, ni su gran determinación o su prodigiosa memoria. Incluso ahora que era célebre en el mundo entero y que no era posible estudiar ninguna ciencia sin conocer las obras de Athanasius Kircher, volvía a sucederle lo mismo cada vez que salía de Roma: en cuanto se encontraba con compatriotas alemanes, lo miraban con el mismo desprecio de siempre. ¡Qué error, haber emprendido aquel viaje! Lo suyo era no moverse del mismo sitio, trabajar, hacer acopio de todas sus fuerzas y desaparecer detrás de los libros. Lo suyo era ser una autoridad que no tuviera cuerpo: una voz a la que el mundo prestase oídos sin preguntarse cómo era el cuerpo que la emitía.

De nuevo, había sucumbido a una debilidad. En realidad, no era la peste lo que le importaba, sino que, ante todo, necesitaba un motivo para buscar al dragón. Son las criaturas más viejas y más sabias, decía Tesimond, y cuando te encuentras frente a uno, te conviertes en otra persona; es más: cuando oyes su voz, ya nada vuelve a ser como antes. Con la cantidad de cosas que había descubierto en el mundo, a Kircher seguía faltándole el dragón; sin el dragón, su obra no estaba completa, y, en el caso de verse en verdadero peligro, siempre podría utilizar el último y más potente conjuro defensivo, esa magia a la que solo se puede recurrir una vez en la vida: si el peligro llega a ser máximo —así lo había remarcado siempre Tesimond—, si te encuentras frente al dragón y ya no hace efecto ninguna otra cosa, puedes emplearlo una vez, solo una vez, una única vez nada más, así que piénsatelo muy bien: una única vez. Primero, te imaginas el más potente de los cuadrados mágicos.

S A T O R
A R E P O
T E N E T
O P E R A
R O T A S

Es el más antiguo de todos, el más secreto y el que más fuerza encierra. Tienes que verlo ante ti, cierra los ojos y comprueba que lo ves perfectamente, entonces pronúncialo con los labios cerrados, sin voz, letra por letra, y luego, ya en alto y tan claro como para que te oiga el dragón, dices una verdad que no hayas contado jamás, ni siquiera a tu amigo más íntimo, ni siquiera a tu confesor. Esto es lo más importante: que jamás haya sido verbalizada. Entonces, se levantará una niebla que te permitirá escapar. La debilidad se adueñará de todos los miembros del monstruo; un somnoliento olvido apresará su mente, y eso te permitirá salir corriendo antes de que te atrape. Cuando vuelva en sí, no te recordará. Ahora bien, que no se te olvide que solo puedes hacerlo una vez.

Kircher se miró las puntas de los dedos. Llegado el caso de que la música no amansara al dragón, estaba decidido a emplear este último recurso y salir huyendo en una de las carrozas. Probablemente, el dragón se comería a los secretarios... bien lo sentía por ellos, sobre todo por Guglielmo, con lo listo y dispuesto que era... Sin duda, también se comería a los dos alemanes. Eso sí, él saldría ileso gracias a la ciencia, así que no había nada que temer.

Ese viaje sería el último que hiciera. Emprender otro le resultaba impensable, sencillamente no estaba hecho para tales trotes y penurias: se mareaba en los transportes, la comida era espantosa, siempre hacía frío, y no había que subestimar los peligros. Cierto era que la guerra se había desplazado hacia el sur, pero eso no significaba que la vida en el norte fuera agradable. ¡Cuán devastado estaba todo y qué grado de penuria reinaba entre la gente! Cierto era también que en Hamburgo había encontrado algunos libros que llevaba mucho buscando —el *Organicon* de Hartmut Elias Warnick, una edición de *Melusina mineralia* de Gottfried von Rosenstein y algunas hojas manuscritas que podrían ser de Simón de Turín—, pero eso distaba de ser un consuelo ante la circunstancia de que hacía semanas que echaba en falta su laboratorio, donde tan bien ordenado y accesible lo tenía todo, mientras que en el resto de los sitios reinaba el caos.

¿Por qué tenía que mostrarse siempre tan impenetrable la creación de nuestro Señor, de dónde le vendría esa pertinaz tendencia a la confusión y el enredo? Lo que el espíritu tenía claro resultaba ser una pura maraña en la realidad. Kircher no había tardado en comprender que uno debía fiarse del entendimiento sin dejarse turbar por los caprichos de la realidad. El resultado de un experimento tenía que ser precisamente aquel que se tenía pensado, y cuando se tenía una idea clara y distinta de las cosas, lo que había que hacer era describirlas ateniéndose a esa idea y no a su apariencia sensible.

Solo gracias a que había aprendido a tener fe absoluta en el espíritu divino había sido capaz de llevar a cabo la más magna de sus obras, el desciframiento de los jeroglíficos. Había dilucidado el misterio estudiando el antiguo obelisco egipcio que en su día comprara para el Papa el cardenal Bembo: se sumergió tan a fondo en aquellos símbolos que al final los comprendió. Combinando un lobo y una serpiente, el significado debía de ser «peligro», pero si llevaban debajo una línea de puntos ondulada, había que añadir el elemento «Dios», que protegía a quienes merecían su protección, con lo cual los tres símbolos juntos querían decir «misericordia». Y ahí Kircher se había arrodillado para dar gracias al cielo por semejante iluminación. El óvalo inclinado hacia la izquierda representaba el «juicio», y si también había un sol, significaba «el día del juicio»; ahora bien, si lo que había era una luna, significaba el tormento del hombre que reza por las noches y, por consiguiente: el alma del pecador o, a veces, también el infierno. El hombrecillo tenía que ser el símbolo de «hombre», pero si llevaba una vara, era el hombre que trabajaba o el «trabajo», y los símbolos que seguían indicaban en qué trabajaba: si eran puntos, era un agricultor; si eran rayitas, un barquero; si eran círculos, un sacerdote... aunque, como los sacerdotes también escribían, eso podía significar igualmente «escriba», dependiendo de la posición del símbolo en la línea del texto, pues el sacerdote siempre aparecía al principio de la línea, en tanto que el escriba siempre estaba al final de los hechos que recogía en su texto. Kircher había pasado semanas de éxtasis, pronto no necesitó ni la tabla de símbolos, escribía jeroglíficos como si no hubiera hecho otra cosa en su vida. Ya no dormía por las noches, porque soñaba en jeroglíficos, sus ideas se expresaban en forma de rayas y puntos y cuñitas y ondas. Así era sentir la gracia divina. Su libro, que poco después habría de imprimirse con el título de *Oedipus aegyptiacus*, era su mayor logro. Mil años había pasado la humanidad sin saber qué hacer ante aquel misterio, nadie había sido capaz de resolverlo. Y ahora estaba resuelto.

Era un fastidio que la gente fuese tan corta de entendederas. Recibió cartas de otros jesuitas de Oriente hablándole de secuencias de símbolos que no coincidían con el sistema descrito por él, y hubo de responderles que no era relevante en absoluto lo que, diez mil años atrás, hubiera grabado en la piedra el incompetente de turno, cualquier escriba de cuarta fila con menos conocimientos de aquella escritura que una autoridad como él. ¿Para qué prestar la más mínima atención a sus errores? ¿Acaso había recibido aquel infeliz una carta de agradecimiento de César? Él, sin embargo, Athanasius Kircher, podía mostrar una. Le había enviado una loa al emperador en jeroglíficos y siempre llevaba consigo la carta de agradecimiento que recibió en respuesta desde Viena: doblada y cosida dentro de un bolsillo de seda. Involuntariamente, se llevó la mano al pecho, notó el pergamino a través del jubón y al punto se sintió un poco mejor.

Las carrozas se habían detenido.

—¿No os encontráis bien? —preguntó Olearius—. Estáis pálido.

—Me encuentro magníficamente —dijo Kircher irritado.

Abrió la puerta con brusquedad y bajó. El sudor de los caballos humeaba. La pradera estaba húmeda. Kircher parpadeó y se apoyó en la carroza. Estaba mareado.

—¡Oh, hombres importantes! —dijo una voz—. Aquí, entre nosotros.

Más allá, en las tiendas, había gente, y algo más cerca de ellos estaba la anciana que lavaba ropa en un barril, pero la única criatura que tenían realmente al lado era un borrico. El animal levantó la vista y luego volvió a bajar la cabeza para arrancar briznas de hierba.

—¿Lo habéis oído vos también? —preguntó Fleming.

Olearius, que había bajado de la carroza, asintió con la cabeza.

—Soy yo —dijo el burro.

—Esto tiene una explicación —dijo Kircher.

—¿Y cuál es? —dijo el burro.

—El arte de la ventriloquia —dijo Kircher.

—Cierto —dijo el burro—. Yo soy Origenes.

—¿Y dónde se esconde el ventrílocuo? —preguntó Olearius. Detrás de ellos habían bajado también Fleming y el secretario. Los demás secretarios les siguieron.

—No está nada mal —dijo Fleming.

—Duerme muy raras veces —dijo el burro—. Pero ahora está soñando con vosotros. —Su voz sonaba muy grave y tan extraña como si no procediera de una garganta humana—. ¿Queréis ver nuestra función? Pasado mañana habrá una. Tenemos un tragafuegos y un volatinero que camina sobre las manos y un especialista en tragar monedas que soy yo. Dadme monedas, que me las tragaré. ¿Queréis verlo? Me las trago todas. Tenemos una bailarina y actriz principal y una doncella a la que entierran y se queda una hora enterrada pero luego, cuando la desentierran, sale tan fresca y sin haberse asfixiado. ¿Os he dicho ya que tenemos una bailarina? La actriz y la bailarina y la doncella son la misma persona. Y tenemos al mejor funámbulo del mundo, que también es nuestro actor principal. Pero justo ahora está durmiendo. Y tenemos un contrahecho tan contrahecho que apenas se sabe dónde está la cabeza, y los brazos no se los encuentra ni él.

—Y tenéis un ventrílocuo —dijo Olearius.

—Eres un hombre muy listo —dijo el burro.

—¿Tenéis músicos? —preguntó Kircher, consciente del hecho de que su renombre podía verse perjudicado por mantener una conversación con un burro ante testigos.

—Faltaría más —respondió el burro—. Media docena. Nuestros dos actores bailan, es la apoteosis de nuestra representación. ¿Cómo se va a hacer sin músicos?

—Hemos oído suficiente —dijo Kircher—. ¡Que se muestre ya el ventrílocuo!

—Heme aquí —dijo el burro.

Kircher cerró los ojos, expulsó el aire muy lentamente, volvió a inspirar. ¡Qué error!, pensó. El viaje entero, aquella visita al circo. ¡Qué error todo! Recordó la tranquilidad de su estudio, su mesa de trabajo de piedra, los libros en sus estanterías, recordó la manzana pelada que le traía su ayudante con la tercera campanada de la tarde, el vino tinto en su copa de cristal veneciano preferida. Se frotó los ojos y dio media vuelta para marcharse.

—¿Necesitas acaso un barbero sangrador? —preguntó el burro—. También vendemos medicamentos. Dilo por las buenas.

No es más que un borrico, pensó Kircher. Pero apretó los puños de rabia. ¡En Alemania se burlaban de él incluso los animales!

—Arregladlo —dijo a Olearius—. Hablad con esa gente.

Olearius lo miró con asombro.

En ese momento Kircher ya estaba regresando a la carroza por encima de un montón de boñiga de burro, sin prestarle mayor atención al matemático. Cerró la puerta y corrió las cortinas. Siguió oyendo cómo, en el exterior, Olearius y Fleming hablaban con el burro… Sin duda, estarían todos riéndose de él, pero no le interesaba. Prefería no enterarse. Para sosegar sus ánimos, intentó pensar en jeroglíficos egipcios.

La vieja que lavaba la ropa levantó la vista hacia Olearius y Fleming cuando avanzaron hacia ella, luego se metió dos dedos en la boca y emitió un silbido. Al instante, de una de las tiendas salieron tres hombres y una mujer. Los hombres eran inusualmente corpulentos, la mujer tenía el cabello castaño, ya no era una jovencita, pero tenía una mirada limpia y llena de fuerza.

—¡Gente distinguida entre nosotros! —dijo la mujer—. Muy raras veces tenemos este honor. ¿Deseáis ver nuestra representación?

Olearius intentó responder, pero su voz no le obedeció.

—Mi hermano es el mejor funámbulo del mundo, fue bufón de la corte del rey de un invierno. ¿Os gustaría verlo?

A Olearius seguía fallándole la voz.

—¿No habláis?

Olearius carraspeó. Sabía que estaba quedando en ridículo, pero no podía remediarlo, era incapaz de hablar.

—Naturalmente que deseamos ver algo —intervino Fleming.

—Ved aquí a nuestros acróbatas —dijo la mujer—. ¡Vamos, mostradles algo a estos ilustres caballeros!

En el mismo instante, uno de los hombres se volcó hacia delante para quedarse en equilibrio sobre las manos. El segundo trepó por él a una velocidad sobrehumana e hizo el pino sobre los pies del primero, y entonces trepó el tercero, que, en cambio, permaneció de pie encima del segundo, con los brazos muy estirados hacia el cielo, porque, antes de que nadie se diera cuenta, ya estaba trepando también la mujer, y él tiró de ella y la levantó por encima de su cabeza. Olearius miró hacia arriba y la vio en lo alto, como flotando en el aire.

—¿Deseáis ver más? —preguntó ella desde lo alto.

—Sí que lo desearíamos —dijo Fleming—, aunque no hemos venido por eso. Necesitamos músicos, pagamos bien.

—¿Vuestro ilustre acompañante es mudo?

—No —dijo Olearius—. No a lo segundo. Que no soy mudo, quiero decir.

La mujer se echó a reír.

—Me llamo Nele.

—Yo soy el maestro Fleming.

—Olearius —dijo Olearius—. Matemático de la corte de Gottorp.

—¿Tendríais a bien bajar de las alturas? —casi gritó Fleming—. Así resulta muy difícil hablar.

Como a una sola orden, la torre humana se desintegró. El hombre del centro dio un salto, el de arriba dio una vuelta en el aire y el de abajo, una voltereta. La mujer pareció que iba a caer al suelo, pero de algún modo el revoltijo humano se organizó en movimiento y todos recuperaron la vertical y cayeron con los pies en el suelo. Fleming aplaudió, Olearius se quedó pasmado.

—No aplaudáis —dijo Nele—, que esto no ha sido una actuación. De haberlo sido, tendríais que pagar.

—Estaremos encantados de pagar —dijo Olearius—. A tus músicos.

—Entonces tenéis que preguntárselo vos mismo. Todos los que están aquí con nosotros son libres. Si quieren marcharse con vos, bien pueden hacerlo. Si quieren seguir viajando con nosotros, siguen con nosotros. En el circo de Ulenspiegel solo está la gente que quiere estar en el circo de Ulenspiegel, porque no existe ningún circo mejor. Hasta el contrahecho está aquí libremente, en ningún otro sitio viviría tan bien.

—¿Tyll Ulenspiegel está aquí? —preguntó Fleming.

—Por él acude la gente de todas partes —dijo uno de los acróbatas—. Yo no me iría por nada del mundo. Pero preguntadles a los músicos.

—Tenemos un flautista y un trompetista y un tamborilero y un hombre que toca dos violines a la vez. Preguntadles, y, si quieren marcharse con vos, los despediremos como amigos y encontraremos otros músicos. No es difícil, todo el mundo quiere trabajar en el circo de Ulenspiegel.

—¿Tyll Ulenspiegel? —volvió a preguntar Fleming.

—El mismo.

—¿Y tú eres su hermana?

Nele dijo que no con la cabeza.

—Pero antes has dicho…

—Sé lo que he dicho, ilustre caballero. Él sí que es mi hermano, pero yo no soy su hermana…

—¿Cómo puede ser eso? —preguntó Olearius.

—¡Ay, cosas raras, caballero!

Nele lo miró a la cara; los ojos le brillaban y el viento le alborotaba el pelo. A Olearius se le había quedado la garganta seca y sentía tal flojera en las extremidades que creyó haber contraído alguna enfermedad durante el viaje.

—No lo entendéis, ¿verdad? —Y dándole un codazo a uno de los acróbatas, le dijo—: ¿Vas a por los músicos?

El hombre asintió con la cabeza y, con una pirueta, se marchó caminando sobre las manos.

—Una pregunta… —Fleming señaló hacia el burro, que arrancaba briznas de hierba tan tranquilo y, de cuando en cuando, levantaba la cabeza para mirarlos con sus ojos sin brillo, de burro—. A ese burro, ¿quién…?

—Ventriloquia.

—Pero ¿dónde se esconde el ventrílocuo?

—Preguntadle al borrico —dijo la vieja.

—¿Tú quién eres? —preguntó Fleming—. ¿Eres su madre?

—¡Dios me libre! —dijo la vieja—. Yo soy la vieja a secas. Ni soy madre de nadie ni hija de nadie.

—Hija de alguien sí que tienes que ser.

—Pero si ya están bajo tierra de los que era hija, ¿de quién voy a ser hija? Soy Elke Kornfass, de Stangeriet. Un buen día estaba en mi casa trabajando en mi huertecillo y sin pensar en nada, y pasaron Ulespiegel y esta, la Nele, y Origenes con el carro, y yo exclamé «¡Con Dios, Tyll!», porque lo reconocí, claro, a Tyll Ulenspiegel lo conoce todo el mundo, y entonces él tira de las riendas para detener el carro y me dice «A Dios déjalo tranquilo, que no te necesita para nada, pero vente con nosotros». Yo no sabía lo que pretendía, así que le respondí «No está bien gastarles bromas a las viejas; primero, porque son pobres y débiles y, segundo, porque te pueden embrujar para que caigas enfermo», pero él me dijo: «Este no es lugar para ti. Tú eres de los nuestros». Y yo: «¡Ay, eso sería en tiempos, pero ahora soy vieja!». Y él: «Viejos somos todos». Y yo: «Pero yo ya tengo un pie en la tumba». Y él: «Como todos». Y yo: «Y si me caigo muerta en mitad del camino, ¿qué haréis?». Y él: «Te dejaremos allí, porque yo ya con los muertos no quiero tener nada que ver». Y a esas palabras, caballero, no supe qué replicar, así que por eso estoy aquí.

–Ya, a la sopa boba –dijo Nele–. Trabaja poco, duerme mucho y siempre tiene que dar su opinión.

–Muy cierto todo –dijo la vieja.

–Pero tiene una memoria prodigiosa –dijo Nele–. Recita las baladas más largas, no se olvida un solo verso.

–¿Baladas alemanas? –preguntó Fleming.

–Por supuesto –dijo la vieja–. Español no aprendí nunca.

–Quiero oírlas –dijo Fleming.

–Si pagáis, os recito algo.

Fleming se puso a rebuscar en el bolsillo. Olearius levantó la mirada hacia la cuerda, pues por un momento creyó haber visto a alguien sobre ella, pero estaba vacía, cimbreándose muy suavemente. Volvió el acróbata, seguido de tres hombres con instrumentos musicales.

–Les costará su buen dinero –dijo el primero.

–Iremos con vos –dijo el segundo–, pero queremos dinero.

–Dinero y oro –dijo el primero.

–Y mucho –dijo el tercero–. ¿Queréis escuchar algo?

Sin que Olearius les hubiera dado orden alguna, se colocaron cada uno en su posición y empezaron a tocar. Uno tañía el laúd, el segundo tocaba la gaita y el tercero agitaba dos palillos sobre un tambor, y Nele le echó el cabello hacia atrás y se puso a bailar, mientras la vieja recitaba una balada al compás de la música. No cantaba, sino que declamaba sobre una misma nota, acomodando su prosodia a la melodía de los músicos. Trataba de dos amantes que no podían reunirse porque los separaba un mar, y Fleming se sentó sobre la hierba junto a la vieja para no perderse ni una palabra.

En la carroza, Kircher se sujetaba la cabeza con las manos, preguntándose cuándo acabaría aquel horrísono estruendo. Había escrito la obra más importante sobre música, y justo por eso poseía un oído demasiado fino como para que le gustaran aquellas chundaratas populares. De pronto, la carroza se le hizo demasiado angosta; el asiento, duro; y aquella música encarnaba una alegría de la que el mundo entero participaba… el mundo entero, excepto él.

Suspiró. El sol arrojaba delgados y fríos cuchillos de luz a través de las rendijas de las cortinas. Por un momento, Kircher creyó que lo que veía era un aberrante producto de su dolor de cabeza y sus ojos doloridos, y tardó un poco en comprender que no se equivocaba: había alguien sentado enfrente de él.

¿Acaso había llegado la hora de la verdad? Siempre había sabido que alguna vez se le aparecería Satanás en persona, pero curiosamente faltaban todos los indicios de ello. No olía a azufre, el ser aparecido tenía dos pies humanos, y el crucifijo que Kircher llevaba al cuello no se había puesto caliente. El que tenía sentado enfrente, por más que Kircher no se explicara cómo había logrado entrar haciendo tan poco ruido, era un hombre. Era tremendamente flaco y tenía los ojos muy hundidos. Llevaba un jubón con cuello de piel y apoyaba los pies, con botines puntiagudos, en el banco de enfrente, cosa que, sin duda, suponía una desvergüenza imperdonable. Kircher quiso salir por la puerta.

El hombre se inclinó hacia delante, le puso una mano en el hombro, casi con ternura, y con la otra sostuvo el picaporte para que no pudiera abrirse.

—Deseo preguntarle una cosa —dijo.

—No llevo dinero —dijo Kircher—. Aquí, en la carroza no hay. Lo lleva uno de los secretarios que están fuera.

—Me alegro de que estés aquí. He esperado tanto tiempo... Pensé que nunca llegaría la ocasión, pero que te conste: todas las ocasiones llegan algún día, todas; así que cuando te he visto, he pensado: por fin voy a averiguarlo. Dicen que eres capaz de curar... pues yo también, ¿lo sabías? Te pongo por ejemplo el hospital de Maguncia: lleno de moribundos por la peste; el lugar entero, un hervidero de toses, gemidos y lamentos, y entonces fui yo y dije: «Tengo unos polvos para venderos que os harán sanar», y los pobres infelices exclamaron llenos de esperanza: «¡Sí, sí, danos esos polvos!», y yo les dije: «Bien, pero primero tengo que prepararlos», y ellos exclamaron: «¡Prepara tus polvos, sí, sí, prepáralos!», y yo dije: «Solo que no es tan fácil, porque me falta un ingrediente y para conseguirlo tiene que morir alguien». Se hizo el silencio. Ahí se quedaron atónitos. Nadie decía nada. Así que exclamé yo: «Tenéis que matar a alguien, lo siento mucho, pero de donde no hay no se puede sacar». Porque también soy alquimista, para que lo sepas. Igual que tú, conozco las fuerzas ocultas, y los espíritus sanadores también me obedecen a mí.

Se echó a reír. Kircher lo miró fijamente, luego volvió a alargar la mano hacia la puerta.

—No hagas eso —dijo el hombre con una voz que al instante convenció a Kircher de retirar la mano—. «Así pues», les dije, «uno de vosotros tiene que morir, pero quién ha de ser no lo decido yo, sino que tenéis que acordarlo entre todos.» Y ellos dijeron: «¿Y cómo lo haremos?», y yo les respondí: «Será el que se encuentre más enfermo de todos y el que menos pérdida suponga, así que mirad a ver quién puede caminar todavía, tomad vuestras muletas, echad a correr, y del último que quede aquí dentro ya me ocuparé yo». Como si lo vieras, al poco rato estaba el hospital vacío. Tres muertos fue cuanto quedó en él. Ni un solo vivo. «Ahí lo tenéis», les dije, «podéis andar, ya no os estáis muriendo, os he curado.» ¿Es que no me reconoces de una vez, Athanasius?

Kircher lo miró fijaménte.

–Ha pasado mucho tiempo –dijo el hombre–. Muchos años, mucho viento en la cara, mucho hielo, el sol que te quema, el hambre que también te abrasa, y, claro, uno no tiene el mismo aspecto. Aunque tú estás igual, con tus mejillas coloradas.

–Sé quién eres –dijo Kircher.

Desde el exterior llegaba la música ensordecedora. Kircher se planteó pedir auxilio, pero la puerta tenía echado el pestillo. Incluso aunque le oyeran, lo cual era muy poco probable, primero tendrían que romper la puerta, y más valía no imaginar siquiera lo que aquel hombre llegaría a hacerle en ese intervalo.

–El contenido de aquel libro. Me habría gustado mucho saberlo. Él habría dado su vida por él. De hecho, así fue. Y, sin embargo, nunca llegó a saber lo que era. Claro que yo podría averiguarlo ahora. Siempre pensé: tal vez vuelva a ver al joven doctor, tal vez llegue a averiguarlo algún día… y aquí estás ahora. ¿Y bien? ¿Qué contenía aquel libro en latín?

Kircher empezó a rezar en voz baja.

–Faltaba la cubierta, pero tenía ilustraciones. En una había un grillo, en otra un animal que no existe, con alas y dos cabezas, o igual sí que existe, cualquiera sabe. En otra había un hombre en una iglesia, pero la iglesia no tenía tejado, sino columnas encima, de eso me acuerdo yo todavía, y encima de las columnas había más columnas. Claus me lo enseñó y me dijo: «Mira, esto es el mundo». Yo no lo entendí, creo que él tampoco. Pero ya que él no llegó a saberlo nunca, al menos quiero saberlo yo, pues tú examinaste sus cosas y tú sí que sabes latín, así que dime: ¿qué libro era? ¿Quién lo escribió, cómo se titula?

A Kircher le temblaban las manos. El niño de antaño había quedado grabado en su memoria con entera claridad, como también el molinero, cuyos últimos gritos con la voz rota al pie de la horca no habría de olvidar jamás, y con entera claridad recordaba también la confesión entre llantos de la molinera; sin embargo, a lo largo de su vida había tenido tantos libros entre las manos, había pasado tantos miles de páginas y visto tanta letra impresa que ahora era incapaz de determinarlo. Sin duda, se trataba de un libro que poseía el molinero. Pero no podía remediarlo, le fallaba la memoria.

—¿Te acuerdas del interrogatorio? —preguntó con serenidad su delgadísimo interlocutor—. El otro sacerdote, el mayor, siempre decía: No tengas miedo, no te haremos daño, siempre que digas la verdad.

—Y así lo hiciste.

—Y es cierto que no me hizo daño, pero me lo habría hecho de no haberme escapado corriendo.

—Sí —dijo Kircher—, en eso hiciste bien.

—Nunca supe qué había sido de mi madre. Algunos vecinos la vieron marcharse, pero nadie vio nunca que llegara a ningún otro sitio.

—Nosotros te salvamos —dijo Kircher—. El diablo también te habría atrapado a ti, pues no es posible vivir cerca de él y salir indemne. Al testificar en contra de tu padre, el diablo perdió su poder sobre ti. Tu padre confesó y se arrepintió. Dios es misericordioso.

—Yo solo quiero saber lo del libro. Tienes que decírmelo. Y no mientas, porque me daré cuenta. Eso también lo decía siempre el sacerdote mayor: no mientas, porque me daré cuenta. Y eso que tú le mentías todo el tiempo y no se daba cuenta de nada.

El hombre se inclinó hacia delante. Su nariz no distaba más que un palmo de la cara de Kircher; parecía estar oliéndolo más que mirándolo. Tenía los ojos entrecerrados, y Kircher creyó oírlo respirar como olisqueando el aire.

—Ya no me acuerdo —dijo Kircher.

—No me lo creo.

—Lo he olvidado.

—Pues si no me lo creo, no me lo creo.

Kircher carraspeó.

—Sator… —dijo muy bajito, y luego calló. Se le cerraron los ojos, pero no paraban de moverse bajo los párpados cerrados, como si mirase a un lado y a otro, luego volvió a abrirlos. Una lágrima se deslizó por su mejilla—. Tienes razón —dijo sin voz—. Miento mucho. Le mentí al doctor Tesimond, pero eso no es nada. También le he mentido a Su Santidad. Y a Su Majestad, el emperador. Miento en los libros. Siempre miento.

El ilustre profesor siguió hablando, con la voz quebrada, pero Tyll no le entendía. Una extraña somnolencia se había adueñado de él. Se secó la frente, le corría un sudor frío por la cara. Y ya no había nadie en el asiento de enfrente, estaba solo en la carroza y la puerta estaba abierta. Bostezando, bajó.

En el exterior reinaba una niebla muy espesa. Flotaba en jirones por el aire, todo impregnado de blanco. Los músicos habían dejado de tocar, se adivinaban contornos de personas, como un simple bosquejo de ellas: eran los acompañantes del profesor, y aquella sombra de allá debía de ser Nele. En alguna parte relinchó un caballo.

Tyll se sentó en el suelo. Comenzó a disolverse la niebla, a penetrar por ella algunos rayos de sol. Pronto se hicieron visibles las carrozas y algunas tiendas y los perfiles del hemiciclo para los espectadores. Un momento después, volvía a ser pleno día, de la hierba emergía la humedad en forma de nubes de vaho, la niebla había desaparecido.

Los secretarios se miraron unos a otros, estupefactos. Uno de los dos caballos de la carroza había desaparecido y la pértiga suelta apuntaba al aire. Mientras todos se preguntaban de dónde habría salido aquella niebla, mientras los acróbatas hacían sus volatines, pues no soportaban dejar de hacerlo ni un solo rato, mientras el burro arrancaba briznas de hierba, mientras la vieja volvía a recitar para Fleming y mientras Olearius y Nele conversaban, Tyll permaneció inmóvil, con los ojos entrecerrados y la nariz en alto como para olisquear el aire. Y tampoco se levantó cuando se vio que uno de los secretarios se acercaba a Olearius para decirle que Su Excelencia, el profesor Kircher, se había marchado a caballo sin despedirse de nadie. Ni siquiera había dejado un mensaje.

—El dragón no lo encontraremos sin él —dijo Olearius.

—¿Debemos esperar? —preguntó el secretario—. Tal vez regrese.

Olearius lanzó una mirada en dirección a Nele.

—Sería lo mejor.

—¿A ti qué te pasa? —preguntó Nele, que se había acercado a Tyll.

Él levantó la cabeza para mirarla.

—No lo sé.

—¿Qué ha pasado?

—Ya no me acuerdo.

—Anda, haznos un número de malabarismo. Así se arreglará todo.

Tyll se puso en pie. Palpó para buscar el saquito que siempre llevaba colgado sobre la cadera y sacó primero una pelota de cuero amarilla y luego una roja y luego una azul y luego una verde. Con gesto desganado, empezó a lanzarlas al aire, e iba sacando más y más pelotas, cada vez una más y otra más hasta que al final parecían ser docenas de ellas, volando por encima de sus manos abiertas. Todos contemplaban la rueda de pelotas que subían y bajaban y volvían a subir, e incluso los secretarios tuvieron que concederles una sonrisa.

Era muy temprano. Nele había pasado un rato largo esperando frente a la tienda. Reflexionando, dando zancadas de un lado para otro, rezando, arrancando briznas de hierba, llorando en silencio y estrujándose los dedos, y por fin había hecho de tripas corazón.

Por fin pasó al interior de la tienda. Tyll dormía, pero en cuanto ella le rozó el hombro, se despertó del todo.

Nele le dijo que había pasado la noche en el campo con el señor Olearius, el que servía en la corte de Gottorp.

—¿Y qué?

—Esta vez es diferente.

—¿Te ha hecho algún regalo bonito?

—Sí, lo ha hecho.

—Entonces es como todas las veces.

—Quiere que me vaya con él.

Tyll arqueó las cejas con fingido asombro.

—Quiere casarse conmigo.

—Nooo.

—Sí.

—¿Casarse?

—Sí.

—¿Contigo?

—Conmigo.

—¿Por qué?

—Va en serio. Vive en un castillo. No es un lugar bonito, según dice, y en invierno hace frío, pero tienen comida de sobra en ese castillo de un duque que se hace cargo de él, y todo lo que tiene que hacer él es darles clase a los hijos del duque y alguna vez echar unas cuentas y cuidar de los libros.

—¿Es que se escapan los libros, o qué?

—Lo que te digo es que vive bien.

Tyll se incorporó de su saco de paja y se quedó de pie.

—Entonces tienes que irte con él.

—No me gusta mucho, pero es buena persona. Y está muy solo. Su mujer murió y él estaba en Rusia. Yo Rusia no sé dónde está.

—Cerca de Inglaterra.

—Al final tampoco hemos llegado hasta Inglaterra…

—En Inglaterra es todo igual que aquí.

—Y, cuando él volvió de Rusia, ella se había muerto, y no tenían hijos, y desde entonces está muy triste. Está bastante bien de salud, me he dado cuenta, y creo que se puede creer en su palabra. Otro así no se me volverá a presentar.

Tyll se sentó junto a ella y le rodeó los hombros con el brazo. En el exterior se oía a la vieja recitando una balada. Obviamente, Fleming seguiría sentado con ella, pidiéndole que la recitara y la volviera a recitar para memorizarla él.

—Un hombre así es mejor que un Steger, claro —dijo Nele.

—Es muy probable que este no te pegue.

—Puede —dijo Nele, pensativa—, pero si me pega se la devuelvo. ¡Buena sorpresa se iba a llevar!

—Incluso puedes tener hijos todavía.

—No me gustan los niños. Y él ya es mayor. Pero estará agradecido, con hijos o sin ellos.

Nele guardó silencio. El viento hizo crujir la lona de la tienda, la vieja volvió a empezar la balada desde el principio.

—En el fondo, no quiero.

—Pero debes.

—¿Por qué?

—Porque ya no somos jóvenes, hermana. Y más jóvenes no vamos a ser. Ni por un día. A nadie que sea viejo y no tenga patria le espera una buena vida. Él vive en un castillo.

—Pero tú y yo somos uno.

—Sí.

—A lo mejor también te lleva.

—Eso no puede ser. Yo no puedo quedarme a vivir en un castillo. No lo soportaría. E incluso aunque lo soportara, a la larga no me querrían ellos. O me echaban a patadas, o le prendía yo fuego al castillo. Una cosa o la otra. Aunque, como sería tu castillo, no podría prenderle fuego, así que no hay más solución.

Durante un rato, guardaron silencio.

—No, no hay más solución —dijo Nele finalmente.

–¿Y cómo es que te quiere llevar con él? –preguntó Tyll–. Tampoco es que seas tan guapa…

–Te estás ganando un manotazo en la boca…

Tyll se echó a reír.

–Creo que me ama.

–¿Qué?

–Ya sé, ya sé…

–¿Te ama?

–Estas cosas pasan.

En el exterior, el burro hizo un ruido propio de los burros y la vieja comenzó a recitar otra balada.

–Si no hubiera pasado lo de los merodeadores… –dijo Nele–. Aquella vez del bosque.

–No hables de eso.

Nele calló.

–La gente como él no suele juntarse con gente como tú –dijo Tyll–. Debe de ser un buen hombre. E incluso aunque no sea un buen hombre, tiene un techo sobre la cabeza y monedas en el bolsillo. Dile que te vas con él, y díselo antes de que se lo piense dos veces.

Nele empezó a llorar. Tyll retiró la mano de su hombro y la miró. Al poco rato, ella se calmó.

–¿Vendrás a visitarme? –preguntó ella.

–No lo creo.

–¿Por qué no?

–¿Cómo te iba a visitar, mujer? Él no querrá que le recuerden dónde te encontró. En el castillo no lo sabrá nadie, y tú misma tampoco querrás que se sepa. Pasarán los años, hermana, y pronto te parecerá que todo esto no ha sucedido nunca, únicamente tus hijos se maravillarán de que bailes y cantes tan bien y de que atrapes al vuelo todo lo que te lancen.

Nele le dio un beso en la frente. Vacilante, salió de la tienda, se puso en pie y se dirigió hacia las carrozas para comunicarle al matemático de la corte que aceptaba su oferta y se iba con él a Gottorp.

Cuando volvió, encontró la tienda de Tyll vacía. Veloz como el rayo, se había marchado sin llevar consigo más que las pelotas de hacer malabarismos, una cuerda larga y al borrico. El único que aún había hablado con él era el maestro Fleming, con quien se había cruzado por el prado. Sin embargo, este no quiso revelar lo que le dijera Tyll.

El circo se dispersó en todas direcciones. Los músicos marcharon con los acróbatas hacia el sur, el tragafuegos se fue al oeste con la vieja, los demás se dirigieron hacia el nordeste con la esperanza de alejarse de la guerra y del hambre. El contrahecho fue acogido en el gabinete de curiosidades del príncipe de Baviera. Los secretarios llegaron a Roma tres meses más tarde, donde ya los esperaba con impaciencia Athanasius Kircher. Nunca más habría de abandonar la ciudad, llevó a cabo miles de experimentos y escribió docenas de libros, hasta que murió, cuarenta años más tarde, a edad muy avanzada.

Nele Olearius sobrevivió a Kircher por tres años. Tuvo hijos y enterró a su esposo, a quien nunca amó, pero siempre tuvo en gran aprecio, porque la trataba bien y no esperaba de ella sino un poco de amabilidad. Vería cómo el castillo de Gottorp renacía con nuevo esplendor, vería crecer a sus nietos y aún llegaría a mecer en su regazo a su primer bisnieto. Nadie imaginó nunca que, en tiempos, se había dedicado a recorrer los caminos con Tyll Ulespiegel, aunque, cumpliendo con lo que este predijo, sus nietos habrían de maravillarse de que la anciana fuera capaz de atrapar al vuelo todo lo que le lanzaban. Fue querida y respetada, nadie habría adivinado que antaño fue algo distinto de una mujer honorable. Y ella tampoco contó a nadie que siempre conservó la esperanza de que volviera para llevarla con él aquel niño con el que, en su día, se había escapado del pueblo y de sus padres.

Fue ya cuando la muerte la llamaba y con el desvarío de los últimos días cuando creyó estar viéndolo: delgadísimo y sonriente, de pie junto a la ventana; delgadísimo y sonriente, entrando en su habitación. Y, sonriendo también, se sentó ella en la cama y dijo: «¡Lo que has tardado!».

A su lecho de muerte acudió el duque de Gottorp, hijo de aquel otro duque que antaño contratara a su esposo, para despedirse del miembro más anciano de la corte. Comprendió que aquel no era el momento de aclarar errores, tomó la manita rígida que Nele le tendió y su propio instinto le dictó la respuesta: «Sí, pero ahora estoy aquí».

Aquel mismo año, en la llanura de Holstein, falleció el último dragón del norte. Tenía diecisiete mil años y estaba cansado de ocultarse.

Así pues, acomodó la cabeza sobre el brezo, extendió el cuerpo bien pegado al suelo entre los mullidos arbustos, mimetizándose tan perfectamente con el fondo que ni siquiera las águilas habrían alcanzado a avistarlo, suspiró y, por un breve instante, sintió pena de que se le acabaran para siempre las fragancias y las flores y el viento, y de no volver a ver nunca más las nubes que arroja la tormenta, ni el nacimiento del sol, ni tampoco la curva de la sombra de la tierra sobre la luna azul cobalto que tanto le había gustado siempre.

Cerró sus cuatro ojos y aún emitió un suave gruñido al notar que se le posaba un gorrión en el hocico. Le parecía bien todo, pues había visto infinidad de cosas, aunque siguiera sin saber qué es de uno después de la muerte. Suspirando, se quedó dormido. Había tenido una vida muy larga. Ya era hora de transformarse.

BAJO TIERRA

«Dios Todopoderoso, ayúdanos», acababa de decir Matthias, y Korff le había respondido «Pero Dios no está aquí», y Eisenkurt había dicho «¡Dios está en todas partes, imbécil!», y Matthias había dicho «Aquí abajo no», y se habían echado a reír todos, pero entonces se ha producido una explosión y ha salido un chorro de aire tan fuerte y tan caliente que ha lanzado a todos al suelo. Tyll ha caído encima de Korff, Matthias encima de Eisenkurt, y luego se ha hecho la oscuridad total.

Durante un rato, ninguno se ha movido, todos contenían la respiración, todos pensaban si acaso se habrían muerto, y ya han ido comprendiendo poco a poco —pues una cosa así nunca se comprende de inmediato— que se ha hundido la galería. Son conscientes de que no deben hacer el más mínimo ruido, pues, si se debe a que han perforado hasta ahí los suecos, como los tengan al otro lado del muro, con sus relucientes cuchillos, más les vale no chistar ni respirar ni sorber por la nariz ni jadear ni toser.

¡Qué oscuro está! Pero es una oscuridad distinta a la de antes. Porque, cuando se está a oscuras, se sigue viendo un poco. No se sabe bien lo que se ve, pero se ve que algo hay; mueves la cabeza y la oscuridad no es igual por todas partes, y una vez te acostumbras, surgen contornos de cosas. Esta vez no. La oscuridad persiste. El tiempo pasa y, cuando ya no pueden contener la respiración más y empiezan a tomar aire con mucho cuidado, sigue estando tan oscuro como si Dios hubiera apagado toda la luz del mundo.

Finalmente, como es evidente que no han topado con los suecos y sus cuchillos en alto, Korff dice:

—¡A pasar revista!

Y Matthias:

—¿Y desde cuándo tienes tú el mando, borrachuzo?

Y Korff:

—El teniente estiró la pata ayer, así que ahora el de más antigüedad soy yo, ¡so canalla!

Y Matthias:

—Sí, ya, arriba igual sí, pero aquí abajo no.

Y Korff:

—¡O te presentas o te mato! Necesito saber quién sigue vivo.

Tyll, entonces:

—Yo creo que sigo vivo.

Lo cierto es que no está seguro del todo. Cómo vas a saberlo, tirado en el suelo y sumido en la oscuridad más absoluta. Ahora que ha oído una voz, constata que está vivo.

—¡Pues entonces apártate! —dice Korff—. ¡Que te tengo justo encima, saco de huesos!

Cuando se tiene razón, se tiene razón, piensa Tyll, pues en efecto no está nada cómodo tumbado encima de Korff. Rondando, se echa hacia un lado.

—Matthias, ya te estás presentando tú también —dice Korff.

—Está bien… ¡Presente!

—¿Kurt?

Esperan, pero el que recibe el apodo de «Eisenkurt», porque tiene la mano derecha de hierro* —o igual es la izquierda, ya que en realidad nadie sabría decirlo; trabajan a oscuras, no es posible fijarse tanto—, no se pronuncia.

—¿Kurt?

Todo es silencio, ahora ya ni siquiera se oyen las explosiones. Hasta hacía un instante se percibían aún, lejanos truenos que hacía temblar las piedras: los suecos de Torstensson intentando volar por los aires las murallas. Ahora, sin embar-

* En alemán, *Eisen* significa «hierro». *(N. de la T.)*

go, todo lo que oyen son sus propias respiraciones. Se oye respirar a Tyll y se oye a Korff y a Matthias, pero a Kurt no se le oye.

—¿Estás muerto? —pregunta Korff—. ¡Kurt! ¿La has palmado, Kurt?

Pero Kurt sigue sin decir nada, cosa sumamente inusual en él, pues por lo general no hay forma de hacerlo callar. Tyll oye a Matthias hacer algo a tientas. Será que busca el cuello de Kurt para comprobar si tiene pulso, luego le busca la mano, primero la de hierro, luego la de verdad. Tyll no puede contener la tos. Todo está lleno de polvo, ya no hay corriente, el aire parece mantequilla espesa.

—Sí, está muerto —dice finalmente Matthias.

—¿Seguro? —pregunta Korff.

En la voz se le nota la aprensión: desde ayer es el más veterano, porque se ha muerto el teniente, y ya no le quedan más que dos subordinados.

—No respira —dice Matthias—, y tampoco le late el corazón, y tampoco quiere hablar y mira, lo puedes palpar, le falta media cabeza.

—¡Vaya mierda! —dice Korff.

—Sí —dice Matthias—. Mierda de la de verdad. Aunque, mira lo que te digo, a mí ese tipo no me gustaba nada. Ayer me quitó el cuchillo, y cuando le pedí que me lo devolviera me respondió que sí, claro, pero solo clavándomelo en las costillas. Le está bien empleado.

—Pues le está bien empleado —dice Korff—. El Señor se apiade de su alma.

—No creo yo que su alma llegue a ninguna parte —dice Tyll—. ¿Cómo va a encontrar la salida de aquí?

Durante un rato, todos guardan silencio, angustiados al pensar que el alma de Kurt podría seguir por allí, fría y viscosa y muy probablemente hecha una furia. Luego se oye trajinar, mover algo, hacer fuerza.

—¿Qué estás haciendo? —pregunta Korff.

—Buscar mi cuchillo —dice Matthias—. No se lo va a quedar el cerdo este.

Tyll tose de nuevo. Luego pregunta:

—¿Qué ha pasado? No llevo mucho en esto, ¿por qué está todo oscuro?

—Porque no entra el sol por ninguna parte —dice Korff—. Hay demasiada tierra entre él y nosotros.

Me estará bien empleado si ahora se ríe de mí, piensa Tyll, no ha sido una pregunta nada inteligente. Por preguntar algo mejor, dice:

—¿Y nos vamos a morir?

—Pues claro —dice Korff—. Como todo hijo de vecino.

También en eso tiene razón, piensa Tyll, aunque quién sabe, porque yo, por ejemplo, todavía no me he muerto. Después, dado que la oscuridad puede confundir muchísimo a cualquiera, trata de recordar cómo ha ido a parar a aquella galería bajo tierra.

Para empezar, debe recordar cómo llegó a Brünn. Bien habría podido dirigirse hacia otra parte, pero de eso nunca se es consciente sino a posteriori, y si fue a Brünn fue porque se decía que la ciudad era rica y segura. Obviamente, nadie imaginaba que también iba hacia allí Torstensson con medio ejército sueco, pues siempre se decía que marcharía hacia Viena, donde estaba el emperador, así que lo que está claro es que nunca se sabe lo que piensan los grandes señores bajo sus grandes sombreros.

Luego pasó lo del comandante de la ciudad, el de las cejas de arbusto, la perilla en punta, las mejillas brillantes de grasa y aquel orgullo que le rebosaba hasta por las puntas de sus deditos estirados. Había estado observando a Tyll en la plaza del mercado, al parecer con harto esfuerzo, porque la alta alcurnia le debía de pesar tanto que le cerraba los párpados y porque la gente como él se cree merecedora de vistas mejores que las de un titiritero con jubón de colorines.

—¿No sabes hacer nada mejor? —le había soltado con un gruñido.

No es frecuente que Tyll se enfade; ahora bien, cuando sucede, no hay quien lo supere insultando, y dice cosas que alguien como aquel comandante no ha de olvidar nunca. ¿Qué era lo que le había llamado? Cuán cierto es que la oscuridad trastoca los recuerdos por completo. La mala suerte fue que justo estaban reclutando hombres para defender la fortaleza de Brünn.

—Espérate tú. Nos ayudarás, te voy a mandar con los soldados. Puedes elegir unidad. ¡Tened cuidado con que no se nos escape! —dijo aquel comandante.

Luego se echó a reír como si hubiera hecho un buen chiste, y había que reconocer que no era tan malo, pues sitiar una ciudad implica justo eso: que no se escape nadie; si se pudiera escapar del sitio, no sería tal.

—¿Qué hacemos ahora? —oye Tyll que pregunta Matthias.

—Encontrar el pico —responde Korff—. Tiene que estar por aquí. Te digo desde ya que, sin el pico, no merece la pena ni que lo intentemos. Como no aparezca, se acabó lo que se daba.

—Lo llevaba Kurt —dice Tyll—. Tiene que estar debajo de Kurt.

Oye cómo los dos trajinan y empujan y palpan y maldicen en la oscuridad. Se queda sentado, no quiere estorbarles y, sobre todo, no quiere que se acuerden de que el pico no lo llevaba Kurt sino él. No está seguro del todo, porque allí abajo cada vez es mayor la confusión, y los acontecimientos lejanos aún se recuerdan con claridad, pero cuanto más cerca quedan de la explosión de hace un momento, más se te desdibujan y deshacen todos en la cabeza. Con cierta seguridad sabe que llevaba el pico, pero como pesaba mucho y siempre le acababa molestando entre las piernas, debe de haberse quedado en alguna parte de la galería. Claro que no dice ni palabra al respecto, y más vale que esos dos sigan pensando que el pico lo tiene

Kurt, porque ese a fin de cuentas está de vuelta de todo y le da igual lo furiosos que se pongan; a él le da igual.

–¿Nos ayudas, saco de huesos?

–Por supuesto que os ayudo –dice Tyll sin moverse–. Estoy buscando y rebuscando. No paro de buscar como un loco, como un topo. ¿Es que no lo oís?

Y, como miente muy bien, los otros se quedan conformes. El que Tyll no quiera moverse guarda relación con el aire. Resulta asfixiante, no entra ni sale un ápice de aire, y ahí enseguida pierdes el conocimiento y no despiertas más. Con un aire así, lo mejor es no moverse y no respirar salvo lo estrictamente necesario.

Habría hecho mejor en no elegir la unidad de los mineros. Había cometido un error. Los soldados mineros están bajo tierra, había pensado, y las balas vuelan por encima de ella. Los mineros están protegidos por la tierra, había pensado. El enemigo se vale de mineros para cavar y poner explosivos y volar nuestras murallas, y nosotros tenemos mineros para volar las galerías que cava el enemigo bajo nuestras murallas. Un minero despabilado, había llegado a pensar, podría aprovechar cierto momento para seguir cavando sin más y así hacerse un túnel para él solo y en algún momento salir, al exterior, más allá de las fortificaciones, eso era lo que había pensado, y escaparía sin que nadie se diera cuenta. Y como eso era lo que pensaba Tyll, le había dicho al oficial que lo agarraba del cuello del jubón que escogía ir con los mineros.

Y el oficial:

–¿Qué?

–El comandante ha dicho que puedo elegir unidad.

Y el oficial:

–Sí, pero… en fin. ¿De verdad? ¿Con los mineros?

–Ya lo habéis oído.

Sí, había sido una estupidez. Los mineros se mueren casi todos, pero eso no se lo habían dicho hasta no estar bajo tierra. De cinco mineros morían cuatro. De diez morían ocho.

De veinte morían dieciséis, de cincuenta morían cuarenta y siete, de cien morían todos.

Al menos quedaba el consuelo de que Orígenes se había salvado. Gracias a la discusión que habían tenido, el mismo mes anterior, de camino a Brünn.

–En el bosque hay lobos –había dicho el burro–, y tienen hambre, a mí no me dejes aquí.

–No tengas miedo, los lobos están muy lejos.

–Puedo olerlos, mira si estarán cerca. Tú te subes a un árbol, pero yo me quedo aquí abajo, y qué voy a hacer si vienen.

–¡Tú haces lo que yo te diga!

–Y si dices tonterías, ¿qué?

–Entonces también. Porque el humano soy yo. Nunca debería haberte enseñado a hablar.

–A ti es al que nunca deberían haber enseñado a hablar, que apenas dices nada con sentido, y ahora ya tampoco te salen los malabares con precisión. Poco falta para que un día se te resbale un pie de la cuerda. ¡No estás para darme órdenes a mí!

Ahí, Tyll se había quedado en lo alto del árbol, enfurruñado, y el borrico enfurruñado debajo. Tyll había dormido encima de los árboles tantas veces que ya no le resultaba difícil: solo hacían falta una rama gruesa y una cuerda para atarse, y un buen sentido del equilibrio y, como para todo en la vida, mucha práctica.

Media noche había estado oyendo maldecir al burro. Hasta que salió la luna no había parado de refunfuñar, y, sin duda, a Tyll le daba lástima, solo que ya era tarde y en mitad de la noche no se puede continuar camino, qué iban a hacer. Así que Tyll se durmió y, cuando despertó, el burro ya no estaba. Y no fue cosa de los lobos; de haberse acercado, él se habría dado cuenta. Al parecer, Orígenes decidió que podía salir adelante por su cuenta y ya no necesitaba al ventrílocuo.

Con lo de los malabarismos de Tyll, tenía razón. Allí, en Brünn, frente a la catedral, había fallado un movimiento y se había caído al suelo una pelota. Había reaccionado como si lo hubiera hecho adrede, poniendo una cara que suscitó las risas de todos, pero una cosa así no es para tomarla a broma, puede volver a suceder, y, si lo que falla la siguiente vez es el pie sobre la cuerda, ¿qué?

Lo bueno es que eso ahora ya no parece tener que preocuparle. Todo apunta a que no saldrán de allí nunca.

—Todo apunta a que no saldremos de aquí nunca —dice Matthias.

En realidad, ha sido Tyll, han sido sus pensamientos, que en la oscuridad se han perdido en la cabeza de Matthias, o tal vez ha sido lo contrario, cualquiera lo sabe ya. Ahora también se ven pequeñas lucecillas, como luciérnagas revoloteando, pero que no existen de verdad, y eso lo sabe Tyll, pues, aunque ve las lucecillas, también ve que sigue estando todo tan oscuro como antes.

Matthias suspira, y luego Tyll oye una especie de palmetazo, como si alguien hubiera dado un golpe contra la pared. A continuación, Matthias suelta un improperio magnífico que Tyll no había oído nunca. Este lo voy a guardar en la memoria, piensa, y, sin embargo, al instante lo olvida y se pregunta si no habrán sido imaginaciones suyas, aunque... ¿Qué era lo que se estaba imaginando? De pronto, ya tampoco lo recuerda.

—No saldremos de aquí nunca —repite Matthias.

—Cállate esa bocaza —dice Korff—. Encontraremos el pico, y nos abriremos paso para salir, Dios nos ayudará.

—¿Y por qué nos iba a ayudar? —pregunta Matthias.

—Al teniente tampoco le ayudó —dice Tyll.

—Os voy a partir la cabeza —dice Korff—, y entonces sí que no saldréis ninguno.

—¿Y tú cómo es que estás con los mineros? —pregunta Matthias—. ¡Si eres Tyll Ulenspiegel!

—Por la fuerza. ¿No creerás que he venido voluntario? ¿Por qué estás aquí tú?

—También vine por la fuerza, claro. Por robar pan. Me apresaron... y así de rápido. Pero ¿tú? ¿Cómo pasó? ¡Si eres famoso! ¿Cómo pueden forzar a alguien como tú...?

—Aquí abajo no hay fama que valga —dice Korff.

—¿Y a ti quién te obligó? —le pregunta Tyll.

—A mí no me obliga nadie a nada. ¡Quien pretenda obligar a Korff tendrá que llevarse a Korff por delante! Yo estaba con los tamborileros, a las órdenes de Christian von Halberstadt, luego me fui de mosquetero con los franceses, luego con los suecos, pero como no pagaban la soldada, me volví con los franceses de artillero. Ahí le dieron de pleno a mi batería, nunca se ha visto cosa igual, un blanco perfecto con toda la bala del cañón, toda la pólvora por los aires, un fuego como del fin del mundo, pero hete aquí que Korff estuvo rápido para lanzarse entre los arbustos y sobrevivió. Así que me pasé a las tropas imperiales, pero no les hacían falta artilleros para los cañones, y piquero no quería yo volver a ser, así que me vine a Brünn, porque no me quedaba dinero, y, como nadie recibe mejor soldada que los mineros, pues a cavar que me puse. Ya llevo tres semanas. La mayoría no suele sobrevivir tanto. Hasta hace poco servía a los suecos y ahora estoy matando suecos, y vosotros dos, piltrafillas, tenéis suerte de haberos quedado enterrados con Korff, porque ya os digo yo que Korff no se va al otro barrio tan fácilmente. —Quiere decir algo más, pero se le acaba el aire, tose y se queda callado un rato—. Oye, saco de huesos —dice finalmente—. ¿Tienes dinero?

—Nada de nada —dice Tyll.

—Pero si eres famoso... ¿Cómo se puede ser famoso y no tener dinero?

—Siendo tonto, se puede.

—¿Y tú eres tonto?

—Hermano, ¿estaría aquí si fuera listo?

A Korff le hace gracia. Y, como Tyll sabe que no le ven, se palpa el jubón. Las monedas de oro del cuello, la plata de la botonera y las dos perlas que lleva bien cosidas en el borde inferior siguen en su sitio.

—De verdad te lo digo. Te lo daría, si tuviera algo que darte.

—Tampoco eres más que un pobre diablo —dice Korff.

—Por siempre jamás, amén.

A los tres les entra la risa.

Tyll y Korff dejan de reírse. Matthias sigue.

Esperan, pero sigue y sigue.

—No se le pasa —dice Korff.

—Se estará volviendo loco —dice Tyll.

Esperan. Matthias sigue riéndose.

—Yo estuve en el sitio de Magdeburgo —dice Korff—. Entre los asediadores, eso fue antes de servir con los suecos, cuando aún estaba con los del emperador. Cuando cayó la ciudad, nos lo llevamos todo, lo quemamos todo, matamos a todo el mundo. Haced lo que queráis, nos dijo el general. No te sale a la primera, así sin más, ¿sabes? Hay que acostumbrarse a que realmente está permitido todo. A que es posible. Hacer con las personas lo que uno quiera.

De repente, Tyll se siente como si estuvieran otra vez en el exterior, los tres sentados en una pradera, el cielo azul sobre sus cabezas, el sol tan fuerte que hace entornar los ojos. Con todo, al tiempo que parpadea, sabe que no es cierto, y luego ya no sabe lo que sabía hasta un instante atrás, y le entra tos por culpa del aire tan asfixiante, y la pradera ha desaparecido.

—Creo que Kurt ha dicho algo —dice Matthias.

—No ha dicho nada —dice Korff.

Está en lo cierto, piensa Tyll, porque él tampoco ha oído nada. Son imaginaciones de Matthias, Kurt no ha dicho nada.

—Yo también lo he oído —dice Tyll—. Kurt ha dicho algo.

De inmediato oyen cómo Matthias sacude el cadáver de Kurt.

—¿Sigues vivo? —grita—. ¿Sigues ahí?

Tyll se acuerda del día anterior... ¿o fue anteayer? Del ataque en el que mataron al teniente. De pronto, se abrió un boquete en el muro de la galería; de pronto, todo eran cuchillos y gritos y estallidos y crujidos, el teniente se arrojó al suelo hasta hundirse en el barro, y uno le pisó la espalda, y cuando él volvió a levantar la cabeza, se acabó: un sueco le clavó el cuchillo en el ojo, al sueco le rajó el cuello Korff, Matthias le pegó un tiro en el vientre a un segundo sueco, que profirió un chillido como un cerdo al que estuvieran degollando, pues nada duele tanto como un tiro en el vientre, y un tercer sueco le cortó la cabeza con el sable a uno de los suyos cuyo nombre nunca llegó a saber Tyll, puesto que todavía era nuevo allí, y ahora ya da igual y ya no le hace falta saber el nombre, le cortó la cabeza de tal manera que brotó la sangre como un chorro de agua roja, aunque el sueco tampoco tuvo mucho tiempo de celebrarlo, porque Korff, que aún tenía la pistola cargada, le pegó un tiro en la cabeza, pim-pam, pim-pam, todo pasó en un momento.

Estas cosas siempre suceden muy deprisa. También aquella vez del bosque sucedió todo en un momento, Tyll no puede evitar recordarlo, es culpa de la oscuridad. En la oscuridad se desbarata todo, y aquello que uno había olvidado resurge de repente. Aquella vez del bosque fue la que más cerca estuvo de Ella, ahí sintió su mano, por eso conoce tan bien lo que produce, por eso la reconoce ahora. Nunca ha hablado de ello, tampoco ha vuelto a pensar en ello nunca. Porque eso sí que se puede hacer: no volver a pensar nunca en una cosa. Entonces es como si no hubiera pasado.

Sin embargo, ahora, en la oscuridad, lo revive todo. Cerrar los ojos le sirve de tan poco como abrirlos mucho, y para impedir que suceda dice:

—¿Y si cantamos? A lo mejor nos oye alguien.

—Yo no canto —dice Korff.

Entonces, Korff empieza a cantar: «La segadora, Muerte la nombran…». Matthias le secunda y luego también se les suma Tyll, aunque al punto callan los otros dos para escucharle. La voz de Tyll es aguda, limpia y potente. «Ni Dios el grande le hace a ella sombra. Hoy trae la guadaña, se da mejor maña. Pronto te tocará a ti, y tendremos que sufrir.»*

—¡Cantad conmigo! —dice Tyll.

Y así lo hacen, pero Matthias calla enseguida y se ríe para sus adentros. «Guárdate bien, florecita bella. Hoy verde y recién brotado, mañana lo habrán segado...» Ahora se oye que Kurt canta con ellos. No le sale mucha voz y está ronco y desafina, pero tampoco van a ponerse puntillosos con él: estando muerto, es comprensible que a uno le cueste cantar. «Los lindos narcisos, joyas de los prados, hermosos jacintos, adornos otomanos... ¡Guárdate bien, florecita bella!»

—¡La madre del cordero! —dice Korff.

—Ya te había dicho yo que este es famoso —dice Matthias—. Es un honor. Un hombre respetable aquí muriéndose con nosotros.

—Famoso sí que soy —dice Tyll—, pero respetable no lo he sido en la vida. ¿Creéis que nos habrá oído alguien? ¿Qué habrán oído la canción? ¿Creéis que vendrá alguien?

Aguzan los oídos. Las explosiones han vuelto a empezar. Fragor, un temblor del suelo, silencio. Fragor, un temblor, silencio.

—Este Torstensson está volando media muralla de la ciudad —dice Matthias.

—No lo conseguirá —dice Korff—. Nuestros mineros son mejores que los suyos. Encontrarán los túneles suecos y los ahumarán para echarlos a todos. No has visto tú aún a Karl, el largo, bien encabronado.

---

* Canción popular anónima del siglo XVII: «Ist ein Schnitter, der heißt Tod, / hat Gewalt vor dem großen Gott./ Heut wetzt er das Messer, / es schneidt schon viel besser, / bald wird er dran schneiden, / wir müssen's nur leiden. / Hüte dich, schönes Blümelein! / Was heut noch grün und frisch da steht, / wird morgen weggemäht./ Die edlen Narcissen, / die Zierden der Wiesen, / die schönen Hyacinthen, / die türkischen Binden: / Hüt dich, schön's Blümelein!» *(N. de la T.)*

—Karl, el largo, siempre está encabronado, pero también está siempre borracho —dice Matthias—. A ese lo estrangulo yo hasta con una mano a la espalda.

—¡A ti se te ha encharcado el cerebro!

—¿Quieres que te lo demuestre o qué? ¡Muy creído te tienes tú que eres un gran señor por lo de Magdeburgo y qué se yo dónde habrás estado más!

Korff guarda silencio un instante, luego dice en voz baja:

—Mira que te mato aquí mismo.

—Ah, ¿sí?

—Lo haré.

Luego callan los dos durante un rato, y se oyen los impactos de los explosivos en la superficie, también se oyen caer piedras. Matthias no dice nada, pues ha comprendido que Korff habla en serio; y Korff no dice nada, pues de pronto le ha invadido un profundo anhelo, y eso lo sabe Tyll muy bien, porque la oscuridad trae consigo que los pensamientos no se queden quietos en la cabeza de uno, sino que también se enteran de ellos los demás, se quiera o no. Korff siente el anhelo de aire y luz y libertad para moverse a su libre albedrío. Luego, como eso le trae a la memoria otra cosa, dice:

—¡Ay, Hanne, la gorda!

—¡Ay, sí! —dice Matthias.

—Aquellos muslos… —dice Korff—. Aquel trasero…

—¡Oh, Dios! —dice Matthias—. Trasero… ¡Culo! Aquel culo…

—¿Tú también estuviste con ella?

—¡Qué va! —dice Matthias—. Yo no la conozco.

—¡Y sus pechos! —dice Korff—. En Tübingen conocía yo a otra con unos pechos así. ¡Tendrías que haberla visto! Te hacía lo que le pidieras, como si no hubiera un Dios.

—¿Tú has estado con muchas mujeres, Ulenspiegel? —pregunta Matthias—. Tú, que has tenido dinero, algún que otro capricho te habrás dado… ¡Cuéntanos!

Tyll le va a responder, pero de pronto ya no es Matthias quien está a su lado, sino el jesuita, sentado en un taburete, lo ve con tanta claridad como en su día: tienes que decir la verdad, tienes que contarnos cómo invocaba al diablo el molinero, tienes que decir que tenías miedo. ¿Por qué tienes que decirlo? Porque es la verdad. Porque lo sabemos. Y, si mientes, mira, que ahí está el maestro Tilman, y mira lo que lleva en la mano, lo utilizará, así que habla. Tu madre también ha hablado. Al principio no quería, necesitó hacerse a la idea, pero entonces se hizo y habló, así pasa siempre, todos hablan cuando se hacen a la idea. Nosotros ya sabemos lo que vas a decir, porque sabemos lo que es verdad, pero tenemos que oírtelo decir a ti. Luego, inclinado hacia él, casi amable, le susurra: tu padre está perdido. A él ya no lo salvarás. Pero puedes salvarte tú. Él lo querría así.

Pero el jesuita no está allí, Tyll lo sabe; allí solo están los dos mineros... y Pirmin un poco más allá, acaban de dejarlo tirado en el camino del bosque. ¡Quedaos aquí!, grita Pirmin. ¡Os encontraré y bien que os dolerá! Y es un error, pues saben que no deben ayudarle, pero el niño vuelve corriendo hasta él y coge el saquito con las pelotas. Como si lo estuvieran matando, Pirmin chilla y maldice como un cochero, no solo porque esas pelotas son lo más valioso que tiene, sino también porque comprende lo que significa que el niño se las lleve. ¡Os maldigo! ¡Os encontraré, no me iré al otro mundo, sino que me quedaré aquí para perseguiros! Da miedo verlo así, retorciéndose en el suelo, así que el niño echa a correr y aún lo oye a lo lejos y corre y corre sin parar. Nele va a su lado, y le siguen oyendo todo el tiempo, él mismo se lo ha buscado, jadea Nele, pero el niño siente que las maldiciones de Pirmin están haciendo su efecto y que les va a suceder algo terrible, en pleno día... ¡Ayúdame, rey, sácame de aquí, haz que no haya sucedido lo que sucedió aquella vez en el bosque!

—Venga, hombre, cuéntanos algo —dice alguien, Tyll reconoce la voz: se acuerda de que es Matthias—. Cuéntanos algo de culos, de tetas, dinos algo. Ya que vamos a morir, queremos oír cosas de tetas.

—No vamos a morir —dice Korff.

—Bueno, pero cuéntanos algo —dice Matthias.

«Cuéntame algo», dice también el rey de un invierno. ¿Qué fue lo que pasó aquella vez en el bosque? Recuérdalo. ¿Qué pasó?

Pero él no lo dice. No se lo dice al rey ni a nadie y a quien menos de todos a sí mismo, pues cuando no se piensa en una cosa, es como si se hubiera olvidado, y, cuando se ha olvidado, es como si no hubiera pasado.

Cuéntamelo, dice el rey de un invierno.

—Enano asqueroso —dice Tyll, que empieza a ponerse furioso—. Rey sin tierra, cero a la izquierda, que para colmo estás muerto. Déjame en paz, vete.

—Vete tú —dice Matthias—. Yo no estoy muerto, el muerto es Kurt. ¡Cuéntanoslo!

Pero no puede contarlo, porque lo ha olvidado. Ha olvidado el camino del bosque, como tampoco se acuerda de Nele y de él mismo en aquel camino, ni se acuerda de las voces en las hojas, «No sigáis adelante…», pero no fue así, no era eso lo que susurraban las voces, porque Nele y él les habrían hecho caso, y, de repente, se encuentran de frente con aquellos tres de los que ya no se acuerda, ya no los ve, los ha olvidado, de frente, allí en el camino.

Merodeadores. Desastrados, encabronados sin saber por qué motivo. «¡Anda, lo que me he encontrado!», dice uno. «¡Niños!»

Por suerte, Nele se acuerda de una cosa. De lo que el niño le dijo a ella: estaremos a salvo mientras corramos más deprisa. Si corres más deprisa que los otros, no puede pasarte nada. Así que Nele se da la vuelta y echa a correr. Más adelante, el niño ya no sabría —y cómo iba a saberlo, si lo había olvidado todo— por qué no salió corriendo también él; pero ya no tenía remedio, un error basta… basta con una vez que te despistas, con una vez que te quedas mirando demasiado tiempo, y ya te ha plantado la mano en el hombro. Uno de los hombres se inclina hacia él. Huele a aguardiente y a setas. El niño quiere correr, pero ya es demasiado tarde, la mano no se mueve de donde está, hay un segundo hombre al lado, y el tercero ha ido detrás de Nele, pero ya vuelve, jadeando, por supuesto que no ha podido atraparla.

El niño aún intenta hacerlos reír. Eso es una cosa que aprendió de Pirmin, que yace en el bosque a una hora de camino y tal vez siga con vida y que los habría llevado por otro sitio mejor, pues con él nunca se toparon ni con lobos ni con gente mala, ni una sola vez en tanto tiempo. De modo que el niño intenta hacer reír a los tres hombres, pero no le sale bien, no están para risas, están demasiado encabronados, tienen dolores, uno va herido y pregunta: «¿Tienes dinero?». Sí que tiene un poco y se lo da. Les dice que puede bailar para ellos o caminar sobre las manos o hacer malabarismos con pelotas, y casi despierta su curiosidad, pero se dan cuenta de que para eso tendrían que soltarlo y «tan tontos no somos, chico», le dice el que le está sujetando.

En ese momento comprende que no puede hacer nada, solo olvidar lo que sucede; olvidarlo incluso antes de que termine de suceder: olvidar sus manos, sus caras, todo. No estar donde está en ese momento, sino mejor al lado de Nele, que corre y por fin se detiene y se apoya en un árbol para recuperar el aliento. Luego vuelve sigilosamente, conteniendo la respiración y con mucho cuidado para que ninguna rama cruja bajo sus pies, y se esconde entre los arbustos, pues los tres hombres se acercan y, dando tumbos, pasan de largo sin verla y ya se han marchado; aunque ella todavía espera un rato antes de atreverse a salir de su escondite y recorrer el camino por el que no hace mucho ha pasado con su hermano. Y lo encuentra y se arrodilla a su lado, y los dos comprenden que tienen que olvidar aquello y que él dejará de sangrar, porque los que son como él no mueren. Yo estoy hecho de aire, dice el niño. A mí no me puede pasar nada. No hay motivos para lloriquear. En el fondo, ha habido suerte. Podría haber sido peor.

Estar sepultado en la galería hundida, por ejemplo, es peor sin lugar a duda, pues allí ni siquiera se está a salvo de la memoria. Por más que uno olvide que está atrapado bajo tierra, sigue estando atrapado bajo tierra.

–Me iré a un convento –dice Tyll–. Si salgo de aquí. Lo digo en serio.

–¿A Melk? –dice Matthias–. Allí estuve yo una vez. Es magnífico.

–Andechs. Tiene unas murallas muy sólidas. Si hay un lugar seguro, es Andechs.

–¿Me llevarás contigo?

Encantado, piensa Tyll. Si nos sacas de aquí, nos iremos juntos. Y dice:

–A ti, que eres un pájaro de mal agüero, seguro que no te dejan entrar.

Es consciente de que sería justo al revés, es culpa de la oscuridad, que todo lo trastoca. Solo era una broma, piensa, por supuesto que te dejarán entrar. Y dice:

–Es que miento muy bien.

Tyll se pone de pie. Más vale mantener la boca cerrada. Le duele la espalda, no puede apoyarse en la pierna izquierda. Los pies hay que cuidarlos bien, que solo tenemos dos, y como se haga daño en uno, no puede volver a la cuerda.

–Nosotros teníamos dos vacas –cuenta Korff–. La mayor daba una leche bien buena.

Al parecer, él también se ha enredado en un recuerdo. Tyll se lo imagina perfectamente: la casa, el prado, humo saliendo de la chimenea, un padre y una madre… todo pobre y sucio, pero ¡qué otra infancia va a haber tenido Korff!

Tyll va palpando a lo largo la pared. Aquí está el marco de madera que colocaron antes, en la parte de arriba se ha roto un trozo, ¿o es abajo? Oye a Korff llorar bajito.

—¡Ya no está! —solloza Korff—. ¡Se la han llevado toda! ¡Toda! ¡Una leche tan buena!

Tyll empieza a mover un trozo de piedra del techo, está suelto y se desprende, caen algunas piedras.

—Para —exclama Matthias.

—Yo no he sido —dice Tyll—. Lo juro.

—En el sitio de Magdeburgo perdí a mi hermano —dice Korff—. Un tiro en la cabeza.

—Yo perdí a mi mujer —dice Matthias—. Cerca de Brunswick, iba con la caravana, la peste se los llevó, a los dos niños también.

—¿Cómo se llamaba?

—Johanna —dice Matthias—. Mi mujer. De los nombres de los niños ya no me acuerdo.

—Yo perdí a mi hermana —dice Tyll.

Korff se pone a andar sin sentido, tropezándose con todo. Tyll lo oye a su lado y se aparta. Mejor no chocarse con él. Un tipo así no soporta los empujones, te sacude de inmediato. De nuevo, se produce una explosión, de nuevo caen algunas piedras, ese techo no aguantará mucho.

Ya lo verás, dice Pirmin, no es tan terrible estar muerto. Te acostumbras.

—Pero yo no me voy a morir —dice Tyll.

—Eso está bien —dice Korff—. ¡Así se habla, saco de huesos!

Tyll pisa una cosa blanda, debe de ser Kurt, luego se topa con una pared de pedrisco, ahí es donde se ha derrumbado la galería. Intenta cavar con las manos, pues ahora ya da todo igual, ya no hace falta ahorrar aire, pero al momento se pone a toser y no hay modo de que se muevan las piedras. Korff tenía razón, sin pico es imposible.

No tengas miedo, apenas te das cuenta, dice Pirmin. Ya tienes la cabeza medio perdida, poco falta para que te falle el resto, entonces te desmayas y, cuando te despiertas, estás muerto.

Me acordaré de ti, dice Origenes. Aún llegaré lejos, lo siguiente que haré será aprender a escribir, y, si quieres, escribiré un libro sobre ti, un libro para niños y mayores. ¿Qué te parece?

¿Y acaso no quieres saber lo que fue de mí?, pregunta Agneta. Tú y yo y yo y tú… ¿Cuánto tiempo hace? Ni siquiera sabes si aún sigo con vida, hijo mío.

—Ni lo quiero saber —dice Tyll.

Tú lo delataste igual que yo. No es para que estés enfadado conmigo. Tú lo llamaste súbdito del diablo igual que yo. Brujo, igual que yo. Lo que yo dijera lo dijiste tú también.

Ahí vuelve a estar en lo cierto, dice Claus.

—A lo mejor, si conseguimos encontrar el pico… —dice Matthias entre jadeos—. A lo mejor podemos abrir un hueco con el pico.

Vivo o muerto… concedes demasiado peso a esa diferencia, dice Claus. Con la de resquicios que existen entre una cosa y la otra. Existen incontables rincones polvorientos donde ya no eres lo uno, pero todavía no eres lo otro. Tantos sueños de los que ya no puedes despertar. Yo he visto un caldero de sangre hirviendo sobre las llamas y sombras bailando a su alrededor, y cuando el Gran Señor Negro señala a una de ellas, si bien no lo hace más que cada mil años, entonces sus gritos no tienen fin, entonces sumerge la cabeza en la sangre y bebe hasta hartarse, y ¿sabes?, eso no es, ni mucho menos el infierno, no es más que su entrada. He visto lugares donde las almas arden como antorchas, solo que con más calor y más luz y por toda la eternidad, y nunca dejan de gritar, puesto que tampoco cesa nunca su dolor, y eso sigue sin ser el infierno. Crees que te lo imaginas, hijo mío, pero no te imaginas nada. Estar ahí, encerrado bajo tierra, es casi como estar muerto —eso piensas—, y la guerra es casi el infierno… pero la verdad es que todo, todo es mejor que el infierno: estar bajo tierra es mejor, ese cenagal de sangre de ahí fuera es mejor, el potro de tortura es mejor. Así que no te sueltes, agárrate a la vida.

Tyll no puede evitar reír.

—¿De qué te ríes? —pregunta Korff.

—Entonces, revélame algún conjuro —dice Tyll—. No fuiste muy buen mago, pero igual has aprendido algo entre tanto. ¿Con quién estás hablando?, pregunta Pirmin. ¡Que aquí el único espíritu soy yo!

Otra explosión, le sigue un tremendo crujido y como un trueno, Matthias suelta un grito, debe de haberse derrumbado una parte del techo. Reza, dice Kurt. Yo fui el primero y ahora le ha tocado a Matthias.

Tyll se pone en cuclillas. Oye a Korff dando voces, pero Matthias ya no responde. Nota que algo le corre por la mejilla, por el cuello, por el hombro, la sensación es de una araña, pero allí no hay animales, así que tiene que ser sangre. Palpando, se encuentra una herida en la frente, empieza en el nacimiento del pelo y le llega hasta la raíz nasal. Está blando al tacto, y el reguero de sangre cada vez es más profuso. Sin embargo, no siente nada.

—¡Perdóname, Señor! —dice Korff—. Señor Jesucristo, te pido perdón. Espíritu Santo, perdóname. Asesiné a un compañero por sus botas. Las mías tenían agujeros y él dormía profundamente, fue en el campamento cerca de Munich. ¡Qué iba a hacer yo, las botas se necesitan! Así que fui a por ellas. Lo estrangulé, aún abrió los ojos, pero ya no pudo gritar. Es que necesitaba unas botas. Y él tenía un medallón que servía para alejar las balas, también lo aproveché, que gracias al medallón no me dieron nunca. Contra el estrangulamiento no le sirvió.

—¿Es que me ves cara de cura? —pregunta Tyll—. A confesar vete con tu abuela, a mí déjame en paz.

—Amado Señor Jesús —dice Korff—, en Brunswick liberé a una mujer del poste al que la tenían atada, a una bruja, era muy temprano por la mañana y al mediodía la iban a quemar en la hoguera. Era muy joven. Yo pasaba por ahí, no lo vio nadie, porque aún estaba todo oscuro, le corté las sogas y dije:

¡Corre, vente conmigo! Lo hizo, y me estaba tan agradecida que luego la tomé todas las veces que quise, y quise muchas veces, y luego le corté el cuello y la enterré.

–Yo te perdono. Hoy mismo estarás conmigo en el paraíso. Otra explosión.

–¿Por qué te ríes? –pregunta Korff.

–Porque no vas a ir al paraíso, ni hoy ni más adelante. A un pájaro como tú no quiere tocarlo ni Satanás. Además, me río, porque yo no me voy a morir.

–Sí que nos vamos a morir –dice Korff–. No quería creerlo, pero no saldremos de aquí nunca. A Korff le ha llegado la hora.

Una nueva explosión hace temblar todo. Tyll se cubre la cabeza con las manos, como si eso sirviera de algo.

–A Korff le habrá llegado la hora. Pero a mí no. Hoy no me voy a morir.

Tyll da un salto, como si estuviera sobre la cuerda. Le duele la pierna, pero se nota bien apoyado sobre ambos pies. Le cae una piedra en la cabeza y le corre más sangre por la mejilla. De nuevo cruje todo, de nuevo caen piedras.

–Y tampoco voy a morirme mañana ni ningún otro día. ¡No quiero! ¡Así que no lo voy a hacer! ¿Me oyes?

Korff no responde, pero tal vez pueda oír todavía.

Así pues, Tyll grita:

–¡No lo pienso hacer! ¡Me voy de aquí! ¡Esto ya no me gusta!

Un estallido, un temblor, una piedra más cae rozándole el hombro.

–¡Me marcho! Es lo que he hecho toda la vida. Cuando un sitio me agobia, me marcho. No voy a morir aquí. No voy a morir hoy. ¡No voy a morir!

WESTFALIA

1

Seguía caminando tan derecha como antes. La espalda le dolía casi siempre, pero no permitía que se le notara y llevaba el bastón que necesitaba para apoyarse como si fuera un complemento de moda. Seguía pareciéndose a los cuadros de antaño, es más: conservaba su belleza en la medida suficiente como para dejar perplejo a quien se la encontrara de frente sin previo aviso, lo cual sucedía en aquel instante en que se echaba hacia atrás la capucha de piel y, derrochando seguridad en sí misma, recorría la antesala con la mirada. Obedeciendo a la seña convenida, la doncella que la escoltaba anunció que Su Majestad, la reina de Bohemia, deseaba hablar con el embajador imperial.

Vio cómo los lacayos se miraban unos a otros. Estaba claro que esta vez les habían fallado los espías, nadie estaba preparado para su visita. Había salido de su casa de La Haya con un nombre falso; el salvoconducto expedido por los Estados Generales de las provincias holandesas la identificaba como madame de Cournouailles. Con la única compañía de su cochero y su doncella, se había dirigido hacia el este por Bentheim, Oldenzaal e Ibbenbüren, pasando por campos sin cultivar y pueblos arrasados por las llamas, bosques talados… los paisajes, siempre iguales, de la guerra. No había albergues, de modo que habían pernoctado en la carroza, echados sobre los asientos, cosa que era peligrosa, aunque ni lobos ni merodeadores habían mostrado interés alguno por la pequeña carroza de una reina anciana. Y así habían llegado sanos y salvos a la carretera que unía Münster con Osnabrück.

Al instante, todo había cambiado. La hierba crecía alta en los prados, las casas tenían tejados intactos. Un arroyo hacía girar la rueda de un molino. Al borde del camino había casitas de vigilancia a cargo de alabarderos bien alimentados. Así era el territorio neutral. Allí no llegaba guerra alguna.

Ante las murallas de Osnabrück, un guarda se había acercado a la ventanilla de la carroza para preguntarle qué deseaba. Sin mediar palabra, Fräulein von Quadt, la doncella, le había alargado el salvoconducto, él lo había mirado sin demasiado interés y, haciendo un gesto con la mano, les había mandado continuar. El primer ciudadano con el que se habían cruzado al borde de la calzada, y que llevaba ropa limpia y la barba bien afeitada, les había indicado el camino hacia la residencia del embajador de Su Majestad Imperial. Allí, el cochero y la doncella la habían sacado de la carroza en volandas para que no pisara el suelo embarrado, depositándola frente al portal con la ropa absolutamente intacta. Dos alabarderos les habían abierto las puertas. Con la seguridad de quien recorre su propia casa —de acuerdo con el protocolo real vigente en toda Europa, un rey era el señor de la casa en todas partes, también estando de visita—, había pasado a la antesala, y era allí donde ahora la doncella preguntaba por el embajador.

Los lacayos cuchicheaban y se hacían señas. Liz era consciente de que tenía que aprovechar el efecto de la sorpresa. En ninguna de aquellas cabezas podía surgir siquiera la remota posibilidad de no recibirla.

Hacía mucho que no hacía aparición como soberana. Viviendo en una casa pequeña y sin más visitas que las de comerciantes pidiendo la devolución del dinero que le prestaron, no suelen darse muchas ocasiones para ello. Y, sin embargo, no dejaba de ser sobrina nieta de la Reina Virgen, nieta de María de Escocia, hija del Jacobo, el soberano de dos reinos, y desde niña le habían enseñado cómo permanece de pie, cómo camina y cómo se comporta una reina. También esto era un oficio, y quien lo había aprendido no lo olvidaba.

Lo más importante era: no preguntar y no vacilar. Ni un solo gesto de impaciencia, ni un solo gesto que pudiera interpretarse como duda. Tanto sus padres como su pobre Federico, difunto hacía tanto tiempo que tenía que mirar sus retratos para acordarse de su rostro, sabían estar de pie tan derechos como si jamás los afectara el reúma ni ninguna debilidad ni ningún problema.

Después de un breve rato allí de pie bien derecha, envuelta en cuchicheos y expresiones de asombro, dio un paso y después un segundo hacia la puerta de dos hojas cubiertas de pan de oro. En la provincia de Westfalia no había puertas así; sin duda, la habría traído alguien de muy lejos, al igual que las pinturas y las alfombras y los cortinajes de Damasco y la seda que recubría las paredes y los candelabros de muchos brazos y las dos imponentes arañas del techo, todas de cristal y con todas las velas encendidas a pesar de ser pleno día. Ni los duques ni los príncipes —es más: ni siquiera papá— habrían hecho un palacio semejante de una casa burguesa en la vida. Esas cosas solo las hacían el rey de Francia y el emperador germano.

Sin más dilación, se dirigió hacia la puerta. Ahora no podía vacilar. El más mínimo atisbo de inseguridad bastaría para que los dos lacayos que flanqueaban la puerta se acordasen de que, en realidad, cabía perfectamente la posibilidad de no abrirla. Eso significaría que su avanzadilla había sido rechazada. Entonces no le quedaría más remedio que sentarse en alguno de los sillones de terciopelo, y ya asomaría alguien a decirle que, lamentándolo mucho, el embajador estaba muy ocupado, pero que podría ver a su secretario dos horas más tarde, con lo cual ella protestaría, y el lacayo respondería con frialdad que lo sentía mucho, y ella le levantaría la voz, y el lacayo volvería a responder lo mismo sin inmutarse, y ella levantaría la voz todavía más, y entonces aparecerían más lacayos de refuerzo y así, de golpe, ella dejaría de ser una reina para convertirse en una anciana dando voces en una sala de espera.

Por eso tenía que funcionar su plan. No habría un segundo intento. Tenía que moverse como si aquella puerta no existiera, no podía permitirse ralentizar el paso al acercarse: tenía que caminar con tanta determinación que, en el caso de que nadie abriera, se daría de bruces contra ella, y como la doncella iba detrás a solo dos pasos de distancia, se chocaría con su espalda, y el ridículo sería insufrible... Pero justo por eso iban a abrirle aquella puerta: ahí estaba el truco.

Funcionó. Con cara de desconcierto, los lacayos agarraron cada cual el picaporte de su lado y abrieron la puerta de golpe. Liz entró en la sala de recepciones. Se volvió y le hizo un gesto con la mano a la doncella para indicarle que no la siguiera. Algo insólito. Una reina jamás realizaba ninguna visita sin acompañante. Sin embargo, era obvio que no se trataba de una situación normal. Perpleja, Fräulein von Quadt se detuvo, y los lacayos cerraron la puerta y la dejaron fuera.

La estancia era inmensa. Tal vez fuera el efecto de la disposición de los espejos en estratégicos grupos, o tal vez fruto de algún artificio de los magos de la corte vienesa. Parecía tan grande que costaba creer que cupiera en el edificio. Se extendía como el salón de un palacio, y todo un mar de alfombras separaba a Liz de un escritorio lejano. Al fondo, detrás de unos cortinones de damasco, abiertos, se veía una hilera de habitaciones, más alfombras, más candelabros de oro, más arañas y más cuadros.

Al otro lado del escritorio se levantó un caballero bajito de barba cana y aspecto tan gris que Liz tardó en advertir su presencia. Se quitó el sombrero y le hizo una reverencia muy propia de la corte.

—Bienvenida —dijo—. Me permito albergar la esperanza de que vuestro viaje no haya sido incómodo, madame.

—Soy Isabel, reina de...

—Disculpad la interrupción, tan solo persigue ahorrarle esfuerzos a vuestra alteza. Huelgan las explicaciones, estoy informado.

A Liz le costó un rato entender lo que había dicho. Tomó aire para preguntarle cómo es que sabía quién era, pero de nuevo se le adelantó.

—Porque enterarme de las cosas es mi profesión, madame. Como también es mi tarea entenderlas.

Liz arrugó la frente. Le entró calor, lo cual se debía en parte a su grueso abrigo de pieles, en parte a que no estaba acostumbrada a que la interrumpieran. El hombrecillo permanecía de pie, inclinado hacia delante con una mano sobre la mesa y la otra a la espalda, como si le hubiese dado un ataque de lumbago. Ella avanzó rápidamente hacia uno de los sillones que había delante del escritorio, aunque, al igual que sucede en los sueños, la sala era tan descomunal y el escritorio quedaba tan lejos que tardaba en llegar.

El que la hubieran tratado de «alteza» indicaba que, si bien aquel hombre reconocía su posición como miembro de la familia real inglesa, no la reconocía como reina de Bohemia, pues en tal caso habría tenido que dirigirse a ella como «majestad»; al parecer no la reconocía siquiera como princesa, pues ahí tendría que haberla llamado «alteza serenísima», título que, en su casa, en Inglaterra, no decía demasiado, pero que en el imperio germánico valía más que el de «alteza» a secas de la hija de un rey. Precisamente porque aquel hombre era un entendido, resultaba tan importante sentarse antes de que él lo indicara, pues el protocolo dictaba que a una princesa se le debía ofrecer el asiento, mientras que eso era de recibo en el caso de una reina. Los monarcas se sientan cuando les viene en gana, y son todos los demás quienes han de permanecer de pie hasta que el soberano les concede tomar asiento.

—¿Si vuestra alteza desea…?

Y como el sillón aún quedaba lejos, ella le interrumpió.

—¿Sois quien intuyo que sois?

La pregunta lo dejó en silencio durante un rato. Por un lado, porque no esperaba que ella hablase tan bien alemán. Liz había aprovechado bien el tiempo, no había permanecido ociosa durante todos aquellos años, había tomado clases de alemán con un jovencito encantador que le gustaba mucho y de quien casi habría podido enamorarse… Soñaba con él con frecuencia y, una vez, incluso le había escrito una carta, pero era inimaginable que sucediera nada entre ambos, ella no podía permitirse ningún escándalo. Por otro lado, el hombrecillo gris callaba porque Liz le había ofendido. Un embajador imperial recibe el trato de «excelencia», y de parte de todo el mundo… excepto de un rey. Así pues, tenía que reivindicar ante ella un tratamiento que jamás estaría dispuesta a concederle. Un problema así no tenía más que una solución: que alguien como él y alguien como ella no tuvieran que tratarse jamás.

Cuando el hombrecillo gris por fin hizo ademán de retomar la palabra, Liz se desvió de su trayectoria, apretó el paso hacia un taburete y se sentó: ahí se le había adelantado. Se regodeó en aquella pequeña victoria, apoyó su bastón contra la pared y cruzó las manos sobre el regazo. Entonces vio la mirada de él.

Le entró un frío terrible. ¿Cómo había podido cometer un error semejante? Sin duda era culpa de que había perdido la práctica con los años. Obviamente, no podía quedarse de pie ni esperar a que él le ofreciera el asiento, pero… ¡un asiento sin respaldo! Eso sí que no tendría que haberle pasado nunca. Como reina le correspondía el derecho a un asiento con respaldo y brazos incluso en presencia del mismísimo emperador; si ya un sillón sin brazos habría supuesto una humillación, el taburete era de todo punto inconcebible. Claro, aquel hombre no tenía más que taburetes en la sala a propósito, solo detrás de su escritorio había un sillón como está mandado.

¿Qué hacer? Se limitó a sonreír y decidió actuar como si aquello no tuviera la menor importancia. Eso sí, ahora llevaba la ventaja él. Le bastaría con hacer pasar a la gente de la sala de espera, y la sola noticia de que Isabel había estado sentada en un taburete delante de él correría como la pólvora por toda Europa. Hasta en su casa, en Inglaterra, se reirían de ella.

—Eso depende —dijo— de lo que vuestra alteza guste de intuir, mas como a este humilde servidor de vuestra alteza no le corresponde suponer que vuestra alteza pudiera intuir otra cosa que lo correcto, tampoco me corresponde responder a la pregunta de vuestra alteza con un «sí». Soy Johann von Lamberg, el embajador del emperador, para servir a vuestra alteza. ¿Deseáis algún refresco? ¿Vino?

Aquello suponía otra taimada ofensa a su dignidad de reina, pues a un monarca no se le ofrece nada en absoluto: en calidad de señor de la casa, es el monarca quien exige lo que desea. Todas esas cosas eran de gran relevancia. Tres años habían pasado los embajadores solo para ponerse de acuerdo en quién tenía que hacerle la reverencia a quién y quién debía quitarse el sombrero antes. El que cometía un error de protocolo no podía salir victorioso. Por consiguiente, Liz hizo caso omiso del ofrecimiento, muy a su pesar, pues tenía mucha sed. Permaneció inmóvil en su taburete, observando a su interlocutor. Eso se le daba bien. Había aprendido a estar sentada inmóvil, al menos en eso no le faltaba práctica y no la superaba nadie.

Lamberg, por su parte, seguía inclinado hacia delante con una mano sobre la mesa y la otra a la espalda. Al parecer, era la forma que había encontrado para no tener que decidirse entre sentarse o permanecer de pie. Ante una reina no le correspondía tomar asiento; en el caso de una princesa, sin embargo, la transgresión del protocolo se daba si él permanecía de pie habiéndose sentado ella. Dado que, como embajador del emperador, no reconocía el título de Liz, la conclusión era que debía sentarse… lo cual constituía, a la vez, una ofensa manifiesta que deseaba evitar, en parte por cortesía y, en parte, porque aún no sabía qué armas y qué proposiciones traía ella.

—Con vuestro gracioso permiso, os haré una pregunta.

De repente, a Liz le resultó tan desagradable su manera de hablar como su acento austriaco.

—Como sin duda bien sabrá vuestra alteza, aquí tiene lugar un congreso de embajadores. Desde el inicio de las negociaciones, ningún príncipe ha puesto el pie en Münster ni en Osnabrück. Con todo lo que este humilde servidor de vuestra alteza se regocija en poder dar la bienvenida a la amable visita de vuestra alteza en esta su humilde morada, tampoco deja de albergar el temor de que... —suspiró como si le causara una pena profundísima tener que verbalizarlo— no es de recibo.

—Queréis decir que también deberíamos haber enviado un embajador.

Él sonrió de nuevo. Ella sabía lo que estaba pensando, como también sabía que él sabía que ella lo sabía: no eres nadie, vives en una casita, estás hasta el cuello de deudas, no tienes embajadores que enviar a los congresos.

—Es que yo no estoy aquí —dijo Liz—. De modo que podemos hablar, ¿no? Podéis imaginarlo como un monólogo. Como si vos pensarais en voz alta y a esos pensamientos les respondiera yo.

Entonces surgió en ella un sentimiento con el que no había contado. Con todo el tiempo que había pasado haciendo preparativos, dando mil vueltas a sus planes, venciendo el miedo a aquel encuentro, ahora que había llegado el momento, sucedía algo extraño: ¡se estaba divirtiendo! Después de todos aquellos años en la casita, lejos de la gente de renombre y de acontecimientos importantes, ahora, de pronto, se encontraba de nuevo como en un escenario, rodeada de oros y platas y alfombras, despachando con un hombre inteligente ante el cual cada palabra contaba.

—Todos sabemos que el Palatinado es un punto de eterno conflicto —dijo—. Al igual que la dignidad de príncipe elector palatino que poseía mi difunto esposo.

Lamberg soltó una risita.

Eso desconcertó a Liz. Pero era justo lo que él quería, motivo por el cual no debía ella bajar la guardia.

—Los príncipes electores del imperio —prosiguió— no aceptarán que los Wittelsbach de Baviera se queden con el electorado del que el emperador despojó injustamente a mi esposo. Si César puede desposeer de su dignidad electoral a uno de los nuestros, diréis, puede hacer lo mismo con todos. Si nosotros, por consiguiente...

—Con vuestro gracioso permiso, alteza, eso ya lo asumieron hace mucho tiempo. Vuestro esposo, como también vuestra alteza misma, se hallaba bajo el decreto de expulsión del imperio, cosa que, en cualquier otro lugar, aún me obligaría a mandar detener a vuestra alteza.

—Por eso he venido a veros aquí y no a cualquier otro lugar.

—Con vuestro gracioso permiso...

—Permiso os doy, pero primero me escucharéis vos a mí. El duque de Baviera, que se hace llamar príncipe, detenta contra todo derecho el título de mi marido. Al emperador no le es dado eliminar un electorado. Son los príncipes electores los que votan al emperador, no el emperador quien vota a los príncipes electores. Pero ambos comprendemos la situación. El emperador debe dinero a los bávaros; los bávaros, a su vez, juegan con la carta de los nobles católicos. Por lo tanto, os hacemos la siguiente oferta. Como reina coronada de Bohemia, esa corona...

—Con vuestro gracioso permiso, eso fue durante un solo invierno hace treinta...

—... pasará a mi hijo.

—La corona de Bohemia no es hereditaria. Si lo fuera, los nobles bohemios no habrían podido ofrecerle el trono al príncipe elector del Palatinado, a Federico, esposo de vuestra alteza. El puro hecho de que aceptara esa corona implica que era consciente de que el hijo de vuestra alteza no podría hacer valer su derecho a heredarla.

—Puede verse así, pero ¿hay que hacerlo? Es posible que Inglaterra no lo vea así. Si mi hijo hace valer sus derechos, Inglaterra lo apoyará.

—Inglaterra está sumida en la guerra civil.

—Cierto, y en el caso de que mi hermano sea depuesto por el Parlamento, le ofrecerán la corona de Inglaterra a mi hijo.

—Eso es más que improbable.

Se oyó un estrépito de trompetas en el exterior: una llamada metálica cuya intensidad fue en aumento, quedó suspendida en el aire y luego fue extinguiéndose. Liz arqueó las cejas con gesto interrogante.

—Longueville, el colega francés —dijo Lamberg—. Manda tocar una fanfarria cada vez que se sienta a comer. Todos los días. Está aquí con un séquito de seiscientos hombres. Con cuatro pintores que se pasan el día retratándolo. Y tres tallistas haciendo bustos suyos. Lo que pretende hacer con ellos es secreto dc Estado.

—¿Habéis solicitado despachar con él?

—No estamos autorizados a hablar unos con otros.

—¿No es eso un obstáculo en las negociaciones?

—No hemos venido aquí en calidad de amigos, y tampoco para trabar amistad. El embajador del Vaticano ejerce de mediador entre nosotros, del mismo modo que el embajador de Venecia media entre los protestantes, ya que el embajador del Vaticano tampoco está autorizado a hablar con los protestantes. Y ahora he de despedirme, madame, el honor de esta conversación es tan grande como inmerecido, pero mis obligaciones me reclaman.

—Un octavo electorado.

Lamberg levantó la vista. Por un instante, su mirada se cruzó con la de Liz. Luego volvió a clavar los ojos en la mesa.

—Que el bávaro se quede con su electorado —dijo Liz—. Nosotros renunciaremos formalmente a Bohemia. Y si…

—Con vuestro gracioso permiso, alteza, no es posible renunciar a lo que no pertenece a vuestra alteza.

—El ejército sueco está a las puertas de Praga. La ciudad no tardará en volver a las manos de los protestantes.

—Dudo mucho de que Suecia os entregue la ciudad en el caso de que llegara a tomarla.

—La guerra terminará pronto. Entonces habrá una amnistía. Y entonces también se perdonará la ruptura... la supuesta ruptura de la paz imperial que cometió mi esposo.

—La amnistía ya está negociada hace mucho. Todos los actos de guerra serán perdonados a excepción de los cometidos por una sola persona.

—Me imagino quién.

—Esta guerra sin fin comenzó por el esposo de vuestra alteza. Por un príncipe elector del Palatinado que quiso volar demasiado alto. No digo que vuestra alteza tengáis culpa en ello, pero puedo imaginar que la hija del gran Jacobo no pondría especial empeño en llamar a la humildad a su ambicioso cónyuge. —Lentamente, Lamberg empujó su sillón hacia atrás y se irguió—. La guerra se está prolongando tanto que la mayoría de los que viven hoy no han conocido la paz. La paz solo la recuerdan los viejos. Yo y mis colegas... sí, también el mentecato ese que manda tocar fanfarrias para sentarse a comer, somos los únicos capaces de ponerle fin. Cada cual quiere territorios que el otro no está dispuesto a darle, cada cual exige subsidios, cada cual quiere que se anulen acuerdos de apoyo que el otro considera imposibles de anular con el fin de firmar nuevos acuerdos que el otro considera inaceptables. Esto ya supera con creces las capacidades humanas. Sin embargo, tenemos que conseguirlo. Vos empezasteis esta guerra, madame. Yo voy a ponerle el punto final.

Tiró de un cordel de seda que colgaba sobre su escritorio. Liz oyó el sonido de una campana en la estancia contigua. Ha llamado a un secretario, pensó, a algún enano gris que ahora me acompañará finamente a la salida. Se estaba mareando. El suelo parecía elevarse y descender de nuevo, como a bordo de un barco. Jamás había osado hablarle así nadie.

Un rayo de luz captó su atención. Entraba por una fina rendija entre las cortinas. En él flotaban motitas de polvo, un espejo de la pared de enfrente lo captaba y arrojaba el reflejo sobre otra pared, iluminando un punto del marco de un cuadro. Era de Rubens: una mujer alta, un hombre con una lanza y, por encima de ellos, un pájaro sobre el fondo de un cielo azul. La imagen desprendía una alegre serenidad. De Rubens se acordaba ella bien: un hombre triste al que perceptiblemente le costaba respirar. Le habría gustado comprarle un cuadro, pero le resultaba demasiado caro; por lo visto, al pintor no le importaba nada más que el dinero. ¿Cómo tendría el don de pintar así?

—Praga nunca fue para nosotros —dijo—. Praga fue un error. Pero el Palatinado le corresponde a mi hijo de acuerdo con las leyes del imperio. El emperador no tenía derecho a despojarle de la dignidad electoral. Por eso no regresé a Inglaterra. Mi hermano me ha invitado a hacerlo una y otra vez, pero formalmente Holanda sigue siendo parte del imperio, de modo que, mientras yo viva allí, seguiremos reclamando este derecho.

Se abrió una puerta y atravesó su umbral un hombre entrado en carnes y de mirada inteligente. Se quitó el sombrero y saludó con una reverencia. Aunque era joven, apenas le quedaba pelo en la cabeza.

—El conde Wolkenstein —dijo Lamberg—. Nuestro *cavalier d'ambassade*. Se encargará de buscaros alojamiento. No quedan habitaciones en los albergues, hasta el último rincón está ocupado por los embajadores y sus acompañantes.

—Bohemia no la queremos —dijo Liz—, pero no estamos dispuestos a renunciar al electorado. Mi primogénito, que era brillante y encantador y habría convencido a todo el mundo, murió. Volcó la barca en la que viajaba. Se ahogó.

—Lo siento mucho —dijo Wolkenstein con una sencillez que la conmovió.

—Mi segundo hijo, el siguiente en la línea del trono, no es ni brillante ni encantador, pero la dignidad electoral le sigue correspondiendo por derecho, y si el bávaro no está dispuesto a devolverla, habrá que crear un octavo electorado para mi hijo. Los protestantes no tolerarán otra cosa. En caso contrario, yo regresaré a Inglaterra, donde el Parlamento destituirá a mi hermano para hacer rey a mi hijo, y desde el trono de Inglaterra reclamará Praga y la guerra no terminará. Yo lo impediré. Yo sola.

—No es menester acalorarse —dijo Lamberg—. Transmitiré vuestro mensaje a Su Majestad Imperial.

—Y mi esposo tiene que ser incluido en la amnistía. Si van a ser perdonados todos los actos de guerra, también deben serlo los suyos.

—No en esta vida —dijo Lamberg.

Liz se puso en pie. La rabia hervía en su interior. Notó que se había puesto roja, pero aun así consiguió esbozar una sonrisa, posar su bastón en el suelo y dirigirse hacia la puerta.

—Ha sido un honor tan grande como inesperado. Un halo de esplendor en esta humilde morada.

Lamberg se quitó el sombrero y le hizo una reverencia. En su voz no había ni un ápice de ironía.

Liz levantó una mano para hacer el displicente gesto de despedida propio de los reyes y siguió andando sin decir palabra.

Wolkenstein la alcanzó, llegó a la puerta y tocó. Al momento, los lacayos abrieron las dos hojas. Liz salió a la antesala, Wolkenstein la siguió. Por delante de la doncella, se dirigieron hacia la salida.

—Por lo que respecta al alojamiento de vuestra alteza —dijo Wolkenstein—, podríamos ofrecerle…

—No os molestéis.

—No es ninguna molestia, sino un gran…

—¿Realmente pensáis que deseo alojarme aquí en alguna parte, con los espías del emperador pululando por doquier?

—Para seros sincero, es indiferente dónde os alojéis, cualquier lugar estará lleno de espías. Tenemos de sobra. Perdemos en los campos de batalla, y tampoco quedan demasiados secretos. ¿En qué van a entretenerse nuestros pobres espías?

—¿El emperador pierde en los campos de batalla?

—Yo mismo acabo de presenciarlo, allá en Baviera. ¡Allí sigue mi dedo! —Y levantó la mano moviendo el guante para mostrarle que el índice derecho estaba vacío—. Hemos perdido medio ejército. Vuestra alteza no ha elegido un mal momento. Nunca hacemos concesiones mientras somos fuertes.

—¿Es, pues, un momento propicio?

—El momento siempre es propicio, cuando se empieza bien. Recréate contigo mismo y no halles pesar si, al punto, se conjuran en tu contra la suerte y el lugar y el tiempo.*

—¿Cómo dice?

—Es de un poeta alemán. Ahora tenemos, ¡qué cosas! ¡Poetas alemanes! Paul Fleming se llama. Sus obras dan ganas de llorar de lo bonitas que son; por desgracia, murió joven, enfermo del pulmón. No se atreve uno ni a imaginar a lo que habría llegado. Por él escribo en alemán yo.

Liz sonrió.

—¿Poesía?

—Prosa.

—¿En serio? ¿En alemán? Yo lo intenté en su día con Opitz…

—¡Opitz!

—Sí, Opitz.

Ambos rieron.

—Sé que suena a disparate —dijo Wolkenstein—, pero creo que es posible, y tengo decidido que algún día escribiré mi vida en alemán. Por eso he venido aquí. Alguna vez querrá saber la posteridad cómo fue todo en este gran congreso. Escolté a un titiritero desde Andechs a Viena, o en realidad me escoltó a Viena él a mí, pues estaría muerto de no ser por

---

* Se trata del soneto titulado «A sí mismo» («An Sich»): «Vergnüge dich an dir und acht' es für kein Leid, / hat sich gleich wider dich Glück, Ort und Zeit verschworen». (N. de la T.)

él. Luego, cuando Su Majestad Imperial lo envió aquí para actuar ante los embajadores, aproveché la ocasión y vine yo también.

Liz hizo una seña a su doncella, que salió corriendo para mandar traer la carroza. Era un vehículo muy bonito, rápido y bastante a la altura de su rango. Había empleado sus últimos ahorros para alquilarlo durante dos semanas, incluyendo dos caballos fuertes y un cochero de fiar. Eso significaba que su estancia en Osnabrück podía prolongarse tres días, y entonces ya tendría que emprender el camino de vuelta.

Salió a la calle y se puso la capucha. ¿Había ido bien o no? No lo sabía. Se había quedado con las ganas de decir muchas más cosas, de sacar a colación muchos otros temas, pero al parecer siempre sucedía lo mismo. Papá le había dicho una vez que uno nunca tenía oportunidad de emplear más que una pequeña parte de sus armas.

Traqueteando, se acercó la carroza. El cochero bajó. Liz se volvió para mirar y comprobó con verdadera pena que el orondo *cavalier d'ambassade* no la había seguido. Con lo que le habría gustado charlar con él un rato más.

El cochero le rodeó las caderas con el brazo y la transportó hasta la carroza.

2

A la mañana siguiente, Liz fue a ver al embajador sueco. Esta vez había anunciado su visita, Suecia era una potencia amiga y no era necesario un atropello como el del día anterior. El embajador se alegraría de verla.

La noche había sido espantosa. Tras una larga búsqueda, al fin había encontrado una habitación en un albergue especialmente cochambroso: sin ventana, con paja por el suelo y, en lugar de una cama, un estrecho saco de paja que aun hubo de compartir con la doncella. Cuando, después de varias horas, por fin logró conciliar un sueño intranquilo, soñó con Federico. Estaban otra vez en Heidelberg, como antaño, antes de que aparecieran los tipos de nombres impronunciables a malmeter con lo de la corona de Bohemia. Iban caminando juntos por uno de los pasillos de piedra del palacio, y ella sentía en lo más profundo de su alma lo que es ser uno solo con otra persona. Al despertar, oyó los ronquidos del cochero, que dormía al otro lado de la puerta, y se le ocurrió que llevaba ya tanto tiempo viviendo sin su Federico como el que había pasado casada con él.

Al entrar en la antesala del embajador, tuvo que reprimir un bostezo: le faltaban horas de sueño. También en aquella estancia había alfombras, pero las paredes lucían su desnudez protestante y únicamente en la más larga tenían colgado un crucifijo con incrustaciones de perlas. Estaba llena de gente: unos estudiaban documentos, otros daban zancadas de un lado para otro, inquietos, haciendo patente que llevaban mucho esperando. ¿Cómo podía ser que Lamberg tuviera la sala de espera vacía? ¿Sería que tenía más de una, varias incluso?

Todos los ojos se volvieron hacia la reina. Se hizo el silencio. Como el día anterior, ella se dirigió a la puerta con paso firme en tanto que la doncella, detrás de ella, anunciaba en voz alta a la par que un tanto chillona que había llegado la reina de Bohemia. De pronto, Liz sintió el nervioso temor de que esta vez no saldrían bien las cosas.

En efecto, el lacayo no alargó la mano hacia el picaporte. Liz se quedó como congelada a mitad del paso en una postura muy poco elegante, tan de golpe que tuvo que apoyar la mano en la puerta. Oyó como, detrás de ella, la doncella estuvo a punto de tropezarse. Le entró mucho calor. Oía murmullos, cuchicheos… y sí, también oyó risitas.

Lentamente, dio dos pasos atrás. Por suerte, la doncella le había leído el pensamiento y también había retrocedido dos pasos. Liz se agarró a su bastón con toda la fuerza que pudo y miró al lacayo con su sonrisa más encantadora.

Él miraba al vacío con cara de bobo. Obviamente, nadie le había informado de que existía una reina de Bohemia, era un muchacho joven, no sabía nada y no quería arriesgarse a cometer un error. ¿Quién podía tomárselo a mal?

Por otra parte, tampoco iba ella a sentarse en la sala, así, sin más. Una reina no se quedaba sentada en una antesala hasta que tuvieran a bien dedicarle un rato. Cierto es que había motivos suficientes para que los soberanos no viajaran a un congreso de embajadores. Ahora bien, ¿qué otra cosa podía haber hecho ella? Su hijo, por cuya dignidad de príncipe elector luchaba ella ahora, era demasiado soberbio y demasiado torpe, y sin duda lo había echado todo a perder. Y diplomáticos no tenían.

Liz seguía tan inmóvil como el lacayo. El murmullo fue en aumento. Oyó fuertes risotadas. No te sonrojes, pensó, eso sí que es lo último. ¡No te sonrojes!

Dio gracias Dios con todo su corazón cuando alguien abrió la puerta desde el otro lado. Por el hueco asomó una cabeza. Tenía un ojo más alto que el otro, la nariz rarísima, como pegada debajo al bies, los labios eran carnosos, pero parecían no casar para formar una boca. Una perilla desflecada colgaba de la barbilla.

—Su majestad... —dijo la cara.

Liz entró, y su asimétrico interlocutor se apresuró a cerrar la puerta, como si quisiera evitar que se colara nadie más.

—Alvise Contarini para serviros —dijo en francés—. Embajador de la República de Venecia. Aquí me hallo en la función de mediador. Seguidme.

La condujo por un pasillo estrecho. También allí estaban desnudas las paredes, pero la alfombra era exquisita y, como Liz supo reconocer enseguida, pues no en vano había amueblado y decorado dos palacios, prohibitivamente cara.

—Os pongo en antecedentes —dijo Contarini—. La mayor dificultad reside, como al principio, en que Francia exige que la línea imperial de la casa de Austria deje de apoyar la línea española. A Suecia le sería indiferente, pero debido a los elevados subsidios que Suecia ha recibido de Francia, los suecos tienen que hacerse cargo de este requisito. El emperador sigue negándose en rotundo. Mientras no se resuelva esto, no conseguiremos la firma de ninguna de las tres coronas.

Liz ladeó la cabeza y esbozó una sonrisa misteriosa, como llevaba haciendo toda la vida cuando no entendía algo. Tal vez aquel hombre tampoco persiguiera ninguna reacción concreta de su parte y solo hablaba por pura costumbre. Gente así había en todas las cortes.

Llegaron al final del pasillo, Contarini abrió una puerta y le cedió el paso con una reverencia.

—Majestad, los embajadores suecos. El conde Oxenstierna y el doctor Adler Salvius.

Los ojos de Liz recorrieron la sala con asombro. Allí estaban, en efecto, cada uno en un rincón de la sala de recepciones, en sillones de igual tamaño, como posando para un pintor. En el centro había otro sillón de brazos. Al acercárseles Liz, los dos se levantaron y le hicieron una pronunciada reverencia. Liz se sentó, ellos se quedaron de pie. Oxenstierna era un hombre grueso de mejillas rellenas; Salvius era alto y delgado y, sobre todo, parecía muy cansado.

—¿Vuestra majestad os reunisteis con Lamberg? —preguntó Salvius en francés.

—¿Lo sabéis?

—Osnabrück es pequeño —dijo Oxenstierna—. Como sabéis, majestad, esto es un congreso de embajadores... No hay príncipes ni soberanos ni...

—Lo sé —dijo ella—. En realidad, tampoco yo estoy aquí. Y el motivo de que no esté aquí es la dignidad electoral que le corresponde a mi familia. Si estoy bien informada, Suecia apoya nuestro derecho a la restitución del título.

Sentaba bien hablar francés; las palabras le venían más deprisa, los giros adecuados surgían solos, tenía la sensación de que era la propia lengua quien construía las frases. Sin duda, habría preferido hablar inglés, la rica, flexible y melodiosa lengua de su patria, lengua del teatro y de la poesía, pero allí no la entendía casi nadie. Tampoco había embajador inglés en Osnabrück, después de todo, si papá los había sacrificado a Federico y a ella, había sido para mantener su país apartado de la guerra.

Esperó. Nadie respondía.

—Es cierto, ¿no? —preguntó finalmente—. Es cierto que Suecia apoya nuestra demanda... ¿No es cierto?

—En principio.

—Si Suecia insiste en la restitución de nuestro título real, mi hijo ofrecerá su renuncia a este título en concreto, siempre que la corte imperial nos garantice en un tratado secreto que, a cambio, se creará un octavo electorado.

—El emperador no puede crear un nuevo electorado —dijo Oxenstierna—. No está en posesión de ese derecho.

—Si los nobles se lo conceden, lo estará —dijo Liz.

—Pero ellos no están autorizados a hacerlo —dijo Oxenstierna—. Además, queremos mucho más, a saber: la devolución de cuanto le fue arrebatado a nuestro lado en el año veintitrés.

—Un nuevo electorado interesaría a los católicos, puesto que así Baviera conservaría la dignidad electoral. Y convendría a los intereses protestantes, porque nuestro lado tendría un príncipe protestante más.

—Tal vez —dijo Salvius.

—Jamás —dijo Oxenstierna.

—Ambos caballeros tienen razón —dijo Contarini.

Liz lo miró con gesto interrogante.

—No puede ser de otra manera —dijo Contarini en alemán—. Es inevitable que tengan razón los dos. El uno es muy cercano a su padre, el canciller, y quiere continuar la guerra; al otro lo ha enviado la reina para conseguir la paz.

—¿Qué decís? —preguntó Oxenstierna.

—Aludía a un refrán alemán.

—Bohemia no es parte del imperio —dijo Oxenstierna—. No podemos incluir Praga en las negociaciones. Eso tendríamos que negociarlo primero. Antes de negociar nada, hay que empezar por negociar lo que se quiere negociar en realidad.

—Por otra parte —dijo Salvius—, Su Majestad, la reina…

—Su Majestad no tiene experiencia y mi padre es su tutor. Y opina que…

—Era.

—¿Cómo dice?

—Que la reina ya es mayor de edad.

—La acaba de cumplir. Mi padre, el canciller, es el dirigente más experimentado de Europa. Desde que nuestro gran Gustavo Adolfo falleciera en Lützen…

—Desde entonces apenas hemos vencido en ninguna parte. Sin la ayuda de los franceses habríamos estado perdidos.

—¿Pretendéis decir…?

—¡Quién sería yo, si pretendiera infravalorar los méritos de vuestro padre, el excelentísimo canciller! Ahora bien, en mi opinión…

—Solo que tal vez vuestra opinión no cuente tanto, doctor Salvius, tal vez la opinión del segundo embajador no…

—Del representante principal en la negociación.

—Nombrado por la reina. ¡Cuyo tutor no es otro que mi padre!

—Era. Vuestro padre *era* su tutor.

—Tal vez podamos ponernos de acuerdo en que la propuesta de Su Majestad merece la pena ser tenida en cuenta —dijo Contarini—. No tenemos que decir que la cumpliremos, ni siquiera tenemos que decir que la tendremos en cuenta, pero sí que podemos ponernos de acuerdo en decir que la propuesta *merece* que la tengamos en cuenta.

—Eso no basta —dijo Liz—. En cuanto se conquiste Praga, el conde Lamberg tiene que recibir una orden oficial de devolverle el trono de Bohemia a mi hijo. Entonces, mi hijo le hará saber de inmediato a través de un acuerdo secreto que renuncia a ese trono, siempre que Suecia y Francia, a su vez, firmen otro acuerdo secreto en relación con ese octavo electorado. Hay que hacerlo deprisa.

—Nada se hace deprisa —dijo Contarini—. Llevo aquí desde el principio de las negociaciones. Pensaba que no aguantaría ni un mes en esta provincia espantosa, donde no para de llover. Entretanto, han pasado cinco años.

—Sé lo que es envejecer mientras se espera —dijo Liz—. Y no pienso esperar más. Si Suecia no reclama la corona bohemia para que mi hijo pueda renunciar a ella a cambio del electorado, renunciaremos al electorado. Entonces ya no tendréis nada que os permita conseguir un octavo electorado. Sería el final de nuestra dinastía, pero yo me volvería a Inglaterra sin ningún problema. Me encantaría estar en casa de nuevo. Me encantaría ir al teatro de nuevo.

—A mí también me encantaría estar en mi casa, en Venecia —dijo Contarini—. Aún quisiera llegar a dogo.

—Permitidme una pregunta final, majestad —dijo Salvius—. Para que yo lo entienda. Habéis venido hasta aquí para exigir algo que a nosotros jamás se nos habría ocurrido. Y vuestra amenaza es: si no hacemos lo que queréis, dejaréis de demandar lo que habéis venido a demandar. ¿Cómo hemos de llamar a una maniobra semejante?

Liz esbozó la más misteriosa de sus sonrisas. Esta vez sí que sintió no estar sobre un escenario, al borde de la penumbra del patio de butacas frente a un público fascinado por su discurso. Carraspeó, y, aunque ya sabía lo que iba a responder, en aras de un mayor efecto sobre aquellos espectadores que no existían, hizo como si tuviera que pensarse la respuesta.

—Sugiero —dijo finalmente— que la llaméis política.

3

Al día siguiente, último de su estancia en Osnabrück, Liz abandonó la habitación del albergue a media mañana para acudir a la recepción del obispo. Nadie la había invitado, pero había oído que toda persona de cierta importancia estaría allí. Al día siguiente, a esas horas, ya estaría de camino a su casita de La Haya, recorriendo los desolados paisajes de la guerra. No podía alargar aquello más. El regreso era irremediable, y no solo por la falta de dinero, sino también porque conocía bien las reglas de todo buen drama: una reina depuesta que aparecía de repente y luego desaparecía causaba una gran impresión. Una reina depuesta que, en cambio, aparecía y se quedaba en el lugar hasta que se acostumbraban a ella y empezaban a hacer chistes sobre su persona, eso no podía ser. Lo había aprendido en Holanda, donde en su momento los habían recibido a Federico y a ella con suma amabilidad, en tanto que, ahora, los miembros de los Estados Generales casualmente siempre tenían alguna obligación que les impedía recibirla cuando solicitaba un despacho.

Aquella recepción sería también su última aparición en escena. Ya había formulado sus propuestas, había dicho lo que tenía que decir. Más no podía hacer por su hijo.

Por desgracia, aquel hijo seguía a su hermano en la línea del trono de Inglaterra y era un auténtico tarugo. Ambos se parecían al abuelo, pero sin un ápice de su prudente inteligencia; eran hombres dominantes y jactanciosos, de profundos vozarrones, hombros anchos y gestos ampulosos cuya mayor pasión en la vida era salir a cazar. Todo apuntaba a que su hermano, allá en Inglaterra, perdería su guerra contra el Parlamento, y costaba creer que el hijo, suponiendo que al final llegara a ser príncipe elector, pasara a la historia como gran gobernante. Ya tenía treinta años, es decir que no era ningún jovencito, y andaría triscando por Inglaterra, de caza probablemente, mientras ella negociaba en favor suyo en Westfalia. Sus contadas cartas eran breves y de una frialdad que rayaba en lo hostil.

Y, como siempre que pensaba en este, en la mente de Liz surgió la imagen de su otro hijo: de su primogénito, aquel muchacho tan guapo y listo y tan lleno de luz que había heredado el alma dulce de su padre y la buena cabeza de su madre; su orgullo, su alegría y su esperanza. Cuando brotaba en su memoria aquella imagen, presentaba diferentes rostros, todos al mismo tiempo: lo veía como había sido a los tres meses, a los doce años, a los catorce. Y entonces sentía irrumpir también otra imagen, una que acompañaba cualquier recuerdo de él y que, por eso mismo, la llevaba a querer recordarlo lo menos posible: la barca volcada, las negras fauces del río. Ella conocía la experiencia de tragar agua sin querer al nadar, pero... ¿ahogarse? No podía ni imaginarlo.

Osnabrück era muy pequeño, y podría haber ido a pie desde el albergue. No obstante, las calles estaban sucias, incluso para lo que era Alemania, y, además: ¿qué impresión habría causado eso?

Así pues, el cochero volvió a llevarla en volandas hasta la carroza, y ella se recostó en el asiento y se dedicó a ver pasar las casitas de fachadas puntiagudas. La doncella iba sentada a su lado, estaba acostumbrada a que Liz la ignorase, jamás le dirigía la palabra; comportarse como un mueble era lo único que realmente necesitaba saber hacer una doncella. Hacía frío y caía una lluvia muy fina que, sin embargo, permitía adivinar el sol en forma de mancha pálida por detrás de las nubes. La llovizna limpiaba el aire del olor de las callejas. Pasaron algunos niños corriendo, Liz vio un grupo de soldados de la ciudad a caballo, luego un carro de harina tirado por un borrico. Llegaron a la plaza central. A un lado se encontraba la residencia del embajador imperial, donde había estado dos días atrás; en el centro de la plaza había una picota de la altura de una persona, con sus agujeros para la cabeza y los brazos. El mes anterior –le había contado su huésped– habían tenido allí a una bruja. El juez se había mostrado compasivo y le había perdonado la vida, expulsándola de la ciudad pasados diez días.

La catedral era tosca: alemana, un engendro de edificio con una torre mucho más ancha que la otra. Le habían añadido una nave lateral alargada con unas cornisas anchísimas y tejado en punta. Varias carrozas invadían la plaza, de manera que Liz no pudo avanzar hasta el portal. El cochero tuvo que parar a cierta distancia y llevarla en brazos. Olía mal, y la lluvia le mojaba el abrigo de pieles, pero al menos iba bien sujeta.

El cochero la depositó en el suelo con poca delicadeza; ella se apoyó en su bastón para no perder el equilibrio. En momentos así, se notaba la edad. Se echó la capucha hacia atrás y pensó: es mi última actuación. Un cosquilleo nervioso se adueñó de ella, hacía años que no sentía nada parecido. El cochero regresó para buscar a la doncella, pero Liz no la esperó, sino que entró sola.

Desde la misma entrada oyó la música. Se detuvo y escuchó.

–Su Majestad el Emperador nos ha enviado a los mejores violinistas de la corte.

Lamberg llevaba una capa de color púrpura oscuro. Al cuello, el collar de la Orden del Toisón de Oro. A su lado estaba Wolkenstein. Los dos se quitaron el sombrero y la saludaron con una reverencia. Liz saludó con la cabeza a Wolkenstein, que le devolvió una sonrisa.

–Su alteza se marchará mañana –dijo Lamberg.

A Liz le sorprendió que no sonase como una pregunta sino como una exhortación.

–Como siempre, el señor conde está bien informado.

—Nunca tan bien como quisiera. Pero os prometo, alteza, que una música como esta no es fácil de escuchar en ningún otro sitio. Viena desea mostrar su favor para con este congreso.

—¿Será porque pierde en los campos de batalla?

Él hizo como si no hubiera oído la pregunta.

—Así es que la corte nos ha enviado a sus mejores músicos y actores de máxima talla y a su mejor bufón. Vuestra alteza estuvisteis despachando con los suecos, ¿no es cierto?

—Desde luego, lo sabéis todo.

—Y vos sabréis, alteza, que ahora los suecos están peleados.

En el exterior se oyeron las trompetas, unos lacayos abrieron las puertas y entró un caballero enjoyado de cuerpo entero; de su brazo, una dama con traje de cola larga y diadema. Al pasar, el caballero lanzó a Lamberg una mirada no exenta de simpatía, y este inclinó la cabeza muy ligeramente, sin llegar al gesto de asentimiento.

—¿Francia? —preguntó Liz.

Lamberg asintió con la cabeza.

—¿Habéis transmitido nuestra propuesta a Viena?

Lamberg no respondió. No se podía saber si lo había oído.

—¿O acaso no es necesario? ¿Tenéis plenos poderes para determinarlo vos?

—Una decisión del emperador siempre es una decisión del emperador y de nadie más. Y ahora he de despedirme de vuestra alteza. Ni siquiera bajo la protección del nombre falso es de recibo que un humilde servidor continúe charlando con vuestra alteza.

—¿Por la expulsión del imperio o porque asaltan los celos a vuestra señora esposa?

Lamberg soltó una risita.

—Si lo permitís, alteza, el conde Wolkenstein os acompañará al salón.

—¿Él sí está autorizado a hacerlo?

—Él es un alma libre a los ojos del Señor. Le está permitido todo lo que cumpla las normas del protocolo.

Wolkenstein le ofreció el brazo, Liz colocó la mano sobre la de él y ambos avanzaron con paso ceremonioso.

—¿Están aquí todos los embajadores? —preguntó Liz.

—Todos. Solo que está reglamentado quién puede o no saludar a quién. Todo obedece a un protocolo muy estricto.

—¿Y estáis autorizado a hablar conmigo, Wolkenstein?

—En absoluto. Pero lo estoy para caminar junto a vos. Y así se lo contaré a mis nietos. Y escribiré al respecto. La reina de Bohemia, escribiré, la legendaria Isabel Estuardo, la...

—¿Reina de un invierno?

—*Fair phoenix bride* quería decir.

—¿Sabéis inglés?

—Un poco.

—¿Habéis leído a John Donne?

—No mucho. Aunque al menos he leído el bello canto en el que exhorta al padre de vuestra alteza real a apoyar de una vez al rey de Bohemia. *No man is an island.**

Liz levantó la vista. El techo del salón estaba decorado con los toscos frescos habituales en tierras alemanas: por lo general, obra de algún artista italiano de segunda fila que, en Florencia, no habría llegado a nada. En una de las cornisas había estatuas de santos con cara seria. Dos llevaban lanzas, otros dos, cruces, uno tenía los puños apretados, otro sostenía una corona. Debajo de la cornisa había antorchas y, en las cuatro grandes arañas del techo, ardían docenas de velas, cuyas llamas multiplicaban luego varios espejos. Junto a la pared del fondo había seis músicos: cuatro violinistas, un arpista y uno con un tipo de trompa rarísimo que Liz no había visto nunca.

Escucharon la música. Ni siquiera en Whitehall había llegado a sus oídos nada como aquello. Uno de los violines hizo brotar una melodía desde lo más profundo, otro la recogió, le dio verdadero cuerpo y fuerza y se la pasó a un

---

* «Ningún hombre es una isla» es una cita de John Donne, de la *Meditación XVII*, de 1624. *(N. de la T.)*

tercero, al tiempo que el cuarto violín la complementaba con una segunda melodía, más ligera. Como por azar, ambas melodías se entrelazaban y se fundían en una sola que ahí retomaba el arpa, pasando a un primer plano, y cuando los violines ya habían encontrado otra melodía nueva, como en una conversación por lo bajo, el arpa les devolvía la primera y se juntaban ambas y luego, por encima de ellas, se elevaba el clamor de una melodía más en la voz de la trompa.

Después se hizo un silencio. La pieza había sido breve, pero daba la sensación de que hubiera durado mucho más, como si poseyera su propia medida del tiempo. Algunos de los asistentes aplaudieron con cierta inseguridad. Otros se quedaron callados, como atendiendo aún a una voz interior.

—De camino aquí tocaban para nosotros todos los días —contó Wolkenstein—. El alto se llama Hans Kuchner, es del pueblo de Hagenbrunn, no fue nunca a la escuela y apenas sabe ni hablar, pero el Señor lo ha bendecido con ese talento.

—¡Majestad!

Se les había acercado una pareja: un caballero de rostro anguloso y con una mandíbula muy prominente; de su brazo, una dama que parecía tener mucho frío.

Con pesar hubo de ver Liz que Wolkenstein, quien al parecer tampoco tenía permiso para considerar siquiera la presencia de aquel caballero, daba un paso atrás, cruzaba los brazos a la espalda y se alejaba. El caballero hizo una reverencia; la dama, la típica genuflexión de saludo.

—Wesenbeck —dijo él, pronunciando la consonante final de su apellido con tal fuerza que sonó como una pequeña explosión—. Segundo embajador del príncipe de Brandemburgo. Para serviros, majestad.

—¡Qué bien! —dijo Liz.

—Demandar un octavo electorado… ¡Mis respetos!

—No hemos demandado nada. Soy una mujer débil. Las mujeres no negocian ni demandan nada. Mi hijo, a su vez, no se halla ahora mismo en posesión de ningún título que le permitiera demandar nada. No estamos en disposición de exigir. Fue una propuesta desde la humildad. Nadie más podría renunciar a la corona de Bohemia, solo nosotros, y lo haríamos a cambio del electorado. Reclamar la corona para nosotros correspondería a los nobles protestantes.

—Es decir, a nosotros.

Liz sonrió.

—Y de no hacerlo, por ejemplo, porque no quisiéramos que los Wittelsbach de Baviera conserven la dignidad electoral...

—Sería un error, porque van a conservarla de todas formas, y en tal caso renunciaríamos al título de príncipe elector del Palatinado. Abiertamente y delante de todo el mundo. Y entonces sí que no podríais exigir nada.

El embajador asintió con la cabeza, reflexionando.

Y, de pronto, en la mente de Liz cobró entidad una idea que hasta entonces no se había atrevido a pergeñar. ¡Su propósito tendría éxito! Cuando, en su día, se le había ocurrido alquilar una carroza, viajar a Osnabrück e intervenir en las negociaciones, de entrada, le había parecido un plan descabellado. Había necesitado casi un año entero para adquirir la suficiente confianza en sí misma y, después, un año más para llevarlo a la práctica. Con todo, en el fondo daba por hecho que se reirían de ella.

Sin embargo, al verse cara a cara con aquel caballero de la mandíbula prominente, se daba cuenta, para su mayúsculo desconcierto, de que aquel plan suyo tenía serias posibilidades de salir adelante, y recuperar el título de príncipe elector para su hijo. No he sido una buena madre para ti, pensaba, y supongo que tampoco te he amado como es debido, pero sí que he hecho una cosa por ti: no he vuelto a Inglaterra, he seguido en la casita de La Haya, fingiendo que era una corte en el exilio, y he rechazado a todos los hombres que quisieron algo conmigo después de la muerte de tu padre, y eso que fueron muchos, y algunos bien jóvenes, pues yo era una leyenda, además de guapa de verdad; pero también fui siempre muy consciente de que no podía permitirme ningún escándalo, y, en aras de recuperar la posición que nos corresponde por derecho, no olvidé eso ni por un momento.

—Contamos con vos —dijo. ¿Le había salido en el tono idóneo o había quedado demasiado solemne? Como aquel caballero tenía una mandíbula tan imponente y unas cejas tan pobladas, y casi se le habían saltado las lágrimas al pronunciar su nombre, parecía evidente que el tono pomposo era el adecuado para él—. Contamos con Brandemburgo.

El embajador hizo una reverencia.

—Contad con Brandemburgo.

Su esposa miraba a Liz con ojos de hielo. Con la esperanza de que aquella conversación hubiera terminado, Liz buscó a Wolkenstein con la mirada, pero no consiguió dar con él, y ahora también los de Brandemburgo se habían marchado con paso despacioso.

Estaba sola. Los músicos se pusieron a tocar de nuevo. Liz contó los tiempos del compás y reconoció el último baile de moda: un minué. Se formaron dos filas: a un lado los caballeros, al otro las damas. Las filas se alejaron y luego se juntaron, las parejas se dieron las manos, todas con guantes. Después de dar una vuelta, volvieron a separarse, las filas se alejaron y todo se repitió, en tanto que la música también repetía el tema inicial con ligeras variaciones y un aire más cantable: alejarse, juntarse, vuelta, alejarse… En aquellas notas latía un anhelo de algo, se presentía, pero no podía determinarse quién o qué cosa era su objeto. Allí estaba el embajador francés, bailando al lado del conde Oxenstierna: no se miraban, pero se movían ambos a la par al compás de la música. Allá estaba Contarini, cuya dama era muy joven, una belleza de extrema delgadez; y más allá, Wolkenstein, que incluso había cerrado los ojos, completamente entregado a la música y, sin duda, ya no se acordaba de ella.

Liz sintió no poder participar en el baile. Siempre le había gustado bailar, pero lo único que le quedaba ya era su posición, y esta era demasiado elevada como para sumarse a una de las filas. Además, no podía moverse bien, su abrigo de pieles era demasiado grueso para aquel salón con tantas velas, y no se lo podía quitar por las buenas, porque el vestido que llevaba debajo era demasiado sencillo. Aquel armiño era lo único que le quedaba de su antiguo guardarropa, todo lo demás lo había vendido o intercambiado. Siempre se preguntaba por qué habría conservado aquel abrigo. Ahora lo sabía.

Las filas de danzantes volvieron a juntarse, pero de pronto se hizo el desorden. Alguien se había plantado en mitad del salón y, al parecer, no tenía la más mínima intención de apartarse de su paso. Así pues, continuaron bailando al son de la música los que estaban en los bordes —allí estaba Salvius, más allá la esposa del embajador de Brandemburgo—, pero en el centro no se podían juntar las filas; la gente se chocaba, perdía el equilibrio, todos intentaban rodear al que seguía plantado allí. Era flaquísimo, tenía las mejillas hundidas y la barbilla puntiaguda y, en la frente, una cicatriz. Vestía un jubón de colores y pantalones bombachos y finos botines de cuero. Y llevaba un gorro de cascabeles multicolor. Ahora, además, comenzaba a hacer malabarismos con unos objetos de metal que volaban por los aires, primero dos, luego tres, luego cuatro, luego cinco.

Tardaron un momento, pero luego se dieron cuenta todos a la vez: ¡eran dagas! Los presentes comenzaron a apartarse de su lado, los hombres se agachaban para ponerse a cubierto, las damas se protegían la cara con las manos. Pero las dagas de hoja curva siempre volvían a sus manos, siempre en la posición correcta, con el mango hacia abajo, y ahora, además, las lanzaba bailando él... con pequeños pasos, hacia delante y hacia atrás, primero despacio y luego más deprisa, haciendo cambiar la música, pues no era él quien la seguía, sino que la música le obedecía a él. No bailaba nadie más, todos le habían dejado espacio para ver mejor cómo giraba sobre sí mismo al tiempo que las dagas brillantes volaban cada vez más altas. Y, para entonces, aquello había dejado de ser una danza mesurada y elegante para convertirse en una persecución salvaje al ritmo de un galope cada vez más rápido.

Entonces, empezó a cantar. Tenía una voz aguda y metálica, pero afinaba cada nota y no se quedaba sin aire. Sus palabras no se entendían. Debía de ser un idioma inventado por él mismo. Y, sin embargo, uno tenía la sensación de enterarse de todo; se entendía, aunque no fuera posible repetirlo con palabras.

Luego fueron volando por los aires cada vez menos dagas. Solo cuatro, ahora solo tres… Una tras otra las fue guardando en el cinturón.

De pronto, se oyó un chillido en el salón. La falda verde de una dama —era la esposa de Contarini— mostraba una salpicadura roja. Al parecer, al malabarista le había rozado la palma de la mano la hoja de una de las dagas, si bien su rostro no lo reflejó en ningún momento… Riendo, lanzó la última tan alto que voló por entre los brazos de una de las arañas, sin tocar un solo cristalito, y luego la atrapó al vuelo mientras caía y se la guardó. Cesó la música. Él saludó con una reverencia.

Estalló el aplauso.

—¡Tyll! —exclamó alguien.

—¡Bravo, Tyll! —exclamó otro.

—¡Bravo! ¡Bravo!

Los músicos comenzaron a tocar de nuevo. Liz estaba mareada. En aquel salón hacía un calor horrible por culpa de tantas velas, y su abrigo era demasiado grueso. En el vestíbulo, a la derecha, había una puerta abierta que daba paso a una escalera de caracol. Vaciló, luego subió por ella.

La escalera era tan empinada que tuvo que parar dos veces, sin resuello. Se apoyó en la pared. Por un instante, se le nubló la vista y creyó que iba a desmayarse. Luego recuperó las fuerzas, se animó y siguió subiendo. Por fin llegó a un pequeño balcón.

Se quitó la capucha y se apoyó en la balaustrada de piedra. Debajo se extendía la plaza principal; a la derecha, se dibujaban sobre el cielo las torres de la catedral. Se veía que acababa de ponerse el sol. Una fina llovizna seguía impregnando el aire. Abajo, en la penumbra, un hombre cruzaba la plaza. Lamberg. Caminaba inclinado hacia delante, por llegar a su residencia a esforzados pasitos. El manto púrpura le aleteaba lánguidamente sobre los hombros. Se quedó un momento ensimismado frente a la puerta. Parecía estar reflexionando. Luego entró.

Liz cerró los ojos. El aire frío le sentaba bien.

—¿Cómo está mi burro? —preguntó.

—Escribiendo un libro. ¿Cómo estás tú, pequeña Liz?

Liz abrió los ojos. Allí estaba él, de pie a su lado, apoyado en la balaustrada. Llevaba una mano vendada con un pañuelo.

—Te has conservado bien —le dijo—. Te has vuelto anciana, pero tonta todavía no, y aún has de conseguir lo tuyo.

—Tú igual. Lo único: ese gorro, que no te favorece.

Él levantó la mano ilesa para juguetear con los cascabeles.

—El emperador quiere que lo lleve, porque me han retratado así en un librillo que le gusta. Fui yo quien mandó traerte a Viena, me dice, así que ahora debes tener la imagen con la que se te conoce.

Liz señaló la mano vendada con gesto interrogante.

—Delante de los grandes señores, fallo de vez en cuando. Así, luego dan más dinero.

—¿Y el emperador cómo es?

—Como todo el mundo. Por las noches duerme y le gusta que lo traten con amabilidad.

—¿Y Nele?

Él calló unos instantes, como si necesitara hacer memoria de por quién le preguntaban.

—Se casó —dijo luego—. Hace mucho.

—Se acerca la paz, Tyll. Yo me vuelvo a mi casa. Por mar, a Inglaterra. ¿Quieres venir conmigo? Te proporcionaré una habitación bien caldeada, y tampoco has de pasar hambre. Aun cuando no quieras actuar más.

Él no dijo nada. Entre las gotas de lluvia se habían mezclado tantos copos de nieve que ya no cabía duda de que estaba nevando.

—Por los viejos tiempos —dijo ella—. Sabes tan bien como yo que, en algún momento, el emperador te sacará de quicio. Y te encontrarás de nuevo en la calle. Te irá mejor conmigo.

—¿Me ofreces tu caridad, pequeña Liz? ¿Mi sopa diaria y una buena manta y pantuflas calentitas hasta que me muera en paz?

—Tan malo no es eso.

—Ya, pero ¿sabes lo que es mejor? ¿Aún mejor que morir en paz?

—Dímelo.

—No morir, pequeña Liz. Eso es mucho mejor.

Liz se dirigió hacia la escalera. Desde el salón subían las voces y las risas y la música. Cuando se volvió de nuevo hacia él, ya no estaba. Asombrada, se inclinó por encima de la balaustrada, pero la plaza estaba a oscuras y no se veía a Tyll por ninguna parte.

Si continuaba nevando así, pensó, al día siguiente estaría todo cubierto de blanco y el viaje de regreso a La Haya sería difícil. ¿No era demasiado pronto para que nevara en aquellas fechas? No le extrañaría que en breve hicieran pagar por ello en la picota a algún pobre infeliz.

Y en realidad es por mí, pensó. ¡Si la reina de invierno soy yo!

Echó la cabeza hacia atrás y abrió la boca todo lo que pudo. ¡Cuánto tiempo sin hacer eso! La nieve estaba tan dulce y fría como antaño, como cuando era niña. Y luego, para paladearla mejor, y solo porque sabía que en la oscuridad no la estaba viendo nadie, sacó la lengua.

Descubre tu próxima lectura

Si quieres formar parte de nuestra comunidad,
regístrate en **libros.megustaleer.club**
y recibirás recomendaciones personalizadas